DIETER HIRSCHBERG

TÖDLICHE LOGE

E. T. A. Hoffmann unter Verdacht

Krimi

berlin.krimi.verlag

Bibliografische Information der Deutschen Bibliothek
Die Deutsche Bibliothek verzeichnet diese Publikation in der Deutschen Nationalbibliografie; detaillierte bibliografische Daten sind im Internet über http://dnb.ddb.de.abrufbar

berlin.krimi.verlag im be.bra verlag GmbH
Berlin-Brandenburg, 2006
KulturBrauerei Haus S
Schönhauser Allee 37, D-10435 Berlin

post@bebraverlag.de
Lektorat: Gabriele Reinhold, Berlin
Umschlag: Hauke Sturm, Berlin unter Verwendung eines Gemäldes von Josef Danhauser (1805–1845) von 1840, bpk Berlin
Satz: Greiner & Reichel, Köln
Schrift: Stempel Garamond 9,5/13,5
Druck und Bindung: GGP Media GmbH, Pößneck

ISBN 3-89809-503-7
ISBN 978-3-89809-503-7

www.bebraverlag.de

Prolog

In der Nacht des 22. April 1815 bemerkte ein Nachtwächter in der Neuen Friedrichstraße zu Berlin einen Feuerschein. Es bestand für ihn kein Zweifel, dass in dem weitläufigen Haus, das der berühmte Schauspieler Kühnemann, Generaldirektor der königlichen Bühnen, vor kurzem bezogen hatte, ein Brand ausgebrochen war. Der Nachtwächter läutete unverzüglich die Sturm- und Feuerglocken. Doch es war zu spät. Als die Löschfahrzeuge eintrafen und die ersten Eimerketten gebildet wurden, hatte das Feuer bereits um sich gegriffen. Das Haus stand in hellen Flammen. Nach Ansicht des Hauptmanns der Feuerwehr war da nichts mehr zu retten, und er befahl seinen Leuten, alle Kraft darauf zu verwenden, das Überspringen des Brands auf die benachbarten Häuser zu verhindern, die zum Glück von dem brennenden Stadtpalais ein Stück weit entfernt standen. So konnte das Ausbrechen einer Feuersbrunst vermieden werden. Das Haus des Intendanten jedoch brannte vollständig nieder.

Als die Flammen endlich gelöscht waren, fand man in den Überresten des Schlafzimmers einen verkohlten menschlichen Leichnam. Da niemand außer dem Intendanten in dem Palais gelebt hatte, stand somit fest, dass die Stadt Berlin ihren bedeutendsten Bühnenkünstler, den Schauspieler, Stückeschreiber und Theaterdirektor Ludwig August Kühnemann, verloren hatte.

Natürlich entstanden noch in derselben Nacht Gerüchte. Von Brandstiftung war die Rede, wenngleich die Brandinspektoren feststellten, dass sich das Feuer vom Fundort der Leiche, also vom einstigen Schlafzimmer her, ausgebreitet hatte, womit ein Unfall – etwa ein umgestürztes Nachtlicht – als wahrscheinlich angenommen werden konnte, zumal der Intendant in seinem Schlafraum große Mengen Papier verwahrte, Briefe sowohl als auch Rollenbücher und eingesandte Manuskripte, die er nachts bei Lampenlicht zu lesen oder sich vorlesen zu lassen pflegte. Mit Kühnemann verbrannten folglich zahlreiche Bühnenstücke, Theaterzettel, Libretti und Partituren sowie Teile einer bedeutenden Korrespondenz. Lästerzungen behaupteten, ein Freund des Theaters habe den mehr als hundert miserablen Stücken, die Kühnemann geschrieben hatte, mitsamt ihrem Verfasser ein Autodafé bereitet. Doch die Zahl der Böswilligen, die dem Theaterdirektor seinen Erfolg noch über den Tod hinaus neideten, stellte gegenüber denjenigen, die den Tod des großen Schauspielers aufrichtig bedauerten, nur eine Minderheit dar.

Kühnemann hatte sich mit einer von ihm selbst kreierten komischen Figur namens »Hausknecht Fritz«, die nach dem Muster des »Figaro« zugeschnitten war, in die Herzen des hiesigen Publikums gespielt. Viele der frechen Bemerkungen dieses urberlinischen Hausknechts waren nahezu sprichwörtlich geworden. Der Darsteller des Fritz wurde allgemein als Erzberliner betrachtet, wiewohl er in Mannheim geboren war. Selbst die Kenner und Kritiker, die über Kühnemanns Stücke nichts Gutes zu sagen wussten, erkannten dessen außerordentliches Talent als Schauspieler an.

Die verkohlte Leiche wurde den forensischen Chirurgen zur Untersuchung übergeben. Die Feuersachverständigen stellten fest, das Fenster des Schlafzimmers, in dem der Hausherr umgekommen war, sei in jener Nacht offen gewesen. Es hätte also durchaus ein Dieb oder Brandstifter dort einsteigen können. Natürlich heizte diese Nachricht die Gerüchte erneut an. Hinzu kam, dass man den einzigen Dienstboten, der ständig in Kühnemanns Villa wohnte – einen Hausknecht namens Fritz (sic!) –, betrunken und wirres Zeug redend an der Brandstätte vorfand. Er wurde von den Gendarmen in Gewahrsam genommen und harrte der polizeilichen Vernehmung.

Es ergab sich, dass diejenigen, die von einer Brandstiftung sprachen, sich mit denjenigen, die von einem Unfall überzeugt waren, in etwa die Waage hielten. Um Zweifel auszuräumen und etwelchen Gerüchten den Garaus zu machen, wurde eine gründliche Untersuchung der Brandursache angeordnet. Zu deren Leiter wurde der Kriminalrat Hitzig bestimmt.

In den Zeitungen war währenddessen meist von einem »tragischen Unglücksfall« die Rede. Die Bühnen, an denen Kühnemann gewirkt hatte, stellten für eine Woche ihren Spielbetrieb ein, was, nebenbei bemerkt, auch deswegen notwendig war, weil Kühnemann dort nahezu sämtliche männlichen Hauptrollen gespielt hatte und eine Neubesetzung so schnell nicht zu bewerkstelligen war. Die Berliner Theater, mit Ausnahme der Oper unter den Linden, waren durch Kühnemanns Hinscheiden quasi enthauptet; namentlich die Komödie in der Behrenstraße sah sich durch den Verlust des »Hausknechts Fritz« in eine schwere Krise gestürzt. Im Gegensatz zu den großen Häusern, die offiziell Trauer hielten und schwarze Fahnen an den Masten aufzogen, spielten die kleinen und freien Theater umso eifriger. Kaum eines, das nicht flink eines der vielen Stücke auf den Spielplan setzte, die Kühnemann hinterlassen hatte. Dieser war neben August von Kotzebue der fruchtbarste deutsche Theaterautor; die Produktion der beiden Auguste war so gewaltig, dass behauptet wurde, die Herren betrieben irgendwo eine Fabrik für Dramen.

Das Kühnemann-Fieber, in das Teile der Stadt verfielen, wäre zweifellos noch größer gewesen, hätte nicht eine aus Russland eingeschleppte Grippe-Epidemie ihm Konkurrenz gemacht. Letztere führte nicht nur zu zahlreichen Erkrankungen, sondern bewirkte auch, dass alle vorsichtigen Menschen größere Versammlungen mieden. Die Sorge um die eigene Gesundheit ließ die Anteilnahme an Kühnemanns traurigem Geschick allmählich in den Hintergrund treten, zumal jetzt auch wegen der grassierenden Seuche die Theater offiziell geschlossen wurden, ja selbst die Universitäten vorübergehend ihre Vorlesungen einstellten. Während die Influenza vornehmlich in den Armenvierteln wütete und die ersten

Opfer zu Grabe getragen wurden, nahm die Berliner Bevölkerung nur noch mit deutlich gemindertem Interesse zur Kenntnis, dass die Gerüchte, an Kühnemann sei ein Verbrechen verübt worden, allmählich zur Gewissheit wurden.

Erster Akt

I

Hoffmann erbleichte.

Der Baron nahm ihn bei der Schulter und führte ihn zum Fenster seiner Stadtwohnung. Draußen rauschten die Linden.

»Sie hätten dabei sein sollen, Hoffmann! Oh, Sie hätten dabei sein sollen! Seine Majestät waren herrlich!«

Der Baron de la Motte-Fouqué, Verfasser zahlreicher, dickleibiger Ritterromane, die eine ungeheure Verbreitung gefunden hatten, war auch der Verfasser des Textbuchs zu Hoffmanns Oper »Undine« nach Fouqués eigener romantischer Erzählung. Als Freund des Hauses Hohenzollern ging er am Königshof aus und ein und hatte seine freundschaftlichen Beziehungen (die auf tiefer Devotion vor der königlichen Familie beruhten) dazu genutzt, Seine Majestät persönlich von der Dringlichkeit einer Uraufführung des Singspiels am Nationaltheater zu überzeugen.

Der König hatte jene Teile des Librettos, die der Baron ihm vorgelesen hatte, mit großem Beifall aufgenommen. Fouqué durfte dieses allerhöchste Wohlwollen als halben Sieg über die Halsstarrigkeit der Opernintendanz verbuchen.

Leider hatte Seine Majestät auch einen kritischen Einwand gegenüber dem Werk vorgebracht. Dieser betraf den Schluss. Hier wünschte sich der König eine fundamentale Änderung.

Nun versuchte der Textdichter, seinem Komponisten die Klugheit und Weisheit des königlichen Spruchs begreiflich zu machen.

»Wäre es denn gar so schlimm, diese kleine Korrektur vorzunehmen, die uns Seine Majestät anträgt?«

»Eine kleine Korrektur?«, entgegnete Hoffmann ergrimmt. »Eine

gänzliche Neufassung des Schlusses stellt wahrhaftig keine Kleinigkeit dar!«
»Sehen Sie, hochverehrter Hoffmann!« Der Baron wand sich. Er wurde zwischen seiner Untertänigkeit gegenüber dem König und der Treue zu seinem künstlerischen Mitstreiter hin und her gerissen. Doch überwog bei weitem der eingefleischte Grundsatz des Offiziers und Adeligen, dass man seinem König nicht widerspricht. Auch in künstlerischen Dingen galt ihm, dem Hofmann, das königliche Wort als das höchste und letztverbindliche, während Hoffmann die Freiheit des Künstlers, über die Gestaltung des eigenen Werks zu entscheiden, über alles stellte. »Seine Majestät befanden es für allzu traurig, dass Undine am Schluss ins Wasser zurückkehrt und der Ritter mit zerrissenem Herzen allein zurückbleibt. Soll man dem Publikum in so schweren Zeiten Trauriges zumuten? Wäre es nicht schöner, der Saal erbebte am Ende in einem gemeinsamen, freien Gelächter, anstatt in einem Tränenstrom zu zerfließen? Hat denn der Vorschlag des Königs nicht etwas wahrhaft Herzerhebendes?«
»Nein«, sagte Hoffmann.
Der Baron trat voll echter Verblüffung über einen derartigen Mangel an Diplomatie einen Schritt zurück. »Sie meinen ...«
»Ich meine, ein versöhnlicher Schluss stellt den Inhalt des gesamten Stücks auf den Kopf. Alles, Text wie Komposition, ist auf diesen tragischen Höhepunkt hin angelegt. Die Musik namentlich läuft wie fließendes Wasser, das Lebenselement der Undine, darauf zu, dass sie, nach kurzer Befreiung, dorthin zurückkehrt.«
»Verstehen Sie mich recht«, versuchte der Baron es erneut. »Seine Majestät haben nichts gegen den Sprung ins Wasser. Aber könnte das getrennte Paar denn nicht im Jenseits wieder zusammenfinden? Stellen Sie sich nur vor, welch eine großartige Apotheose eine gemeinsame Himmelfahrt wäre! Was streiten wir uns über Ästhetik, verehrter Hoffmann? Steht denn das Ewige nicht hoch über allem anderen? Und steigern wir nicht den Wert unseres Kunst-

werks, wenn wir es am Schluss mit dem Höchsten, Himmlischen verbinden?«

Hoffmann, inzwischen recht gut vertraut mit den Berliner Verhältnissen, wusste natürlich, dass der König ein erzfrommer Mann war, dem seine Hofprediger mehr bedeuteten als seine Minister und der allem, was kein durchaus christliches Gepräge trug, äußerst misstrauisch gegenüberstand.

»Kurz gesagt, unsere Oper ist offenbar zu heidnisch?«, brachte er die königliche Kritik auf den Punkt.

»Sie haben es erfasst!«, bestätigte ihm der Baron erfreut. »Der Macht des Himmlischen, alle irdischen Verstrickungen zum Guten zu führen, gebührt auch in unserem gemeinsamen Werk die gehörige Würdigung.«

Hoffmann erschrak, weil der Baron offenbar bereits von seiner Zustimmung zu den dramaturgischen Vorstellungen des Herrschers ausgehen zu können glaubte. Doch Hoffmann war keineswegs bereit, seiner (!) Oper einen Schluss à la »Egmont« anzukleben – de facto: eine unter lautem Orchestergetöse und knirschender Maschinerie sich vollziehende »Himmelfahrt«! Doch ein des höfischen Parketts gewohnter Mann wie Fouqué war geschickt genug, schon ein Zehntel Zustimmung für die ganze zu nehmen.

»Es freut mich, dass Sie einsichtig sind, verehrter Maestro«, sagte er, obwohl Hoffmann nichts dergleichen geäußert hatte. »Im Übrigen würde uns kaum Spielraum bleiben. Seine Majestät haben definitiv entschieden, fortan bei keiner Bühnenaufführung den Geliebten der Undine am Ende anders als lebendig an ihrer Seite thronend sehen zu wollen.«

Das war eine Katastrophe. Die Rührseligkeit des Königs, der ein devoter Textdichter willfahrte, drohte einem Werk, das ganz auf das tragische Scheitern einer großen Liebe hin angelegt war, den Garaus zu machen. Es war wie bei einer Aufführung von »Romeo und Julia«, die kürzlich irgendwo stattgefunden hatte: Dort erschien am Ende ein Priester, besprengte das tragische Liebespaar mit Weihwasser, wonach es, vom Scheintod erweckt, einander um

den Hals fiel. Tatsächlich gab es Intendanten, die dem sentimentalen Zeitgeist derartige Konzessionen machten.
Und nun sollte auch die »Undine« auf der Liste der Kunstverbrechen erscheinen.
Der Baron gab seinem Komponisten einen Klaps auf die Schulter und kehrte zu seinen gesellschaftlichen Verpflichtungen zurück. Zweifellos lag ihm der Gedanke, dass Hoffmann sich der gewünschten Bearbeitung verweigern würde, vollkommen fern. (Ohnehin hatte Hoffmann keine Möglichkeit, eine Entstellung des Stücks zu verhindern. Notfalls würde man für den angeklebten Schluss Musik »aus dem vorhandenen Repertoire« verwenden. Dergleichen war bei Opernaufführungen üblich.)
Oh, warum durfte man sein künstlerisches Elend nicht hinausschreien! Seit Wochen versuchten Hoffmann und der weit einflussreichere Fouqué, die Aufführung der »Undine« durchzusetzen. Bei Kühnemann, dem Intendanten, waren sie jedoch bisher gescheitert. Zwar waren »Ritterdramen« zurzeit allgemein beliebt; doch erstens lag Hoffmanns Oper im Wettstreit mit zahlreichen anderen »Undinen« und »Melusinen«; zweitens schrieb Kühnemann die Textbücher der Stücke, die er auf die Bühne brachte, mit Vorliebe selbst. Nun wusste zwar auch er, dass der Baron Fouqué die allerhöchste Protektion genoss und man ihn nicht wie einen der vielen beliebigen Brot suchenden Dichter und Komponisten behandeln konnte; aber als erfahrener Theatermann verstand er sich den Konkurrenten vom Leibe zu halten, indem er seine Bühne mit Ritterdramen – veropert oder nicht – dermaßen überschwemmte, dass er Fouqués hohen Förderern gegenüber argumentieren konnte, der Spielplan sei mit Stoffen dieser Art bereits übersättigt und die rückläufigen Zuschauerzahlen zeigten schon deutlich den Überdruss des Publikums an diesem Genre an.
Es war nicht leicht, als Komponist in der preußischen Hauptstadt sein Glück zu machen.
Hoffmann stand in der Fensternische wie ein Statist in der Bühnengasse, der neidisch auf die Hauptdarsteller draußen im Ram-

penlicht blickt. Er versuchte, das Zittern seiner Hände zu unterdrücken, indem er sie auf dem Rücken zusammenlegte. Vor Wut begann er, wie so oft, zu grimassieren. Bald würde er sich auf den reichlich gespendeten Champagner stürzen und die anwesenden Damen, die ihn, den berühmten Autor der »Phantasiestücke«, mit Tieck zu verwechseln pflegten oder ihn schlicht »Monsieur Callot« nannten, mit bissigen Bemerkungen traktieren. Morgen früh würde er dann wieder, »sich scheußlich ennuyiert«, in sein Tagebuch schreiben.

Draußen rauschten die Linden.

2

Wie alle Tage ging Hoffmann quer über den Gendarmenmarkt. Hier herrschte im Schatten des Nationaltheaters und der beiden prachtvollen Kirchen das übliche rege Leben und Treiben. In Hoffmanns Ohren gellte das merkantile Geschrei der Obst- und Gemüsehökerinnen, die mit ihren weiten Röcken majestätisch im Kreis ihrer Körbe thronten und mit dröhnenden Korporalsstimmen ihre Ware ausschrieen. »Äppel, Äppel, Äppel!«, »Beeren, Beeren, Beeren!«, »Kooft Radi!«, »Fiisch, frischer Fiisch! Neunoogen und Krebse!«, »Salzkuchen, noch warm!«, tönte es in allen Stimmlagen von Bass bis Diskant sowie, von einer Humoristin unter den Marktweibern: »Saure Damen, meene Jurken!« All dies Geschrei, das Hoffmann sonst stets als Szene einer komischen Oper wahrnahm, die er im Gehen unwillkürlich komponierte und instrumentierte, peinigte heute sein empfindliches Gehör, denn er war stark erkältet. Er zuckte zusammen, als die Stimme eines besonders lungenkräftigen Marktdragoners ihm wie eine Jerichotrompete in den Ohren gellte: »Riebenzucker! Koofen Se Riebenzucker! Zuckerrieben! Janz billich! Reineweg jeschenkt! Komm' Se, jreifen Se zu. Herr Jeheimrat, spendiern Se Ihrer Madam mal wat Sießet! Zuckerrieben! Riebenzucker!« Hoffmann fühlte, dass er von all dem Getöse heute wohl eher Kopfschmerzen bekommen würde, folglich überquerte er den Platz schnellen Schritts und wandte seinen Blick von all den ausgestellten Herrlichkeiten des Markts ab.

Plötzlich bemerkte Hoffmann am Rand des Marktgeschehens eine Bude, die ihm seltsam vorkam. Als er näher trat, sah er, dass es sich nicht um einen Marktstand, sondern vielmehr um einen hohen, vierrädrigen Karren handelte, der ringsum mit Vorhängen verschlossen war, die man mit allerlei merkwürdigen Gestalten bemalt hatte. Hoffmann erkannte die Figuren aus der italienischen »Commedia dell'Arte«: den Dottore, die Colombina, den Arlecchino. Ohne Zweifel gehörte dieser Karren einer umherziehenden Theatertruppe, die hier in Berlin zu spielen gedachte, sich aber wahrscheinlich zunächst noch mit den Misshelligkeiten der Zensur herumzuschlagen hatte. Hoffmann wusste aus eigener Erfahrung, wie viel Zeit sich die Zensoren mitunter dabei ließen, ihren Imprimatur-Stempel auf die eingereichten Stücke zu setzen, wie sie mitunter absurde Striche im Text anordneten, die den Sinn einer Szene geradezu unverständlich machten, und wie viele blanke Taler es sich der Theaterdirektor kosten lassen musste, sein Repertoire schnell und unverstümmelt durch den Zoll zu bringen. Erstaunlich war allerdings die Tatsache, dass dieser Wagen allein hier stand. Gewöhnlich besaß beziehungsweise benötigte selbst die geringste Truppe mindestens vier von ihnen; und die Karawane trennte sich nur höchst selten.

Doch mehr als alles andere verblüffte ihn der Anblick der Vorhänge, hinter denen der Wagen – der vermutlich ein Garderoben- und Requisitenkarren war – seinen Inhalt verbarg. Nicht die dargestellten Motive waren es allerdings, die Hoffmanns Staunen erregten. Vielmehr verwirrte ihn die unleugbare Tatsache, dass er selbst diese Vorhänge bemalt hatte!

Vor ein paar Jahren war er Musikdirektor in Bamberg gewesen und hatte dort eines der phantastischen Stücke des Grafen Gozzi zur Aufführung gebracht, wobei er selbst die darin enthaltenen

Lieder komponiert sowie die passenden Vorhänge gemalt hatte. Diese hatte man inzwischen gestutzt und zurechtgeschneidert, doch die Überreste waren unverkennbar. Sie stellten das geistige Eigentum des einstigen Bühnenbildners Hoffmann dar. Dies gab dem Kammergerichtsrat, wie er glaubte, das Recht, sich nach dem Woher und Wohin der ihm unbekannten Truppe zu erkundigen.
An einen Vorhang kann man schlecht anklopfen. Doch Hoffmann, der sich mit derartigen Fahrzeugen auskannte, wusste, dass es meist am hinteren Teil eine Leiter oder eine Treppe gab und dass sich dort mitunter eine kleine Glocke befand, mit deren Hilfe man die Insassen auf sich aufmerksam machen konnte. Und richtig, auch hier betrat man das rollende Zelt quasi durch den Hintereingang. Die Glocke allerdings fehlte, und Hoffmann blieb somit nichts anderes übrig, als seinen Kopf behutsam durch den Spalt zwischen den beiden Hälften des sich überlappenden Vorhangs zu schieben und: »Ist es gestattet?«, zu fragen, wobei er die italienische Form dieser Höflichkeitsfloskel wählte.
Die Ladefläche des Karrens war, wie es Hoffmann erwartet hatte, mit Garderobenstangen, an denen sich die Kostüme quetschten und drängten, sowie mit allerlei Kisten, Kästen und Schachteln voll gestopft, sodass kaum noch eine Person dazwischen Platz fand. Diese saß in einem schmalen Lehnstuhl, der wohl einmal in einer Vorstellung als Thron gedient haben mochte, und nähte neue bunte Bänder an ein himmelblaues Kleid, das sie über ihrem Schoß ausgebreitet hatte.
»Colombina!«, rief Hoffmann.
Die Frau, die offenbar zu vertieft gewesen war, um sein höfliches »Permesso?« zu hören, blickte auf diese Anrede hin überrascht auf. Als sie Hoffmann vor sich stehen sah, ließ sie die Nadel sinken und schaute den Eindringling zunächst abweisend, dann jedoch mit freudiger Überraschung an.
»Hoffmann! Sie sind es tatsächlich?«
Hoffmann vollführte eine galante Verbeugung und erwiderte in bewährter Bühnenmanier: »Zu Ihren Diensten!«

Die mit »Colombina« Angeredete legte das Kostüm sowie die Werkzeuge, mit denen sie daran gearbeitet hatte, beiseite, stand von ihrem Sitzplatz auf, musterte den unerwarteten Gast kopfschüttelnd von Kopf bis Fuß und sagte: »Sie in Berlin? Ich kann es kaum glauben.«

Hoffmann winkte ab. »Was das betrifft, so kann ich dir noch viel Unglaublicheres mitteilen!«, sagte er, indem er zur Duzform überging, wie sie an allen Theatern unter den Bühnenkünstlern üblich war. »Aber zunächst lass mich wissen, warum du hier so allein inmitten eines Kostümfundus sitzt, der, mit Verlaub, ein wenig muffig riecht. Bildest du die Avantgarde einer Truppe, oder hat man dich hier ausgesetzt?«

»Weder – noch«, erwiderte Colombina. »Man hat uns den Packhof als Spielort zugewiesen. Da es uns an Pferden fehlt, muss jeder Karren einzeln dorthin geschafft werden.«

»Da hat man euch gehörig ins Abseits verbannt«, sagte Hoffmann mitleidig. Er kannte das Elend der abgeschiedenen, nur von Gesindel aufgesuchten Spielorte, wo man durch Diebstahl mehr verlor, als man durch die Vorstellungen einnahm. Nichts hatte sich, wie es schien, am Los des fahrenden Volkes geändert, seit Hoffmann dieser Zunft angehört hatte.

»Wie mir scheint, gehörst du nicht mehr zu uns«, sagte Colombina. »Du bist ein berühmter Dichter geworden.«

»Woraus du nicht schließen solltest, dass ich nicht mehr zum Bühnenvolk gehöre«, erwiderte Hoffmann. »Im Gegenteil. Ich erwarte die Uraufführung meiner ersten Oper am Nationaltheater und mache mir Hoffnung, nach einem gehörigen Erfolg derselben auf die erste frei werdende Stelle eines Kapellmeisters zu rücken.«

»Dann bist du ja ein vornehmer Herr«, meinte Colombina, halb fragend, halb konstatierend.

»Das nun nicht gerade«, widersprach Hoffmann. »Die Kunst geht nach Brot, um unseren großen Lessing zu zitieren. Ich habe mich, um zu existieren, einstweilen wieder in die Walkmühle der Justiz zwingen lassen müssen.«

Colombina, die sich wohl nicht daran erinnerte, dass Hoffmann ein Studium der Rechte erfolgreich abgeschlossen hatte, sah ihn verständnislos an.
»Ich nenne mich königlicher preußischer Kammergerichtsrat«, erläuterte Hoffmann.
»Nein!«, rief die junge Frau und lachte erstmals, seit sie sich begegnet waren, laut heraus. »Du willst mich auf den Arm nehmen. Typisch Hoffmann, kann ich da nur sagen. Kammergerichtsrat! Warum nicht gleich Staatsminister?«
Hoffmann, der an diesem Tag nicht seine Beamtenuniform, sondern Zivilkleidung angelegt hatte, wusste nicht, wie er sich der ungläubigen Schauspielerin gegenüber als Mitglied des preußischen Richterkollegiums legitimieren sollte, zumal ihm seine Stellung im Justizapparat mitunter selbst ein wenig seltsam erschien.
»Wie kommt es, dass du meine alten Bühnenbilder spazieren fährst?«, erkundigte er sich, um das Gespräch wieder zum Theater zurückzulenken.
»Die Bamberger Truppe wurde aufgelöst, wie du ja wohl weißt«, antwortete Colombina. »Diejenigen, die zusammenbleiben wollten, packten die Überreste auf einen Wagen und machten sich auf die Wanderschaft.«
»Wer gehört zu eurer Compagnie?«, fragte Hoffmann.
Ihm wurden die Namen einiger Sänger und Schauspieler genannt, von denen er nur einen Teil kannte. Sein Aufenthalt in Bamberg lag nun schon etliche Jahre zurück, und die Mitglieder einer Theatertruppe wechselten so schnell die Plätze wie Reisende auf einer Poststation.
»Es scheint euch nicht gut zu gehen«, bemerkte er eingedenk des minderwertigen Spielorts, den man der Truppe zugewiesen hatte.
»Vielleicht kannst du etwas für uns tun?«, bat die junge Frau. Offensichtlich hielt sie Hoffmann für einen Herrn von Einfluss.
»Ich werde mich bemühen«, versprach Hoffmann vage. Er dachte daran, sich der Verbindungen seines Freundes Fouqué zu bedienen, um seinen früheren Kollegen möglichst einen günstigeren

Ort für ihr Gastspiel zuweisen zu lassen. »Aber ich kann nichts versprechen. Die Residenz ist zurzeit nicht sehr freundlich zu Schauspielern.«

»Wir haben ein paar gute, neue Stücke einstudiert«, versicherte Colombina. »Du solltest uns sehen und hören!«

Hoffmann versprach, sich die erste Vorstellung der Truppe unbedingt anzusehen, auch einige Freunde zu mobilisieren, wenngleich er in Berlin kaum so viele Leute kannte, als nötig waren, um auch nur die erste Bankreihe eines Theatersaals zu füllen. Er war noch neu in Berlin, hatte sich am Kammergericht mit Arbeit überhäuft gesehen und obendrein noch die einsame Schreibtischexistenz eines Dichters geführt. Nur an einigen Abenden in der Woche traf er sich mit einer fröhlichen Runde von Musikern und Literaten, die sich den Namen »Seraphinenbrüder« zugelegt hatten. Diese würde er wohl zu einem Theaterbesuch überreden können.

Hoffmanns Ruhm als Autor phantastisch-gespenstischer Novellen war, seitdem er sich in Berlin angesiedelt hatte, allmählich gewachsen. Die ersten zwei (anonym erschienenen) Bände seiner »Phantasiestücke in Callots Manier« hatten den Beifall der Kenner erworben. Dem jüngsten, dritten Band, betitelt »Der goldene Topf«, war sogar die Gunst breiterer Leserschichten (und obendrein der Kritiker) zuteil geworden, sodass man mit Fug und Recht davon reden konnte, er befinde sich auf dem Wege zum bedeutenden Dichter. Indes war ihm der Segen klingender Münze noch immer versagt. Auch sein Richteramt trug ihm noch kein festes Gehalt, sondern nur unregelmäßige Dotationen ein. Der preußische Staat war nach sieben Jahren französischer Besatzung und einem auszehrenden Kriegszug so verarmt, dass er nicht einmal seine Beamten ordentlich bezahlen konnte.

»Ich sehe, du bist erkältet«, stellte Colombina nun fest, indem sie sich allmählich von ihrer Überraschung zu erholen schien.

»Es hat mich wohl erwischt«, gab Hoffmann zu. »Falls du Angst vor einer Ansteckung hast, können wir unsere Wiedersehensfeier auf später verschieben.«

»O nein, nein, nein!«, protestierte die junge Frau. »Ich werde nicht krank. Im Gegenteil. Ich könnte dir vielleicht Linderung verschaffen. Ich kenne ein vorzügliches Hausmittel. Allerdings müsste ich auf dem Markt heißes Wasser und ein paar andere Dinge besorgen …«
Sie begann in den Falten ihres Kleids nach Geld zu kramen. Hoffmann fühlte sich verpflichtet einzuspringen, zumal es ja um seine Gesundheit ging. Er fragte sich gerade, wie er Colombina wohl einen Silbertaler (einen seiner letzten) zustecken konnte, ohne sie zu beleidigen, als sie plötzlich einen Kupferpfennig zum Vorschein brachte, den sie ihm mit einem so triumphierendem Gesicht hinhielt, als habe sie einen veritablen »goldenen Ludwig« in ihren Taschen gefunden.
»Dafür wirst du nicht viel …«, begann Hoffmann, der die hohen Berliner Marktpreise zur Genüge kannte. Doch Colombina unterbrach ihn.
»Streck deine Hand aus!«, befahl sie.
Hoffmann hielt ihr die offene Handfläche hin.
Die junge Frau legte den Kupferpfennig darauf. »Und jetzt schließe sie!«
Hoffmann schloss seine Hand zur Faust. Colombina ließ ihre Hände darüber schweben und murmelte ein paar unverständliche Zaubersprüche.
»Nun wieder öffnen!«, befahl sie.
Hoffmann tat, wie ihm geheißen. In seiner Hand lag plötzlich eine nagelneue, funkelnde Goldmünze.
»Ich wusste nicht, dass du unter die Taschenspieler gegangen bist«, sagte Hoffmann mit einem anerkennenden Nicken.
»Das bin ich durchaus nicht«, erklärte Colombina. »Du bist es, der gezaubert hat.«
»Ich? Durchaus nicht!«, widersprach Hoffmann.
»Oh, doch! Ich wollte es ausprobieren! Denn siehe, ich habe dich hinter deiner Maske erkannt. Du bist nicht Hoffmann, der Kammergerichtsrat, sondern Radamanthus, der König von Atlantis.

Nur er kann Kupfer in Gold verwandeln. Dein Talent hat dich verraten. Verleugne dich nicht länger!«
Hoffmann runzelte ein wenig die Stirn ob dieses blühenden Unsinns, machte jedoch gute Miene zum seltsamen Spiel, da er annahm, dass es sich hier um die Szene eines Stücks handelte, welches die Truppe in Berlin aufzuführen gedachte. Tatsächlich hofknickste Colombina vor ihm.
»Majestät, haben Sie die Güte, auf dem Thron Platz zu nehmen, der Ihnen gebührt«, sagte sie, indem sie mit einer einladenden Geste auf den Sessel wies. »Ich bin im Handumdrehen wieder zurück und widme mich Ihrer Unpässlichkeit.«
Ehe Hoffmann protestieren und auf seine Amtspflichten verweisen konnte, war die flinke junge Frau an ihm vorbei aus dem Karren gehuscht. Seufzend setzte er sich in den Lehnstuhl. Sobald er auf dem Polster saß, erkannte er, wie schwer es ihm gefallen war, sich auf den Beinen zu halten. Wahrhaftig, er glühte vor Fieber. Oder war es nur so heiß und stickig hier im Wagen? Wie kam es, dass seine Arme und Beine so träge und schwer wurden, so unbeweglich, als hingen die Gliedmaßen eines Elefanten an seinem schmalen Körper? Seine Muskelkraft reichte nicht aus, um seine Arme auch nur um einen Zoll zu heben. Sie schienen mit der Sessellehne verwachsen zu sein. Gleiches galt für seine Füße, denen er vergeblich den Befehl erteilte, sich zu regen. Er war verzaubert! Kein Zweifel, Colombina, die Kupfer in Gold zu verwandeln vermochte, hatte ihn mit ihren magischen Kräften hier festgebannt. Aber wozu? Hatte sie vor, ihn zu entführen? Sie hatte ihn Radamanthus von Atlantis genannt. Aber wie kam sie denn nur darauf, er sei der König eines legendären Eilands? Das war doch reiner Unsinn. Er war Hoffmann, der Kammergerichtsrat. Doch plötzlich musste er selbst über die Vorstellung, ein Kammergerichtsrat zu sein, sarkastisch lachen. Kammergerichtsrat. Das klang doch zu kurios. Nein, er war tatsächlich ein König, und sein Name war Radamanthus. Er saß in seinem Reisewagen. Und da kamen auch schon seine Untertanen, um die Pferde einzuspannen und ihn in sein Schloss zu geleiten.

Der Tross war inmitten des bunten Treibens auf dem Schlossplatz zum Stehen gekommen. Hier fand gerade ein Markt statt, und man reichte dem König und seiner Begleiterin allerlei Geschenke durch die Fenster der Kutsche. Das Volk ließ ihn hochleben und feierte das Glück, einem so wunderbaren, zaubermächtigen König untertan zu sein, der ausgezogen war, um in den Ländern jenseits des Meeres nach einer Braut zu suchen, und der nun mit einer Prinzessin von unvergleichlicher Schönheit heimkehrte, deren Name, wie man hörte, »Undine« lautete. Die einfachen Leute glaubten, das klänge dänisch, während die Gelehrten darauf bestanden, dass der Name französischen Ursprungs sei und »Ündien« ausgesprochen werden müsse.

Aber was war das? Warum hielt der Festzug hier an? Radamanthus, der endlich in sein Schloss wollte, hatte allmählich genug von den Hochrufen (den Hochrufern erging es ebenso) und zitierte seinen Kammerjunker herbei, um sich nach dem Grund für den ungebührlichen Aufenthalt zu erkundigen.

»Es handelt sich um einen ungewöhnlichen Vorgang, Majestät«, sagte der Kammerjunker mit einiger Verlegenheit. »Es scheint, als wolle man uns das Schlosstor nicht öffnen.«

»Wie? Was? Mir, dem König, und seiner Auserwählten das Tor nicht öffnen? Wer untersteht sich, so zu handeln?«

»Man munkelt, das Schloss sei während Eurer Abwesenheit von einem Usurpator besetzt worden, der sich die Aversion der Spießbürger gegen eine ausländische Königin zunutze gemacht und eine Revolte angezettelt hat.«

»So stellt die Kanonen auf und beschießt das Tor!«, rief Hoffmann in hellem Zorn.

Der Kammerherr duckte sich angesichts des zu erwartenden Wutausbruchs, denn er konnte nicht umhin zu melden: »Wir haben keine Kanonen, Sire.«

Und leider hatte er Recht. Es war nicht viel, woran es dem prächtigen Zug des Hochzeitspaares mangelte. Zu dem Wenigen zählten jedoch ausgerechnet Kanonen! Radamanthus hatte nicht geglaubt, sie auf eine Reise mitnehmen zu müssen, bei der er sich nach einer passenden Königin umsah. Alle Kanonen standen innerhalb der Burg und befanden sich somit in der Hand seines Feindes.

»Wer ist der Dreiste, der es wagt, sich meinen Thron anzumaßen?«, fragte Hoffmann grimmig.

Man beschied ihn, es handle sich um einen Schwarzkünstler namens Protoporax sowie um die Hexe Mursa Beguli, die Radamanthus wohl bekannt war. Es hieß, hinter den beiden stünde eine noch größere, schrecklichere Macht. Zweifellos verwandten die Burgbesetzer die Mittel der Magie, um den rechtmäßigen König am Betreten seines Wohnsitzes zu hindern.

Nun war dies nicht eben eine prächtige Burg. Der König von Atlantis war ein bescheidener Herrscher, der freiwillig darauf verzichtete, seinem Volk die Kosten für den Unterhalt zahlreicher Haupt-, Jagd- und Lustschlösser aufzubürden oder es zum Bau von Burgen und Festungen heranzuziehen. Sein Palast genügte indessen seinen bescheidenen Ansprüchen, zumal er im Inneren bunter und reichhaltiger war, als es dem äußeren Anschein entsprach.

Radamanthus regierte mit milder Hand. Er wollte, dass Atlantis zu einer Insel der Poesie in einer erstarrten und feindseligen Welt werde, dass es von einem lustigen und lebhaften Volk bewohnt wurde, das ebenso gern feierte, wie es sich den notwendigen Arbeiten hingab. Er hielt das Militär kurz, dafür förderte er die Theater. Dichter wurden in seinem Reich besser bezahlt und höher geehrt als Hofräte und Minister. Er selbst verfasste Märchen für Kinder wie für Erwachsene und hatte zu Ehren seiner Braut eine Oper komponiert, die er zu ihrem Empfang aufzuführen gedachte. Und nun hielt man die Schlosstore vor ihm versperrt! Das war ein so ungeheuerlicher Frevel, dass Hoffmann nicht gezögert hätte, zum ersten Mal in seinem Leben einen Kanonenschuss abzugeben.

Natürlich waren einige neidische, mürrische Hofbeamten, die der Poesie feindlich gesinnt waren, auf die Seite der neuen Herrscher getreten. Radamanthus hatte schon immer gespürt, dass gegen ihn intrigiert werde. Aber er war nie ängstlich gewesen, denn er wusste das Volk auf seiner Seite. Und rief es nicht auch jetzt begeistert seinen Namen – und den der künftigen Königin? Würde es nicht für ihn, den geliebten König, in die Bresche springen, das Tor sprengen und ihn auf seinen rechtmäßigen Thron setzen? Mochten die Hexe und der Zauberer die Pforten auch mit noch so vielen magischen Banden verschließen! Er, Radamanthus, besaß mehr Macht und mehr Zauberkraft als alle bösen Geister zusammen!

»Wohlan!«, rief er der Menge zu, die sich um seine Kutsche versammelt hatte. »Sprengt mir das Tor und führt die Unbotmäßigen in Banden hierher!«

Das Volk rief: »Hurra!«, und begann die Feste zu stürmen. Aber es war verhext: Sämtliche Versuche, das Tor gewaltsam zu öffnen, blieben vergebens. Die Schlacht dauerte mehrere Stunden. Dann musste der erschöpfte Kammerjunker seinem König gestehen, dass man eine Niederlage erlitten habe und das Königspaar die Nacht wohl in einem Gasthof verbringen müsse. Der König in einem Gasthof! Welch eine Schande! Laut gellte das höhnische Gelächter der Hexe über den Platz.

Die kreischende Stimme weckte Hoffmann aus seinen unschönen Träumen. Sobald er wieder bei Sinnen war, bemerkte er Colombina, die mit einer bedeckten Schüssel vor ihm stand, in der, wie es schien, eine heiße Flüssigkeit dampfte. Ein scharfer Geruch verbreitete sich im Wagen. Das Mädchen stellte das flache Gefäß auf ein zierliches Nähtischchen, von dem sie die Stoffe und Bänder abgeräumt hatte.

»Halten Sie Ihren Kopf über die Schüssel«, befahl sie, indem sie das Tuch abhob. »Und atmen Sie den Dampf der Kräuter ein, wenn möglich durch die Nase. Er scheint zunächst beißend und wird Ihnen den Atem verschlagen, aber schon bald spüren Sie Erleichterung. Es gibt kein besseres Mittel gegen Erkältungen.«

Hoffmann tat, wie ihm geheißen. Kaum hatte er sich, bedeckt mit dem Tuch, über die Schüssel gebeugt, glaubte er zu ersticken. Heiße, aromatische Dämpfe hüllten ihn ein. Nur die Furcht, als Feigling zu erscheinen, hielt ihn davon ab, sich das Tuch sofort wieder vom Kopf zu reißen. Von einem Moment zum anderen brach ihm am ganzen Körper der Schweiß aus. Er fühlte sich gepeinigt wie in den Schwefeldämpfen einer Hexenküche.
Doch bald schon stellte sich zu seinem Erstaunen eine angenehme, belebende Wirkung ein. Und noch einen Augenblick später vermochte er, o Wunder, frei durch die Nase zu atmen. Es schien, als reinige sich die Stirnhöhle auf zauberhafte Weise. Selbst das Fieber ging unverkennbar zurück.
»Es tut mir sehr Leid, dass Ihr Besuch, der mir eine hohe Ehre ist, unter solch widrigen Umständen stattfindet«, sagte Colombina. »Aber ich hoffe, ich konnte Euer Majestät ein wenig Linderung verschaffen.«
Hoffmann sah sich im Bann der gewürzten Schwaden, die ihn umwaberten, leider außerstande zu versichern, dass er die labende Wirkung der Wunderpflanze sehr zu schätzen wisse, die Anrede »Majestät« jedoch zurückweisen müsse. Auch konnte er seinen Wunsch, einen kleinen Vorrat dieses vorzüglichen Heilmittels mit nach Hause nehmen zu dürfen, nicht in verständlichen Worten äußern, da ihm die scharfen Dämpfe den Atem verschlugen.
»Ich muss Ihnen gestehen, dass ich Ihnen nicht die Wahrheit gesagt habe«, platzte die junge Frau in diesem Augenblick heraus. Sie war schon seit einiger Zeit wieder zum Sie zurückgekehrt.
»Inwiefern?«, kam es kaum verständlich unter dem Kopftuch hervor.
»Ich bin keine reisende Komödiantin«, sagte Colombina. »Ich gehöre zum Ensemble des Nationaltheaters.«
Hoffmann warf das leidige Tuch von sich. Sein Gesicht war krebsrot.
»Da gratuliere ich«, erwiderte er. »Was veranlasste dich, dein Licht unter den Scheffel zu stellen?« Ein Engagement am Nationalthea-

ter war ja immerhin etwas sehr viel Besseres als der Status einer Umherziehenden, deren Ansehen kaum über dem der Vagabunden und Spielleute stand.

»Ich wollte mir zunächst ein Bild von Ihnen machen«, sagte Colombina. »Es wäre ja immerhin möglich, dass der Ruhm Sie verändert hat und Sie veranlasst, sich meinem Anliegen zu verschließen.«

»Worin besteht Ihr Anliegen?«, erkundigte sich Hoffmann.

»Ich möchte Sie ein paar Freunden von mir vorstellen«, antwortete Colombina. »Sie gehören ebenfalls dem Nationaltheater an. Es ist unsere dringende Absicht, die Bühne zu reformieren. Wir denken, dass unser derzeitiger Intendant, Herr Kühnemann, einen unseligen Einfluss auf die Bühnenkunst ausübt.«

Da mochte sie wohl Recht haben! Immerhin hatte Kühnemann auch die Aufführung der »Undine« verweigert. Zweifel am künstlerischen Urteil des Theaterdirektors schienen dem Komponisten demzufolge durchaus angebracht. Es erstaunte ihn, Hoffmann, keineswegs, dass einige Mitglieder des Ensembles, vornehmlich die jüngeren, der gleichen Meinung waren.

»Nun, darüber könnten wir uns schnell einig werden«, gab er seiner Gastgeberin daher zu verstehen. »Aber warum trittst du – oder tretet ihr – auf so eine seltsame Art und Weise mit mir in Verbindung?«

Colombina breitete die Arme aus und lachte. »Wir sind nun einmal Schauspieler«, sagte sie. »Die Idee stammt übrigens von einem jungen Kollegen« – bei diesen Worten errötete sie viel sagend –, »dessen Talent Sie zweifellos sehr bewundern werden, wenn Sie ihn erst einmal auf der Bühne gesehen haben. Wir proben zurzeit den ›Sommernachtstraum‹. Er spielt darin ebenso wie ich einen der Waldgeister. Eine Rolle, die weit unter seinen Möglichkeiten liegt, zumal Kühnemann, der die Regie führt, sie obendrein noch zusammengestrichen beziehungsweise seinen Text einem Rivalen, seinen Günstling, zugeschoben hat. Er verfährt nach Lust und Willkür. Er selbst spielt natürlich den Oberon. Er ist ein Tyrann!«, rief sie mit Schiller'schem Pathos aus. »Wir müssen für die Freiheit der Künste kämpfen!«

»Ich pflichte dir von ganzem Herzen bei«, sagte Hoffmann. »Allerdings gehöre ich nicht zu eurem Ensemble. Was kann ich also für euch tun?«

»Sie sind ein Schriftsteller, ja ein Dichter«, erwiderte Colombina. »Sie können uns helfen, ein Manifest zu formulieren. Wir selbst sind dazu außerstande. Uns fehlt die Macht des Wortes, über die Sie in einem so hohen Maß gebieten.«

»Du brauchst mir nicht zu schmeicheln«, sagte Hoffmann lächelnd. »Ich bin gern bereit, euch zu unterstützen. Zufällig gibt es am Kammergericht zurzeit nicht viel Arbeit.«

»Dann kommen Sie noch heute! Kommen Sie sofort!«, rief Colombina begeistert. »Wir brennen darauf, etwas in Gang zu setzen!«

Hoffmann gab zu verstehen, er habe nun doch das eine oder andere zu tun und könne nicht auf der Stelle alles liegen und stehen lassen, um sich einer Theaterrevolte anzuschließen. So kam man denn überein, sich am Abend in einer Weinstube zu treffen, die als Künstlerlokal bekannt war und der Hoffmann zuvor schon einige Male die Ehre gegeben hatte.

3

»Willst du der Welt da draußen nicht mehr über die Zustände in deinem Reich, der Insel Atlantis, mitteilen?«, fragte Undine, die ihrem Herrn und Gebieter in der bescheidenen Unterkunft, die sie als exiliertes Herrscherpaar bewohnten, zu Füßen saß. »Wir sollten die Sturmtruppen der Poesie zu Hilfe rufen und die Banausen, die dein Schloss besetzt halten, endlich daraus vertreiben.«

»Ich würde alles tun, um dir zu einer angemessenen Heimstatt darin zu verhelfen«, erwiderte Radamanthus. »Ja, ich würde sogar ein neues, viel prächtigeres Bauwerk eigens für dich errichten.«

»Dessen bedarf es nicht«, sagte Undine. »Mir gefällt dein bescheidenes Schloss sehr wohl, zumal, wenn es darin singt und klingt, wenn gespielt und getanzt wird und die Musik der Liebe Nahrung ist.«
Er küsste sie. »So soll es sein immerdar«, sagte er. »Nur rate mir, wen soll ich zu Hilfe rufen? Die Poeten dieser Welt werden niemals ein Heer bilden, um die finsteren Mächte, die ihnen die Luft abdrücken, zu bekämpfen. Viele glauben ja nicht einmal mehr an die Existenz der Insel Atlantis.«
Undine sah ihn ungläubig an. »Aber die Insel ist doch von jeher das angestammte Reich der Künstler!«, erwiderte sie. »Wenn sie selbst nicht mehr daran glauben – wie schlimm muss es dann um die Künste stehen!«
»Um die hat es immer schlecht gestanden«, seufzte Hoffmann. »Schon Ovid wurde ans Schwarze Meer verbannt.«
»Aber du bist der rechtmäßige König von Atlantis!«, erregte sich Undine. »Du musst etwas dagegen tun. Du darfst deine Erniedrigung nicht tatenlos hinnehmen! Kämpfe! Rufe zum Widerstand auf!«
Im Grunde seines Herzens war Radamanthus das Streitwesen zutiefst zuwider. Doch er sah ein, dass Undine Recht hatte. Er durfte nicht resignieren. Er musste um sein Recht kämpfen!
»Ich tue es für dich«, sagte er. »Damit du endlich den dir gebührenden Platz einnimmst.«
»So redet ein wahrer König!«, rief Undine mit dem Pathos einer Jeanne d'Arc. Radamanthus beschloss, dass der Schlachtruf seines Feldzuges lauten sollte: Für Undine!
In diesem Moment wurde die Tür aufgerissen, und der Kammerjunker platzte herein.

»Ich sehe, man schläft auf dem kurulischen Stuhl!«, begrüßte Assessor Warnke den aus seinen Träumen auffahrenden Hoffmann wohl gelaunt. »Kein Wunder, dass sich das Unrecht allenthalben verbreitet.«

»Tut es das?«, fragte Hoffmann benommen.
»Haben Sie es schon gehört?«, platzte der Assessor heraus. »Napoleon kehrt zurück.«
»Nach Berlin?«, fragte Hoffmann verwirrt. Es fiel ihm schwer, sich von den Geschicken der Insel Atlantis ab- und den politischen Sensationen der Gegenwart zuzuwenden.
»Gott stehe uns bei!«, rief Warnke, und er begann zu berichten, was inzwischen alle Zeitungen meldeten:
Am Abend des 26. Februar 1815, einem Sonntag, war eine Flotte von sieben Schiffen von der kleinen Hafenstadt Portoferraio aus in See gestochen. Der Kaiser und Souverän der Insel Elba zog mit einem Heer von knapp tausend Mann aus, um Frankreich zurückzuerobern.
Am 1. März landeten die Schiffe in Cap d'Antibes. Der Souverän ließ von einem Himmelbett einen hölzernen Adler absägen, auf einen Stock montieren und seinem Heer als Standarte vorantragen. Auf unwegsamen Straßen zog die Invasionstruppe gen Norden; in den verschneiten Alpen blieb ihnen nichts anderes übrig, als ihre Kanonen zurücklassen. Den Kauf von Pferden konnte sich der Kaiser von Elba nicht leisten, sodass seine Kavalleristen zu Fuß gehen mussten.
In einem kleinen Ort namens Digne verfasste er am 4. März eine Proklamation, in der er sich zum Kaiser von Frankreich erklärte und die französische Armee aufforderte, seinen Befehlen zu gehorchen. Am 5. März wurde König Ludwig XVIII. von der Invasion benachrichtigt. Er beauftragte einige untergeordnete Heerführer, den Usurpator aus dem Land zu jagen.
Bei Grenoble stellten sich den Invasoren zum ersten Mal Landesverteidiger entgegen – ganze siebenhundert Mann. Es war der 7. März. Der Souverän von Elba ging den Soldaten entgegen, öffnete seinen grauen Mantel – man könnte sagen: den weltberühmten grauen Mantel – und rief: »Wenn ihr mich töten wollt – hier bin ich!« Der Offizier befahl dem Regiment zu feuern. Doch die Soldaten rissen die weißen, bourbonischen Kokarden von ihren

Helmen ab und ersetzten sie durch republikanische, die sie heimlich in ihren Tornistern bei sich getragen hatten. Bald darauf lagen sich Verteidiger und Eroberer in den Armen. Fast alle kannten sich von früheren Feldzügen her und freuten sich sehr über das Wiedersehen.

Das Gleiche geschah vor Lyon. Ohne einen Schuss durchquerten die Invasoren Burgund. Sämtliche Truppen, die der König von Frankreich dem Eroberer entgegensandte, schlossen sich diesem an. Am 19. März floh Ludwig XVIII. nach Belgien. Als ihm unterwegs ein Koffer gestohlen wurde, bedauerte er vor allem den Verlust seiner Pantoffeln, die sich seinen gichtkranken Füßen schon so gut angepasst hatten …

Am 20. März kam der Eroberer nach Paris. Das Volk versammelte sich in den Tuilerien, um ihn zu bejubeln. Der Kaiser von Elba befahl, die Gebetbücher des geflohenen Königs aus seinem Arbeitszimmer zu räumen, breitete seine Karten dort aus und ließ sein berühmtes Feldbett aufstellen. Napoleon Bonaparte war wieder Kaiser von Frankreich.

In Wien, wo der Kongress tanzte und um die Aufteilung Europas schacherte, ließen die Musiker die Geigenbögen sinken. Die versammelten Souveräne kehrten eilig in ihre Länder zurück, die meisten von ihnen in Panik. Sie erinnerten sich sehr wohl, welch ungeheure Mühe es gekostet hatte, Europa von jenem Mann zu befreien, der den Geist der französischen Revolution vom Rhein bis an die Weichsel getragen hatte. Nun erwies sich der Glaube der Souveräne, die Zeit zurückdrehen zu können, als Illusion.

In Preußen war nach der Euphorie des Befreiungskriegs Ernüchterung eingekehrt, denn König Friedrich Wilhelm III. weigerte sich beharrlich, die in höchster Not zugesagte Verfassung zu installieren und seinem Volk die versprochenen Rechte zu gewähren. Nun musste der wortbrüchige Souverän befürchten, von einem neuen, starken Westwind endgültig hinweggefegt zu werden, zumal sein erschöpftes Volk wohl nicht noch einmal die Kraft und den Enthusiasmus aufbringen würde, sich dem französischen Im-

perator wie anno dreizehn entgegenzustellen. Zum zweiten Mal nach 1806 drohte dem Haus Hohenzollern der Untergang.
Viele der geprellten Untertanen wischten denn auch schon den Staub von den Bildnissen des Franzosenkaisers, die nur ein knappes Jahr lang auf den Dachböden gelegen hatten, um sie alsbald wieder über das Sofa zu hängen.
»Es heißt, der König habe bereits seine Koffer gepackt«, schloss der Assessor. »Bald wird man in den Straßen wieder singen wie dazumal: ›Unser Dämel ist in Memel.‹«
»Das sind staatsfeindliche Äußerungen«, mahnte Hoffmann im Scherz. In Wahrheit gefiel ihm die unverblümte Art seines Assessors.
»Nun, vielleicht sind doch einige Exemplare der Proklamation ›An mein Volk‹ übrig. Die kann man jetzt erneut an die Wände kleben.«
Mit der besagten Proklamation eröffnete Seine Majestät im Jahr 1813 den Befreiungskampf, nachdem er lange gezögert hatte, gegen den Besatzer seines Landes, Napoleon Bonaparte, ins Feld zu ziehen. Aber die nationale Begeisterung des Volks hatte ihn endlich gezwungen, seinen Untertanen die Erlaubnis zu erteilen, ihm das Land und die Krone zu retten. Neben den Truppen waren »Jägerkorps« aus Freiwilligen gebildet worden, die aus oft nur mangelhaft ausgebildeten Bürgern (darunter sehr vielen Juden) bestanden. Sie hatten dem teuren Vaterland einen hohen Blutzoll entrichtet. Übrigens war der königliche Aufruf »An mein Volk« von Hoffmanns Freund Heisig verfasst worden.
»Haben Sie vor, in den Krieg zu ziehen?«, fragte Hoffmann den Assessor.
»Bewahre!«, rief der junge Mann. »Ich denke nicht im Traum daran. Ich habe vor, demnächst zu heiraten.«
So platzte er denn an diesem Tag nicht nur mit einer, sondern gleich mit zwei sensationellen Mitteilungen heraus.

4

Ein Mann ging spät in der Nacht die Lindenstraße entlang. Er trug eine Tüte voll seltsamer Kräuter unter dem Arm. Sein Name war E. T. A. Hoffmann. Er hatte Fieber, und die heißen Blutströme in seinem Gehirn bewirkten, dass er sich seiner selbst und der Welt, die ihn umgab, nicht mehr ganz sicher war. Da saß ein Rabe auf einem Baum. Er breitete seine Schwingen aus und flog langsam, mit einem heiseren Schrei, vor ihm her. Noch niemals war ein Rabe vor ihm her geflogen! War so etwas überhaupt möglich? Der Vogel landete, wendete sich nach ihm um, sah ihn an und schrie abermals. Der Schrei bedeutete: Folge mir! Das wusste Hoffmann. Aber woher wusste er das? Woher wusste er überhaupt etwas? Woher wusste er, dass er der Kammergerichtsrat Hoffmann war und nicht Radamanthus, der Beherrscher einer fernen, zauberhaften Insel? Wie kam es, dass die Häuser zu beiden Seiten der Straße allmählich verschwanden, sich in Nebel auflösten? Aber waren dort tatsächlich Häuser gewesen? Hatte er sie sich nicht nur eingebildet, ebenso wie den Raben? Warum trug er eine Tüte unter dem Arm? Er begann sie zu inspizieren. Sie enthielt Kräuter, viele Sorten, von denen er die meisten nicht kannte. Kamen sie von der Insel Atlantis? Dann war er womöglich tatsächlich Radamanthus? Wo war der Rabe geblieben? Warum hatte ihn der seltsame Vogel in ein Nebelmeer geführt?

Eine Droschke kam angefahren. Ihre Räder rasselten auf dem harten Untergrund der Straße, die nicht gepflastert war. Warum pflasterten sie in dieser Stadt die Straßen nicht? Berlin war auf Sand gebaut. Ständig wehte es den Wüstenstaub durch die Straßen. Ein Windstoß und man wähnte sich in der Sahara! Einmal, es schien noch nicht lange her, hatte Hoffmann die Hand nicht mehr vor Augen gesehen, so dicht umwehten ihn die Sandschleier. Warum baute man eine Stadt in einer Wüste, in der es nicht einmal warm war?

Die Droschke hielt, weil ein Rabe mitten auf der Straße saß, ein riesiger Rabe. Der Kutscher schimpfte. Aber der Rabe stieg in die Droschke ein. Jetzt sah der Kutscher, dass der Vogel die Uniform eines preußischen Kammergerichtsrats trug. Dann wird es wohl in Ordnung sein, dass er mit der Droschke fährt, dachte der Kutscher. Andererseits trägt er eine Tüte, aus der es seltsam riecht …

Erst, als er schon eine Weile gefahren war, fiel Hoffmann ein, dass er dem Kutscher kein Fahrtziel genannt hatte. Oder hatte er doch? Aber welche Adresse? Die Insel Atlantis? Konnte man dorthin mit der Droschke fahren? Aber vielleicht war dies gar keine Droschke. Vielleicht fuhren sie mit einer Barke durchs Nebelmeer. Jeden Moment konnte die sonnenüberstrahlte Insel mit dem heimeligen Palast aus dem Grau hervorbrechen. Zu Hause … Schon spürte Radamanthus, wie es wärmer wurde. Ein sicheres Zeichen, dass sie sich der Insel näherten. Bald würde er den Rock ausziehen müssen! Diesen seltsamen Rock, in dem er wie ein Rabe aussah! Das war sicherlich nicht das richtige Kleid für den König von Atlantis. Die Leute würden sich über ihn wundern. Er hörte das Rauschen der Wellen, das Plätschern gegen den Kai, die Kommandos der Matrosen. Die Barke legte an …

Hoffmann stieg aus. Oder trug Äolus ihn an Land, wie es ihm als Majestät der Insel zustand? Neptuns Rösser streckten ihre silberbemähnten Häupter grüßend aus den Fluten, dann verschwanden sie wieder. Hoffmann befand sich vor seinem Palast. Aber, o weh! Das Haus starrte ihn mit rauchgeschwärzten Augen an. Die Fenster trugen schwarze Mützen aus eingebranntem Ruß. Innen bildeten verkohlte Balken Rippen und Stiegen wie die Kerkerinnereien des Piranesi. Radamanthus, Radamanthus, was ist aus deinem Reich geworden, während du abwesend warst? Der grässliche Leviathan ist erschienen und hat Feuer an dein Schloss gelegt.

Während Hoffmann noch mit den Tränen des Zorns und des Elends kämpfend dastand, wurde ein Stück Papier von einem Windstoß davongetragen. Er wollte es ergreifen, aber es verwandelte sich in einen weißen Schmetterling und flog in den Palast hinein. Der arme Radamanthus folgte dem flatternden Insekt mit den großen, bedruckten Flügeln. Es segelte um Ecken und eine Treppe hinunter, meist dicht am Boden schwebend, hin und wieder jedoch von einer Bö emporgehoben. Hoffmann stolperte ihm nach. Es ging eine Treppe hinunter in einen schwarzen Keller. Dort verwandelte sich der Schmetterling in eine Fledermaus. Nun stand Hoffmann vor einer fest verschlossenen und verriegelten Tür. Er probierte, sie zu öffnen, denn er wusste, dahinter lag des Rätsels Lösung, aber weder Zorn noch Geschick wiesen ihm eine Möglichkeit des Eindringens. Er wollte schon aufgeben, als die Tür plötzlich zu sprechen anfing.

»Wie ist der Name?«, fragte die Tür.

»Hoffmann. Oder Radamanthus«, erwiderte Hoffmann.

Die Tür schwieg. Offensichtlich wünschte sie, Hoffmann möge sich entscheiden.

»Radamanthus«, sagte dieser entschlossen. Nichts geschah.

»Tu dich auf!«, befahl Hoffmann.

»Wie ist der Name?«

»Radamanthus. Dein Herr bin ich!«

»Wie ist der Name?«, beharrte die Tür. Anscheinend war ihr Wortschatz recht beschränkt.

»Radamanthus, Herr von Atlantis!«, rief Hoffmann zornig, da ihm die Geduld ausging.

»Atlantis ist richtig«, sagte die Tür. »Und was sind die Zeichen?«

Darauf wusste Hoffmann wahrhaftig nichts zu erwidern. Die Welt der Zeichen war ihm verschlossen. Mochten sie chinesisch sein, arabisch, altsumerisch, gleichviel.

Er nieste.

»Gesundheit!« Es war nicht die Tür, die da sprach. Hier war noch jemand! Aber der Star hatte Hoffmanns Augen befallen. Er konnte den, der ihn so höflich angesprochen hatte, in der Finsternis nicht ausmachen.

Jemand hustete.

An der Tür klebte der Zettel, der nun wieder, nach einer zweifachen Metamorphose, in seinen ursprünglichen Zustand zurückgefunden hatte. Ob er die Zeichen enthielt? Hoffmann trat näher und starrte das Papier an, sah jedoch nur einen Wirbel schwarzer Fliegen vor seinen Augen tanzen. Er hatte das Lesen verlernt! Er erkannte nur noch einzelne Buchstaben, viele Hunderte von ihnen, aber sie summten durcheinander wie ein Mückenschwarm, wollten weder Worte noch Sätze bilden. Die Tür ist närrisch geworden, dachte Hoffmann. Er befahl dem Blatt, in seiner Tasche zu verschwinden, wohin es sich auch gehorsam verfügte. Nun war die Tür kalt, schwarz und abweisend.

Hoffmann schickte sich an, kehrt zu machen, als neben ihm plötzlich ein Schatten lebendig wurde und – hustete.

Hoffmann fragte sich, ob die Kräuter in seiner Tüte auch gegen den Bronchialkatarrh wirkten.

»Sind Sie der Türwärter?«, fragte er den Unbekannten. Ihm schien, das Schemen neige als Antwort sein Haupt vor ihm. »Ich bin Radamanthus«, sagte Hoffmann. »Öffne mir.«

»Radamanthus?«, fragte der Fremde erstaunt. »Mir scheint eher, Sie sind der Kammergerichtsrat Hoffmann.«

»Der bin ich obendrein«, erwiderte Hoffmann.

»Und Sie wohnen in der Frankfurter Straße neunundzwanzig a, zweiter Stock«, fuhr der Torwart fort. »Sie haben sich anscheinend verlaufen. Erlauben Sie mir, Sie nach Hause zu begleiten.«

»Wer sind Sie?«, fragte Hoffmann.

»Sie sollten mich doch wohl kennen. Ich bin Ihr Assessor Warnke«, behauptete der Fremde. In der Tat bekam der Schatten plötzlich ein Gesicht, als habe er sich eine Maske aufgesetzt.

»Und was tun Sie hier?«, fragte Hoffmann die Erscheinung unwirsch.

»Nun, ich möchte meinen, dasselbe wie Sie. Ich inspiziere einen Tatort.«

Nun plötzlich erkannte Hoffmann das Haus, in dem er sich befand, ebenso wie die Tür, die sich ihm so unbotmäßig entgegen-

stellte. Einst hatte hier ein Schurke gewohnt, ein Teufel überirdischen Ausmaßes. Er, Radamanthus, hatte den Kampf mit dem Dämon aufgenommen und ihn verjagt.
»Dies ist das Haus der Erzschurken Leviathan!«, rief er.
Warnke nickte. »So ist es.«
»Und ich habe ihn vertrieben! War ich es, der dieses Haus niederbrannte?«
»Das müssen Sie besser wissen als ich.«
Hoffmann erinnerte sich nicht mehr so recht an das Kampfgeschehen, das seinerzeit die Insel überzogen hatte.
»Ich denke, wir sollten diesen unwirtlichen Ort verlassen«, riet der Assessor, der wohl besser als königlicher Adjutant zu bezeichnen wäre.
»Ich will zu meinem Palast! Zur Burg Ringstetten!«, forderte Hoffmann.
»Ich werde Sie geleiten, mein Herr.«
»Ich bin König Radamanthus.«
»Selbstverständlich.«
»Wie kamen Sie dazu, mich als Kammergerichtsrat anzureden? Das ist ein geringer Titel!«
Der Adjutant winkte ab, indem er seinen Herrn bei der Schulter nahm und durch den Kellergang führte.
»Könige kann man vom Baum pflücken«, parierte er den Tadel. »Ein Kammergerichtsrat ist etwas viel Rareres.«
Draußen erwartete den so Betitelten ein alltäglicher Anblick. Eine Sandstraße, eine Häuserzeile, alle Häuser gleich hoch und einander ähnelnd wie von derselben Platte abgezogen. Wachhäuschen allüberall, vor denen blau unformierte Soldaten in Habachtstellung erstarrt waren.
»Das ist die Mauerstraße«, bezeichnete Hoffmann die Szene.
»Ganz recht. Nach links, bitte.«
»Warum sind hier so viele Soldaten?«
»Weil sich hier eine Kaserne befindet«, gab der Adjutant Bescheid und fragte: »Darf ich Ihnen die Tüte abnehmen?«

»Verwahren Sie sie gut. Sie enthält wertvolle Kräuter. Allerdings weiß ich nicht, ob sie auch gegen Ihr Leiden helfen.«
»Am besten helfen wohl kalte Umschläge«, behauptete der Assessor. »Sehen Sie? Dort drüben verläuft die Frankfurter Straße. Sie können nun nicht mehr fehlgehen. Ich ziehe es vor, mich zu verabschieden.« Er ließ einen deftigen Huster vernehmen. Dann war er verschwunden.
Ein seltsamer Kauz, dachte Hoffmann. Aber ein ehrlicher Kerl. Er hat mir meine Tüte zurückgegeben, obwohl es ihm selbst schlecht ging!
Zur Bekräftigung seines Urteils nieste er heftig.

Hoffmann erwachte in seinem Bett. Sein Kopf war dumpf und schwer, jedoch zu seinem Erstaunen schmerzfrei. Er befand sich allein im Zimmer und mühte sich – zunächst vergebens –, im lichtlosen Magazin seines Gehirns einige brauchbare Erinnerungsstücke an die Geschehnisse des vergangenen Tags zusammenzuscharren. Er glaubte sich zu erinnern, von einer jungen Frau in ein Weinlokal geführt worden zu sein und dort mit einer fröhlichen Runde junger Menschen getrunken zu haben. Aber war das wirklich so gewesen, oder hatte er es nur geträumt?
Jetzt erinnerte er sich wieder deutlich an die schöne Colombina; ferner war ihm halbwegs gegenwärtig, dass er ein feuriges Manifest verfasst und zu später Stunde, erfüllt vom Geist der Freiheit und des Weins, das Nationaltheater gestürmt hatte. Oder war es das Haus des Intendanten Kühnemann, des Opernfeinds, gewesen? Hatten sie ihm eine Katzenmusik dargebracht? Hatten sie ihm gar die Fenster eingeworfen? Hatte er sich zu dermaßen leichtfertigen Taten aufreizen lassen? Er zog es vor, die unangenehmen Erinnerungen in die Nebel des Vergessens zurückzuscheuchen.
Mischa, seine Frau, trat ein, und er versuchte, an ihrer Stimmung abzulesen, wie er sich in der vergangenen Nacht aufgeführt hatte. Sie pflegte es ihn spüren zu lassen, wenn er sich nach ihrer Mei-

nung allzu sehr betrunken hatte. Doch sie begrüßte ihn ohne erkennbare Zeichen der Verachtung, sondern fragte ihn besorgt nach seinem Wohlergehen. Hoffmann nutzte die Gelegenheit zu einer kleinen Jeremiade. Er wagte nicht, seiner Gattin Fragen nach den Umständen seiner gestrigen Heimkehr zu stellen, da er befürchten musste, dadurch den Leu zu wecken, wie es Herr von Schiller in seiner »Glocke« auszudrücken beliebte.

Nun, er hatte wohl nur ein wenig wild geträumt.

Nachdem er mühsam aufgestanden war, verbesserte er seinen Zustand durch ein Kamillenbad und fühlte sich danach ein wenig frischer. Das Bad hatte seine Frau bereitet. Sie weigerte sich, die fremdartigen Kräuter zu verwenden, die Colombina ihm geschenkt hatte. Wo war überhaupt die Tüte? Richtig, da stand sie auf dem Tisch. Zwischen Manuskripten. – Manuskripten? Hatte er denn in der Nacht noch etwas geschrieben? Die Blätter waren gefaltet und geknickt, so, als hätte er sie achtlos aus der Tasche gezogen und auf dem Tisch abgelegt.

Er warf einen Blick auf die Papiere und erschrak.

»Kühnemann und Kotzebue – die Blutegel des deutschen Theaters«, lautete die wenig appetitliche Überschrift.

Hoffmann konnte sich nicht im Geringsten erklären, wann er diesen Text verfasst haben sollte. Er unternahm eine gründliche Inspektion seines Schreibtischs, der wie üblich mit Papieren übersät war, von denen viele sich zu Locken und Spiralen gedreht hatten, sodass er wie ein schäumendes Meer aussah, aus dem eine Weinflasche als Leuchtturm herausragte. Die meisten dieser Blätter enthielten die Grobschrift des ersten Kapitels seiner neuen Novelle, »Der Magnetiseur«. Das Fieber hatte die Arbeit daran ins Stocken gebracht. Hoffmann erinnerte sich, dass er die Flasche Wein geleert hatte, als der Quell seines Genies begonnen hatte zu versiegen. Vergebens. Die Grippe war stärker als die literarische oder musikalische Inspiration. Hoffmann nieste.

Aber wie war dieses seltsame »Blutegel-Manifest« auf seinen Schreibtisch gekommen? Plötzlich erinnerte er sich wieder! Er war zum Haus des Intendanten gegangen, und ein Blatt war ihm vorangeflogen, als wolle es ihm den Weg weisen. Zeitweilig war es ihm vorgekommen wie ein weißer Vogel, wenn er sich recht besann. Oder war es ein Schmetterling? Ein Schleier hatte sich über die Ereignisse der vergangenen Nacht gelegt. Hatte er nicht den Assessor Warnke getroffen? Hoffmann seufzte. Wie sollte er in seiner desolaten geistigen Verfassung ein so kompliziertes Rätsel lösen?

Hoffmann nahm das Flugblatt und kroch zurück ins Bett. Schon der kurze Aufenthalt in der kühlen Luft des Zimmers hatte ihn zum Zittern gebracht. Offensichtlich war er doch noch nicht so gesund, wie er es sich in der Euphorie des Erwachens vorgestellt hatte. Er las:

»Kühnemann und Kotzebue – die Blutegel des deutschen Theaters.

Der Blutegel ist ein ekliges Tier. Doch gilt er als nutzbringend. Insofern beleidigen wir den Wurm, wenn wir ihn mit den beiden ›führenden‹ deutschen Theaterschriftstellern gleichsetzen.

Und doch hat der Vergleich seine Berechtigung!

Der Egel entzieht dem Körper Blut; er sediert ihn, schwächt ihn, schläfert ihn ein. Er lässt ihn verdämmern und, im Übermaß gebraucht, dahinsiechen. Eben so behandeln unsere berühmten ›Dramatiker‹ die deutsche Bühne!

Mit faden, inhaltsleeren Stücken schläfern sie das Publikum ein, bringen es um den Verstand, lassen es stumpf und dumpf in den Theatersesseln kleben wie nach einer zu schweren Mahlzeit auf dem heimischen Sofa oder bringen es, wie ein Aderlass, um alle Energie. Ist das unser viel gepriesenes, seit Lessing und Schiller von allen großen Bühnendichtern gefordertes Nationaltheater? Nein! Es ist ein Banal- und Schaltheater! Ein Schnarchtheater! Das Parkett ist der Schlafsaal der Nation!

Dabei gäbe es, bei Thalia!, genügend Gründe, die Gehirne wach zu halten! Herrschen in unserem Land denn nicht skandalöse, unerträgliche Zustände?

Wie troff es einst, als das Volk zur Vertreibung des Tyrannen Napoleon aufgerufen wurde, aus den Mäulern der Könige und Fürsten von honigsüßen Versprechungen? Wurden uns nicht Konstitutionen und Bürgerrechte versprochen?
Stattdessen kehrte die Knute zurück, regiert der Korporalstock, nimmt man die wenigen gewährten Freiheiten wieder weg! Berlin ist eine große Kaserne!
Die Fabriken sind Arbeits-Kasernen, die Wohnhäuser Miets-Kasernen, die Schulen Lern-Kasernen.
Und das Volk schläft!
Das fehlgeleitete ›Nationaltheater‹ singt es in den Schlaf! Das Publikum überfrisst sich am Übermaß der gereichten Süß-Speisen.
Schluss damit! Im Namen Lessings und Schillers! Wir fordern das wahre und echte, das lebendige Nationaltheater! Wir fordern die Konstitution! Wir fordern die Bürgerfreiheit!
Zertretet die Blutegel! Erhebt euch!
Heute Nacht werden wir hier in Berlin den Anfang machen. Wir setzen das Leuchtfeuer! Folgt uns!
Die schwarzen Jäger.«
Hoffmann pfiff beim Lesen mehrmals durch die Zähne. Bei Thalia, das war starker Tobak. Natürlich war er innerlich ganz und gar einverstanden mit dem, was die unbekannten Verfasser des Pamphlets über den Zustand der Berliner Staatstheater sagten! Was dort gegeben wurde, war zum Heulen, während unsterbliche Meisterwerke wie die »Undine« missachtet wurden! Andererseits war ein solches Pamphlet ein aufrührerischer Akt. Jeder, der es in die Hände bekam, würde damit sofort zum Polizeipräsidenten, zum Innenminister, zum Staatskanzler laufen! So waren die neuen Zeiten! Duckmäuser allenthalben. Aber was hatte er, Hoffmann, damit zu schaffen? Er, dem die Politik, sei es revolutionäre, sei es royalistische, immer etwas dermaßen Grässliches gewesen war, dass er nicht einmal Zeitungen zur Hand nahm?
Ein wenig albern fand Hoffmann das geheimbündlerische Pseudonym, das sich die Verfasser des Flugblatts zugelegt hatten. »Die

schwarzen Jäger«. Um des Himmels willen! So hießen die Verschwörer- und Räuberbanden, die in der Nachfolge des »Götz« und der »Räuber« auf den Provinzbühnen rumorten.
Hoffmann fühlte sich nach den wenigen Aktivitäten, die er bisher zustande gebracht hatte, schon wieder erschöpft und kaum in der Lage, sich aus dem Bett zu wälzen und den Chimborasso an Arbeit, der sich vor ihm auftürmte, in Angriff zu nehmen. Er war krank. Warum ließ man ihn nicht in Ruhe? Wie launisch einen doch so ein leibliches Übel werden ließ! Eben noch war er recht munter und vergnügt gewesen; nun war er schon wieder so hinabgestimmt, dass er seinen Kopf am liebsten unter der Bettdecke vergraben hätte. Er hatte das Gefühl, dass es eines Flaschenzugs bedurfte, um ihn aus dem Bett zu heben.
In dem Moment kam Mischa, sein treues Weib, mit einer Tasse heißen Tee ins Zimmer.

Eine halbe Stunde später fühlte sich Hoffmann so weit wieder hergestellt, dass er sich zutraute, eine ernsthafte Tätigkeit in Angriff zu nehmen – etwa sich den Bart zu schaben oder Beinkleider anzuziehen, wobei er sich jedoch nicht sicher war, ob Hemd und Stiefel ihn nicht schon wieder überfordern würden. Seine Nase lief derweil wie ein Wasserfall. Himmel, wo war das Sacktuch?
Er schloss die Augen und wünschte eine gute Fee herbei, die ihm die Bartstoppeln entfernen, das Haar striegeln und in die Kleider helfen würde. Ein Kammerdiener! Das war es, was er benötigte! Er rief mit schwacher Stimme nach Mischa und bekam ein fröhliches: »Bin ich schon da, Liebster!«, zur Antwort. Einen Moment später erschien sie mit einer Seifenschale, dem Rasiermesser und einem frisch gebleichten Umhang. Sie wollte ihn barbieren! Ach, es war doch ein Glück und ein Segen, verheiratet zu sein!

5

Der Kammergerichtsrat hatte sich trotz einer starken Erkältung entschlossen, seine Kräfte zumindest für ein paar Stunden in den Dienst der Justiz zu stellen, doch beschränkte er sich darauf, seine Signatur unter verschiedene Akten zu setzen, die sich auf seinem Tisch angesammelt hatten.

Hoffmanns Zustand glich dem der Stadt Berlin: Er hatte das russische Fieber. Seine Nase tropfte wie ein leckes Rohr. Scheinbar war sie auf das Doppelte ihres gewöhnlichen Umfangs geschwollen. In seiner Stirnhöhle hatten offenbar winzige Schmiede ihre Werkstatt eingerichtet; es hämmerte und pochte unentwegt, zudem war die Stirn heiß wie eine Esse. Der Gerichtsrat hätte zweifellos ins Bett gehört; aber er war dazu verurteilt, im Kammergericht die Stellung zu halten, denn er war der Rangniedrigste unter den dort arbeitenden Richtern. Seine Kollegen waren teils von der Seuche befallen und hatten ihr Recht auf Bettlägerigkeit geltend gemacht; oder sie waren aus Angst vor der Krankheit auf ihre außerhalb der Residenz gelegenen Güter geflohen. Wer, wie Hoffmann, weder Titel noch Güter besaß, musste ausharren und den Furien der Epidemie trotzen – oder ihnen erliegen.

Die Influenza, wie die Ärzte sie nannten, war – nebst einigen anderen Krankheiten eher intimer Natur – zweifellos von den Kosaken eingeschleppt worden. Diese hatten seit geraumer Zeit die Franzosen als Heimsucher der Stadt abgelöst. Offiziell waren sie keine Besatzer, sondern Gäste. Aber, ach! Eine Armee von Wölfen aus den sibirischen Steppen hätte keine größeren Verwüstungen anrichten können. Die Raubgier der Kosaken unterschied sich von derjenigen der Franzosen nur in einem Punkt: Die Franzosen ließen die Beraubten von dem, was sie ihnen stahlen, wenigstens noch mitessen; die Russen dagegen warfen die Überreste den Hunden vor. Eine andere Art von Gier, die bei den Gästen sehr ausgeprägt war, betraf das weibliche Geschlecht. Das Kammergericht wurde mit Notzuchtklagen geradezu überschwemmt. Dabei trafen hier nur die Beschwerden der Vornehmen ein. Was die Bürgertöchter zu leiden hatten, darüber berichtete keine Chronik. Selbst die Dirnen in der Rosengasse waren entsetzt über das Betragen der Tataren und Asiaten, die weder Menschen noch Einrichtungen schonten und statt mit Goldmünzen mit Peitschenhieben bezahlten. Überfälle auf Bürgerhäuser waren an der Tagesordnung, und die Hausväter hatten Glück, wenn die Eindringlinge sich mit der Stutzuhr oder dem Familiensilber zufrieden gaben und nicht noch zusätzlich Frau, Tochter und Magd mitnahmen. Der preußische König betrachtete sich als engen Freund des russischen Zaren, weshalb es den Berliner Beamten unmöglich war, etwas gegen die Marodeure in zaristischen Diensten zu unternehmen, denn dies hätte den Verbündeten beleidigt. Das Stillhaltegebot galt selbstverständlich auch für das Kammergericht, abgesehen davon, dass sich die Richter in Lebensgefahr gebracht hätten, wenn sie auch nur einen russischen Fähnrich zu inhaftieren wagten. Die Kosaken waren großzügig mit Säbelhieben ebenso wie mit der Peitsche. Das war nun die Neuordnung Preußens nach dem großen Befreiungskrieg. Man hatte, wie es schien, die Pest gegen die Cholera eingetauscht.

Kaum hatte Hoffmann das erste Dutzend Akten bewältigt, da wurde an seine Tür geklopft und der junge Assessor Warnke trat ein. Auch ihn hatte das Übel der grassierenden Erkältung gepackt. Ihn hatte es am beziehungsweise im Hals erwischt. Seine Luftröhre, so behauptete er, brenne wie das Innere eines Pfeifenrohrs. Seine Stimme war rau wie ein Steppenwind und seine Augen fühlten sich an, als habe man Pfeffer hineingerieben.

»Willkommen im Geisterhaus«, begrüßte ihn Hoffmann.

Warnke hustete.

Hoffmann nieste.

»Ich komme«, krächzte Warnke, nachdem er sich auf einen Stuhl hatte fallen lassen, »vom Haus des Theaterdirektors.«

Hoffmann goss seinem Kollegen aus einem großen Krug mit heiß dampfendem Punsch, den er sich aus einem nahe gelegenen Lokal hatte bringen lassen, ein Glas ein.

»Wie geht es dem Schurken?«, fragte Hoffmann. Der Theaterdirektor – das konnte niemand anderes sein als der Generalintendant der königlichen Bühnen, Ludwig August Kühnemann. Hoffmann empfand stets einen starken Groll, wenn er diesen Namen hörte.
»Schlecht«, erwiderte Warnke. »Er ist tot.«
Hoffmann nieste.
Warnke hustete.
»Tot?«, echote Hoffmann, dem noch nicht schwante, dass er es hier mit mehr als dem neuesten Klatsch zu tun hatte. »Das Herz? Oder die Leber?«
Warnke schüttelte den Kopf und unterdrückte einen Hustenanfall. »Weder – noch«, presste er schließlich hervor.
»Etwa die Russen?«, entfuhr es Hoffmann. Warnke schüttelte wieder nur den Kopf, noch immer darum bemüht, die Eruption eines gewaltigen Hustenanfalls zu vermeiden. Hoffmann verspürte ein Unheil verkündendes Kratzen in der Nase. Rasch nahm er einen Schluck heißen Punsch.
Hoffmann war erleichtert, dass Kühnemann nicht an einem Kosakenspieß geendet war. Der Theaterdirektor war berühmt, und ein solcher Tod hätte zu Scherereien geführt. Ohnehin gab es Stimmen, die einen baldigen Volksaufstand prophezeiten. Der Tod eines beliebten Bühnenhelden konnte durchaus das Signal dazu geben. Der Gedanke, als hilfloser Invalide im Zentrum eines Sturms zu stehen, bereitete Hoffmann Unbehagen.
In dem Moment brach der unterdrückte Anfall aus der Kehle des Assessors hervor. Es klang wie die Beschießung Dresdens durch die Franzosen, die Hoffmann im Jahr 1813 persönlich miterlebt hatte.
Hoffmann machte sich inmitten des Krachens und Grollens seine Gedanken. Es war in der Tat recht unwahrscheinlich, dass Kühnemann das Opfer eines Kosakenüberfalls geworden war. Die russische Liebe zum Theater war nur einer der Gründe für deren schonenden Umgang mit Berlins berühmtestem Bühnenhelden. Bedeutsamer war, dass Kühnemann in einem Haus wohnte, das in

einem schauderhaften Ruf stand. Wenngleich es sich um ein großes Palais handelte, hatten die Kosaken darauf verzichtet, sich dort einzuquartieren. Der Grund dafür war, dass es darin angeblich so entsetzlich spukte, dass selbst die hart gesottenen Söhne des Urals es vorzogen, den Ort zu meiden. Natürlich hielt Hoffmann die Geschichten von Wänden, die sich öffneten und Vorübergehende verschlangen, von Ungeheuern, die plötzlich aus dem Parkettboden wuchsen, und all die anderen abergläubischen Erzählungen für puren Unsinn. Er wusste, dass der üble Ruf des Hauses auf dessen früheren Bewohner zurückzuführen war. Es handelte sich um einen Baron Meusen alias Baron Orlowski, einen der größten Übeltäter, den die Stadt je gesehen hatte. Es hieß, Meusen stünde mit dem Teufel im Bunde oder sei sogar dieser persönlich. Hoffmann selbst hatte den Schurken zur Strecke gebracht, und Meusen war auf der Flucht in der stürmischen Ostsee ums Leben gekommen. Daraufhin verbreitete sich der Irrglaube, Meusens Geist sei nach Berlin zurückgekehrt und ginge in dessen früherem Wohnsitz um. Zweifellos erhöhte es den Mythos des verehrten Bühnenautors und Schauspielers Kühnemann, seinen Wohnsitz in solch einem Haus zu nehmen; er hatte sich damit quasi eine zweite Bühne errichtet, denn ganz Berlin behielt ihn in Erwartung eines grässlichen Ereignisses im Auge.
Als die Kanonade an seiner Seite in einigen dumpfen Böllerschüssen verebbte, fragte Hoffmann seinen Kollegen: »Also haben ihn am Ende tatsächlich die Geister geholt?«
Warnkes Kehle versagte endgültig. Er würgte ein unverständliches Wort hervor. Hoffmann kam nicht umhin, um eine Wiederholung zu bitten, wenngleich das für den Assessor Folter und Pein bedeutete.
»Das Feuer«, verstand Hoffmann schließlich.
»Das Feuer hat ihn umgebracht?«, fragte er verblüfft, wobei er sich wieder einmal über den phonetischen Zauber verwunderte, den eine verstopfte Nase mit den Vokalen anstellte.
Warnke nickte.

Hoffmann nieste und nahm einen Schluck lauwarmen Punsch.
»Gesundheit«, würgte Warnke hervor.
»Überlasten Sie Ihre Stimme nicht mit dem Wunsch nach etwas, das ohnehin nicht mehr vorhanden ist«, sagte Hoffmann, nur um einen längeren Satz zu sprechen. Es faszinierte ihn, wie sich seine Sprache allmählich in eine Abfolge dumpfer Kehllaute verwandelte.
Warnke trank ebenfalls. Seine Augen tränten.
»Heute Nacht«, stieß er hervor.
»Zweifellos meinen Sie die vergangene Nacht«, korrigierte ihn Hoffmann. Es klang wie »die vergaggede Dacht«. Faszinierend! Eine neue deutsche Sprache! Durchaus einer Forschungsarbeit wert: Die neue deutsche Lautverschiebung durch den Einfluss des russischen Fiebers.
Endlich aber brachte der Assessor unter Aufbietung seiner letzten sprachlichen Reserven einen Bericht zustande.
»Nun«, sagte Hoffmann, nachdem er seinem Assessor zugehört hatte. »Es handelt sich doch wohl um einen Unfall?«
»Hoffentlich«, sagte der Assessor.
Hoffmann konnte ihm nur beipflichten. Ihm graute vor dem Gedanken, in seinem angegriffenen Zustand in die umständliche Untersuchung eines unnatürlichen Todesfalls hineingezogen zu werden. Sollte diese sich als notwendig erweisen, würde die Last zweifellos ihm und seinem Assessor aufgebürdet werden, zwei Personen mithin, die als Summe kaum einen einzigen vollwertigen Ermittler ergaben.
»Ich hoffe es auch in unserem persönlichen Interesse«, sagte Warnke. Der Grog, den Hoffmann ihm um des Erhalts der Verständigung willen aufnötigte, entzündete ein Feuer in Warnkes wunder Kehle.
»Inwiefern?«
»Ich war dort.« Die Stimme des Assessors näherte sich allmählich dem Niveau von Tiergeräuschen. »Und traf Sie zu meiner Verwunderung nach Mitternacht auf der Straße, wo Sie, wie mir

schien, in einem ziemlich exaltierten Zustand umherirrten. Ich setzte Sie in eine Kutsche. Ich hoffe, Sie kamen wohlbehalten daheim an.«

»So wohlbehalten, wie Sie mich hier sehen«, erwiderte Hoffmann, der sich nur dunkel an die nächtliche Begegnung erinnerte. »Ich war mit ein paar Bekannten in einem Weinlokal. Offensichtlich vertrug sich der Wein nicht mit meiner lädierten Verfassung.«

Warnke nickte nur.

»Aber warum waren Sie zu so später Stunde noch unterwegs?«, fragte Hoffmann. »Haben Sie sich mit Ihrer Braut verplaudert?«

Warnke schüttelte den Kopf. »Ich war bei Kühnemann.«

»Wie? Sie waren in Kühnemanns Haus, als der Brand ausbrach?«, fragte Hoffmann verdutzt.

Warnke schüttelte den Kopf und gab eine Serie von Geräuschen von sich, die klangen wie ein Revierkampf unter Höhlenbären.

»Sie schreiben Ihre Antworten wohl besser auf«, schlug Hoffmann dem Geplagten vor, indem er ihm einen Zettel und einen Crayon zuschob. Warnke nahm das Werkzeug entgegen und wartete tränenden Auges auf die nächste Frage seines Vorgesetzten. Diese lautete: »Wann genau waren Sie dort?«

Warnke schrieb: »11–12.«

»Da brannte es aber noch nicht?«

Warnke schüttelte den Kopf.

»Warum waren Sie dort?«

Warnke schrieb. Hoffmann las.

»Versprechen? Sie haben ihm etwas versprochen.«

Warnke strich eines der drei »e« in dem Wort »Versprechen« aus, und zwar das erste, und setzte ein deutliches »o« an dessen Stelle. Die Unterhaltung entwickelte sich nachgerade zu einem Rebus.

»*Vor*sprechen?«, korrigierte sich Hoffmann. Warnke nickte.

Hoffmann nieste. Er wusste genug vom Theater, um erraten zu können, was Warnke bei Kühnemann getan hatte: Er hatte offensichtlich für eine Rolle vorgesprochen.

Für gewöhnlich geschah dies auf einer Probebühne oder im Büro

des Regisseurs. Kühnemann hatte es offenbar vorgezogen, die Talentprobe in seine Privaträume zu verlegen.
»Was sprachen Sie vor?«, fragte Hoffmann.
»Nichts«, krächzte Warnke und zeigte auf seine Kehle.
»Trotzdem gingen Sie hin?«
Warnke schrieb: »Entschuldigen.« Ein langes Wort.
»Sie wollten sich für Ihre Indisponiertheit entschuldigen?«
Warnke nickte.
»Nun, aber was hat das mit dem Brand im Hause Kühnemann zu tun?«
Warnke zuckte mit den Schultern, um anzudeuten, dass er keinen Zusammenhang zwischen seinem Besuch und dem Ausbruch des Feuers sehe.
Hoffmann wechselte das Thema, denn der unglückliche Tod des berühmten Bühnenkünstlers war zwar ein Ereignis, das in der Stadt und dem ganzen Land erhebliches Aufsehen erregen würde, dem Richter und dem Assessor jedoch nicht als eine Angelegenheit des Kammergerichts erschien.
Hoffmann wusste, dass Warnke sich der Schauspielbühne nahe fühlte; er glaubte sich zum Darsteller geboren, hatte auch bereits einige Proben seiner Kunst abgelegt. Doch waren seine Talente von dem Direktor der königlichen Bühnen, dem er sie gelegentlich vorgeführt hatte, nicht gebührend gewürdigt worden. Kühnemann hatte dem Assessor angeraten, zunächst einmal Unterricht bei einem bewährten Schauspieler zu nehmen (womit er einem ausgedienten Darsteller ein Zubrot verschafft hätte) und dann bei einer wandernden Truppe erste Erfahrungen zu sammeln. Warnke hatte bisher nicht den Mut gefunden, die Juristenkarriere gegen das Leben eines fahrenden Komödianten einzutauschen, zumal er von Hoffmann, der dieses Dasein »genossen« hatte, nur wenig Gutes über die reisenden Theatergesellschaften hörte.
Man plauderte, soweit ein Huster und ein Nieser dies vermochten, ein wenig über die Verdienste des Toten und spekulierte über die Zukunft des Nationaltheaters, doch mussten sich beide infolge ih-

res schlechten Befindens kurz fassen, und bald schon erhob sich Warnke, um heimzugehen und sich ins Bett zu legen.
»Versuchen Sie es mit einer Honigkur«, riet Hoffmann. »Dann fühlen Sie sich bald besser.«
»Danke«, sagte Warnke und trank den Rest aus seinem Glas.
Hoffmann nieste. Es fühlte sich an, als ob seine Nase in zwei Teile zerrisse.
»Mögen sich die Himmelstore der Seele des Intendanten öffnen«, sagte er.
Warnke erwiderte etwas, das klang, als grolle die Erde. »Requiescat in pace«, glaubte Hoffmann zu verstehen.
Warnke sah tatsächlich aus wie das Leiden Christi. Sein Blick schwamm in Tränen. Sein Atem rasselte.
»Ich entlasse Sie hiermit in den Krankenurlaub«, sagte Hoffmann. »Kühnemanns Tod erfordert offenbar keine Untersuchung durch das Kammergericht. Wir können uns also ruhigen Gewissens ins Bett legen. Wohin wir auch zweifellos gehören.«
Erst als der Assessor schon einige Zeit fort war, fiel Hoffmann auf, dass er vergessen hatte, sich nach dem Befinden von Warnkes Braut zu erkundigen.

6

Der alte König von Atlantis wurde feierlich zu Grabe getragen. Ihm wurde ein Meeresbegräbnis zuteil, wie es dem Brauch der Insel entsprach, auf der es keine Gräber geben durfte. Den Toten, sofern sie einige Bedeutung hatten, wurden stattdessen Statuen errichtet. Dem Herkommen entsprechend, war es ein recht neptunischer Leichenzug, der sich auf den gewundenen Straßen des Burgberges hinunter zum Strand bewegte. Sämtliche Bewohner der Insel waren erschienen und säumten die Wege, um dem König das letzte Geleit zu geben.
Der Leichnam des großen Herrschers war in einer schwarzen vene-

zianischen Gondel aufgebahrt. Er trug eine Ritterrüstung, doch waren seine Hände anstatt über dem Knauf eines Schwertes um eine riesige Rabenfeder gefaltet. Ein Heer von Krebsen, großen und kleinen, kroch dem Zug voran; jeder trug zum Zeichen der Trauer eine Muschel mit einer schwarzen Perle auf dem Rücken. Es folgte eine Schwadron Seepferdchen mit hängenden Köpfen, auf denen seltsame, runzlige Gnome und Nöcks mit schuppenbedeckten Leibern saßen. Sie bildeten die letzte Ehrengarde und würden mit dem toten König zusammen im nassen Element verschwinden. Der Leichenwagen wurde von vier silberweißen Pferden gezogen, die, wie es hieß, zum Gespann des Meergottes Neptun gehörten, und waren von diesem persönlich für die Bestattung ausgeliehen worden. So wie die Inselbewohner an Land, so hatten sich die Geschöpfe des Meeres in den ufernahen Gewässern rund um die Insel versammelt. Es drängten sich dort die großen und die kleinen, die friedlichen und die gefährlichen Fische, die Heringe ebenso wie die Haie und Riesenkraken, ohne dass einer dem anderen etwas zuleide tat. In den Flüssen und Teichen kamen die Hechte und die Forellen bis dicht ans Ufer. Aber auch die Landtiere hatten die Wildnis verlassen und sich zu Füßen des Burgberges eingefunden, um dem Herr der Insel einen letzten, respektvollen Gruß zu entbieten.

Der alte König hatte lange gelebt und weise regiert; nun erhob sich die Frage, wer denn wohl sein Nachfolger werden würde. Man muss wissen, dass es auf der Insel keine dynastische Erbfolge, sondern ein Wahlkönigtum gab. Dies hatte einst Neptun, der Schutzgott der Insel, so bestimmt. Das Gebot sollte sicherstellen, dass stets nur der Beste und Würdigste zum Herrscher der Insel ausgerufen wurde. Sobald der neue König gewählt war, legte er seinen bürgerlichen Namen ab und nannte sich Radamanthus, ohne dass diesem Namen, wie bei Päpsten und Könige sonst, eine genealogische Ziffer nachgestellt wurde. Sobald die Begräbniszeremonie vorbei war, würden Boten ausgeschickt werden, um dem würdigsten unter den Kandidaten (die von ihrer Kandidatur nichts wussten) die Krone der Insel Atlantis anzutragen. Es hieß, dass als nächster ein Mann aus dem fernen Preußen den Purpurmantel des Königs tragen würde, ein Künstler, der das Talent zu den drei wichtigsten Kunstgattungen – der Musik, der Dichtung und der Malerei – glücklich in sich vereinte und sein Anrecht auf den Thron der »Insel der Phantasie« durch ein vorzügliches poetisches Werk namens »Der goldene Topf« unter Beweis gestellt hatte.

Kriminalrat Hitzig war ein Mann, der Freundlichkeit und Behäbigkeit ausstrahlte. Er war rotwangig wie ein frischer Apfel und feist wie ein Domherr. Seine Knopfäuglein waren nahe an die Nase gerückt, als wollten sie sich über deren Sattel hinweg vertraulich zublinzeln. Wenngleich er aus einer der bekanntesten jüdischen Familien Berlins stammte, hätte niemand in ihm einen Angehörigen des Volkes Israel vermutet. Ehe er Kriminalrat wurde, hatte er eine Verlagsbuchhandlung betrieben und eine Zeitung herausgegeben, deren Redakteur der unglückliche Dichter Heinrich von Kleist gewesen war.

Zurzeit stattete er dem kranken Kammergerichtsrat einen Hausbesuch ab.

Hoffmann fühlte sich nun wieder recht wohl; er hatte inhaliert, seine Nase war frei, das Hämmern und Pochen in seiner Stirnhöhle war abgeklungen. Zwar war ihm nach wie vor so, als müsse er eine schwere Last tragen und seine Glieder würden von ihr zusammengestaucht, aber sein Drang, sich ins Bett zu legen und das Federbett über den Kopf zu ziehen, war einer frischen Schaffenslust gewichen. Er schrieb dies Colombinas vorzüglichen Heilkräutern zu. Er war mittlerweile davon überzeugt, dass ihnen besondere Kräfte innewohnten.

»Mir scheint, du hast Fieber«, sagte Hitzig.

»So ist es. Trotzdem geht es mir gut, dank der Heilkräfte dieser Kräuter.«

»Wo hast du sie her?«

»Von einer alten Bekannten. Sie ist Schauspielerin hier in Berlin.

Eine sehr talentierte Aktrice, wenngleich ihr die großen Rollen bisher versagt blieben. Ich traf sie gestern zufällig am Gendarmenmarkt.«
Hitzig zog ein bedenkliches Gesicht. »Ich hielt dich für gefeit gegen Kräuterhexen. Ich habe mich anscheinend getäuscht.«
»Ich sehe keinen Anlass für moralische Bedenken«, erwiderte Hoffmann gut gelaunt. »Doch ich nehme an, du bist nicht hierher gekommen, um dich in Afterreden gegen die natürlichen Heilmethoden zu ergehen.«
»In der Tat. Ich bin hier wegen des Todes unseres Theaterdirektors.«
»Ich hörte bereits davon.«
»Mit diesem Tod stimmt etwas nicht.«
Hoffmann sah seinen Freund erwartungsvoll an. »Was stimmt mit dem Tod des Theaterdirektors nicht?«, fragte er.
»Offenbar wurde ein Brandsatz durch das Fenster in sein Schlafzimmer geworfen.«
Hoffmann wurde leicht unbehaglich zumute. Eine ungute Erinnerung blitzte kurzzeitig in seinem Gedächtnis auf.
»Lag das Fenster zu ebener Erde?«, fragte er.
»Im Hochparterre«, erläuterte sein Freund. »Es wurde in jener Nacht Lärm in der Nähe des Hauses gehört. Eine Brandstiftung kann nicht mehr ausgeschlossen werden.«
»Wer hörte den Lärm? Das Personal?«
Hitzig schüttelte den Kopf. »Außer einem Hausdiener hat Kühnemanns gesamtes Personal ihm gekündigt. Einschließlich des Privatsekretärs.«
»Wann?«
»Kurz nachdem er in sein neues Haus eingezogen ist. Du weißt, wo Herr Kühnemann wohnte?«
Hoffmann nickte.
»Die Köchin und die Magd wollten ihm gar nicht erst in dieses Haus folgen«, führte der Kriminalrat aus. »Sie fürchteten, dort ginge der Teufel um.«

»Einfältige Geschöpfe«, sagte Hoffmann abfällig. (Wenngleich er es insgeheim besser wusste, denn er hatte vor kaum einem Jahr seine eigenen Erfahrungen in und mit dieser Villa gemacht. Doch darüber wurde bereits an einer anderen Stelle berichtet.)

»Leider ist die Untersuchung recht schwierig«, fuhr Hitzig fort. »Das Haus ist inwendig vollständig ausgebrannt. Die Mauern werden wegen akuter Einsturzgefahr ebenfalls eingeebnet werden müssen. Nur der Keller scheint unversehrt. Er ist mit einer schweren, feuerfesten Tür verschlossen. Bisher ist es uns noch nicht gelungen, sie zu öffnen.«

Hoffmann erinnerte sich an die sprechende Tür, vor der er kürzlich gestanden hatte, hütete sich jedoch, davon zu erzählen.

»Es handelt sich um einen Weinkeller, nehme ich an.«

»Wir durchsuchen die Brandruine zurzeit nach dem Schlüssel«, sagte der Kriminalrat. Hoffmann ließ davon ab, ihn davon zu unterrichten, dass der Schlüssel zu jener Tür vermutlich nicht materieller, sondern verbaler Natur war.

»Herr Kühnemann war auf der Suche nach einem neuen Privatsekretär«, berichtete Hitzig. »Es wird dich wundern zu hören, wer sich um diese Stellung bewarb.«

»Assessor Warnke«, erwiderte Hoffmann prompt.

Hitzig sah ihn verblüfft an. »Du weißt darüber Bescheid?«

»Ich weiß, dass er dort war«, ließ Hoffmann seinen Freund wissen. »Er selbst teilte es mir mit.«

»Er hat eine ungewöhnliche Tageszeit – oder besser: Nachtzeit – gewählt, um sich dem Herrn Intendanten vorzustellen«, bemerkte der Kriminalrat ein wenig spitz.

Hoffmann lachte. »Du denkst doch nicht etwa an eine Bettgeschichte?«, fragte er. Die Homosexualität des Theaterdirektors Kühnemann war allgemein bekannt.

Hitzig runzelte die Stirn. Er schien ein wenig verstimmt über Hoffmanns saloppe Auffassung der Sache. »Was weißt du Näheres über die Verbindungen deines Mitarbeiters zu dem Intendanten?«, fragte er den Kammergerichtsrat.

»Ich weiß, dass Warnke in erotischer Hinsicht außer Verdacht steht«, erwiderte Hoffmann amüsiert. »Er hat die Absicht, demnächst zu heiraten. Ein weibliches Wesen, vermute ich.«
»Du solltest die Angelegenheit ein wenig ernster nehmen«, tadelte Hitzig den Spaßvogel.
»Gut, gut!«, versprach Hoffmann versöhnlich. »Ich gebe zu, das Fieber hat einen etwas merkwürdigen Effekt auf meine psychische Befindlichkeit. Ich habe erstaunliche Träume, in denen mir, wie ich dir verraten kann, eine eindrucksvolle Beförderung zuteil wird.«
»Die dürfte wohl nur in deinen Träumen stattfinden«, bemerkte der Kriminalrat verdrießlich. Womöglich steckte auch in ihm schon der Keim zu einem Grippeanfall.
»Nun«, sagte Hoffmann, nachdem er kurz über seinen Assessor nachgedacht hatte, »Warnke hat bekanntlich einen Hang zur Schauspielerei. Er bewarb sich mehrmals um einen Platz im Ensemble des Nationaltheaters. Er wurde jedoch bisher stets abgewiesen.«
»Ist es möglich, dass er sich für die Zurückweisung rächen wollte?«, fragte Hitzig.
Hoffmann sah ihn verblüfft an. »Warnke als Brandstifter? Da bist du auf dem Holzweg!«, sagte er mit Bestimmtheit.
»Wo befindet sich dein Assessor zurzeit?«
»Im Bett vermutlich. Er ist krank. Er hustet.«
Hitzig schüttelte den Kopf. »Dort ist er nicht. Ich komme soeben von seiner Wohnung.«
»Vielleicht hat er nur keine Lust zu öffnen«, vermutete Hoffmann.
Hitzig schüttelte weiterhin den Kopf. »Ich habe mich bei den Nachbarn erkundigt. Er ist nicht daheim. Er ist verreist, obwohl er unter einem starken Katarrh leidet. Das sieht nach einer Flucht aus. Bist du sicher, dass er dir die Wahrheit gesagt hat?«
Hoffmann runzelte die Stirn. »Ich habe keinen Grund, daran zu zweifeln«, sagte er.
»Jedenfalls lasse ich ihn suchen«, gab Hitzig bekannt. »Er ist die

einzige Person, von der wir genau wissen, dass sie in der bewussten Nacht in Kühnemanns Haus war. Das ist ungewöhnlich, wie du zugeben wirst. Warum macht ein Assessor des Kammergerichts zu nächtlicher Stunde dem Direktor der königlichen Bühnen seine Aufwartung? Zu dieser Zeit bewirbt man sich nicht um ein Engagement als Schauspieler oder Privatsekretär.«
»Worauf willst du hinaus?«
»Auf nichts Genaues. Ich möchte nur wissen, was Warnke und Kühnemann miteinander zu schaffen hatten.«
Hoffmann musste eingestehen, dass sein Freund Recht hatte. Er, der Kammergerichtsrat, hatte die Tatsache, dass es sich um einen sehr unüblichen Zeitpunkt für ein Gespräch handelte, nicht gebührend in Erwägung gezogen, als der Assessor ihm darüber berichtete. Schuld daran waren zweifellos das Fieber und der Punsch. Ohnehin war er im Augenblick nicht recht auf der Höhe, was dienstliche Angelegenheiten betraf.
»Ich bin krank«, murmelte er.
»Es tut mir Leid, dich mit polizeilichen Angelegenheiten belästigen zu müssen«, sagte Hitzig. »Ich würde es nicht tun, wenn es nicht um deinen Assessor ginge. Er weiß sicherlich mehr als wir alle über das, was sich in jener Nacht im Haus des Intendanten ereignete.«
»Verdächtigst du ihn tatsächlich der Brandstiftung?«
»Der Brand scheint künstlich gelegt worden zu sein, wie ich bereits bemerkte«, erwiderte Hitzig.
»Hieß es nicht bisher, es sei ein Unfall gewesen? Der Intendant soll eine Kerze oder eine Öllampe umgestoßen haben …«
Hitzig schüttelte bedächtig seinen Rundschädel. »Die Möglichkeit besteht nach wie vor. Allerdings sagen die Brandsachverständigen, dass es in dem Schlafzimmer wahrscheinlich eine Explosion gegeben hat.«
»Eine Explosion?«
»Die Nachttischlampe wurde zerfetzt. So etwas wird nicht durch ein gewöhnliches Feuer bewirkt. Das bringt Metallgegenstände eher zum Schmelzen.«

»Gibt es weitere Hinweise?«
»Die Untersuchungen sind noch im Gange. Es sind in der Umgebung des Hauses verdächtige Personen bemerkt worden. Es gibt Fußspuren in einem Blumenbeet unterhalb des Schlafzimmerfensters.«
»Einbrecher?«, fragte Hoffmann leicht unbehaglich, da erneut einige dunkle Erinnerungen bei ihm anklopften.
»Dann müsste es sich um eine ganze Bande gehandelt haben. Es sollen mehrere Personen gewesen sein.«
»Wann brach das Feuer aus?«
»Um zwei Uhr in der Nacht.«
»Hat man noch weitere Opfer gefunden?«
»Nein. Es sei denn, sie befinden sich in dem Keller, dessen Tür wir noch nicht öffnen konnten.«
»Die Tür hätte vermutlich offengestanden, wenn dort Menschen gewesen wären. Sie wären doch wohl vor dem Feuer geflohen, nicht wahr?«
»Das klingt logisch«, bestätigte Hitzig.
»Du denkst, wir haben es mit einem Mordfall zu tun?«, erkundigte sich Hoffmann.
Hitzig nickte. »Zumindest erscheint eine kriminalistische Untersuchung angebracht. Sie wurde auch bereits angeordnet.«
»Das Haus des Intendanten wurde in jener Nacht anscheinend stark frequentiert«, sinnierte Hoffmann. Danach schloss er die Augen, um konzentriert nachzudenken. Sollte er seinem Freund davon Mitteilung machen, dass er selbst sich in der bewussten Nacht angelegentlich mit der Person des Generalintendanten beschäftigt hatte? Er dachte an die Runde in dem Weinlokal, die den Abend mit der Formulierung einer gegen Kühnemann gerichteten Flugschrift zugebracht hatte, zu der er, Hoffmann, fleißig satirische Redewendungen beigetragen hatte. Er konnte sich nicht mehr recht daran erinnern, wie spät es gewesen war, als die Gruppe das Lokal verließ. Aufgrund des Alkohols, kombiniert mit Fieber, fehlten ihm zwischen dem 21. und dem 22. April einige Stunden. Er wusste nicht

einmal mehr, wie er nach Hause gekommen war. Das war beunruhigend angesichts der Tatsache, dass Kühnemann in derselben Nacht in seinem Haus verbrannt war. Laut Hitzig waren »verdächtige Personen« unter dessen Schlafzimmerfenster wahrgenommen worden. War es möglich, dass es sich dabei um die Theaterrebellen handelte, mit denen er zuvor einige Stunden beisammen gewesen war? Hatten sie ihren Hass auf Kühnemann zum Ausdruck gebracht, indem sie einen Brandsatz in dessen Schlafzimmer warfen? Noch beunruhigender war die Tatsache, dass er, Hoffmann, nicht mehr wusste, was er selbst in jenem Zeitraum getan hatte. Wann hatte er sich von der Gesellschaft getrennt? War es möglich, dass sie ihn zum Haus des Intendanten mitgeschleift hatten und ihm lediglich die Erinnerung daran fehlte? Nein, das war denn nun doch undenkbar. Niemals hätte er sich an einer Brandstiftung beteiligt, auch nicht im Rausch oder Fieber. Dennoch: Falls sich das Ganze tatsächlich als Anschlag oder (schreckliches Wort!) Mord herausstellen sollte, musste er sich wohl zum entfernten Kreis der Verdächtige zählen lassen! Er sagte sich, dass er wohl gut daran täte, an der Untersuchung des Falls teilzunehmen (wenngleich es sich nicht um einen genuinen Fall für das Kammergericht handelte), um durch eigene Nachforschungen den Verdacht von sich abzuwenden.
Das Ereignis, das ahnte er, würde Furore machen. Herr Kühnemann war eine wohl bekannte Persönlichkeit. Wenn sein Tod sich als Folge einer Gewalttat erwies, würden die Zeitungen das groß herausstellen. Dann würde sich schon recht bald jemand melden, der mitbekommen hatte, dass eine weinselige Gruppe junger Theaterkünstler, darunter ein etwas älterer Herr, sich in jener speziellen Nacht in Schmähreden gegen den Intendanten ergangen hatte. Es würde nicht lange dauern, bis man ihm, Hoffmann, auf die Spur kam, denn er war von einem so markanten Äußeren, dass er aufgrund einer Beschreibung mühelos dingfest zu machen war. Er fühlte, dass ihm der Schweiß ausbrach, und dies nicht nur wegen des Fiebers. Ihm war klar, dass er, um nicht in beträchtliche Schwierigkeiten zu geraten, nicht nur an der Untersuchung des

Falls teilnehmen, sondern ihr möglichst stets einen Schritt voraus sein musste, und zwar ungeachtet des Fiebers, das ihn normalerweise ans Bett gefesselt hätte.

»Ich wäre dir für deine Unterstützung dankbar«, sagte in diesem Moment der Kriminalrat. »Im Gegensatz zu mir kennst du dich in der Theaterwelt aus. Natürlich rechne ich mit deiner Hilfe erst nach erfolgter Genesung.«

»Ich stehe dir ungeachtet meiner Unpässlichkeit zur Verfügung«, erwiderte Hoffmann.

Sie stritten eine Weile hin und her, ob sich das Fieber mit kriminalistischer Tätigkeit in Einklang bringen ließe oder nicht. Schließlich setzte Hoffmann sich mit dem Hinweis auf sein vorzügliches Heilmittel, das alle Symptome der Krankheit einschließlich des Fiebers wie durch Zaubermacht vertreiben könne, gegen die Bedenken des Freundes durch.

»Eigentlich sollte ich dich ja zu den Verdächtigen zählen«, bemerkte Hitzig, während Hoffmann sich aus dem Bett schälte. Dies war natürlich scherzhaft gemeint. Dennoch erbleichte Hoffmann – was Hitzig zum Glück der Erkältung zuschrieb.

»Aus welchem Grund?«

»Hat Kühnemann nicht die Aufführung deiner ›Undine‹ abgelehnt?«

»Ich bin im Allgemeinen nicht als rachsüchtig bekannt.«

»Wo warst du in der vergangenen Nacht gegen zwei Uhr?«, fragte der Kriminalrat.

»Ich habe keine Ahnung«, erwiderte Hoffmann. »Mir scheint, ich bin durch die Straßen geirrt. Und wenn ich mich nicht täusche, ist mir dabei Assessor Warnke begegnet.«

»Warum hast du das bisher nicht erwähnt?«, fragte Hitzig, nun wieder ganz der ernsthafte Kriminalrat.

»Weil ich es vergessen habe«, erwiderte Hoffmann. »Übrigens bin ich mir nicht sicher, ob es eine wirkliche oder nur eine imaginierte Begegnung war. Das Fieber gaukelt mir in der letzten Zeit allerlei spukhafte Erscheinungen vor.«

»Ich frage mich, ob du unter diesen Umständen ein brauchbarer Untersuchungsrichter bist?«
»Lass mich nur machen!«, sagte Hoffmann. »Vielleicht ist dieser Fall auf einer anderen Ebene als der rein vernünftigen zu lösen.«

7

Hoffmann war dem Generaldirektor der königlichen Bühnen, Ludwig August Kühnemann, nur zweimal in seinem Leben persönlich begegnet. Beide Male waren die Umstände nicht eben erfreulich.
Beim ersten Mal, im Jahr 1807, hatte Hoffmann auf dem Tiefpunkt seines Lebens gestanden. Von Napoleon aus dem Justizdienst entlassen, bettelarm, aus finanziellen Gründen von seiner Frau getrennt lebend, hatte er an einem Schauspiel-Wettbewerb teilgenommen, den das Nationaltheater ausgeschrieben hatte. Er gewann keinen der Geldpreise (keines der eingereichten Stücke bekam einen). Sein Beitrag war aber immerhin für so gut befunden worden, dass Kühnemann persönlich dem jungen Autor (Hoffmann war damals einunddreißig) eine Audienz gewährte. Nachdem Hoffmann drei Stunden im Vorzimmer des Vielbeschäftigten ausgeharrt hatte, war das Gespräch in einer durchaus angenehmen, ja heiteren Art und Weise verlaufen. Kühnemann war, wenn er es wollte, eine gewinnende Persönlichkeit. Hoffmann hatte ihn nie auf der Bühne gesehen, da ihm das Geld selbst für den billigsten Galerieplatz fehlte und er überdies die Oper bevorzugte, während Kühnemanns Metier das Schauspiel war.
Der Intendant hatte ihm, ohne auf Hoffmanns Stück (das er vergessen zu haben schien) einzugehen, auf komische Weise die Leiden eines Theaterdirektors geschildert und den armen Autor tatsächlich einige Male zum Lachen gebracht. Hoffmann wurde aufgefordert, eine Posse über das Theaterleben zu schreiben. Genauer gesagt: dem Schauspieler Kühnemann die Rolle eines ge-

plagten, aber letztlich triumphierenden Theaterdirektors auf den Leib zu schneidern. Während des Gesprächs, das etwa eine halbe Stunde dauerte, war Kühnemann dreimal hinausgerufen worden – und hatte sich nach seiner Rückkehr jedes Mal aufs Neue gewundert, einen Besucher in seinem Zimmer vorzufinden. So kam Hoffmann dreimal in den Genuss der Kühnemann'schen Paraderolle des geplagten Theaterdirektors, die der Intendant jedem Besucher, den er für verständig hielt, vorzuspielen pflegte. Hoffmann selbst war kaum zu Wort gekommen. Schließlich war er mit dem Auftrag, dem siechen Repertoire mit einem neuen, zündenden Bühnenstück aufzuhelfen, entlassen worden, wobei Hoffmann sich dessen sicher sein durfte, dass der Intendant seinen Namen schneller vergaß, als die Tür des Empfangszimmers benötigte, um hinter dem Besucher ins Schloss zu fallen.

Anlass der zweiten Begegnung war die Oper »Undine«. Inzwischen waren beide, Kühnemann wie Hoffmann, gut sieben Jahre älter geworden. Hoffmann trat dem Berliner Intendanten nun als gestandener Kapellmeister und Opernkomponist gegenüber (wenngleich es Hoffmann nicht gelungen war, sich als Musiker einen glänzenden Namen zu machen). Überdies war er zum Gerichtsrat ernannt worden und hatte sich mit den »Phantasiestücken in Callots Manier« ersten literarischen Ruhm erworben. Die wichtigste Empfehlung jedoch, die er in den Augen eines Intrigen gewohnten Mannes wie Kühnemann mitbrachte, war diejenige, dass er als Intimus des Barons de la Motte Fouqué galt, und der war bekanntlich ein persönlicher Freund des Königs.

Hoffmann lernte also nunmehr einen anderen, wenngleich nicht weniger gewandten Herrn Kühnemann kennen. Der bedauerte, nicht zu einem Entscheid bezüglich der Hoffmann/Fouqué'schen Oper kommen zu können, da er in musikalischen Dingen zu wenig sachverständig sei. In diesen Belangen müsse er sich auf das Urteil von Beratern verlassen. Denen liege aber bislang die Partitur des Werks noch nicht vor (tatsächlich hatte Hoffmann mit der Reinschrift eben erst begonnen). Er selbst könne allenfalls das

Textbuch beurteilen – und nenne es unverhohlen ein Meisterwerk! Da es sich aber um ein Singspiel handle, könne das Urteil nicht ohne Kenntnis der Musik gefällt werden. Damit war der »schwarze Peter« bei Hoffmann. Dem einflussreichen Dichter war ein billiges Lob, dem säumigen Komponisten ein versteckter Tadel erteilt worden. Gegen Kühnemanns Argument war keine Einrede möglich. Der Rest der Audienz verging mit Geplauder.

Seinen persönlichen Eindrücken konnte Hoffmann keinen Grund für die Ermordung des Theatergewaltigen entnehmen. Der war nicht schlechter – ja womöglich ein bisschen besser – als die meisten seinesgleichen, die Hoffmann mittlerweile kennen gelernt hatte.

Kühnemann war zweifellos einer der berühmtesten Bühnenkünstler Deutschlands. Die Achtung, die er in maßgeblichen Kreisen genoss, beruhte jedoch weniger auf seinem Talent als Stückeschreiber, sondern vielmehr auf seinen Fähigkeiten als Schauspieler, die von Kennern als genial bezeichnet wurden. Anders als viele Kollegen, die sich einen bestimmten Typus gemäß ihrer physischen Erscheinung zurechtschneiderten und stur an ihm festhielten, versuchte Kühnemann, sich jede Rolle individuell zu Eigen zu machen, tief in ihre geistige Substanz einzudringen. Er wurde dadurch zum Prototyp des so genannten Verwandlungsschauspielers. Tatsächlich wandelte sich seine Erscheinung mit jeder neuen Rolle bis zur Unkenntlichkeit; er konnte alt wie jung, dick wie schlank, klein wie hoch gewachsen erscheinen. Seine Metamorphosen wurden als Wunder bezeichnet, zumal auch seine Stimme ihnen unterworfen war. Er beherrschte den Diskant ebenso wie den Bass, er sprach Verse mit derselben Geläufigkeit wie die Volkssprache; er war als »Tell« ein Schweizer und als »Hausknecht Fritz« ein Urberliner.

Andererseits hatte er seine Karriere nicht nur aufgrund seiner künstlerischen Begabung gemacht, sondern auch durch seine Befähigung als Intrigant. Bekanntlich hatte er den jungen Schiller in Mannheim, wo beide zugleich engagiert gewesen waren, als Hausautor verdrängt. Dank seiner Macht als führender Schauspieler hatte er durchgesetzt, dass seine eigenen Stücke bevorzugt aufgeführt wurden. Um Schillers »Kabale und Liebe« auszustechen, verfasste er mit flinker Feder ein Stück über das gleiche Thema und brachte es noch vor dem Drama des großen Dichters auf die Bühne, sodass Schiller als der Nachläufer wirkte und durchfiel. Schiller war schließlich krank und zermürbt aus Mannheim abgereist …

Dergleichen zählte jedoch zu den üblichen Waffen im Intrigenkampf des Theaters, wie Hoffmann sehr wohl wusste. Ähnliches geschah tagtäglich an deutschen Bühnen und war in diesem Fall nur von Bedeutung, weil es sich bei den Rivalen um zwei der berühmtesten deutschen Theaterheroen handelte.

Die Möglichkeit, dass ein Verehrer Schillers sich zu einer späten Rache veranlasst gesehen haben könnte, durfte man als Mordmotiv wohl ausschließen.

Dies war im Großen und Ganzen das Wesentliche, was Hoffmann über den toten Staatsschauspieler und Bühnen-Generaldirektor wusste.

Inzwischen hatte Hoffmann seine Dienstuniform angelegt.

»Wohin gedenkst du mich zu entführen?«, fragte er Hitzig, während er den Rock zuknöpfte.

»In den Hades«, erwiderte der Kriminalrat.

Der Feuertod zählt, zumindest was die physischen Rückstände angeht, zweifellos zu den abscheulichsten Todesarten. Hoffmann schauderte vor der verkrümmten, schwarzen Mumie, die in dem düsteren Kellerraum auf dem Sektionstisch lag und der die Dehydrierung nichts mehr von der stattlichen, hoch gewachsenen Gestalt des berühmten Schauspielers belassen hatte. Der Hohn des Todes schien aus den gebleckten Zähnen in dem kohlschwarzen Schädel zu grinsen.

Der Chirurgus forensis ließ seine Folterinstrumente in ein Waschbecken fallen.

Sein Name war Doktor Ros. »Ros wie Tulp«, pflegte er sich in Anspielung auf Rembrandts berühmtes Gemälde vorzustellen.
Der Leichnam verbreitete in dem schlecht durchlüfteten Kellerraum einen Geruch, als glimme er noch immer vor sich hin, und Hoffmann pries in diesem Moment seine geschwollenen Nasenwände. Der Kriminalrat, dessen Geruchsorgan den Gestank ungefiltert aufzunehmen hatte, sah seine Magennerven auf eine harte Probe gestellt.
»Moorleichen sehen ähnlich aus«, erläuterte der Anatom vergnügt. »Aber sie riechen besser.«
Zuvor hatte er Hoffmann und Hitzig ausführlich über das Wesen des Verbrennungstods aufgeklärt.
Dieser sei, sofern er auf natürliche Art und Weise vor sich gehe, in Wirklichkeit meist ein Erstickungstod infolge des von dem Brand erzeugten giftigen Kohlengases. Die Flammen sorgten zwar für ein spektakuläres Aussehen des Leichnams, seien aber im Normalfall an dessen Ableben unschuldig. Das Kohlenstoffgas lasse sich mittels chemischer Analyse im Blut des Verstorbenen nachweisen. Die Schwierigkeit sei, dass in einem verbrannten Körper kaum noch Blut in dem allgemein bekannten flüssigen und rotfarbigen Zustand zu finden sei. Es gebe jedoch genügend feststoffliche Rückstände in den inneren Organen, um eine zufrieden stellende Menge analysierbaren Bluts zu gewinnen.
Der Anatom war zweifellos ein Liebhaber des Schockeffekts. Hoffmann nieste, während der bleichwangige Hitzig sich ins Grünliche verfärbte.
»Im Blut des verstorbenen Schauspieldirektors fanden sich nur äußerst geringe Rückstände von CO, sprich Kohlenmonoxydgas«, erklärte der Chirurgus, indem er vor Hoffmanns explosivem Riechorgan erschrocken zurückwich. »Folglich kann das Feuer von der Schuld am Tod des Bühnenkünstlers freigesprochen werden. Somit«, schloss Doktor Ros, »eröffnet sich uns das weite Spektrum der natürlichen und unnatürlichen Todesarten.«
»Könnte es sich um einen schlichten Herzstillstand handeln?«,

fragte Hitzig, der auf ein baldiges Ende der anatomischen Vorlesung hoffte.

»Um einen Herzstillstand handelt es sich in jedem Fall«, erwiderte der Doktor besserwisserisch. »Die Frage ist, was ihn verursacht hat. Einfaches technisches Versagen infolge von Materialverschleiß kommt ebenso in Frage wie mechanische oder chemische Einwirkung – sprich Gift oder Dolch.«

»Wurde der Intendant erdolcht?«, fragte Hoffmann verblüfft.

»Auf der Bühne wohl mehrfach«, entgegnete der Arzt. »Im Leben hingegen nicht.«

»Vergiftet?«

Der Doktor wies mit einem Zeigestock, den er zur Hand genommen hatte, auf den haarlosen, wie mit Pech bestrichenen Schädel des Toten.

»Sehen Sie hier die Blessur?«

Sowohl der Kriminalrat wie der Kammergerichtsrat mussten sich überwinden, um sich so nahe, wie der Chirurg es für notwendig hielt, über den Leichnam zu beugen. Hoffmann sah ein wenig oberhalb der Stelle, wo das linke Ohr hätte sein sollen, tatsächlich eine Vertiefung, von der er jedoch nicht hätte sagen können, ob sie natürlichen Ursprungs war oder nicht.

»Das Schläfenbein ist an dieser Stelle eingedrückt, vermutlich infolge eines Schlags mit einem harten Gegenstand. Es kam nicht zu einer offenen Fraktur, demnach war der Hieb nicht heftig genug, um den Knochen vollständig zu zertrümmern. Entweder war die Schlagwaffe zu leicht, oder der Täter – wir dürfen wohl von einem Mörder sprechen – war zu schwach. Natürlich besteht auch die Möglichkeit, dass die besagte Person den Herrn Intendanten nicht wirklich erschlagen, sondern nur betäuben wollte.«

»Um den Rest dann dem Feuer – oder dem Rauch – zu überlassen«, ergänzte Hoffmann. Hitzig hatte es offenbar die Sprache verschlagen. Dabei betraf dieser Teil der Untersuchung ohne Zweifel mehr den Kriminalisten als den Richter.

»So ist es«, bestätigte Ros. »Schlussendlich zündete man das Zimmer an, um einen Unfall vorzutäuschen, was jedoch dank unseres forensischen Spürsinns misslang.«

»Ein natürlicher Tod kommt nicht in Betracht?«, fragte Hoffmann noch einmal nach.

Der Anatom nahm erneut den Zeigestock zur Hand und wies mit dessen Spitze auf die Stelle am Schläfenbein, wo die besagte stumpfe Gewalteinwirkung stattgefunden hatte.

»Ohne die Verbrennung des Hautgewebes wäre hier zweifellos eine stattliche Beule zu sehen. So etwas fügt man sich zwar mitunter selbst zu – etwa bei einem Sturz aus dem Bett. Ein Ohnmächtiger oder Betäubter wäre auch durchaus imstande gewesen, durch Ungeschick ein Zimmer in Brand zu setzen. Was gegen diese Annahme spricht, ist, wie gesagt, die geringe Konzentration von Kohlengas im Blut und in der Lunge. Will sagen: Das Opfer dürfte nicht mehr oder nur noch sehr schwach geatmet haben, als das Feuer ausbrach. In einem solchen Zustand aber war es nicht mehr in der Lage, ein Brandunglück zu verursachen. Wir müssen also von der Mitwirkung einer fremden Person ausgehen.

Erlauben Sie mir, Ihnen folgende Arbeitshypothese mit auf den Weg zu geben: Jemand betrat das Zimmer des Intendanten in der Absicht, den im Bett Liegenden im Schlaf zu erschlagen. Er musste feststellen, dass seine Kraft dazu nicht ausreichte – sei es die physische oder die Entschlusskraft. Der Mörder benutzte daraufhin seine bloßen Hände, um dem Mann die Luft abzudrücken. Anschließend versuchte der Würger, den Mord als Feuerunfall zu tarnen.

»Sind Sie sicher, dass Kühnemann erwürgt wurde?« Es war Hitzig, der sich wieder einmal zu Wort meldete.

»Erschossen oder erstochen wurde er jedenfalls nicht«, versetzte der Anatom. »Er kann natürlich auch vergiftet worden sein. Vielleicht erlitt er auch im Schlaf einen Herzschlag. Ausschließen kann man mit hoher Wahrscheinlichkeit, dass es kein von ihm selbst verursachter Brandunfall war.«

»Also schicken wir uns endlich darein, dass wir es mit einem

Mordfall zu tun haben«, seufzte der Kammergerichtsrat, der damit seine letzte Hoffnung, es könne sich nicht um ein Verbrechen handeln, begrub.
»Ich wünsche Ihnen bei Ihren Untersuchungen viel Glück, Herr Kammergerichtsrat, und Ihnen ebenfalls, Herr Kriminalrat«, schloss Doktor Ros seinen Vortrag. »Sie erhalten natürlich einen schriftlichen Bericht.«

Es dauerte eine Weile, bis die holde Frühlingsluft den Kriminalrat so weit belebte, dass sein Gesicht wieder die gesunde Farbe der Entschließung zur Schau trug. Währenddessen versuchte Hoffmann, sich darüber klar zu werden, was die Erkenntnisse des Forensikers für ihn und seine Freunde, die Theaterrebellen, bedeuteten.
Auf jeden Fall musste sich der Mörder und Brandstifter im Zimmer des Intendanten befunden haben. Anders hätte er Kühnemann keinen Schlag gegen den Schädel versetzen können.
Dies entlastete seiner Meinung nach zumindest ihn selbst von dem Verdacht. Abgesehen davon, dass Kühnemann wesentlich kräftiger war als er, fehlte es ihm, Hoffmann, an jeglicher Neigung zur Gewalttätigkeit. Auch den Gedanken, er könne einen fremden Menschen erwürgt haben, vermochte er vor sich selbst mit ruhiger Gewissheit als absurd zu bezeichnen.
Aber konnte er dasselbe für seine »Freunde« – die er zum größten Teil erst an jenem Abend kennen gelernt hatte – sagen? Konnte er die Hände für sie ins Feuer legen?
Sie waren Kühnemanns Gegner. Sie hatten den Kampf mit ihm aufgenommen. Ein Flugblatt wie das »Blutegel«-Pamphlet konnte dem Intendanten die Rechtfertigung liefern, die Urheber der Schmähschrift unverzüglich zu entlassen. Was, wenn die Rebellen unverhofft, aber zu spät erkannten, dass sie damit rechnen mussten, aus dem Ensemble des Nationaltheaters entfernt und auf die Straße geworfen zu werden? Kühnemanns Arm reichte weit. Viele der Entlassenen würden wohl nie mehr ein Engagement an einer Bühne bekommen. Konnten derart düstere Zukunftsaussichten

die Betroffenen zur Verzweiflung treiben, zumal sie allesamt viel Alkohol getrunken hatten? Wollten sie ihrem eigenen Untergang durch Mord und Brandstiftung vorbeugen?
Wer, wenn nicht sie, kam für eine solche Tat in Frage?
Warnke? Er war im Haus des Intendanten gewesen; nur er selbst bezeugte, dass er es bereits verlassen hatte, als das Feuer ausbrach. Niemand außer ihm wusste, was er zur nachtschlafenden Zeit mit Kühnemann verhandelt hatte. Allein der Zeitpunkt ließ schon den Verdacht aufkommen, dass es sich um dunkle Angelegenheiten und geheime Zusammenkünfte handelte.
War Kühnemann womöglich Mitglied einer »Loge«? Hatte er sich gegen deren Gesetze vergangen, und Warnke war als Richter und Rächer geschickt worden? Das erschien auf den ersten Blick als absurder Gedanke. Aber war er, Hoffmann, nicht selbst vor einiger Zeit in ein Teufelsbündnis verstrickt gewesen? War es nicht Warnke, der ihn auf geheimen Wegen zu versteckten Treffpunkten geleitet hatte, wo sinistre Personen auf ihn warteten? Zwar glaubte Hoffmann, die Teufelsbündler hätten die Stadt verlassen. Aber wer wollte wissen, ob nicht einige von ihnen heimlich hier zurückgeblieben waren und Warnke zu ihnen gehörte? Wie viele Künstler war Kühnemann dem Okkulten zugeneigt. Selbst Mozart war Mitglied einer Geheimloge gewesen.
Womöglich war es nur das Fieber, das Hoffmann einen derart phantastischen Verdacht eingab, aber je länger er darüber nachsann, desto mehr Anzeichen stellten sich ihm dar, die für die These von einem Fememord sprachen.
Warum war Kühnemann in ein berüchtigtes »Spukhaus« gezogen? Die Villa Meusen, wie Hoffmann sie für sich selbst nannte, war wie kaum ein anderes Gebäude geeignet, einer unheilvollen Sekte zum Treffpunkt und Unterschlupf zu dienen. Warum war die Tür eines gewöhnlichen Kellers (wenn es denn einer war) so stark befestigt, dass niemand sie bislang hatte öffnen können? Was verbarg sich hinter der »Zaubertür«? Warf der teuflische Baron Meusen auch auf diesen Fall seinen Schatten? Gab es zu seinen Ehren oder

zu seinem Andenken mitternächtliche Versammlungen in seinem einstigen Wohnsitz? Noch einmal: Warum hatte Kühnemann sich dort angesiedelt, obwohl er dadurch sein gesamtes Personal bis auf einen dementen Diener einbüßte? Hatte er die Entlassung seiner Dienstboten etwa bewusst betrieben, um keine Zeugen seiner finsteren Umtriebe im Haus Meusen zu haben? Kurzum: Gehörte Kühnemann zu den vielen, die nach Doktor Faust ihre Seele dem Teufel verschrieben hatten? Kamen daher seine immensen Erfolge, seine fast magische Wandlungsfähigkeit? Hatte ihm der Teufelspakt die Macht verliehen, seine Gestalt zu wechseln? War dies der Grund, dass der Mörder ihn (und das gesamte Haus!) den Flammen geopfert hatte?

Die Stimme des Kriminalrats riss Hoffmann aus seinen Spekulationen.

»Du weilst in fernen Gefilden«, ermahnte ihn der Freund.

Hoffmann gestand ein, dass er eigenen Gedanken nachgehangen hatte.

»Ich denke«, führte Hitzig seine eigenen Überlegungen aus, »dass uns der forensische Bericht dazu zwingt, den Mörder in der vertrauten Umgebung des Intendanten zu suchen.«

»Logisch, da sich die Tat im Schlafzimmer abgespielt hat«, stimmte Hoffmann ihm zu.

»Könnte es sich um die Tat eines eifersüchtigen Liebhabers handeln?«

»Auszuschließen wäre das wohl nicht.«

»Wir müssen uns folglich mit dem Liebesleben des verehrten Künstlers befassen.«

»Wer könnte uns darüber Auskunft erteilen?«

»Ich hoffe, dass die polizeilichen Quellen in dieser Beziehung einiges hergeben«, sagte Hitzig. »Zapfe du währenddessen die theatralischen an.«

»Was ist mit Fritz, dem Hausknecht?«

»Den vernehmen wir, nachdem wir im Theater waren.«

»Folglich willst du mich dorthin begleiten«, versetzte Hoffmann ein wenig missmutig. Er hätte das Nationaltheater am liebsten allein aufgesucht. Es war ihm nicht recht, die Untersuchung ständig am Gängelband des Kriminalrats durchführen zu sollen. Vor allem konnte er, wenn er mit den Theaterrebellen sprach, keinen Zeugen gebrauchen.

8

Das Nationaltheater zählte zu den königlichen, sprich vom Staat unterhaltenen Bühnen der Stadt Berlin. Es gab deren mehrere. Das größte und bedeutendste war das Opernhaus unter den Linden. Hier wurde ausschließlich in der Faschingszeit gespielt. Der Eintritt war kostenlos, allerdings nur für diejenigen, die »anständig gekleidet« waren, was den Zugang nun wieder auf eine dünne Oberschicht, insbesondere den Adel, beschränkte. In der Oper wurden ausschließlich italienische und französische Werke gegeben, die damals allgemein als die vorzüglichsten galten.
Das Komödienhaus in der Behrenstraße diente vornehmlich der Volksbelustigung. Es gehörte zum Reich Kühnemanns, und er hatte dort, wie gesagt, als »Hausknecht Fritz« geglänzt. Jeden Monat gab es ein neues, auf diese Figur zugeschnittenes Stück aus seiner Feder, wobei einige Verfertiger schnellen Witzes ihm zuarbeiteten. Hoffmann dachte einen Moment daran, ob Kühnemanns Mörder nicht vielleicht unter diesen »ausgenutzten Schreibern« zu finden war.
Das Nationaltheater war, wie schon der Name sagt, für die Bühnenwerke deutschsprachiger Autoren reserviert. Das galt sowohl für Dramen wie für Singspiele, seien sie komischer oder tragischer Provenienz. Es drängten sich also Sänger und Musiker ebenso wie Schauspieler beiderlei Geschlechts in dem weitläufigen Bau am Gendarmenmarkt, dessen Dach von den Berlinern wegen seiner eigentümlichen abgeflachten Form übrigens der »Sargdeckel« genannt wurde. Das Haus war noch nicht alt, aber es drohte bereits

wegen der Vielzahl der dort stattfindenden Aufführungen aus den Nähten zu platzen. Es gab nur eine einzige Bühne, um die Musik- und Sprechtheater einen immer währenden, heftigen Kampf führten. Beide Sparten hielten sich für die bedeutendere und versuchten, die jeweils andere beiseite zu schieben, wobei in den Jahren der Franzosenherrschaft die Musik erheblichen Terraingewinn zu verzeichnen hatte, da die Besatzer die deutsche Sprache für barbarisch hielten, abgesehen davon, dass sie kein Wort von ihr verstanden. Deutsche Stücke hatten seinerzeit einen schweren Stand und wären womöglich ganz aus dem Repertoire verdrängt worden, hätte es nicht zum Reiche Kühnemanns, des unbestrittenen Berliner Theaterkönigs, gehört, der nun mal kein Sänger war und folglich der Dramen und Komödien bedurfte, um auf der Bühne Triumphe zu feiern.

Inzwischen hatte sich das Blatt gewendet. Die Franzosen waren vertrieben, und auf der Welle nationaler Begeisterung erlebte das Schauspiel eine neue Blüte. Hinzu kam, dass die Bühne am Gendarmenmarkt derzeit nur über einen mittelmäßigen Kapellmeister verfügte, der obendrein noch unter dem Pantoffel der Primadonna stand, die als eigentliche Herrin der Opernsparte gelten durfte.

Es gab dermaßen viele Mitglieder des Ensembles, die sie zum Teufel wünschten, dass es zu verwundern war, dass der Mörder nicht sie anstelle des Intendanten als Opfer gewählt hatte.

Als Künstler teilte Hoffmann die Ansichten derjenigen, die Dorothea Wanner, so der Name der drallen Heroine, verachteten; als Kriminalist musste er ihr jedoch höchstes Interesse entgegenbringen, denn es war nur zu wahrscheinlich, dass in der musikalischen Abteilung des Hauses die erbittertsten Feinde des Direktors zu finden waren, wenngleich diese sich für zu vornehm dünkten, ihrem Unmut durch satirische Flugschriften Luft zu machen.

Kühnemann war Schauspieler und duldete keine anderen Götter neben sich. Dorothea Wanner litt unter der Diktatur des Hausherrn, die zu einer Zurücksetzung ihres Metiers führte, abgesehen davon, dass sie sich zur Herrscherin berufen fühlte, jedoch aufgrund ihres Geschlechts keinerlei Aussicht hatte, jemals an die Spitze eines großen Theaters zu gelangen. Also versuchte sie, möglichst einen Popanz vor sich aufzubauen, einen Strohmann, der nach außen hin den Direktor vorstellte, während sie hinter seinem Rücken in Wahrheit die Fäden zog. Eine solche lenkbare Puppe aber war August Kühnemann keineswegs. Infolgedessen herrschte Krieg zwischen den beiden, und in den feindlichen Lagern gab es wiederum Anhänger der Gegenpartei oder solche, die ihr eigenes Süppchen zu kochen versuchten. So konnte man mitunter den Eindruck gewinnen, es gehe im ehrwürdigen Nationaltheater zu wie auf einem Piratenschiff.

Übrigens fand das Publikum lebhaften Gefallen an dem Gezänk, das zum Teil auf offener Bühne beziehungsweise in den Gazetten ausgetragen wurde.

Hoffmann ahnte voraus, dass ihm ein höchst unangenehmes Gespräch bevorstand.

Den Opernkennern galt Dorothea Wanner als herrischer und anmaßender Charakter. Sie war von reizbarem Temperament. Seit geraumer Zeit verfolgte sie jeden, der die wahre Zahl ihrer Lebensjahre öffentlich zu nennen wagte (es waren deren zweiundvierzig) mit unbändigem Hass.

Donna Wanna, wie sie im Theaterjargon genannt wurde, fühlte sich als rechtmäßige Herrin des Musiktheaters. Dabei half es ihr, dass Kühnemann das Pech hatte, unmusikalisch zu sein. Ihr zur Seite stand der Kapellmeister Weber (nicht verwandt mit dem Dresdner Namensvetter), der als ihr getreuester Vasall betrachtet wurde – manche sagten auch: ihr wegen Erschöpfung ausgemusterter Liebhaber.

Hoffmann hatte, um eine Entscheidung über die Uraufführung seiner »Undine« herbeizuführen, dieser Dame vor wenigen Wochen seine Aufwartung machen müssen und war aufgefordert worden, ihr einige Partien seiner Komposition am Klavier vorzuspielen. Der Vortrag endete mit einem kompletten Fiasko.

Der Grund dafür war offensichtlich. Die Oper wies keine für Donna Wanna geeignete Rolle auf! Vielmehr schrie die »Undine« geradezu nach der Besetzung durch deren ärgste Rivalin, die junge und hoch talentierte Sopranistin Johanna Jaenicke, die sich trotz ihres zarten Alters von achtzehn Jahren bereits in die Herzen des Berliner Publikums gesungen hatte.
Eine Oper, die ihrer Konkurrentin die Gelegenheit bot, in einer Glanzrolle zu brillieren, musste zwangsläufig den Widerwillen der betagten Primadonna erregen und die Befürchtung in ihr wecken, sich bald zu einer »Seconda« degradiert zu sehen.
Demzufolge waren die Bemerkungen, mit denen die Dame das Werk des Komponisten Hoffmann bedachte, nicht allzu schmeichelhaft.
Hoffmann hatte erkannt, dass seine Oper nur gegen den erbitterten Widerstand der (immer noch) führenden Sängerin des Hauses das Rampenlicht der Berliner Bühnen erblicken würde.
Kapellmeister Weber war bloß kurz im Direktionszimmer erschienen, in dem Hoffmann seine Auszüge zum Besten gab; kaum hatte er gewittert, woher der Wind wehte, war er mit gerümpfter Nase wieder verschwunden. Er hielt Hoffmann, wie dieser später erfuhr, für einen in der Oper dilettierenden Regierungsrat.

Hoffmann und der Kriminalrat wurden von der Diva in deren geräumiger Garderobe empfangen.
Frau Wanner hatte dem Kostümfundus des Opernhauses ein prachtvolles Trauergewand entnommen; sie trat den beiden Juristen als üppig von Seide umwallte Erscheinung gegenüber. Neben ihr nahm sich der Kapellmeister im schwarzen Gehrock eher unscheinbar aus.
»Ich darf Ihnen stellvertretend für alle Mitglieder dieses Hauses mein aufrichtiges Beileid aussprechen.« Mit diesen Worten sowie mit einer artigen Verbeugung eröffnete Hoffmann das Gespräch.
Zu seiner Überraschung schrie die Diva daraufhin gellend auf. Die Hände von sich gestreckt, wich sie vor Hoffmann zurück, die Au-

gen vor Entsetzen geweitet. »Um Himmels willen! Er ist erkältet! Zu Hilfe! So schafft ihn doch aus dem Zimmer! Rasch, rasch!« Sie schien in die entfernteste Ecke ihrer geräumigen Garderobe zurückweichen zu wollen. Das Garderobenfräulein stand ratlos zwischen der Hysterie ihrer Herrin und der Autorität der beiden Besucher.

»Der Herr Kammergerichtsrat wird sich im Hintergrund halten«, versicherte Hitzig.

»Hinaus mit ihm! Hinaus!«, schrie die Primadonna aufgelöst.

»Es ist überaus ungehörig, in einem solchen Zustand bei unserer Ersten Sängerin zu erscheinen, zumal wir kurz vor einer wichtigen Premiere stehen. Jede Beeinträchtigung ihrer Stimme wäre eine Katastrophe für dieses Haus, ja für die gesamte Stadt Berlin«, mischte sich der Kapellmeister ein.

Nun, ich wüsste schon jemanden, der für sie einspringen könnte, dachte Hoffmann bei sich. Er zog ein großes Sacktuch aus der Tasche und schnäuzte sich. Die Primadonna schrie auf, als habe sie eine Wanze in ihrem Kleid entdeckt. Hoffmann steckte das Tuch umständlich zurück in den Hosensack. »Es tut mir Leid, gnädige Frau«, sagte er. »Meine Anwesenheit ist zwingend erforderlich. Es geht um einen Mordfall.«

Der Kapellmeister erbleichte unter dem Anhauch des Schauerlichen, der von diesem Begriff ausging, während die Sängerin taub für Hoffmanns Worte zu sein schien, indes ihr entsetzter Blick an dessen geröteter Nase hing. »Bitte ... Bitte ... hinaus!«, stammelte sie.

Hoffmann beachtete die Nöte der Primadonna nicht. »Die Bühnen unserer Stadt, ja des ganzen Landes hat zweifellos ein schwerer, unersetzlicher Verlust betroffen«, sagte er.

»Wie es scheint, müssen wir der unangenehmen Tatsache ins Auge sehen, dass es sich um keinen natürlichen Todesfall handelt.«

»Wie das?« Der Kapellmeister schien von dieser Eröffnung tatsächlich überrascht. »Kein natürlicher Todesfall?«

»Die Anzeichen deuten auf einen vorsätzlichen Mord hin.«

»Einen Mord?« Die Sopranistin hatte einen Schal ergriffen und hielt ihn sich vor das Gesicht. Die Garderobiere eilte mit Parfüm herbei, das sie offenbar für ein Abwehrmittel hielt.

»Welche Anzeichen?«, fragte der Kapellmeister verstimmt. Zweifellos begriff er schneller als die Primadonna, welche Bedeutung diese Eröffnung für den Betrieb des Opernhauses hatte, nämlich eine ernsthafte Störung durch eine kriminalistische Untersuchung, die womöglich lange andauerte – und obendrein von einem erkälteten Gerichtsrat durchgeführt wurde.

Hoffmann bezeichnete unterdessen die Indizien, nach denen der Kapellmeister gefragt hatte: »Fehlendes Kohlengas im Blut und fehlender Ruß in der Lunge.«

Hitzig warf seinem Freund einen maßregelnden Blick zu. Im Gegensatz zu Hoffmann hielt er nichts von Schockeffekten.

Erstaunlicherweise hatte sich die Primadonna bisher kaum in das Gespräch eingemischt. Offensichtlich zog Dorothea Wanner es angesichts der akuten Gefahren vor, ihren Mund geschlossen zu halten. In Hoffmanns Augen stellte das nicht unbedingt einen Nachteil dar.

Doch in diesem Moment servierte die Sängerin ihren Gästen einen bühnengerechten Ohnmachtsanfall, indem sie den Arm ausstreckte und mit einem kunstvoll gehauchten »Ah!« in die Arme ihrer Garderobiere sank. Hitzig und der Kapellmeister eilten der Entseelten zu Hilfe.

»Sind Sie wirklich sicher, dass ein Verbrechen vorliegt?«, fragte der Orchesterleiter, als Donna Wanna schließlich auf einer Chaiselongue ausgestreckt lag und von ihrer Dienerin mit Riechsalz traktiert wurde.

»Weder ein Gerichtsrat noch ein Kriminalrat pflegen ihre Zeit mit reinen Kondolenzbesuchen zu verschwenden«, versetzte Hoffmann.

Hitzig bedeutete ihm mit gerunzelter Stirn, es nun mit der kleinlichen Rachsucht genug sein zu lassen. Hoffmann bekundete mit einem Seufzer seine Einsicht.

»Ich verstehe sehr wohl, dass der Gedanke Sie verwirren und erschrecken muss«, lenkte er ein.
»Suchen Sie den Schuldigen hier in diesem Haus?« Der Kapellmeister gab sich aufrichtige Mühe, das düstere Wort »Mörder« zu vermeiden.
»Ich fürchte, wir kommen nicht umhin«, sagte Hoffmann.
»Aber ... Es wäre doch niemand von uns ... in der Lage ...«, ließ sich die Primadonna vernehmen, deren kraftvolle Stimme zu der einer matten Schwindsüchtigen geschrumpft zu sein schien. »Nicht wahr, lieber Weber?«
»Allerdings!«, bestätigte der Kapellmeister gehorsam.
Später erfuhr Hoffmann, dass Weber in Theaterkreisen »Schiffchen« genannt wurde – in Anspielung auf das entsprechende Teil am Webstuhl, dass von demjenigen, der ihn bedient, beständig hin und her geschoben wird.
»Herr Kühnemann wurde in seinem Bett ermordet«, sagte Hoffmann, an seinen Musiker-Kollegen gewandt. »In seinem Schlafzimmer, zu dem sicherlich nicht jedermann Zugang hatte. Folglich muss man den Mörder unter den Vertrauten des Herrn Intendanten suchen. Stimmen Sie dieser Schlussfolgerung zu?«
»Zwangsläufig«, knurrte der Kapellmeister.
»Herr Kühnemann lebte – und starb möglicherweise – ausschließlich für seinen Beruf, wie übrigens die meisten Theaterkünstler. Er besaß, soweit ich unterrichtet bin, zwar zahlreiche Verehrer, aber keinerlei Freunde oder Bekannten abseits von der Bühne. Damit beantwortet sich wohl Ihre Frage, wo der Mörder mit hoher Wahrscheinlichkeit zu suchen ist.«
Ein weher Seufzer erklang aus der Garderobenecke.
»Würden Sie mir sagen, welches Verhältnis Sie persönlich zu dem Verstorbenen hatten?«, setzte Hoffmann die Befragung, an den Musiker gewandt, fort.
»Er war unser aller hochverehrter ...«, begann Weber.
Hoffmann winkte ab. »Ich schlage vor, wir bleiben bei der schlichten Wahrheit – und bei schlichten Worten«, sagte er. »Da wäre zu-

nächst die Frage nach dem Grund für Kühnemanns Ermordung. Käme zum Beispiel Habgier in Frage? Ist Ihnen rein zufällig bekannt, wer Kühnemanns privates Vermögen erben wird?«
Der Kapellmeister schüttelte matt den Kopf. »Darüber ist mir nichts bekannt.«
»Und wie steht es auf dem beruflichen Gebiet?«
»Wie meinen Sie das?«
»Herr Kühnemann hinterlässt eine bedeutende Vakanz«, erläuterte Hoffmann. »Er hat zwei große Bühnen gelenkt. Das Gehalt eines Generalintendanten ist zweifellos beträchtlich.«
Das Weberschiffchen fuhr auf. »Wollen Sie etwa unterstellen, dass ...?«
Allmählich ärgerte sich Hoffmann darüber, dass Kriminalrat Hitzig sich nicht an dem Gespräch beteiligte. Ließ er sich etwa von Donna Wanna einschüchtern?
»Hatten Sie nicht die Absicht, Berlin zu verlassen, verehrte Frau Wanner?«, rief er der Primadonna zu, die noch immer ein parfümiertes Tuch vor ihr Gesicht hielt.
Die Frage ließ die Dame zusammenzucken. Die Antwort beschränkte sich indes auf ein jammervolles Stöhnen und eine Handbewegung in Richtung des Kapellmeisters, mit der sie diesen aufforderte, an ihrer statt Rede zu stehen.
»Ich entnahm diese Information der ›Vossischen Zeitung‹«, fuhr Hoffmann ungerührt fort, darauf aus, sie zu provozieren. »Gab es da nicht einen Eklat bei einer der letzten Vorstellungen der abgelaufenen Saison?«
Die Erwähnung dieses Ereignisses ließ Donna Wanna blitzartig auffahren und ihren Mundschutz beiseite werfen. »Das ist unerhört!«, schrie sie. »Sie wagen es ...?«
Hoffmann nieste.
Die Primadonna riss daraufhin das parfümierte Tuch mit einem Entsetzensschrei erneut vor ihr Gesicht.
Jeder Opernbesucher in Berlin kannte die Geschichte, auf die Hoffmann anspielte. Vor noch nicht ganz zwei Wochen hatte die

Primadonna eine ihrer großen Partien »geschmissen«. Ihre Stimme versagte bei den hohen Tönen. Das Publikum – namentlich die ihr feindlich gesinnte Claque auf der Galerie – johlte und schrie lauthals: »Jaenicke! Jaenicke!« Die Aufführung musste abgebrochen werden. Die Primadonna meldete sich krank und sagte die restlichen Vorstellungen ab (es waren zum Glück nur noch zwei).

Im irrigen Glauben an ihre Unersetzbarkeit gab Frau Wanner zudem öffentlich bekannt, sie werde Berlin verlassen, wenn der Jaenicke-Claque kein Hausverbot erteilt würde.

Das war ein unerhörter Eklat, eine Kriegserklärung an das Publikum. Zweifellos rechnete die Sängerin damit, dass Herrn Kühnemann gar nichts anderes übrig bliebe, als ihrer Forderung Genüge zu tun.

Der Generaldirektor trat jedoch seinerseits an die Öffentlichkeit und verkündete, dass er sich nicht berechtigt sehe, Leuten, die sich friedlich und gesittet verhielten, das Opernhaus zu verbieten.

Das war eine Antwort von hohem diplomatischem Geschick. Einerseits erteilte der Intendant der Jaenicke-Claque eine Rüge und forderte sie zu »sittsamem« Verhalten auf. Andererseits gab er seiner Primadonna zu verstehen, dass er nicht bereit war, ihren Gegnern ein Hausverbot zu erteilen.

Alle Welt erwartete nun, dass sie ihre Drohung, das Berliner Opernhaus zu verlassen, in die Tat umsetzte. Beharrte sie auf ihrem Posten, würde sie zweifellos von den feindlichen Claqueuren an ihr gegebenes Wort erinnert werden. Genau betrachtet, befand Donna Wanna sich in einer verzweifelten Lage. Sie hatte sich unversehens ins Abseits manövriert. Zu allem Überfluss tauchten Gerüchte auf, Herr Kühnemann selbst habe die Jaenicke-Claqueure für den Tumult bezahlt. Er habe eigens eine sehr schwierige Oper auf den Spielplan gesetzt, wenngleich er wusste, dass Frau Wanner ihr stimmlich nicht gewachsen war. Allem Anschein nach wollte sich der Direktor einer allzu ehrgeizigen hausinternen Rivalin entledigen. Es war durchaus möglich, dass die Primadonna einem

ruhmlosen Abschied durch einen Mord (oder einen Mordauftrag) hatte zuvorkommen wollen.
Zweifellos hatte Donna Wanna wenig Aussichten, den Machtkampf gegen ihren Vorgesetzten auf gewöhnliche Weise zu gewinnen. Ihre Situation wurde zusehends prekär, da eine junge Rivalin mit einer prächtigen Stimme bereitstand, ihre Nachfolge zu übernehmen. Donna Wanna würde künftig auf Ruhm, Applaus und Macht verzichten müssen. Das Theaterleben war gnadenlos. Hoffmann, der bereits zweimal entlassen worden war, vermochte ein Lied davon zu singen. Die Frage, wem der Tod des Generalintendanten nützte, ließ sich zweifellos zu Gunsten – oder zu Ungunsten – der Primadonna beantworten.
Es war jedoch offensichtlich, dass Frau Wanner sich in einen akuten Schwächeanfall geflüchtet hatte und zu einer Fortsetzung des Gesprächs nicht zu haben sein würde. Hoffmann bat daraufhin den Kapellmeister, ihm einige Fragen unter vier Augen zu beantworten.

Das Weberschiffchen residierte in einem hellen Raum mit Blick auf den Französischen Dom. Über einen eigenen Flur konnte er die Seitenbühne, über eine Wendeltreppe den Orchestergraben erreichen.
Hoffmann ließ sich in einen Sessel fallen. Er wischte sich den Schweiß von der Stirn. Auch an ihm waren die Aufregungen nicht spurlos vorübergegangen. Das Fieber begann ihm wieder zuzusetzen.
»Das war sehr ungehörig von Ihnen«, tadelte ihn der Orchesterbändiger. »Ich finde Frau Wanners Empörung durchaus berechtigt. Sie ist eine der ersten Sängerinnen dieses Landes. Ihr gebührt Respekt.«
Hoffmann winkte ab. Heldenhaft kämpfte er ein anschwellendes Nasenjucken nieder.
»Nun, ich stehe zu Ihrer Verfügung«, sagte der Kapellmeister gereizt, indem er seine Hände auf die Tischplatte legte, als wären sie kostbare Ausstellungsstücke.

»Wenn ich die Dinge als Außenstehender richtig beurteile, ist dieses Haus in zwei Lager gespalten«, begann Hoffmann.
»Dem widerspreche ich entschieden«, erwiderte der Kapellmeister. »Wir bilden ein Ensemble, in dem jeder an seinem Platz steht.«
»Wobei einige dieser Plätze gefährdet sind, andere nicht«, beharrte Hoffmann.
»Erachten Sie den meinigen für gefährdet?« Der Kapellmeister war offensichtlich ständig auf der Hut vor Attacken.
Hoffmann hatte selbst einige Jahre unter diesem stetigen Zwang zur Wachsamkeit leben müssen. Er empfand ein wenig Mitleid mit dem Geplagten. Der Orchestergraben war, wie Hoffmann wohl wusste, oft nicht gemütlicher als ein Schützengraben. Er schloss die Augen. Das Ganze erschöpfte ihn zusehends.
»Ich stelle zunächst einmal fest, dass meine Worte in einem fort fehlinterpretiert werden.«
Weber zwang sich zur Gelassenheit. »Nun, bitte, stellen Sie Ihre Fragen.«
»Rechnen Sie damit, Kühnemanns Nachfolger als Leiter des Nationaltheaters zu werden?«, fragte Hoffmann rundheraus.
»Nein.«
»Das ist endlich mal eine klare Antwort.« Der Kammergerichtsrat wusste sehr wohl, dass Webers Position nicht unangefochten war. Er galt als eine eher mittelmäßige Begabung. Hoffmann selbst hatte ihn in seinem Phantasiestück »Ritter Gluck« in recht abfälliger Weise porträtiert. Alle diejenigen Kritiker, die der deutschen Tonkunst den Vorzug vor der italienischen gaben, musste man zu Webers Gegnern zählen – und deren Zahl wuchs beständig, seit das Land dank seines Siegs im Befreiungskrieg von einer Welle des Patriotismus (und nicht selten der Deutschtümelei) überspült wurde. Kühnemann, der sein Mäntelchen mitunter hemmungslos nach dem Wind hängte, hatte unlängst Partei für die »notwendige Erneuerung der Tonkunst im nationalen Sinne« ergriffen – und damit, wie jeder Kenner wusste, einen Pfeil auf den Kapellmeister Weber abgeschossen, der ein erklärter Anhänger der italienischen

Stilrichtung war. Das Weberschiffchen schien ausgedient zu haben. Er stand im Überlebenskampf. Ohne Zweifel kam auch ihm Kühnemanns Tod sehr gelegen. Die Frage war: ob sein Selbsterhaltungsinstinkt ausreichte, um ihn bis zum Mord zu treiben.

»Herrschte zwischen Ihnen und Herrn Kühnemann Einvernehmen über die künstlerische Richtung des Hauses?«

»Seine Exzellenz kümmerte sich nur wenig um das Musiktheater«, sagte Weber mit verkniffenen Lippen.

»Aber er kümmerte sich um das Fräulein Jaenicke.«

Weber sah ihn überrascht an. Wusste der Kammergerichtsrat etwa nichts von dem ausgeprägten Hang des Intendanten zur Knabenliebe?

Hoffmann stellte klar, was er meinte: »Herr Kühnemann richtete sich vornehmlich nach dem Maßstab des Erfolgs. Und Fräulein Jaenicke hatte Erfolg. Großen Erfolg.«

»Gute Nachwuchskräfte sind für jedes Haus eine Bereicherung.«

»Ein guter Wandspruch«, sagte Hoffmann abschätzig.

Der Kapellmeister blitzte ihn an wie einen zweiten Geiger, der seinen Einsatz verpatzt hatte.

»Wollen Sie unterstellen …?«

In diesem Moment wurde Hoffmann von einem gewaltigen Niesanfall erschüttert, der den Kapellmeister erschrocken zusammenfahren ließ, wiewohl sich die Eruption durch antizipierende Grimassen vorab angekündigt hatte. Da Hoffmann sich anschließend ausgiebig schnäuzen musste, entstand eine Pause in dem Frage- und Antwortspiel. Der Kammergerichtsrat nutzte die Gelegenheit, seinen Gesprächspartner genauer in Augenschein zu nehmen. Bei näherer Betrachtung sah man, dass Weber von den Spuren eines langen, schweren Lebenskampfes gezeichnet war. Sein Haar war schütter, das schmale Gelehrtenantlitz von Falten durchfurcht.

»Entschuldigen Sie das Fortissimo«, bat Hoffmann gequälten Gesichts.

Der Kapellmeister ging auf den versöhnlich gemeinten Scherz

nicht ein. »Ich verwahre mich gegen jegliche Form von Verdächtigung«, bekundete er, indem er sich von seinem Sitzplatz erhob. »Ich werde mich höheren Orts beschweren.«
Hoffmann winkte ab. »Schöd, schöd«, näselte er. Die Aussicht, die kommenden Wochen mit widerspenstigen, ehrpussligen Künstlerseelen verbringen zu müssen, begann ihn zu deprimieren.
»Hatten Sie privaten Umgang mit dem Intendanten?«
»Ich war gelegentlich bei ihm zu Gast. Nicht oft.«
»Kannten Sie sich in seinem Hause aus?«
»In dem neuen Haus? Nein.«
»Aber Sie waren dort?«
»Nur ein einziges Mal.«
»Wissen Sie, dass dort Gespenster umgingen?«
»Ich glaube nicht an dergleichen.« Der Kapellmeister nahm wieder Platz.
»War Herr Kühnemann abergläubisch?«
Weber wich der Frage aus. »Der Aberglaube ist am Theater weit verbreitet.«
»Die Rede ist von Herrn Kühnemann.«
»Ja. Er war wohl ein wenig abergläubisch.«
»Fürchtete er sich vor Gespenstern? Redete er davon?«
»Ich hörte, dass er sich über Erscheinungen in seinem neuen Haus beklagte.«
»Bei Ihnen?«
»Nein.«
»Bei wem dann?«
»Bei vielen Leuten. Sängern, Schauspielern. Er war ein leutseliger Mensch.«
»Empfahl ihm jemand einen Geisterbeschwörer?«
»Darüber ist mir nichts bekannt.«
Hoffmann erhob sich. »Ich nehme an, Ihr Haus wird vorübergehend geschlossen werden«, sage er.
»Darüber muss Seine Majestät entscheiden«, entgegnete der Kapellmeister unwillig.

Hoffmann spürte die Erkältung in den Knochen. Er sehnte sich nach dem heißen Ofen und einer guten, kräftigen Hühnersuppe.
»Eine letzte Frage. Frau Wanners Karriere begann in der Zeit der französischen Besatzung, nicht wahr? Ebenso wie die Ihre.«
Der Kapellmeister war auf der Hut. Hoffmanns Frage führte aufs Glatteis. Zweifellos war Donna Wanna durch die Protektion der Franzosen zur Beherrscherin der Opernbühne geworden. Nun, da die Besatzer verjagt waren, wurden alte Rechnungen auf den Tisch gelegt. Die Frage aller Fragen lautete: Wie hast du dich während der Franzosenzeit verhalten? Nicht jeder konnte eine zufrieden stellende Antwort geben. Frau Wanner hatte bisher jeden Angriff pariert. Herr Weber seinerseits war zeitlebens im Windschatten der großen Madame Wanner gesegelt. Das Weberschiffchen.
»Ich war zuvor schon ein bekannter Kapellmeister«, erwiderte Weber mit zusammengebissenen Zähnen. »Sie selbst haben, wie Sie wissen, Ihren Teil zu meinem Ruhm beigetragen.«
Hoffmann hatte diesen Hassausbruch erwartet. Er hatte vor ein paar Jahren in einer musikalischen Zeitschrift eine Satire über das »kakophonische Getöse des vermaledeiten Weber'schen Orchesters« veröffentlicht und den Kapellmeister als Hanswurst auf dem Dirigentenpodium dargestellt. Zweifellos hatte er den Mann damit zutiefst beleidigt. Allerdings hatte Weber den Angriff durchaus verdient. Er hatte nämlich kurz zuvor zu einer Gluck'schen Oper die falsche Ouvertüre gespielt! Natürlich hatte der Angegriffene dem Kritiker die boshafte Charakteristik nie verziehen – und sie ihm prompt heimgezahlt, als Hoffmann um die Uraufführung seiner Oper einkam. So verstrickt waren die Verhältnisse in diesem Fall.
Der Kammergerichtsrat wusste sehr wohl, dass er sich im Kriegsgebiet bewegte.

9

Zu seinem Erstaunen traf Hoffmann Hitzig und die Primadonna im traulichen Gespräch miteinander an. Wieder einmal bewunderte er die Fähigkeit des Kriminalrats, sich durch Liebenswürdigkeit und Bonhomie jedermann gewogen zu machen. Die Miene der Diva verfärbte sich, als sie Hoffmanns ansichtig wurde. Instinktiv presste sie sich den parfümierten Schal ins Gesicht. Hoffmann erlöste sie, indem er vor der Tür der Garderobe auf Hitzig wartete.
Als Hoffman mit dem Kriminalrat das Opernhaus verließ, fragte er seinen Freund ein wenig sarkastisch, ob das Teegespräch mit Donna Wanna ein berichtenswertes Ergebnis gebracht habe.
»Das eigentlich nicht«, gestand Hitzig ein.
»Hat sie dir womöglich freien Eintritt in ihre nächste Vorstellung gewährt?«
»Das hat sie in der Tat versprochen.«
»Ihr habt offenbar Freundschaft geschlossen.«
»Frau Wanner hat mich davon überzeugt, dass es bei der Oper vergleichsweise ruhig und gesittet zugehe, während im Schauspiel skandalöse Zustände obwalten. Dort geht es angeblich drunter und drüber. Hinter den Kulissen tobt die Revolte. Es werden Komplotte geschmiedet, Flugblätter gegen den Intendanten verteilt.«
»Wer schürt die Theaterrevolte?«, fragte Hoffmann, Unwissenheit vorschützend.
»Eine Gruppe junger Schauspieler und Schauspielerinnen. Einen von ihnen, den Rädelsführer, hat Kühnemann kürzlich entlassen.«
Hoffmann erinnerte sich eines Skandals, der sich vor kurzem im Schauspielhaus am Gendarmenmarkt zugetragen hatte. Anlass war die Aufführung des Schauspiels »Die Jäger«, das von vielen Enthusiasten als den Schiller'schen »Räubern« ebenbürtig angesehen wurde. Es behandelte den Tod des Dichters und Freiheitskämpfers Theodor Körner, der im Befreiungskrieg beim Jägerkorps Lützow gestanden hatte und gefallen war. Er hatte sich für ein geeintes und freies Deutschland eingesetzt und für sein Ziel helden-

haft gekämpft. Sein Lied, »Das ist Lützows wilde, verwegene Jagd«, pfiffen die Spatzen von den Dächern.
Das Stück »Die Jäger« sollten am Nationaltheater zur Uraufführung gebracht werden. Kühnemann persönlich hatte die Regie übernommen. Bei der Generalprobe waren jedoch Beamte des Polizeiministeriums erschienen und hatten das Drama wegen »radikaldemagogischer Umtriebe« verboten.
Gegen diesen drastischen Akt der Vorzensur waren junge Akademiker und Künstler auf die Barrikaden gestiegen. Es hatte eine Versammlung vor dem Nationaltheater auf dem Gendarmenmarkt stattgefunden. Ein junger Schauspieler hatte für die Freiheit der Kunst gesprochen, ein Student die Forderung nach Bürgerrechten darangeknüpft. Das Gardekorps hatte die Veranstaltung aufgelöst. Die Versammelten waren mit Säbeln und Korporalsstöcken traktiert worden; einige von ihnen hatte man in die Hausvogtei geworfen. Sie sahen einer Verurteilung – durch das Kammergericht! – entgegen.
Kühnemann hatte sich in seiner geschmeidigen Art durch die Klippen laviert, indem er die Aufführung der »Jäger« für unmöglich erklärte, solange der Hauptdarsteller des Stücks auf der Hausvogtei festsitze.
Wer wollte, konnte dies als Forderung nach Freilassung des jungen Schauspielers betrachten. Man mochte es aber auch als Absage der Aufführung und Unterwerfung unter die Zensur verstehen. Dieses zwiespältige Gebaren machte Kühnemann zu einem erklärten Feind der hitzigen Jugend.
War es möglich, dass einer der jungen Feuerköpfe so weit ging, den »Verräter« Kühnemann umzubringen?
»Würdest du mich an deinen Grübeleien teilnehmen lassen?«, fragte Hitzig den Freund, der seit geraumer Zeit stumm und gedankenverloren neben ihm her schritt.
Hoffmann entschuldigte seine Geistesabwesenheit mit seiner Erkältung, deren Symptome ihm nun wieder stärker zu schaffen machten.

»Ich verstehe nicht, warum ihr alle ständig krank seid«, sinnierte Hitzig. »Sieh mich an. Ich bin gesund wie ein Fisch im Wasser.«
In der Tat musste Hoffmann den Freund um seine Robustheit beneiden. »Ich fürchte, ich bin als Untersuchungsrichter derzeit nicht ganz vollwertig«, sagte er.
»So ist es wohl«, gab Hitzig zu. Zum Abschied fragte er Hoffmann: »Traust du Madame Wanner eine Mordtat zu?«
»Sie könnte zweifellos einen Mord begehen«, erwiderte Hoffmann. »Allerdings wohl eher im Affekt. Langwierige Planungen scheinen mir nicht in ihrer Natur zu liegen.«
Hitzig stimmte ihm da uneingeschränkt zu. Ehe er den völlig ermatteten Hoffmann in einer Droschke davonfahren ließ, versprach er ihm für den kommenden Abend einen Krankenbesuch.

Kaum war die Kutsche um ein paar Straßenecken gebogen – das Rasseln des Geschirrs ergab eine feierlich gleichförmige Melodie –, da wurde sie angehalten und ein fremder Herr stieg zu. Er trug einen weichen, breitrandigen Hut und einen weiten schwarzen Umhang, aus dem der Knauf eines Degens herausragte. Hoffmann wollte sich soeben beschweren und darauf hinweisen, dass es sich um seine private Kutsche handele, nicht um einen öffentlichen Reisewagen, den man nach Belieben anhalten könne, da zog der Fremde seinen Hut ab, schlug seinen Mantelkragen zur Seite und entpuppte sich als der Assessor Warnke.
»Was tun Sie hier, Warnke?«, fragte Hoffmann.
»Sie können mich bei meinem richtigen Namen nennen«, erwiderte Warnke. »Wir sind unbelauscht. Der Kutscher ist eine Alraune, die ich gestern um Mitternacht unter einem modrigen Eichbaum gepflückt habe.«
»Was reden Sie da, Warnke, sind Sie von Sinnen?«
»Mein Name ist Tryphon de Palma, Majestät. Geruhen Sie, mich mit diesem Namen anzureden.«
Das Rasseln der Kutsche hatte aufgehört. Hoffmann konnte jedoch nicht sagen, ob sie still stand oder ob die Nebelbänke, die

draußen vorbeizogen, die Geräusche verschluckten. Er bedauerte den Verlust; die Melodie hatte ihm gefallen; sie erinnerten ihn an eine Schlittenfahrt über die zugefrorene Ostsee, die er in seiner Kindheit unternommen hatte. Oder hatte er nur davon geträumt? Er war sich dessen nicht mehr sicher.

»Es besteht Gefahr, Majestät!« Warnke – oder Tryphon de Palma – beugte sich verschwörerisch zu ihm hinüber. Der Mann hatte sich verändert. Er trug einen schwarzen Bart und sah ziemlich verwegen aus. Seine Augen blitzten.

»Berichtet!«, forderte Hoffmann den jungen Herrn auf.

»Nehmt zuvörderst Eure Medizin. Ihr scheint mir ein wenig angegriffen.«

Hoffmann fasste in seine Tasche und brachte ein Fläschchen hervor, von dem er nicht gewusst hatte, dass er es dort verwahrte. Das Fläschchen war aus venezianischem Glas und enthielt eine grüne Flüssigkeit. Hoffmann zog den Stöpsel, setzte das Fläschchen an die Lippen und trank. Kühl durchrann ihn das heilende Elixier. Er fühlte sich sogleich belebt wie nach einem zwölfstündigen Schlaf. Der Stöpsel hatte sich in seiner Hand in eine zarte gläserne Fee verwandelt, die sich vor ihm verneigte und mit Hilfe eines zierlichen Zauberstabs bunte Kometenschweife aus Funken durch die Luft rieseln ließ. Hoffmann beobachtete amüsiert, wie sie auf seiner Handfläche umherspazierte.

»Unterlasst, wenn ich bitten darf, die Spielereien, mein König«, versetzte de Palma ein wenig gereizt. »Die Lage ist ernst. Ihr müsst Euch verteidigen. Euch und Euer Reich.«

Hoffmann gab der gläsernen Fee den Abschied, und sie flog mit feinadrigen Libellenflügeln auf, nahm wieder auf dem Fläschchen Platz und verwandelte sich zurück in den Stöpsel.

»Was könnte so bedrohlich sein?«, fragte Hoffmann.

»König Selenus von Luna hat die Absicht, Euch anzugreifen. Er ist erzürnt, weil Ihr ihm die schnell wachsende Flechte verweigert, mit der er die Mondoberfläche überziehen will.«

Hoffmann erinnerte sich nun, dass Selenus, ein eitler Narr, um eine grüne Moosflechte eingekommen war, die er auf dem Mond anzupflanzen gedachte. Anstatt silbern sollte der Mond künftig grün am Himmel stehen. Selenus gedachte auf dem Mondboden Schafe zu weiden.

»Kommt nicht in Frage«, sagte Hoffmann entschieden. »Ein grüner Mond würde sich am Himmel befremdlich ausnehmen. Aus ästhetischen Gründen muss ich den Antrag ablehnen. Der Mond bleibt silbern. Basta.«

»Selenus hat die Absicht, uns mit Meteoren zu beschießen, wenn Ihr auf Eurer Weigerung beharrt«, versetzte de Palma.

»Wir werden ihm eine Nebelschlacht liefern wie damals in Leipzig. Im Übrigen versteht seine Artillerie nicht zu zielen. Beim letzten Mal hat er zweimal den Mars und viermal die Venus getroffen. Kein Grund zur Beunruhigung.«

Sie schienen nun über das Meer dahinzufliegen. Jedenfalls hörte Hoffmann Wellen gegen den Boden der Kutsche klatschen. Das Fahrzeug hatte sich im Übrigen verwandelt. Statt des groben Holzes waren nun allseits mit glänzender Seide bespannte Wände zu sehen. Die Sitze hatten sich mit weichen, üppigen Polstern bezogen, auf denen man ruhte wie ein Sultan. Eine Wasserpfeife stand bereit, gefüllt mit dem besten batavischen Tabak. Auf einem goldenen Gestell wartete ein Horn, das mit einem schäumenden, dampfenden Punsch gefüllt war. Hoffmanns Leib steckte in einem bestickten Morgenmantel, seine Füße in Pantoffeln, an deren gebogener Spitze ein goldenes Glöckchen bimmelte. De Palma hatte seinen Umhang abgelegt. Er trug eine schwarze, mit silbernen Bändern besetzte Uniform, in der er wie ein Lützow'scher Jäger aussah.

»Es regen sich leider nicht nur äußere Feinde, Majestät«, bemerkte der Ritter mit besorgter Miene.

Hoffmann legte die Beine auf ein bereitstehendes Polster, griff zur Pfeife, lehnte sich bequem zurück und machte es sich gemütlich.

»Wer wagt es, den inneren Frieden zu stören? Redet, Chevalier de Palma.«

»Der Zauberer Protoporax«, flüsterte der Ritter.
Hoffmann, der natürlich niemand anderes war als König Radamanthus von Atlantis, horchte auf. Der Zauberer war ein mächtiger Gegner. Einst hatte er zu des Königs guten Freuden gehört. Dann aber hatte ihn die Macht verlockt. Er hielt sich für den größten Zauberer des Universums und lieferte sich ein magisches Duell mit Radamanthus, bei dem ihn die Hexe Mursa Beguli unterstützte. Radamanthus hatte ihn besiegt und in die Milchstraße verbannt. Die Hexe schmachtete seither im Vulkan Krakatau, wo sie schaurig die Tropennächte durchheulte.
»Der Schuft ist also zurückgekehrt?«, fragte Hoffmann.
»Er hat die Hexe aus dem Krater befreit. Gemeinsam erheben sie Anklage gegen Euch, mein König.«
»Gegen mich? Anklage?«
»Sie beschuldigen Euch des Mordes.«
»Welch ein Unsinn!«, entfuhr es Hoffmann.
»Sie haben den Kronrat überzeugt. Ihr müsst vor dem Tribunal erscheinen, und zwar gleich.«
Hoffmann nahm einen Zug aus der Pfeife und einen Schluck aus dem dampfenden Horn. Beides belebte ihn außerordentlich.
»Wen soll ich ermordet haben?«, fragte er leichthin, da er sich sicher war, in den letzten zweihundert Jahren keine Gewalttat mehr verübt zu haben. Damals hatte er den Zauberer Protoporax am Bart gezaust, was unter Magiern als entehrende Misshandlung galt. Zudem hatte er der Hexe, die mit ihren Krallen seine Augen bedroht hatte, Schweinsklauen angezaubert, was diese als ungeheure Schmach empfand.
»Den hiesigen Theaterdirektor Kühnemann«, erwiderte der Ritter.
Hoffmann fuhr auf. »Ich soll Kühnemann ermordet haben? Ich?«
»Ihr sollt ihm ein explosives Pulver verkauft haben. In Gestalt eines Geisterbeschwörers aus dem Spreewald.«
»Das soll ich gewesen sein?«
»So lautet die Anklage.«

»Das ist kompletter Unsinn. Wieso sollte ich einen Theaterdirektor töten?«
»Weil er die Aufführung der Oper ›Undine‹ verweigerte.«
»Was habe ich mit dieser Oper zu tun?«, fragte Radamanthus. »Stammt sie nicht von einem gewissen Hoffmann, Kammergerichtsrat aus der Frankfurter Straße?«
»Aber das seid Ihr doch selbst!«, behauptete der Ritter.
»Wie?« Hoffmann wäre aufgesprungen, hätte das Polster ihn nicht so zärtlich umschlungen gehalten. »Das ist eine Beleidigung! Ich bin Radamanthus, König von Atlantis.«
»Noch seid Ihr nicht gekrönt, Majestät!«, erinnerte ihn de Palma. Hoffmann musste zugeben, dass der Ritter Recht hatte. Die Krönungszeremonie hatte noch nicht stattgefunden.
»Man wird Eure Wahl rückgängig machen, wenn man Euch für schuldig befindet«, sagte der Ritter.
»Und was dann?«
»Selenus de Luna wird die herrenlose Insel erobern und Protoporax als Regenten einsetzen. Er hat ihm die grüne, schnell wachsende Alge versprochen ...«
»Ein grüner Mond! Pfui!«, unterbrach ihn Hoffmann.
»Protoporax wird die Hexe heiraten. Sie werden gemeinsam Kinder zeugen und eine erbliche Monarchie errichten. Atlantis wird nicht mehr von Poetenkönigen regiert werden. Was das bedeutet, könnt Ihr Euch ausmalen.«
»Das Reich der Poesie geht unter«, prophezeite Hoffmann düster. »Die Maler, Musiker und Dichter werden von der Insel verwiesen werden. Die Kunst hat künftig keine Heimat mehr!«, sekundierte ihm der Ritter mit Grabesstimme. Es war, als ob Sterbeglocken erklängen.
»Das wird nicht geschehen!«, verkündete Hoffmann mit fester Stimme. Ein erneuter Schluck aus dem goldenen Horn hatte ihn gestärkt. »Ich werde meine Unschuld beweisen! Der Rat wird mich freisprechen. Man wird mich noch vor dem nächsten Mondwechsel krönen. Ich werde Protoporax nach Beta Zentauri ver-

bannen. Der Hexe Mursa Beguli werde ich einen Schweinskopf aufsetzen.«
»So spricht ein König!«, sagte de Palma bewundernd.
Hoffmann erblickte sich in diesem Moment in dem Kristallspiegel, der in die Wand der Kutsche (oder war es ein Luftschiff?) eingelassen war, und fand sich selbst höchst stattlich und majestätisch. Er war tatsächlich Radamanthus und hatte nur noch entfernte Ähnlichkeit mit dem eher klein gewachsenen Kammergerichtsrat. Der Ritter hatte seinen Mantel wieder um sich geschlungen und den Hut aufgesetzt. Er ließ die Kutsche halten.
»Ich gehe, um Euren Auftritt vorzubereiten«, sagte er. »Vergesst nicht, die Ratssitzung findet um Mitternacht statt.« Mit einer chevaleresken Verbeugung kletterte er rücklings aus der Kutsche, deren Tür sanft ins Schloss fiel. Hoffmann ließ sich wieder in die Polster sinken. Er starrte grimmig in den Spiegel. Plötzlich erschienen dort zwei Gesichter. Wie zwei Fische, die vom Grund eines Sees aufsteigen, trieben sie aus der Tiefe des Kristalls an die Oberfläche. Dort materialisierten sie sich – zu Hoffmanns Erstaunen – zu zwei ihm wohl bekannten Physiognomien. »Aha, Ihr seid es also!«, rief Hoffmann zornig. Aus dem Spiegel funkelten ihn die von Bosheit und Hass verzerrten Gesichter der Donna Wanna und des Kapellmeisters Weber an! »In dieser Gestalt versteckt Ihr Euch also!«, rief Hoffmann. »Aber der Zauberspiegel zeigt mir Euer wahres Gesicht! Apagite!«
Die Gesichter des Zauberers und der Hexe verschwanden. Der ganze Spiegel verschwand, einschließlich der Seidentapete der Kutsche. Das Polster verwandelte sich zurück in eine derbe Sitzbank. Pfeife und Trinkhorn wurde auf geheimnisvolle Weise abserviert. Draußen ertönte die grobe Stimme eines Berliner Droschkenkutschers: »Hör'n Se, Herr Baron, wenn Ihn' Ihr Haus nich jefällt, bring ick Se jerne woanders hin!«

Der Holzofen glühte rundbäuchig; der Wasserbehälter summte und paffte Dampfwolken zur Decke, in deren Balken es den Holzwürmern ob der finnischen Hitze gewiss ungemütlich wurde. Hoffmann schwitzte. Seine Haut gebar heiße Quellen, als halte ihn ein isländischer Zauber in Bann; nur auf seinem Nordpol, dem Haupt, ruhte eine frostige Kappe in Gestalt eines Eisbeutels. Er schlug die Augen auf und starrte, immer noch milchig-verschwommenen Blicks, in zwei gut gepolsterte Gesichtsmonde, Kinderzeichnungen vom behäbigen »Papa Luna« mit der Schmauchpfeife ähnlich. Die beiden Trabanten erwiesen sich als die rosenhäutigen Antlitze seiner Frau Mischa und seines Freundes Hitzig, deren physiognomische Verwandtschaft ihm noch nie zuvor dermaßen aufgegangen war. Lasst wohl beleibte Menschen um mich sein!

Wie Scherzartikel am Bande, nach denen ein Gimpel sich bückt, entschwanden die freundlichen, stumpfnasigen Masken vor Hoffmanns verschwiemeltem Blick in die Tiefe des Raums, wo sie auf den Hälsen des Kriminalrats und der Frau Kammergerichtsrätin Platz nahmen. Beide schenkten ihm ein Zwillingslächeln. Schienen nebenbei mit ihm um die Wette zu schwitzen. (Der Ofen berserkerte.)

»Wo bin ich?«, fragte Hoffmann verwirrt. »Ist es schon Nacht, weil gleich zwei Vollmonde am Firmament stehen? Und warum sieht der Himmel aus wie eine Stubendecke?«

»Was du da redest von Vollmond?«, rief Mischa aufgebracht. »Hast du wohl noch Fieber! Bleibst du in Bett eine Woche!«

»Keineswegs!«, rief Hoffmann erschrocken und wollte aufspringen, verstrickte sich aber in den Laken und Pfühlen. »Ich muss fort. Ich habe eine Vorladung!«

»Was Vorladung! Nichts da Vorladung! Bist du krank und bleibst du zu Hause!« Sie stopfte die Bettdecken rings um ihn so fest, dass er gefangen lag wie Gulliver bei den Liliputanern.

Hoffmann versuchte vergeblich, wenigstens einen Arm zu befreien. Er sandte seinem lächelnd dastehenden Freund einen stummen Hilferuf.

»Eine Hand müssen Sie ihm schon lassen, gnädige Frau«, sagte

Hitzig. »Wie soll er sonst den Glühwein trinken, den wir ihm bereitet haben und der ihn ordentlich zum Schwitzen bringen wird. Denn das Heiße vertreibt man, wie jeder weiß, am besten mit Heißem.«
Und so wurde Hoffmann, der gegen den Erstickungstod in Gänsefedern ankämpfte, die rechte Hand freigegeben, in der er sogleich, wie durch Zauberei, eine Henkeltasse hielt, aus der es würzig und in anmutigen Spiralen dampfte. Es schien Hoffmann gar, als röche es nach Zimmet, einer teuren Rarität in diesen knappen Zeiten. Hoffmann näherte das Gefäß, aus dem ihn ein wahrer Glutatem anhauchte, zaghaft seinen Lippen. Aromatische Schwaden umhüllten ihn und ließen sein Gesicht erröten. Endlich wagte er es zu trinken. Sogleich brach ihm der Schweiß aus. Flüssiges Feuer rann durch seine Kehle.
»Seht nur, wie frisch er ausschaut«, sagte sein Freund spöttisch. »Wie frisch von der Bleiche genommen. Matt wie ein Schachkönig liegt er da, mit Augen so rot, als hätte er zu viele Brezeln gebacken.«
Hoffmann vermochte nicht zu antworten, da ihm eine Feuersäule im Hals steckte. Mischa stopfte unterdessen weiter an den Kissen und Bettdecken herum, als wolle sie ihn wie eine Raupe verpuppen.
Hoffmann nahm einen zweiten Schluck aus dem medizinischen Henkeltopf. »Ich danke für eure Fürsorge, aber – den Teufel! – ich habe zu arbeiten!«, rief er, vielmehr: Er wollte es schreien. Doch sein Protest verendete als das klägliche Gekrächz eines waidwunden Raben. Wie lange hatte er wohl geschlafen? Er sah, dass die Fensterscheiben des Zimmers dick und schwadig bedampft waren; durch den schmalen Spalt zwischen dem Rahmen und dem kondensierten Grau lugte schwarzäugig die Nacht herein. Also hatte er den Nachmittag und einen guten Teil des Abends versäumt. War es wohl schon Mitternacht? Er verpasste seinen Prozess! Verzweifelt versuchte er, den Sukkubus aus Eiderdaunen von sich zu werfen. Doch dann fiel ihm ein, dass es mit der »Vorladung«

und dem »Prozess« ja wohl nichts weiter auf sich hatte. Es waren Fieberphantasien, die ihn im Schlaf in der Kutsche überfallen hatten …

»Warum bist du so störrisch? Warum wälzt du dich! Lieg stille!«, zeterte Mischa, als bändige sie ein widerspenstiges kleines Kind. Hoffmann gab auf.

»Nun, im Ernst«, sagte der Kriminalrat. »Das Fieber hat dich schwer erwischt. Du bist wohl vorderhand nicht in der Lage, eine Morduntersuchung zu führen. Lasse dich pflegen, und schwitze dich tüchtig aus.«

»Nix von Mordversuch! Muss er jetzt schlafen!«, bestimmte Mischa.

Hitzig schien willig, den Freund in Ruhe zu lassen. Doch Hoffmann hielt ihn zurück.

»Was … herausgebracht … Untersuchung …?«, krächzte er.

Der Kriminalrat benötigte eine Weile, um zu erfassen, wovon Hoffmann redete. Doch dann begriff er, dass sein Freund über den neuesten Stand der Untersuchung ins Bild gesetzt zu werden wünschte. »Es gibt einen Hinweis auf den Auftraggeber«, sagte er. »Er hat einen Brief hinterlassen!«

»Einen Brief?«

»Einen höchst seltsamen Brief. Er war unter den Papieren des Intendanten, die er im Theater aufbewahrte. Madame Wanner ließ ihn mir zukommen.«

Demnach durchsuchte Donna Wanna Kühnemanns Papiere! Hoffmann fand das höchst aufschlussreich. Andererseits ärgerte es ihn, dass er selbst es versäumt hatte, das zu tun. Er war zurzeit tatsächlich nicht auf der Höhe.

»Es ist unser Glück, dass Kühnemann ihn mit ins Theater nahm, sonst wäre er verbrannt. Es ist ein wirklich merkwürdiges Schreiben«, fuhr Hitzig fort. Er reichte Hoffmann ein zweifach gefaltetes Blatt. Der begann mit verschwommenem Blick zu lesen:

»Hochzuverehrender, edler Herr Direktor!

Darf ich Sie freundlichst daran erinnern, dass Sie uns noch eine

Antwort schuldig sind? Sie haben die von uns gesetzte Frist verstreichen lassen. Sollten wir daraus schließen müssen, dass Sie uns den Respekt verweigern, uns womöglich gar nicht erst zu nehmen geruhen?
Um jene Macht zu demonstrieren, die hinter unseren Worten steckt, werden wir Ihnen heute Nacht einige Elementargeister zu Besuch schicken, die Ihnen ein paar unvergessliche Stunden bereiten sollen!
Ich meinerseits ersuche Sie im Namen meines Herrn in höflicher Form, unserer Bitte zu willfahren, unserer Base, der Wasserschlange, eine Heimstatt auf Ihrer Bühne zu geben, die ihrer Schönheit und Anmut zukommt. Eine letzte Frist stellen wir Ihnen bis zum nächsten Mondwechsel.
Wir siegeln als die dienstbaren Geister des großmächtigen Königs von Atlantis, der eigenhändig unterzeichnet als
Radamanthus.«
Ein tiefer Schreck fuhr Hoffmann beim Anblick der Unterschrift in die Glieder. Der Brief zitterte in seinen Händen.
»Wer ist …?«, würgte er hervor, ehe die Stimme ihm brach.
»Dieser Radamanthus?«, ergänzte Hitzig. »Das wissen wir noch nicht. Zweifellos ein Verrückter. Was er da über Wasserschlangen und Elementargeister schreibt, mag der Teufel verstehen. Aber er hat den Intendanten zweifellos bedroht. Möglich, dass er sich eines Helfers für seine üblen Absichten bediente. Es passt zu unserer Theorie, dass wir den Mörder in Theaterkreisen zu suchen haben.«
Hoffmann ließ sich in seine Kissen zurücksinken. Er verstand die Welt nicht mehr. Was hatte es mit diesem »Radamanthus« auf sich, der sich immer wieder in seine Fieberträume schlich? Nun war diese Phantasiefigur plötzlich lebendig geworden und verfasste – beziehungsweise unterzeichnete Briefe, die nichts weniger als unverhohlene Drohbriefe waren! Wie ging das zu? Wer trieb hier seinen grausamen Schabernack? In Hoffmanns Kopf drehte es sich.

Hitzig hatte unterdessen den Brief von der Bettdecke gepflückt. »Dieser Radamanthus«, sagte er, »soll laut Madame Wanner mehrere solcher Briefe geschrieben haben. Die übrigen dürften sich wohl bald finden lassen.«
»Hältst du diesen Radamanthus für den Mörder?«, brachte Hoffmann mühsam über die Lippen.
Hitzig zuckte die Achseln. »Zumindest ist er sehr verdächtig. Nun, ich überlasse dich jetzt der Pflege deines treu sorgenden Weibes«, sagte er, indem er seinen Hut vom Stuhl nahm. Er entbot der Hausfrau einen artigen Abschiedsgruß. Mischa begleitete den Besucher zur Haustür.
Hoffmann stöhnte. Er hatte seinem Freund nicht verraten, dass er die Handschrift, mit der »Radamanthus« seinen Brief unterzeichnet hatte, als die seinige erkannte! Aber er hatte niemals eine solche Unterschrift geleistet. Niemals hatte er einen Drohbrief an den Intendanten geschickt oder einen solchen in Auftrag gegeben! Das Ganze war unbegreiflich. War denn »Radamanthus« mehr als eine Phantasiefigur, ein erträumtes Alter Ego? Wer hatte sich diesen Namen zu Eigen gemacht? Hatte er denn mit irgendwem über den »König von Atlantis« gesprochen?
Doch, das hatte er! Plötzlich fiel es ihm ein. Colombina! Mehr noch: Sie war es, die ihn als Erste »Radamanthus« genannt, ihm diese Phantasmagorie eingeredet hatte!
Sie musste anderen Personen von »Radamanthus« erzählt haben, Personen, die ihm feindlich gesinnt waren, die ihn in Verdacht bringen wollten, ein Erpressungs- und Mordkomplott angezettelt zu haben. Oder war sie selbst nur eine Beauftragte jener Personen? Hoffmann musste es herausfinden, ehe Hitzig (und andere) falsche Schlüsse zogen!
Zum Glück hatte Hitzig anscheinend nicht begriffen, dass es sich bei der »Wasserschlange« höchstwahrscheinlich um eine Umschreibung für seine »Undine« handelte. Ansonsten hätte er ihm (der Kriminalrat dem Kammergerichtsrat) schon einen Wachposten vor die Tür gestellt! Sah es doch ganz so aus, als wolle Hoff-

mann (oder ein von ihm Beauftragter) auf bizarre Art eine Aufführung der Oper erzwingen. Doch wer schrieb in Hoffmanns Namen Erpresserbriefe? Genauer gesagt: Wer – da sie ja wohl nicht echt sein konnten – fälschte sie? Kein Zweifel: Jemand wollte ihm schaden. Jemand wollte den Verdacht auf ihn lenken, wollte ihn als wirren Geist und als Mörder hinstellen! Noch kam Hitzig nicht auf die Idee, »Radamanthus'« Handschrift mit seiner, Hoffmanns, zu vergleichen. Aber da bedurfte es nur eines Bezichtigungsschreibens ... Er würde unter Mordverdacht gestellt und in seinem Krankenzimmer arretiert werden, während da draußen jemand Komplotte gegen ihn schmiedete! Dagegen musste er sich zur Wehr setzen. Er durfte nicht untätig zusehen! Er musste aufstehen und den Kampf gegen den Ränkeschmied aufnehmen.
Hoffmann war sicher, dass er ihn – oder sie! – im Theater finden würde! Hatte nicht Donna Wanna Hitzig den Brief überlassen? Konnte sie ihn nicht auch gefälscht haben?
Er musste aufstehen! Sofort! Er warf den (zum Glück leeren) Nachttopf um, als er sich aus dem Bett wälzte. Mischa kam herbeigestürzt. Hoffmann bedeutete ihr, dass er den Topf zu benutzen gedenke und veranlasste sie dadurch, sich zurückzuziehen.
Er ging zum Schreibtisch. Dort musste er sich keuchend auf die Platte stützen, so schwach waren seine Kräfte. Ihn schwindelte. Er ließ sich auf den Stuhl fallen, über dessen Lehne sein Gehrock gehängt worden war. Unversehens griff er in die Tasche – und erfasste dort etwas Festes, Hartes. Er zog den Gegenstand hervor und betrachtete ihn. Es handelte sich um eine winzige, weibliche Puppe, ganz aus Holz geschnitzt, bunt bemalt und lackiert. Ein Kinderspielzeug. Er konnte sich nicht erklären, wie es in seine Tasche gekommen war.
Hoffmann, der durchaus Mühe hatte, seine Gedanken auf einen Punkt zu konzentrieren, starrte dieses neue Geheimnis unverwandt an – ohne es doch recht zu sehen, denn das Objekt verschwamm zusehends vor seinem Blick. Doch plötzlich schien es, als ob der Nebel auf seiner Handfläche sich teile und statt der

Puppe das Antlitz einer erwachsenen Frau daraus hervorblickte. Die Erscheinung, die Hoffmann vor sich sah, war keine andere als Colombina!

»Nanu, Sie sind es?«, fragte Hoffmann einfältig und verwirrt.

Das hölzerne Lackgesicht starrte ihn aus lebendigen Augen an. Zugleich hörte er eine Stimme, die flüsterte: »Sprich das Wort!«

»Welches Wort?«

»Das Zauberwort.«

»Nehelmiah«, sagte Hoffmann aufs Geratewohl.

In dem Moment verschwand der Nebel – und ein fingergroßes, lebendiges Püppchen stand auf Hoffmanns ausgestreckter Hand.

»Nehelmiah«, flüsterte die kleine Fee. »Ein schwieriges Wort. Aber gut. Ich will es mir merken. Es soll künftig unser Losungswort sein.«

»Wer bist du? Was willst du?« Unwillkürlich wisperte Hoffmann ebenfalls.

»Wirf mich ins Feuer!«, verlangte das kleine Wesen.

»Aber nein! Da verbrennst du ja!«

»Wirf mich ins Feuer!«

Hoffmann konnte es nicht über sich bringen, die winzige Gestalt dem Flammentod zu übergeben – auch wenn es sich zweifellos nur um eine Geistererscheinung handelte. Das Däumelinchen beharrte indes auf seinem Verlangen.

»Ins Feuer! Ins Feuer!«

Resignierend erhob sich Hoffmann, das Püppchen immerzu auf seiner Hand equilibrierend, ergriff den Schürhaken und zog ein halbes Dutzend Herdringe beiseite. Eine höllische Hitze stieg aus dem Grund der Brennkammer auf und ließ Hoffmanns Hand zurückzucken.

»Willst du wirklich …?«, fragte er. Doch das Püppchen tat von allein einen Satz und sprang von seiner Hand mitten in die Glut. Im Nu war es von hellen Flammen umzüngelt. Jeder Versuch, es zu retten, hätte Hoffmann unweigerlich seine gesunden Finger gekostet.

Doch im nächsten Moment sprang dort, wo das Püppchen scheinbar verbrannt war, ein Feuersalamander aus dem Ofenloch hervor. Auf seinem Rücken waberten winzige gelbe Flammen. Der Salamander blieb auf der glühend heißen Herdplatte stehen, reckte seinen spitzen Reptilienkopf zu Hoffmann empor und begann mit zischender Stimme zu sprechen: »Von jetzt ab bin ich bei dir, o Radamanthus. Sprich das Wort, und ich erscheine.«
Damit sprang er von dem Ofen herab, flitzte quer durch das Zimmer und verschwand in einer Ritze hinter der Fußleiste.
Ich sollte wohl noch einmal Nehelmiah sagen, dachte Hoffmann. Nur, um es auszuprobieren. Er führte seinen Vorsatz unverzüglich aus.
Sogleich erschien der Salamander. »Zu Euren Diensten«, sagte er. »Was wünscht Eure Majestät?«
»Ich brauche ein Fortbewegungsmittel«, verlangte Hoffmann. »Ich fühle mich zu schwach zum Laufen.«
»Wünscht Ihr Siebenmeilenstiefel oder einen fliegenden Teppich?«
Hoffmann sagte, er bevorzuge eine Sänfte, da er schon immer gern wie der chinesische Kaiser gereist wäre. Doch es wurde ihm beschieden, dem König von Atlantis stünden pro Stange zehn Träger zu (dem Chinesen nur neun), also insgesamt deren vierzig; die jedoch ließen sich derzeit in Berlin nicht auftreiben. Folglich müsse er wählen zwischen einem fliegenden Teppich und Siebenmeilenstiefeln. Hoffmann fand den Gedanken, auf einem Stück gewebten Textils über den Dächern der Stadt zu schweben, nicht eben angenehm. Würden nicht die Gaffer zu ihm hinaufstarren? Würde er nicht den Rauch aus den Schornsteinen zu schlucken bekommen? Würden ihn nicht bei jeder Landung die Marktweiber umringen? Und wenn er das Zauberwort vergaß? In dem Fall würde sich das Luftfahrzeug in einen gewöhnlichen Buchara verwandeln … Nein, er zog die Siebenmeilenstiefel vor. Im selben Moment schon schlüpften sie ihm an die Füße.

10

Währenddessen schritt Kriminalrat Hitzig tief in Gedanken versunken die Frankfurter Straße entlang. Seine Grübeleien galten dem zurückliegenden Krankenbesuch, bei dem ihm, er konnte es nicht leugnen, einige beunruhigende Erkenntnisse, seinen Freund betreffend, aufgegangen waren. Er hatte sich dadurch veranlasst gesehen, dem Kammergerichtsrat einige Punkte, die sich bei der Morduntersuchung ergeben hatten, zu verschweigen.

Was seinem Gewissen ein wenig zu schaffen machte, war die Tatsache, dass er, Hitzig, den Freund bestohlen hatte. Das Diebesgut, das er nun in der Tasche seines Bratenrocks barg, war ein seltsamer Brief, den er auf Hoffmanns Schreibtisch gefunden hatte. Er war an »Seine Majestät Radamanthus« gerichtet. Das Schreiben drückte die hoffnungsfrohe Erwartung aus, mit der die Bewohner von Atlantis der Ankunft ihres neuen Königs entgegensahen, und enthielt einen ausführlichen Bericht über die Zustände auf der Insel. Nun war jener Radamanthus aber auch der Unterzeichner des an den Intendanten Kühnemann gerichteten Drohbriefs, der ein höchst wichtiges Beweismittel in dieser fatalen Mordsache darstellte.

Hitzig hatte seinem Freund den Brief zu lesen gegeben. Hoffmann hatte jedoch mit keinem Wort erwähnt, dass er im Besitz eines an »Radamanthus« gerichteten Schreibens war! Hitzig fragte sich, was hier vorging. Der Name Radamanthus war ihm bisher noch nie untergekommen. Er roch nach Verschwörung und Geheimbündelei. War etwa Hoffmann jener »Radamanthus«? Gehörte er einer geheimen Loge an? Konnte es sein, dass sein Freund in geheimnisvolle Umtriebe verstrickt war, die in einem Mord gipfelten? Hitzig wollte dies nicht so recht glauben. Doch es gab noch weitere Indizien.

Hitzig kannte die Handschrift seines Freundes sehr wohl; er hatte einige Male dessen Manuskripte ins Reine geschrieben, zuletzt den berühmten »Goldenen Topf«. Daher war er nahezu sicher, dass

die Signatur unter dem erpresserischen Brief von Hoffmann stammte.
Nun waren aber in dem Schreiben, das »Radamanthus« zum Antritt seiner Regentschaft aufforderte, Grüße von »Anselmus und Serpentina« ausgerichtet worden – dem jungen Paar aus dem »Goldenen Topf«! Hitzig war zu der Ansicht gekommen, dass es sich um eine chiffrierte Nachricht handelte. Er hatte den Brief an sich genommen, um sich in Muße der Entschlüsselung der geheimen Botschaft widmen zu können.
Ein wenig kam er sich wie ein Dieb und Verräter vor. Heimliche Verdächtigungen entsprachen nicht eben der Art treuer Freunde, ebenso wenig wie diskrete Ermittlungen hinter deren Rücken. Zu seiner Gewissenserleichterung konnte er sich immerhin sagen, dass er nicht die Absicht gehabt hatte zu spionieren, als er Hoffmanns Krankenstube betrat. Der Freund hatte noch geschlafen. Er, Hitzig, hatte sich an den Schreibtisch gesetzt und aus harmloser Neugier nachgesehen, was Hoffmann wohl zurzeit an Literarischem unter der Feder habe. Dabei war ihm der fatale Brief in die Hände gefallen.
Und nicht allein das.
Er hatte obendrein ein druckfrisches Exemplar sowie etliche handgeschriebene Konzepte eines gegen den Theaterdirektor Kühnemann gerichteten Flugblatts gefunden.
Ein Drohbrief und ein Flugblatt! Allem Anschein nach war Hoffmann tiefer in den Fall verstrickt, als Hitzig es für möglich gehalten hatte! Der Kriminalrat war in literarischen Dingen kein Dummkopf; immerhin hatte er einige Jahre lang sein Brot als Verlagsbuchhändler verdient; es war ihm nicht entgangen, dass in dem Erpresserbrief von einer »Wasserschlange« gesprochen wurde, und er besaß genügend Verstand, um darin eine Umschreibung für jene »Undine« zu erkennen, die der Baron de la Motte-Fouqué dem französischen Sagenschatz entnommen und aus der sein Freund Hoffmann eine große Oper verfertigt hatte, die verzweifelt der Aufführung harrte. Der Kriminalrat wusste, dass Hoffmann auf

dieses Werk so viele Hoffnungen setzte wie ein süchtiger Spieler auf seinen letzten Jeton. Er wusste auch, dass der Kammergerichtsrat seinen Beruf im Grunde nicht liebte, dass er ein Leben als Künstler, insbesondere als Musiker, bei weitem vorgezogen hätte und dass der Weg zu einer musikalischen Existenz über diese Oper führte, der Hoffmann zehn Jahre seines Lebens gewidmet hatte. War ein Künstler zu einem Mord fähig, um sein Werk zu fördern? Hatte er eine Geheimgesellschaft gegründet, die sich »Die schwarzen Jäger« nannte? Hatte Hoffmann unter dem Decknamen »Radamanthus« eine Verschwörung gegen Kühnemann angezettelt, der als Gegner einer Aufführung der »Undine« galt?
War vielleicht auch der Baron Fouqué in dieses geheime Treiben verwickelt? Hitzig wusste, dass der Baron – der in der preußischen Armee den Rang eines Majors bekleidete – während der Besatzungszeit in franzosenfeindliche Aktivitäten verstrickt gewesen war. Die Verschwörergruppe, die er ins Leben gerufen hatte, trug den Namen »Die schwarzen Husaren«. Sie war, wie man behauptete, für einige Sabotageakte verantwortlich und von den Franzosen erbittert verfolgt worden. Fouqué und Hoffmann hatten gemeinsam eine Oper geschaffen. Fouqué war als Geheimbündler bekannt. Und nun trug das gegen Kühnemann gerichtete Flugblatt die Unterschrift: »Die schwarzen Jäger«. Das war recht ähnlich, und dessen Verfasser ihres öffentlichen Aufrufs war, den handschriftlichen Konzepten nach zu urteilen, kein anderer als Hoffmann.
In der vergangenen Nacht waren diese Zettel an mehr als fünfzig Bäume geklebt worden. Die Polizei hatte sich der Sache angenommen, da insbesondere die letzten Sätze des Pamphlets auf staatsfeindliche Umtriebe schließen ließen. Der Polizeidirektor hatte eine gründliche Untersuchung der Angelegenheit angeordnet. Auch Kriminalrat Hitzig hatte eines der sichergestellten Exemplare in die Hand gedrückt bekommen, mit der Bemerkung, die Sache habe Priorität. Und nun fand er bei seinem Freund Hoffmann einen handschriftlichen Entwurf dieser Schmähschrift!

Hitzig fragte sich, welche Verbindung Hoffmann zu den Verteilern des Flugblatts hatte. »Kühnemann und Kotzebue – die Blutegel des deutschen Theaters!« Waren das Worte, die sein Freund – immerhin ein königlich-preußischer Kammergerichtsrat – verwenden würde? Wenn ja, war er vielleicht betrunken oder durch das Fieber geistig beeinträchtigt gewesen?
Der Kriminalrat hatte bereits mit der Suche nach den Verbreitern der Schmähschrift begonnen. Er war auf eine vorzügliche Idee gekommen. Er hatte auf einem Stadtplan jeden Ort, an dem ein solches Pasquill gefunden worden war, mit einer Nadel markiert. Und da zeigte es sich, dass sich eine Art »Fährte« ergab.
Die Spur der Flugblätter führte zu einem Kellerlokal, in dem Künstler und Literaten verkehrten. Kriminalrat Hitzig wusste wohl, dass Hoffmann gelegentlich dieses Lokal aufzusuchen pflegte. Es trafen sich dort nicht nur Künstler, sondern allerlei loses und verdächtiges Volk.
Kühnemanns Schlafzimmer war um zwei Uhr in der Nacht explodiert.
In dem Flugblatt war von einem feurigen Fanal die Rede gewesen. »Erhebt euch! – Heute Nacht werden wir in Berlin den Anfang machen!« Das klang durchaus jakobinisch. War das betrunkene Großmäuligkeit, oder hatten die Verschwörer die Absicht, ihre Drohungen in die Tat umzusetzen?
Hitzig war sicher, in dieser Angelegenheit der Berliner Polizei voraus zu sein. Er allein wusste derzeit, wo die Verschwörer zu finden waren. Er hatte sein Wissen einstweilen noch für sich behalten und es zunächst mit seinem Freund Hoffmann teilen wollen. Doch dann war er durch die überraschenden Funde, die er in dessen Wohnung gemacht hatte, davon abgehalten worden, Hoffmann zu vertrauen.
Nun schritt er von düsteren Gedanken erfüllt einher.
Die Verfasser des Flugblatts würden mit allen dem Staat zu Gebote stehenden Mitteln verfolgt werden. Der Kriminalrat seufzte besorgt. Was Verschwörungen und Geheimbünde betraf, so ver-

stand man in diesem Land keinen Spaß. Jedermann wusste, dass der König nichts so sehr hasste und fürchtete wie die »bewaffnete Revolution«.
Falls Hoffmann zu den Verfassern des aufrührerischen Pamphlets gehörte, standen ihm schwere Zeiten bevor. Der frische Dichterruhm, den er erworben hatte, würde ihm nichts helfen; im Gegenteil; Hoffmanns Popularität würde den Skandal noch verstärken. An eine Aufführung der Oper wäre nicht mehr zu denken, ebenso wenig wie an einen Verbleib in königlichen Diensten. Das Leben des Kammergerichtsrats wäre gründlich zerstört. Er würde seine Tage im Exil oder hinter Festungsmauern beschließen müssen. Der Kriminalrat hoffte inständig, nicht derjenige zu sein, der seinem Freund dieses traurige Schicksal bereitete.

11

Wenn Hoffmann geglaubt hatte, die Fortbewegung mit Siebenmeilenstiefeln sei ein Leichtes, so sah er sich getäuscht. Er musste vielmehr schnell feststellen, dass der Umgang mit diesen Gerätschaften ohne vorherige Übung äußerst schwierig war. Wie wäre dir zumute, lieber Leser, wenn dein rechtes Bein sich plötzlich ausdehnte, ins schier Unendliche hinaus, bis dass dein Fuß ganz unsichtbar wäre, während dein Rumpf auf einem Bein von normalen Maßen ruhte; sich dann jedoch eben jenes unendlich gestreckte Bein plötzlich zusammenzöge (und das nicht eben langsam) und dein Rumpf durch diese überschnelle Bewegung auf den vermissten Fuß förmlich zuschösse, während das andere Bein sich wie ein Gummiband dehnte und der linke Fuß hinter dir zurückbliebe, sodass du Zweifel bekommst, ob du ihn je wieder sehen wirst. Schon stehst du, einbeinig, auf deinem rechten Bein, das wieder annähernd normal erscheint, während das linke sich wie ein gigantischer Schwanz von dir absetzt und in fernen Straßenzügen verliert. Doch nun eilt es heran, es zieht sich wie rasend zusammen;

mehr noch; es vollzieht unter deinem Rumpf einen Schwenk und enteilt, sich erneut dehnend, vor deinem verwunderten Blick in unsichtbare Fernen. Doch dann, im Hui, siehst du dich selbst, wie eine Kanonenkugel davongeschnellt, dem rasend gewordenen Bein folgen ... Und all das in einer Geschwindigkeit, dass es in den Ohren saust und der Wind dir den Hut vom Kopf bläst! Würdest du da nicht erschrecken, lieber Leser, wenn so mit dir umgesprungen würde? Würdest du da nicht »Halt! Halt!« schreien? Würdest du nicht ins Schwanken geraten und an Ecken stoßen? O ja, das würdest du, und es widerfuhr auch dem Kammergerichtsrat Hoffmann, der sich das Gehen in Siebenmeilenstiefeln nicht gar so physisch, sondern als ein ätherisches Luftwandeln vorgestellt hatte. Zudem hatte er den Fehler begangen, mit den Meilenschritten zu beginnen, während er noch in seiner Wohnung war, welche sich im zweiten Stock befand, eine Tatsache, auf die das Stiefelpaar wenig Rücksicht nahm. Hoffmann musste sich förmlich durch sein Haus winden wie der Wurm durch einen Apfel, wobei er ständig gegen das Geländer polterte und sich etliche blaue Flecken holte. Das Schlimmste aber geschah ihm, als sich einmal (wohl aufgrund eines Bedienungsfehlers) das linke Bein weigerte zu schrumpfen, während das rechte sich ausdehnte, sodass er, den physikalischen Gesetzen zufolge, emporgehoben wurde und plötzlich wie auf gigantischen Stelzen über der Stadt schwebte, höher als die Kirchtürme, wobei er in dieser luftigen Höhe von den Winden arg gezaust wurde und, ungeachtet er heftig mit den Armen ruderte, unweigerlich das Gleichgewicht verlor und einen üblen Fall getan hätte, wäre die Schrumpfung des rechten Beins nicht im letzten Moment nachgeholt worden.

Die Angst vor dem Fall ließ Hoffmann jählings erwachen. Er stellte fest, dass er mitsamt dem Plumeau von seiner Matratze abgestürzt war, wobei die Daunen den Aufschlag gebremst hatten. Doch war das Poltern wohl zu hören gewesen, denn Mischa kam herein, schüttelte den Kopf über das Ungeschick ihres Gatten und half ihm zurück auf das Lager. In ihrer Schürze steckte ein Brief, den ein Bote vor kurzem abgegeben hatte und den sie Hoffmann nun überreichte, da er an den Herrn Kammergerichtsrat adressiert war. Hoffmann ließ sich ein Kissen in den Rücken stopfen, brach das Siegel und begann zu lesen:

»Werter Herr Kammergerichtsrat!

Ich möchte Ihre Aufmerksamkeit auf zwei Dinge lenken, die Ihrer Klugheit bisher entgangen sind. Erstens. Wenn man sich in Ihrer Lage befindet, ist Zitronensaft etwas sehr Nützliches. Zweitens. Goldene Töpfe haben manchmal verborgene Inhalte.

Mehr kann ich Ihnen leider nicht mitteilen, da ich unter Beobachtung stehe. Verräter werden getötet! Es muss so aussehen, als hätten Sie selbst die Lösung gefunden. Also strengen Sie sich an!

Sie haben nicht mehr viel Zeit! Man will Sie vernichten. Die Gefahr wächst, je länger Sie zaudern.

Mächtige Feinde stellen mir nach. Ich befinde mich auf der Flucht. Um zu erfahren, wo Sie mich finden, beachten Sie Callot S. 49!

Ein Freund!

PS: Die Lösung steckt im Sand.«

Hoffmann überlas den Brief einige Male, ohne dass sich ihm der Sinn der grotesken Botschaft erschlossen hätte. Offensichtlich hatte ihn ein Verrückter verfasst. Hoffmann rief seine Frau und fragte, wer den Brief abgegeben habe. Mischa erzählte, ein Gassenjunge habe geläutet und ihr für seinen Botendienst einen Groschen abgefordert. Leider hatte Mischa den Jungen nicht gefragt, wer ihn geschickt habe.

In dem Moment klopfte es an der Tür. Während Hoffmann sich erneut des rätselhaften Schreibens annahm, verließ Mischa das Zimmer, um zu öffnen. Dabei ließ sie die Tür des Schlafzimmers offen, sodass Hoffmann hören konnte, was draußen vor sich ging. »Brauchen Jnädigste vielleicht frischen Scheuersand?«, hörte er eine kecke Knabenstimme fragen. »Ick hab man jrad noch een Eemer übrich. Nur en Sechser. Det is reineweg jeschenkt. Den Eemer jibt et soja noch dazu!«

Mischa lehnte das Angebot ab, wiewohl es zweifellos günstig war. Sie benötige keinen Scheuersand, hörte Hoffmann sie sagen. In dem Moment fiel bei dem Kammergerichtsrat der »Jroschen«!
»Die Lösung steckt im Sand.«
Hoffmann warf die Daunendecke von sich, sprang aus dem Bett und rannte im Nachthemd, ohne Pantoffeln, zur Tür. Draußen stand ein Steppke mit einem Eimer in der Hand, der mit weißem Sand gefüllt war. Es war allgemein bekannt, dass die Berliner Gassenjungen den Sand in großen Tonnen aus der märkischen Heide holten und in der Stadt für gutes Geld an die Hausfrauen verkauften, die damit ihre Fußböden scheuerten. Ein Junge, der seinen Sand mitsamt dem Eimer verkaufte, war jedoch höchst ungewöhnlich. Es musste damit etwas auf sich haben.
»Wir nehmen den Sand!«, rief Hoffmann. Mischa blickte ihn erstaunt an. Der Junge grinste, als er den zerzausten Mann in dem langen Nachthemd sah.
Der Handel wurde durchgeführt. Der Kammergerichtsrat erhöhte den Kaufpreis freiwillig auf zwei Groschen. Erfreut sprang der Steppke die Treppen hinunter.
»Warum kaufst du Sand? Haben wir genug Sand!«, tadelte Mischa ihren Mann kopfschüttelnd. Doch Hoffmann war sich sicher, dass der Besuch des kleinen Sandverkäufers kein Zufall war. Jemand hatte den Jungen beauftragt – vermutlich derselbe, der den närrischen Brief verfasst hatte (der Hoffmann nun nicht mehr ganz so närrisch vorkam).
Er trug den Eimer in das gut geheizte Zimmer und begann in dem Sand zu wühlen. Mischa, die ihn dabei beobachtete, fand das Verhalten ihres Mannes ziemlich wunderlich. Doch ehe sie fragen konnte, ob Hoffmann glaube, in dem Eimer sei ein Schatz verborgen, fischte dieser einen zusammengefalteten Zettel heraus und hielt ihn triumphierend in die Höhe.
»Was soll das bedeuten?«, fragte Mischa.
»Eine Botschaft, wie ich vermute.«
Er faltete den Zettel auseinander. Er war leer. Hoffmann wendete

ihn um, doch es war und blieb ein leerer Zettel. Kopfschüttelnd kletterte Hoffmann zurück ins Bett. Den Zettel behielt er in der Hand. Er war sicher, dass das unbeschriebene Blatt eine Bedeutung hatte. Doch welche? Er befragte nochmals den seltsamen Brief, sagte sich die darin enthaltenen Stichworte auf: Zitronensaft. Goldener Topf. Lösung im Sand. Es half nichts, er konnte nichts damit anfangen. Allerdings war der »Goldene Topf« mit dem verborgenen Inhalt zweifellos eine Anspielung auf sein jüngst veröffentlichtes Werk. Das Gleiche traf auf den Namen »Callot« zu. Die drei Bände mit Erzählungen, die Hoffmann bis dato herausgegeben hatte, trugen den Titel »Phantasiestücke in Callots Manier«. Noch einmal wälzte er sich aus dem Bett und ging zu seinem Schreibtisch, wo er die Bücher verwahrte. Er nahm sie alle drei an sich und schlug jeweils die Seite neunundvierzig auf. Doch obwohl er seine wohlgesetzten Worte mehrmals Male von oben bis unten durchforschte, konnte er ihnen keinen Hinweis entnehmen. Der Verfasser des Briefs war wohl doch nichts weiter als ein Narr, der einen Schabernack mit ihm spielte.

Hoffmann empfand, dass seine Fortbewegungsweise einen höchst grotesken Eindruck machte, und er war froh, als er endlich ans Ziel gekommen war. Er hatte es ganz den geschwinden Stiefeln überlassen, wohin sie ihn zu bringen gedachten. Zu seiner Überraschung fand er sich vor der Kellertür des abgebrannten Hauses. Erneut wurde er nach dem Namen und den Zeichen gefragt und antwortete: »Atlantis« sowie »Kohlweißling« und »Fledermaus«, welche Wörter sich als die richtigen Parolen erwiesen, sodass die Tür sich ächzend öffnete. Ihr Stöhnen war Mitleid erregend, als erhebe sich ein Gichtkranker aus seinem Lehnstuhl, und Hoffmann fragte sich besorgt, ob in Radamanthus' Reich wohl die Möbel anstelle der Menschen an Podagra litten.

Eine gewaltige und höchst garstige Spinne versperrte ihm den Weg! Sie stand auf zweien ihrer acht Beine, deren vier klebten an den beiden Türpfosten und die zwei vorderen waren nach dem oberen Querbalken ausgestreckt, sodass der Achtfüßler wie ein riesiger Käfer auf den Hinterbeinen stand und dem Eindringling seinen behaarten Bauch sowie ein schreckliches, bizarres Insektenhaupt entgegenhielt. Hoffmann fand Spinnen seit je abscheulich und erwog für den Fall, dass seine Leibgarde aus derartigen Husaren bestehe, ernsthaft seine Abdankung als Inselkönig. Doch dann bemerkte er, dass es sich nicht um ein lebendiges Insekt, sondern um ein Kunstgebilde handelte, genauer: um ein Objekt aus dem Theaterfundus, das in dem abenteuerlichen Singspiel »Odysseus, der Seefahrer« eine Rolle gespielt hatte und dessen Leib, so erinnerte er sich, vom Schnürboden herab durch Fäden bewegt worden war. Hoffmann wagte es also voranzuschreiten, und siehe: Das Ungetüm ließ ihn passieren.

Hoffmann betrat den Weinkeller des ermordeten Intendanten, zumindest glaubte er, das zu tun. Der Raum, den er betrat, hatte mit einem Speichergewölbe jedoch so wenig Ähnlichkeit wie etwa ein Kirchenschiff oder der Audienzsaal des Zaren. Der Saal war gewaltig; selbst Hoffmanns gestiefeltes Bein hätte, ausgestreckt, wohl kaum das hintere Ende erreicht. Die Decke verlor sich in Himmelsfernen; so hoch, dass bei geöffneten Dachluken wohl die Wolken unter ihr hindurchgezogen wären. Natürlich war es ein Rätsel, wie ein solcher Petersdom im Keller eines Stadtpalais Platz finden konnte.

Wie dem auch sei, Hoffmann befand sich nun einmal in dem unproportionalen Raum und erachtete ihn wohl mit Recht als den Gerichtssaal, in dem wegen Mordes über ihn geurteilt werden sollte. Da waren auch schon seine beiden Fürsprecher, Ritter de Palma und Mademoiselle Colombina. Die Richter hatten ihre Plätze noch nicht eingenommen. Wohl aber zeigten sich, hinter einer Barriere, die beiden Ankläger, der Zauberer Protoporax und die Hexe Mursa Beguli. Natürlich hatte Hoffmann sich schon gedacht, dass diese beiden hinter dem Anschlag stecken würden. Die Hexe hatte, wie bereits erwähnt, Ähnlichkeit mit der Sängerin Donna Wanna, während der Zauberer dem Weberschiffchen brüderlich ähnelte.

Hoffmann strafte sie beide mit Verachtung. Er setzte sich auf einen erhöhten Sitz, einer Art Thronsessel, der einem unverrückbaren Zeremoniell zufolge der höchstgelegene Sitzplatz im Saal zu sein hatte, da es nun einmal die Person des Königs war, die darauf Platz nahm. Da es die Würde des Gerichts jedoch erforderte, dass der Richter höher saß als der Angeklagte, stand man vor einem Dilemma, das gelöst wurde, indem man für den Richter eine Kanzel vorsah, die, wie sich herausstellen sollte, beweglich war und im Laufe des Prozesses, da der Richter ein wenig schwerhörig zu sein schien, beständig zwischen den Plätzen der Ankläger und denen der Verteidiger hin und her rollte.

Hoffmann legte seinen Königsmantel an, der aus Fellen genäht und über und über mit Edelsteinen verziert war. Die Krone durfte er indessen nicht aufsetzen, da sie ihm noch nicht offiziell auf das Haupt gedrückt worden war. Wohl aber war es ihm gestattet, das Szepter und den Reichsapfel zur Hand nehmen. Das Szepter trug einen gewaltigen Brillanten als Knauf. Bei dem Apfel handelte es sich um eine mit Goldbändern umschnürte Kristallkugel, auf der statt des Kreuzes ein Modell der Insel befestigt war. Demzufolge war Atlantis offenbar kein christliches Land.

Beim näheren Hinsehen zeigte es sich, dass Protoporax und Mursa Beguli ihren abgesperrten Bereich durch allerlei Talismane, Amulette und sonstige Zaubermittel geschützt hatten, sich in magische Symbole und Gegenstände geradezu eingemauert, ferner ihre Sessel mit Drudenfüßen versehen und somit geisterfest gemacht hatten. Schon bald erkannte Hoffmann, warum seine Gegner sich derart fortifizierten: Sein Szepter besaß nämlich die Macht, jedermann zu zwingen, die Wahrheit zu sagen, sofern er einen der Strahlen, die der Brillant fortwährend reflektierte, auf den Betreffenden richtete. Die Zaubermittel der beiden Ankläger sollten dazu dienen, die Macht des »Steins der Wahrheit« zu brechen! Das bewies, dass sie kein reines Gewissen hatten. Hoffmann beauftragte seine Fürsprecher, beim Hohen Gericht als Erstes den Antrag zu stellen, dass Zaubermittel bei diesem Prozess zu verbieten seien! Das würde ihm einen unschätzbaren Vorteil gegenüber seinen Widersachern verschaffen, da sein Szepter als königliches Insignium nicht unter das Verbot fiel! Natürlich galt das auch für den Reichsapfel, der, wie Hoffmann bereits bemerkt hatte, die Eigenschaft besaß, jeden, der ihm gegenüberstand, in seiner wahren Gestalt zu zeigen. Das kleine, auf der Kugel angebrachte Modell der Insel hingegen unterrichtete den König jederzeit über alles, was in seinem Reich, der Insel Atlantis, vor sich ging.

Ein Gerichtsdiener schlug mit dem Zeremonienstab auf den Boden, und das hohe Gericht erschien. Der Oberrichter schritt voran. Er trug eine blaue Robe und eine wallende, barocke Perücke sowie eine mächtige schwarze Blindenbrille, zum Zeichen, dass er ohne Ansehen der Person zu richten gedachte. Er sah streng und würdevoll aus und hätte einen gewöhnlichen Angeklagten zweifellos eingeschüchtert. Ein Blick in den Reichsapfel zeigte Hoffmann jedoch, dass es sich um niemand anderen als seinen Freund, den Kriminalrat Hitzig handelte. Damit war der Prozessausgang, so glaubte Hoffmann, sichergestellt; er lächelte seinen Verteidigern einverständig zu. Die zwei Beisitzer waren, wiewohl sie sich ebenfalls in Roben und Perücken gekleidet hatten, nur ein Paar Eulen!

Der Prozess begann, nachdem das Eröffnungszeremoniell absolviert war, mit einem ausführlichen Streit um die Zaubermittel und Amulette der beiden Ankläger, welch letztere um jeden Eidechsenschwanz und jede Alraune, kurz: um jedes Stück ihres Arsenals einen langwierigen, erbitterten Kampf ausfochten, der Hoffmann so ermüdete, dass er die Augen schloss und, der Würde des Gerichts ungeachtet, in Schlaf sank.

Er träumte, er sei über und über mit Papieren beklebt, sodass er fast einer von Archimboldo gemalten Figur glich. Zu seinem Schrecken erschien eine schwarz verkohlte Gestalt, die ihn aus ihrem geschwärzten Schädel heraus mit einem bloßliegenden weißen Gebiss abscheulich angrinste und in deren Augen die schiere Bosheit funkelte. Die Gestalt trug einen brennenden Kienspan, mit dem sie die Blätter an Hoffmanns Körper entzündete. Bald stand

Hoffmann in hellen Flammen. Er riss sich die Blätter ab, wobei er bemerkte, dass es sich um die Partitur seiner »Undine« handelte, die somit komplett in Flammen aufging, da nur dieses einzige Exemplar vorhanden war.
Hoffmann sprang verzweifelt hinter den als schwarze Nachtfalter gen Himmel schwebenden Seiten her, vermochte jedoch nur wenige von ihnen zu fangen, die sich indessen auf seiner Handfläche in Asche verwandelten, sodass er am Ende mit einer pechschwarzen Hand dastand – dem untrüglichen Kennzeichen schuldiger Mörder.
Er schreckte aus dem Alptraum und erfuhr, nachdem er in die Gegenwart zurückgekehrt war, dass sich die Parteien geeinigt hatten, dergestalt, dass seine Gegner nur diejenigen Talismane und Amulette verwenden durften, die sie am Leib trugen, weil sie als zu ihrer Kleidung gehörig betrachtet werden konnten und vor diesem Gericht Kostümfreiheit herrschte. Hoffmann war ein wenig beunruhigt, weil ihm der Traum womöglich eine Niederlage anzukündigen schien.
Der Prozess begann. Zunächst wurde die Anklage vorgetragen. Sie lautete also: Der hier anwesende Thronprätendent mit dem Königsnamen Radamanthus, welcher vulgo als Kammergerichtsrat Hoffmann in der Prussenhauptstadt firmiere, habe sich unterfangen, den rechtmäßigen Thronerben, nämlich den Fürsten Selenus von Luna, welcher zu Berlin als Schauspieler und Theaterdirektor Kühnemann allgemein bekannt gewesen sei, durch Magie und Schwarzkunst ums Leben zu bringen, und zwar im Bündnis mit einer Meernixe namens Undine, die dem Donaufluss entstiegen sei, um sich heimlich unter die Menschen zu mischen.
Vom Richter nach seiner Stellungnahme gefragt, bestritt Hoffmann jegliche Schuld.
»Lüge!«, kreischte die Hexe und wurde zur Ordnung gerufen. Sie und der Zauberer erklärten sich nunmehr bereit, ihre Beweise vorzulegen.
Als Erstes übergaben sie dem Gericht einen Stapel Briefe, in

denen, so führte Mursa Beguli aus, finsterste Drohungen gegen Selenus alias Kühnemann ausgesprochen würden und die mit den Namen »Radamanthus« unterzeichnet seien. Nicht nur der (angemaßte!) Name, sondern auch die Handschrift, in der dieser sich präsentiere, wiesen als Urheber den Kammergerichtsrat aus.
Hoffmann musste bestätigen, dass die Handschrift der seinen gliche, bezeichnete das Ganze jedoch als Fälschung und stritt ab, die Briefe verfasst, geschweige denn versandt zu haben.
»So haben Sie wohl auch die Pasquille nicht verfasst, in denen Herr Kühnemann als Blutegel bezeichnet wird!«, höhnte die Hexe und zog eines der ominösen Flugblätter hervor. Hoffmann schwieg zu diesem Vorwurf, da er seine Zunge nicht durch eine Lüge zu schwärzen gedachte.
Ob die Beweismittel damit erschöpft seien, fragte der Richter.
»Oh, nein!«, rief der Zauberer, indem er sich dramatisch erhob, wobei er peinlich darauf achtete, dass seine Fußspitzen nicht die Linie des Drudenfußes berührten. Er schwang, als Kennzeichen seines Standes, einen elfenbeinernen Zauberstab, der sich bei näherem Hinsehen jedoch als ordinärer Taktstock entpuppte. »Zeugen, erscheint!«
Vier Wesen kamen hereingeschwebt, gepurzelt, kobolzt. Sie schienen zu einer normalen Bewegungsart unfähig. Mal versuchten sie zu fliegen, wobei sie nicht mehr Flugkünste als fette Hennen zuwege brachten; dann wieder schlitterten sie über den glatten Marmorboden, kurzum, sie gebärdeten sich wie eine Gruppe außer Rand und Band geratener Gaukler und Springer.
Der Richter rief sie energisch zur Ordnung und fragte, wer sie seien.
»Ich bin Senfsamen«, sagte der Erste.
»Nennt mich Bohnenblüte«, sagte der Zweite.
»Ich benamse mich Motte«, sagte der Dritte.
»Mich heißt man Spinnweb«, sagte, mit einer Verbeugung, der Vierte.
»Senfsamen, Bohnenblüte, Motte und Spinnweb – so, so«, sagte

der Richter. »Und aus welchem Garten beziehungsweise unaufgeräumten Zimmer hat man euch gezogen?«
»Wir sind unseres Zeichens Elfen und Kobolde. Unsere Heimat ist der Zauberwald von Atlantis«, erwiderte Bohnenblüte, offensichtlich der Sprecher des kuriosen Quartetts.
Der Richter wandte sich Hoffmann zu: »Kennt Ihr diese Leute?«
Hoffmann gab an, dass er mit Elfen und Kobolden keinen Umgang pflege.
»Lüge!«, schrie Mursa Beguli.
Der Richter forderte Ruhe und begann die Zeugen zu befragen. Diese sagten aus, sie seien von Radamanthus beauftragt worden, im Hause eines gewissen Kühnemann allerlei gräulichen Spuk zu betreiben, zu poltern, zu heulen, in grässlichen Gestalten zu erscheinen und so weiter.
»Ob der König ihnen den Zweck dieser Übungen genannt habe?«, wollte der Richter wissen.
Den wüssten sie nicht, bekannten die Kobolde. Aber im Spuken und Poltern seien sie erstklassig!
»Zweifellos war es die Absicht des Angeklagten, seinen Rivalen um den Verstand zu bringen«, behauptete Protoporax. »Er bediente sich dazu außerdem eines bewusstseinstrübenden Mittels, einer Essenz, die Herrn Kühnemann allabendlich von einer bezahlten Kreatur in den Wein gerührt wurde und die den Blick des Opfers verzerrte, sodass er für die Geisterfurcht empfänglicher wurde.«
»Also eine Droge«, konstatierte der Richter.
»Jawohl! Ein Teufelskraut, ärger als Bilse und Fliegepilz! Es wurde von jener da hergestellt!«, kreischte die Hexe. Ihr feister Finger deutete auf Colombina, die darauf erbleichend von ihrem Sitz aufsprang.
»Sie ist eine bekannte Giftmischerin!«, schrie die Hexe. »Verabreicht wurde das Gemisch von einem, der es verstand, sich in das Vertrauen des Schauspieldirektors einzuschleichen. Sie sehen ihn dort.« Ihr Finger spießte auf den Marquis de Palma. Der ließ ein ironisches Lächeln um seine Mundwinkel spielen.

Der Richter fragte den Marquis und Colombina, ob sie geständen, was beide verneinten. Es blieb jedoch dabei: Die Kobolde behaupteten, von Hoffmann zum Spuk in Kühnemanns Haus angestiftet worden zu sein.

»Auf Schwarzkunst steht im Prussenland der Tod!«, rief Mursa Beguli.

»Umso gründlicher muss der Fall untersucht werden«, versetzte der Richter.

»Habt Ihr noch nicht genug Beweise?«, schrie die Hexe. »Der Angeklagte ist schuldig! Schuldig! Schuldig!«

»Das Gericht zieht sich zur Beratung zurück.«

Indes Hitzig und die Eulen im Beratungszimmer verschwanden, spreizten sich die Ankläger auf ihren von Drudenfüßen geschützten Stühlen. Die Kobolde begannen Kunststücke vorzuführen. Colombina und der Marquis aber beugten sich, jeder an einer Seite, zu Radamanthus' Ohren und bekannten mit besorgter Miene, dass es offensichtlich schlecht um Hoffmanns Sache stünde.

»Dann müssen wir den Feuersalamander zu Hilfe rufen!«, erwiderte Hoffmann.

»Wozu soll uns ein Feuersalamander nützen?«, fragte der Marquis.

»Er kann verborgene Schriften sichtbar machen«, entgegnete Hoffmann. »Außerdem bereitet er vorzüglichen Zitronensaft zu.«

»Sie reden von Geheimtinte, Majestät?«, fragte Colombina.

»Genau das ist es!«, rief Hoffmann. »Wie konnte ich nur so dumm sein? Vermaledeites Fieber!«

Kaum war Hoffmann erwacht, so erkannte er, dass ihm der seltsame Traum des Rätsels Lösung beschert hatte. Als Junge hatte er Abenteuerromane gelesen und wusste daher, dass Spione und ähnliche Personen Zitronensaft als Geheimtinte benutzten und sie durch Erhitzen lesbar machten. Der Feuersalamander! Er sprang aus dem Bett, hob den Zettel, den er aus dem Sandeimer gezogen hatte, vom Boden auf und trug ihn zu dem heißen Ofen, wo er ihn ohne zu zögern auf die glühende Platte legte. Sogleich begann das

Blatt sich zu verfärben. Unregelmäßige, mit brauner Tinte (Zitronensaft!) geschriebene Ziffern und Buchstaben kamen zum Vorschein. Sie setzten sich zu einem Namen und einer Adresse zusammen. Diese lautete: »L. v. Tümmler, Mauerstraße 7 a, 2. Stock.« Hoffmann riss den Zettel von der Herdplatte, ehe er in Flammen aufging, wobei er sich die Fingerspitzen verbrannte. Keinen Augenblick zweifelte er daran, dass jener L. v. Tümmler der Schreiber des seltsamen Briefs war und dass er sich dieser verstohlenen Mittel bedient hatte, um ihm, Hoffmann, eine Botschaft zukommen zu lassen. Der Inhalt des Briefs erschien ihm nun, da der Sand und der Zitronensaft sich entschlüsselt hatten, nicht mehr ganz so närrisch wie zuvor. Wenn der Brief jedoch ernst zu nehmen war, dann galt das auch für die darin enthaltene Warnung. Jemand wollte Hoffmann angeblich »vernichten«. In dem grotesken Traum waren Donna Wanna und der Kapellmeister als seine Feinde aufgetreten ... Konnte dieser Traum als prophetisch betrachtet werden? Immerhin hatte er die Lösung des »Zitronen-Rätsels« gebracht! Hoffmann begann sich anzukleiden. Er musste mit diesem geheimnisvollen Herrn von Tümmler sprechen.

In dem Moment kam ihm ein neuer Gedanke. Was, wenn der Briefschreiber mit dem Hinweis auf »Callot« nicht seine, Hoffmanns, »Phantasiestücke« meinte, sondern die Zeichnungen des genialen französischen Künstlers selbst. Zu Hoffmanns wenigen Büchern zählte ein Band mit Callots gesammelten Werken. Der Kammergerichtsrat zog es aus dem Schrank und schlug es auf der Seite neunundvierzig auf. Callot hatte immer wieder die Figuren der Commedia dell'Arte gezeichnet. Auch das Blatt auf Seite neunundvierzig zeigte eine der stereotypen Gestalten des italienischen Volkstheaters. Es war Colombina.

Hoffmann war verblüfft, konnte sich jedoch keinen Reim auf diesen Hinweis machen. Er steckte den Brief in die Rocktasche und begab sich in die Mauerstraße, wobei er aufgrund seiner ungünstigen Erfahrungen auf den Gebrauch von Siebenmeilenstiefeln verzichtete.

Die Mauerstraße bezeichnete einst die äußerste westliche Grenze der Stadt Berlin. Hier verlief, wie der Name bereits ausdrückt, die Akzisemauer. Die Straße war breit, jedoch ungepflastert und nicht mit Bäumen bepflanzt. Es gab nur wenige ansehnliche, mehrgeschossige Häuser. In ihrer Mitte befand sich die Dreifaltigkeitskirche.

In der Straße waren zahlreiche Schilderhäuschen aufgestellt, in denen stocksteife Wachposten standen, während Dienstfreie auf Stühlen, die sie vermutlich in der Nachbarschaft ausgeborgt hatten, in der Abendsonne saßen. Andere Wachsoldaten patrouillierten mit geschulterten Gewehren gemächlich die Straße auf und ab. Es war nicht allzu viel Volk unterwegs. Kein Pferd war an die Pfosten gebunden.

Das Haus, in dem Herr von Tümmler wohnte, war mehrstöckig; die Fassade wies auf jedem Stockwerk fünf Fenster auf, war also nicht allzu breit. Vier Dachgauben zeigten die Zahl der Mansarden an.

Hoffmann betrat das Gebäude und gelangte in ein schmales Stiegenhaus mit steilen hölzernen Treppen, die zu lang gestreckten, dunklen Fluren führten. Die Türen zu den einzelnen Wohnungen oder Zimmern waren verschlossen. Es gab offenbar keinen Portier. Vermutlich handelte es sich um ein Haus für einfache Menschen, in dem die Behausungen dürftig, aber billig waren. In dieser Gegend wohnten zahlreiche Böhmen, die in ihrer Mehrzahl Manufakturarbeiter waren und von denen nur wenige die deutsche Sprache fließend beherrschten.

Als Hoffmann den zweiten Stock erreicht hatte, war er zunächst ratlos. In dem dämmrigen Flur gab es acht Türen, jeweils vier auf jeder Seite. Hinter welcher lag nun Tümmlers Wohnung? Der Kammergerichtsrat sah, dass eine der Türen einen Spalt breit offen stand. In der Hoffnung, dort einen Hausbewohner anzutreffen, klopfte er an. Niemand kam oder meldete sich.

»Hören Sie mich? Hier ist Kammergerichtsrat Hoffmann«, rief er, indem er ein wenig stärker gegen die Tür pochte.

In dem Moment wurde sie mit einem heftigen Ruck aufgerissen, und eine Gestalt kam herausgestürzt. Sie versetzte Hoffmann einen Stoß, der diesen an die gegenüberliegende Wand schleuderte. Ehe Hoffmann sich noch gefasst hatte, stürmte die Person, die durch einen schwarzen Kapuzenmantel unkenntlich war, die Treppe hinab. Hoffmann rief: »Halt! Stehen bleiben!« Doch der Unbekannte – zweifellos ein Mann – hatte bereits das tiefere Geschoss erreicht und war auf dem Weg zur Haustür. Sobald er sein Gleichgewicht wieder gefunden hatte, nahm Hoffmann die Verfolgung auf.

Er war durch die Krankheit geschwächt und kam schnell ins Keuchen, als er die Treppen hinabstolperte. So war der Flüchtige bereits aus dem Haus, als Hoffmann die untere Etage erreichte. Er hörte das Poltern stiefelbewehrter Füße in dem dunklen Flur, dann das Klappen einer Tür.

Der Unbekannte war durch die Hintertür geflüchtet!

Hoffmann setzte ihm, so schnell er es in seinem matten Zustand vermochte, nach. Aber er hatte natürlich nicht die geringste Aussicht, den Flüchtigen einzuholen.

Als er ins Freie trat, blickte er in einen schmalen, lang gestreckten Garten, der durch Hecken von den Nachbargrundstücken abgeteilt war. Offensichtlich wurde hier überwiegend Gemüse gezogen. Ein Bohnenspalier verdeckte Hoffmann die Sicht.

Der Mann, der ihn beiseite gestoßen hatte, war nicht mehr zu sehen. Er musste über eine der Hecken geklettert oder durch sie hindurchgeschlüpft sein.

Hoffmann ging ein Stück den Gartenweg entlang und sah sich von Beerensträuchern, Obstbäumen und Rosenbüschen umhegt. Unter einem der Rosenbüsche lag der schwarze Mantel, den der Flüchtling getragen und offensichtlich hier abgeworfen hatte. Hoffmann nahm ihn an sich.

Weit und breit war kein Mensch zu sehen. Hoffmann ging zurück ins Haus und stieg erneut die Treppen empor.

Die Tür zu der Wohnung, aus welcher der Vermummte herausgestürzt war, stand nun ganz offen. Hoffmann ging hinein. Die Wohnung bestand nur aus einem Zimmer. Die Einrichtung beschränkte sich auf ein Bett, einen Tisch nebst Stuhl und eine Kommode.

Auf dem Fußboden lag ausgestreckt, mit dem Gesicht nach unten, ein Mann. Aus seinem Rücken ragte der Griff eines Dolchs.

Hoffmann erschrak. Allem Anschein nach war hier ein Mord geschehen, und der Mörder war ihm geradewegs in die Arme gelaufen! Er kniete sich neben den Erdolchten und untersuchte ihn, so gut er eben konnte. Es schien, als ob kein Leben mehr in dem Mann steckte. Der Stich musste ihn direkt ins Herz getroffen haben.

Hoffmann hatte den Mann noch niemals zuvor gesehen, aber eine unbestimmte Ahnung sagte ihm, dass es sich um Herrn von Tümmler, den Verfasser des ominösen Briefs, handelte. Es war durchaus denkbar, dass sein gewaltsamer Tod mit eben dieser Botschaft im Zusammenhang stand.

Hoffmann erhob sich und sah sich in dem Raum um.

Herr von Tümmler hatte offensichtlich nur wenige persönliche Besitztümer besessen. Auf dem Tisch stand ein Tintenfass, in das eine Gänsefeder getaucht war. Einige weitere, offenbar ausgeschriebene Federn lagen auf dem Fußboden. Eine steckte in einer halben Zitrone, die auf der Fensterbank lag. Hoffmann fand diese Methode, eine Feder zu verwahren, recht unappetitlich. Der Tisch war bedeckt mit Papieren, die Hoffmann nur flüchtig in Augenschein nahm. Anscheinend handelte es sich um Konzepte für ein Theaterstück. Hoffmann erkannte, dass es sich um das verbotene Schauspiel »Die Jäger« handelte. Offenbar hatte von Tümmler das Drama bearbeitet. War er womöglich Dramaturg? Arbeitete er an einem Berliner Theater? Stand er mit Kühnemann in Verbindung? Gab es zwischen den beiden Morden einen Zusammenhang? Hoffmann vermochte diese Fragen zurzeit nicht zu beantworten.

Er stellte einen raschen Handschriftenvergleich an, bei dem sich ergab, dass das bizarre Schreiben ohne Zweifel von Tümmlers Hand stammte. Der Schreiber hatte ihm in kryptographischer Manier etwas mitteilen wollen. Aber was? Hoffmann verwarf den Gedanken, es mit einem Verrückten zu tun zu haben. Die Gefahren, von denen Tümmler gesprochen hatte, waren zweifellos real. Der Fememord, vor dem er sich gefürchtet hatte, war soeben verübt worden. Jemand hatte von Tümmler umgebracht, ehe er dem Kammergerichtsrat sein Wissen hatte offenbaren können. Ging es dabei um den Mord an Kühnemann? Hoffmann sah keinen Grund, daran zu zweifeln. Von Tümmler hatte mehr über den Mord gewusst, als gut für ihn gewesen war.

Kaum war Hoffmann zu dieser Erkenntnis gekommen, nahm er hinter sich ein Geräusch wahr. Er schrak zusammen und fuhr herum.

Im Türrahmen stand ein Mann mit einer Pistole in der Hand, der ihm in barschem Ton befahl: »Nehmen Sie die Hände hoch!«

Hoffmann folgte dem Befehl.

»Warum haben Sie diesen Mann ermordet?«, herrschte der Bewaffnete ihn an.

»Das habe ich keineswegs getan«, widersprach Hoffmann. »Mein Name ist Ernst Theodor Hoffmann. Ich bin Rat am königlich-preußischen Kammergericht.«

»Wer auch immer Sie sind«, erwiderte der Mann. »Was haben Sie hier zu suchen?«

»Ich habe den Mörder aus dem Zimmer laufen sehen«, fuhr Hoffmann fort, anstatt die Frage des Fremden zu beantworten. »Dort liegt sein Mantel. Ich fand ihn im Garten. Vermutlich ist der Mann über eine der Hecken geflohen.«

Der Fremde sah den über einen Stuhl gehängten Mantel gleichgültig an. Er hielt seine Waffe weiterhin auf Hoffmann gerichtet.

»Es ist niemand in einem schwarzen Mantel ins Haus gekommen«, behauptete er.

»Woher wollen Sie das wissen?«

»Das Haus unterliegt strenger Observation.«

»Offensichtlich ist Ihrer Beobachtung verschiedenes entgangen«, versetzte Hoffmann.
»Hüten Sie sich!«, rief der Fremde. »Gegen Sie besteht Mordverdacht!«
»Das ist Unsinn«, sagte Hoffmann, dem seine Lage allerdings nicht ganz so günstig erschien, wie er vorgab. »Dieser Mann war mir vollkommen fremd. Warum sollte ich ihn ermorden?«
»Ich werde Sie jetzt durchsuchen«, kündigte der Bewaffnete an.
»Unterstehen Sie sich!«, protestierte Hoffmann.
»Sollten Sie Widerstand leisten, werde ich Sie überwältigen«, drohte der Mann.
»Wer sind Sie?«, fragte Hoffmann. »Sie tragen keine Uniform. Folglich sind Sie eine Zivilperson und nicht befugt, amtliche Maßnahmen zu ergreifen. Im Gegenteil. Woher sind Sie so schnell gekommen? Und wer gibt Ihnen das Recht, eine Waffe zu tragen?«
Hoffmann war der erschreckende Gedanke gekommen, dass dieser Mann womöglich der entflohene Mörder war, der es wagte zurückzukehren, um einen mutmaßlichen Zeugen zu beseitigen. Hoffmann durchlief es kalt bei diesem Gedanken. Er überlegte fieberhaft, was er tun könne.
»Sie werden sich durchsuchen lassen«, bestimmte der Fremde, der mittlerweile ins Zimmer getreten war und die Tür mit dem Fuß hinter sich gestoßen hatte. »Freiwillig oder mit Gewalt.«
Hoffmann wich zurück und wäre beinahe über die Leiche gestolpert.
»Ich habe Ihnen meinen Namen und meinen Titel genannt«, sagte er. »Ich erwarte von Ihnen das Gleiche.«
»Mein Name geht Sie nichts an«, erwiderte der Fremde. »Ich bin Angehöriger der geheimen Polizei.«
Hoffmann schüttelte den Kopf. »Ich habe niemals etwas von einer geheimen Polizei gehört.«
Der Bewaffnete grinste. »Daran erkennen Sie, wie geheim wir sind.«

»Gestatten Sie, dass ich die Hände hinunternehme?«
»Nein!«
Das Wort wurde scharf hervorgestoßen. Hoffmann begann zu glauben, dass es sich bei dem Mann tatsächlich um einen Polizeiagenten handelte.
»Umdrehen!«
Hoffmann wandte sich um, obwohl ihm dabei unbehaglich war. Immerhin konnte ihn der Fremde nun hinterrücks erschießen. Er spürte, wie der Mann ihn mit der linken Hand abklopfte. Auf diese Weise entdeckte er Tümmlers Brief in seiner Rocktasche.
»Was haben Sie da?«
»Ein Schriftstück.«
»Aus diesem Zimmer?«
»Nein.«
»Zeigen Sie es mir!«
Hoffmann schüttelte den Kopf. »Meine Papiere gehen Sie nichts an!«
»Her damit!«, verlangte der angebliche Geheimagent barsch.
»Ihr Verhalten ist im höchsten Grade anmaßend«, empörte sich Hoffmann, der unbedingt vermeiden wollte, dass der Fremde Tümmlers Brief in die Hände bekam. »Falls Sie wirklich Polizist sind, sollten Sie wissen, wie man sich einem Kammergerichtsrat gegenüber zu benehmen hat!«
Der Fremde zog eine verächtliche Grimasse. »Für mich sind Sie ein Mann, den ich neben einer Leiche angetroffen habe und der als einzige unbekannte Person in den letzten drei Stunden das Haus betrat. Sie haben diesen Kerl hier umgebracht. Ich frage mich nur, wieso. Vielleicht gibt mir das Schriftstück in Ihrer Tasche darüber Aufschluss. Also …«
Der Kammergerichtsrat blieb widerspenstig, obwohl er wenig Hoffnung hatte, sich gegen den fremden Mann durchzusetzen, der auch ohne die Waffe wesentlich stärker war als er.
»Wenn es sein muss, werde ich Sie fesseln«, drohte der Geheimpolizist.

»Wagen Sie es nicht!«
»Her mit dem Brief!«
Plötzlich erkannte Hoffmann, dass hier etwas nicht stimmte. »Woher wissen Sie, dass es sich um einen Brief handelt?«
Der Fremde ging nicht auf die Frage ein. »Her mit dem Brief!«, wiederholte er.
»Ich verlange Ihren Vorgesetzten zu ...«, begann Hoffmann, doch der finstere Kerl schien nicht gesonnen, sich noch weiteren Widerstand bieten zu lassen. Er steckte die Pistole in den Gürtel, trat auf den Kammergerichtsrat zu, fasste diesen bei den Rockaufschlägen und hob ihn mühelos vom Boden auf. Der Geheimpolizist überragte Hoffmann um mehr als Haupteslänge und schien über Bärenkräfte zu verfügen. Er stieß Hoffmann grob gegen die Wand, hielt ihn dort mit einer Hand fest, während er ihm mit der anderen in die Rocktasche fuhr. Binnen kurzem hielt er den Brief in Händen. Er ließ Hoffmann frei. Dem Kammergerichtsrat dröhnte der Kopf. Die rohe Behandlung hatte ihm den Atem verschlagen und ihn schmerzhaft daran erinnert, dass er sich physisch nicht in einem wehrfähigen Zustand befand. Er musste all seine Kräfte zusammennehmen, um nicht dort, an der Wand, zu Boden zu sinken. Der Geheimagent las indessen Tümmlers Schreiben. Offenbar verstand er jedoch dessen Inhalt nicht.
»Was soll das bedeuten?«, fragte er.
Hoffmann zuckte die Achseln. Er zog seinen Rock und das Halstuch zurecht. In seinem Kopf begann es erneut zu hämmern. Er schloss die Augen.
»Das ist Unsinn!«, stellte der Mann fest. »Oder handelt es sich etwa um verschlüsselte Mitteilungen? In welcher Verbindung stehen Sie zu dem Toten?«
»In keiner«, krächzte Hoffmann.
»Sie lügen.«
»Sie werden sich für Ihre Handlungsweise zu verantworten haben.« Hoffmann bemühte sich, sein Gegenüber streng zu fixieren, verfehlte jedoch, den Kerl nachhaltig zu beeindrucken.

»Ich rede mit meinem Vorgesetzten«, beschloss der Hüne. »Sie bleiben solange hier.«
»Auf keinen Fall!«, protestierte Hoffman. »Ich werde mich be…«
Ohne Hoffmanns Protest zu beachten, ging der Rohling zur Tür, zog den Schlüssel ab und verließ das Zimmer. Der Schlüssel wurde zweimal im Schloss herumgedreht. Hoffmann war gefangen.
Zorn befiel ihn, aber das hämmernde Kopfweh dämpfte seinen Impuls, Lärm zu veranstalten, indem er mit den Fäusten gegen die Tür schlug oder aus dem Fenster um Hilfe rief. Stattdessen wankte er auf das Bett des Ermordeten zu und ließ sich darauf nieder. Eine Weile saß er auf der Bettkante und stützte den Kopf in die Hände. Wenngleich es in seinem Gehirn wie in einem brodelnden Topf zuging, versuchte er zu begreifen, was ihm widerfahren war.
Kaum jemals war es ihm so schwer gefallen, einen klaren Gedanken zu fassen.
Tümmler hatte ihm etwas sagen wollen. Etwas, das den Mord an Kühnemann betraf. Hoffmann hatte den Brief so oft gelesen, dass er ihn nahezu auswendig kannte. Aber der Verfasser hatte ihn ein wenig zu gut verschlüsselt. Hoffmann war nicht imstande, die rätselhaften Chiffren, die darin verwendet wurden, aufzulösen.
Nun war der Brief in fremde Hände gefallen.
Wieso war der grobe Geheimagent (wenn es tatsächlich einer war) so schell hier erschienen? Die Antwort hatte er selbst gegeben: Das Haus stand unter ständiger Beobachtung. Aber wie konnte dann ein Mörder ungesehen ins Haus kommen und anschließend flüchten?
Denk nach, Hoffmann! Raff deinen Verstand zusammen!
Der Fremde hatte behauptet, niemand außer ihm, Hoffmann, hätte das Haus betreten. Das war eine Lüge. Aber warum log der angebliche Geheimpolizist? Darauf gab es nur eine Antwort: Er deckte den Mörder – falls er es nicht selbst war. Doch warum?
Hoffmann hatte das Gefühl, einen sandigen Hügel hinaufklettern zu müssen. Er kam nicht voran, weil ständig der Boden unter ihm wegrutschte.

Er war offenbar in eine dunkle Affäre verstrickt. Der Brief würde ihm Aufklärung geben, wenn er ihn nur verstünde … In welcher Verbindung stand Tümmler zu Kühnemann? Streng dich an, Hoffmann! Lass dich durch das Fieber nicht unterkriegen.
Doch so sehr er es mit Autosuggestion versuchte, sein Gehirn reagierte wie ein lahmer Gaul auf die Peitschenhiebe des Kutschers: Es kam nicht vom Fleck.
Doch dann schlug es plötzlich wie ein Blitz in seinen Schädel ein. Man wollte ihn vernichten! So hatte es wörtlich in dem Brief gestanden. Und wirklich: Hier saß er neben einer Leiche, und ein Geheimpolizist würde bezeugen, dass niemand außer ihm das Haus betreten hatte!
Man würde ihn des Mordes bezichtigen!
Man hatte ihm eine Falle gestellt.
Es fiel Hoffmann schwer, einen kühlen Kopf zu bewahren.
Warum wollte man ihn ans Messer liefern? Wer hatte ein Interesse daran?
Die wichtigste Frage aber war: Wie konnte er sich retten?
Tümmler hatte ihm etwas mitteilen wollen! Vielleicht lag in dieser Botschaft die Rettung. Denk nach, Hoffmann!
Hoffmann hatte das Gefühl, sein Kopf wäre mit Treibsand gefüllt, so schwer fiel ihm das Wälzen der Gedanken. »Die Lösung steckt im Sand …«
Er schloss die Augen, um das Hämmern in seinem Schädel ein wenig abzumildern. Bald würden sie kommen und ihn auf die Festung schleppen …
Hoffmann fuhr auf. Er durfte nicht untätig hier herumsitzen!
Er musste das Zimmer durchsuchen. Irgendetwas musste es hier geben! Irgendetwas …
Von Tümmler wusste, dass er gefährdet war, dass ihm der Tod drohte. Also hatte er eine Nachricht hinterlassen, um seine Geheimnisse nicht mit ins Grab zu nehmen, falls sein Schicksal ihn ereilte. Er hatte die Nachricht an einem Ort untergebracht, von dem er annehmen konnte, dass nur derjenige, an den sie gerichtet

war – also er, Hoffmann –, sie dort finden würde, nicht aber die Geheimpolizei.

Die Botschaft musste hier im Zimmer versteckt sein. Denk nach, Hoffmann! Öffne die Augen! Was gab es in diesem Zimmer, wofür ein Geheimpolizist sich nicht interessierte, dessen Bedeutung der Kammergerichtsrat jedoch erkennen würde?

Hoffmann begann im Zimmer umherzugehen und seine Blicke schweifen zu lassen. Und plötzlich fiel es ihm wie Schuppen von den Augen.

Das Märchen! »Der goldene Topf«! Kein Geheimagent würde dem Buch mehr als einen flüchtigen Blick widmen. Hoffmann hingegen würde es wahrscheinlich in die Hand nehmen – so musste von Tümmler gedacht haben. Hoffmann ging zum Schreibtisch und suchte in den Papieren. Kurz darauf fand er, was er vermutet hatte: eine Ausgabe des dritten Bands der »Phantasiegeschichte«, den »Goldenen Topf«.

Zu seiner Enttäuschung enthielt das Buch jedoch keine versteckte, geheime Botschaft. Es gab nicht einmal Anmerkungen oder Randnotizen. Hoffmann hatte sich offensichtlich getäuscht.

Doch da fiel ihm am Beginn der Erzählung, dort, wo der Unglücksfall des tölpelhaften Studenten Anselmus geschildert wurde, der einem Marktweib den Apfelkorb ausschüttet, eine Korrektur ins Auge. In der dritten Zeile lautete der ursprüngliche Text: »... rannte geradezu in einen Korb mit Äpfeln hinein ...« Der Leser, offensichtlich von Tümmler, hatte das Wort »Äpfeln« gestrichen und durch »Zitronen« ersetzt.

Hoffmann begriff sofort, dass dies die geheime Mitteilung war, die er gesucht hatte. Sogleich erinnerte er sich an die Formulierung in Tümmlers Brief, in goldenen Töpfen fänden sich mitunter verborgene Dinge. Er steckte das Buch in die Tasche. Keinen Moment zu früh.

Der Schlüssel wurde ins Schloss gesteckt und herumgedreht. Die Tür wurde aufgestoßen und ein Mann trat ein, den Hoffmann als Letzten an diesem Ort erwartet hätte. Unwillkürlich lief ihm ein

Schauer des Entsetzens über den Rücken. Der Mann, in dessen Händen er sich offensichtlich befand, zählte zu seinen ältesten und schlimmsten Feinden, und er hatte ohne Zweifel die Absicht, ihm das Leben sauer zu machen. Es war niemand anderes als sein Erzwidersacher Doktor Mohr, der ihn nun schon seit mehr als zehn Jahren mit Hass und Intrigen verfolgte. Mit seiner abgezehrten Gestalt und dem schwarzen Anzug sah er Furcht erregender aus denn je. Mein Totengräber!, dachte Hoffmann. Er konnte nicht verhindern, dass ihm die Knie zu zittern begannen, und er zog es vor, sich auf das Bett niederzusetzen.
»Warum haben Sie diesen Mann umgebracht?«, fragte Mohr mit heiserer Stimme, indem er Hoffmann mit einem stechenden Blick musterte.
»Warum sollte ich das getan haben?«
»Sie waren als Einziger hier im Raum.«
»Das ist lächerlich, und Sie wissen es!«
»Dieses Zimmer steht unter strengster Beobachtung. Niemand kommt hinein, den wir nicht sehen.«
»Warum beobachteten Sie Herrn von Tümmler?« Hoffmann versuchte, den Frager zum Befragten zu machen.
Mohr antwortete nicht.
»Ich untersuche einen Mordfall«, fuhr Hoffmann fort, indem er sich bemühte, einen gefestigten und selbstgewissen Eindruck zu vermitteln. »Herr von Tümmler wollte mir eine Mitteilung machen. Ich kam her, um ihn zu befragen, und fand ihn tot am Boden liegen.«
»Sie lügen.«
Mohrs anmaßender Ton machte Hoffmann klar, dass sein Feind noch mehr gegen ihn in der Hand hatte. Dennoch protestierte er: »Was unterstehen Sie sich?«
»Sie haben Herrn von Tümmler erdolcht, weil er Sie erpressen wollte«, erwiderte Mohr unbeirrt.
Hoffmann lachte auf. Das war nun doch zu absurd!
»Weswegen sollte er wohl mich erpressen können?«, fragte er.

»Wegen des Mordes an dem Theaterdirektor Kühnemann.«
Hoffmann traute seinen Ohren nicht. »Den soll ich begangen haben?«, empörte er sich.
»Uns liegen Beweise dafür vor, dass Sie gemeinsam mit anderen einen Brandsatz durch das Fenster ins Schlafzimmer des Intendanten geworfen haben«, behauptete der Finsterling.
»Das ist aberwitzig!«, widersprach ihm Hoffmann.
Mohr fixierte ihn mit seinen hohlen Augen und fuhr unbeirrt fort: »Herr von Tümmler hat Sie und Ihre Kumpane gesehen. Einen von ihnen haben wir bereits festgenommen. Genauer gesagt, ein Frauenzimmer.«
»Colombina!«, entfuhr es Hoffmann.
Mohr verzog den Mund zu einem triumphierenden Grinsen. »Sie sehen, es steht schlecht um Sie. Außerdem wäre da noch dieser Brief, der beweist, dass von Tümmler Sie erpressen wollte.«
Er reichte Hoffmann einen Brief. Es war nicht derselbe, den der Geheimpolizist zuvor bei ihm konfisziert hatte. Hoffmann las: »Sehr verehrter Herr Kammergerichtsrat, Sie wurden dabei beobachtet, wie Sie in der vorvergangenen Nacht gemeinsam mit ein paar bezechten Kameraden eine Flasche mit einer offenbar brennbaren Flüssigkeit, die Sie zuvor anzündeten, durch das geöffnete Fenster ins Schlafzimmer des Theaterdirektors Kühnemann warfen, woraufhin dort eine Explosion stattfand. Wie man weiß, starb der Prinzipal in den Flammen.
Ich habe von meiner Beobachtung gegenüber den Behörde bisher noch keinen Gebrauch gemacht. Um es deutlich zu sagen: Ich ringe mit meinem Gewissen. Wollen Sie die Güte haben, mich zu einem Gespräch aufzusuchen? Die Adresse finden Sie im Briefkopf. Ergebenst Ihr L. von Tümmler, Dramaturg.«
»Diesen Brief habe ich nie erhalten!«, rief Hoffmann.
In diesem Moment zog der bullige Geheimagent, der sich im Türrahmen aufgepflanzt hatte, einen Jungen am Ohr in das Zimmer hinein. Hoffmann erkannte ihn. Es war der Steppke, der ihm den Eimer Sand verkauft hatte.

»Hast du dem Herrn hier einen Brief überbracht?«, herrschte ihn der Hüne an. »Rede, Schlingel!«

»Ja, ja!«, heulte der Junge, dem das Verdrehen seines Ohrs zweifellos Schmerzen bereitete.

»Und wer gab dir den Brief?«

»Der da!«, rief der Junge und zeigte auf den am Boden liegenden Toten.

Der Hüne ließ das Ohr des Jungen los. »Verschwinde, Schlingel!«

Der Junge verschwand wie der Blitz.

»Wollen Sie immer noch leugnen, Herr Kammergerichtsrat?«, fragte Mohr höhnisch.

»Ich habe in der Tat einen Brief von Herrn von Tümmler bekommen«, sagte Hoffmann. »Aber nicht diesen hier. Den richtigen hat Ihr Begleiter in der Tasche?«

Mohr wandte sich an seinen Mitarbeiter: »Haben Sie einen Brief in der Tasche?«

»Unsinn«, sagte der Riese.

Die Briefe waren vertauscht worden! Vermutlich hatte man von Tümmler gezwungen, den Erpresserbrief zu verfassen, ehe man ihn ermordet hatte. Hoffmann begann zu begreifen, dass es nicht günstig um ihn stand.

12

Kriminalrat Hitzig war mit sich zufrieden. Er hatte den Drucker des »Blutegel«-Flugblatts gefunden. Das war nun für einen Mann, der selbst sieben Jahre lang diesem Gewerbe angehört hatte, nicht weiter schwierig. Es gab nicht viele Druckereibesitzer in Berlin; man kannte sich untereinander; man schätzte oder verachtete sich, versuchte dem anderen die Kunden abzujagen, hielt jedoch gegen auswärtige Konkurrenten zuverlässig zusammen, kurz, man bildete das, was Hitzigs jüdische Verwandten eine »Mischpoke« genannt hätten. Es bedurfte also nur einiger weniger Besuche, um

zu erfahren, dass jenes Blatt auf den Maschinen des Verlagsbuchhändlers Dröscher gedruckt worden war.
Das war nun insofern verwunderlich, als just dieser Drucker – ein unförmig dicker Mensch, so fett, dass man ihn den »Gletscher« nannte – als ausgesprochen staatsloyal und regierungsfromm galt, dass er hart um den Titel des »Hofbuchdruckers« kämpfte und seine Aufträge größtenteils von den Ministerien und der Kirche bezog, mit denen er ein herzliches Einvernehmen unterhielt.
Hitzig hatte die Behauptung, ausgerechnet Dröscher habe den Druckauftrag für ein kritisches, wenn auch nur theaterkritisches Pamphlet angenommen, zunächst für eine Denunziation gehalten. Es stellte sich jedoch heraus, dass die Angabe stimmte.
Ein Schauspieler hatte Dröscher einmal in einer Satire auf die Buchhändler karikiert, indem er seine Kleider mit Federkissen ausgestopft hatte und beständig grinsend und Hände reibend vorn an der Rampe entlanggetrippelt war, als befände sich dort das Schaufenster seines Geschäfts. Vor jedem, der draußen vorbeiging, hatte er einen Bückling vollführt und ölig gelächelt, während er die Passanten zugleich in einem gehässigen Monolog verunglimpfte: »Gefälliger Diener, Herr Geheimrat, Schurke du, betrügst deine Frau, hast Bestechungsgelder genommen. – Verehrteste! Franzosendirne, die du gewesen bist! Wie wäre dein Mann sonst wohl Oberregistrator geworden! – Gott zum Gruße, Hochwürden! Heuchler, Schnapsnase, Strohkopf! Musst dir von deinem Vikar die Predigten schreiben lassen!« Und so weiter. Die Darbietung war übriges ein großer Erfolg.
»Sieh da, man gibt mir die Ehre! Zieht es den Herrn Kriminalrat mal wieder zu seinem alten Gewerbe zurück?«, hatte Dröscher ihn begrüßt, als Hitzig in den wohl ausgestatteten Laden in der Königstraße eingetreten war. »Konveniert dem Herrn ein gutes Buch? Der neueste Paul de Kock wäre vorrätig. Oder etwas von der la Roche? Einen Reiseberich womöglich. Die Alpen sind sehr im Kommen! Oder – nun weiß ich es – ein Bilderbogen für die lieben Kindlein. Ich hätte da etwas sehr Gefälliges. Fünfzig Blätter über

das Leben der Königin Luise. Nur sechs Groschen das Stück. Kleinigkeit für einen wohlbestallten Staatsbeamten, wie Sie es sind, Herr Itzig.«

Bei dieser wie ein Gebirgsbach dahinfließenden Suada ließ nur die Verstümmelung des Namens erkennen, wie sehr Dröscher den Kriminalrat hasste, denn der Hofbuchhändler in spe war glühender Antisemit. (Zumindest, solange dies nicht von Staats wegen verboten war.)

Hitzig legte das Flugblatt auf die Ladentheke. »Haben Sie das hier gedruckt?«

»Lassen Sie sehen. Ja. Ich erkenne es. Und erkennen heißt bekennen. Dieses Blatt wurde in meiner bescheidenen Werkstätte hergestellt. Übrigens in fehlerfreier Form, wie Sie zugeben müssen, in handwerklicher Hinsicht tadellos, verehrter Herr Rat. Kein einziger Druckfehler. Übriges war Ihre Frau Cousine, die Frau Levin, vor kurzem bei mir.«

»Wer gab Ihnen den Druck in Auftrag?«

»Ein Herr von Stand. Name unbekannt. Dem Gebaren nach ein Beamter.«

Dies war der zweite Punkt, den der Kriminalrat auf sein Konto schreiben durfte! Hoffmann war demnach nicht der Verfasser des »Blutegel«-Flugblatts. Auch hatten es nicht die jungen Künstler zum Druck befördert. Nun war dies für Hitzig nicht unbedingt eine Überraschung. Ein Mann wie Dröscher hätte eine solche Vorlage zweifellos eher zur Polizei als zu seinen Maschinen getragen.

»Natürlich war ich entsetzt, als ich den Text zur Kenntnis nahm, den man mir da vorlegte«, fuhr der Buchdrucker fort. »Ich versichere Ihnen, Herr Itzig, niemals hätte ich meine guten Setzmaschinen durch eine derartige Schmähschrift entweiht, hätte die Vorlage nicht den amtlichen Zensurstempel getragen, von dessen Echtheit, auch das versichere ich Ihnen, ich mich noch einmal ausdrücklich überzeugte.«

»Wie? Das Flugblatt war von der Zensur freigegeben?«

Dröscher wies daraufhin die Druckvorlage vor – ein reinliches,

von Schreiberhand gefertigtes Manuskript, das zu Hitzigs Erstaunen tatsächlich die Unterschrift und das Dienstsiegel des Zensors trug!
Dröscher merkte dem Kriminalrat die Verwunderung – um es milde auszudrücken – an und grinste. »Ahnen Herr Kriminalrat nicht, was es damit auf sich hat?«
Natürlich war Hitzig nicht so dumm, wie der Buchhändler ihm unterstellte. Kein Aufrührer wäre jemals so närrisch gewesen, seine Pamphlete zur Polizei zu tragen, ehe er sie einem staatsfrommen Drucker in Auftrag gab (einem überaus teuren obendrein)! Das Imprimatur konnte nur eines bedeuten: Die Polizei selbst hatte ein Interesse daran, diesen Text zu verbreiten. »Ich ahne nicht nur, ich weiß es«, erwiderte Hitzig daher.
»Ahnte ich, ja, wusste ich es doch!«, rief Dröscher daraufhin. »Käme ich doch niemals auf den Gedanken, der hohen Polizeibehörde Unwissenheit zu unterstellen!«
Hitzig achtete nicht auf den Schwätzer. Er zog es vor, seinen Überlegungen außerhalb des Dröscher'schen Ladens nachzugehen.

13

Der Mann hatte auf den Stufen des abgebrannten Hauses gesessen und geheult. Passanten und Neugierige, die dort vorbeikamen, machten einen Bogen um ihn. Schließlich riefen Nachbarn die Gendarmen. Es stellte sich heraus, dass der Kerl ziemlich betrunken war; außerdem sah er aus, als habe er einige Nächte im Freien verbracht. Das Individuum wurde in die Arrestzelle der Gendarmeriekaserne gesperrt, wo er seinen Rausch ausschlief. Als er aufwachte und man ihn fragte, was er vor der Haustür des ermordeten Intendanten zu suchen gehabt habe, gab er an, dort als Hausdiener beschäftigt gewesen zu sein. Daraufhin verständigte man den Kriminalrat Hitzig.

Ein Grenadier öffnete dem Kriminalrat die Tür der Arrestzelle. Drinnen hockte ein Mann auf einer Holzpritsche, der ein klägliches Aussehen hatte und stark nach Alkohol roch. Er trug die Kleidung eines Hausknechts.
»Wie ist Ihr Name?«, fragte Hitzig.
»Schulte, zu Befehl. Fritz Schulte.«
»Dann erzählen Sie mal, Fritz.«
»Wat soll ick 'n erzählen?«
»Was hatten Sie beim Haus des Intendanten verloren?«
Das Individuum zuckte die Achseln. »Wo soll ick 'n sonst hin? Ick bin doch da zu Hause.«
»Waren Sie in dem Haus anwesend, als das Schlafzimmer des Intendanten in Brand geriet?«
»Jewiss war ick det. So wahr ick hier sitze. Det war jrausam, war det. Ma stehn noch jetze die Haare zu Berge. Ich kann et noch jar nich jlooben, det der Herr Kühnemann da drinne verbrannt is. Is det denn janz jewiss sicher, Herr Jerichtsvollzieher?«
Hitzig belehrte den Mann, dass sein Titel Kriminalrat sei.
»Ja, das ist sicher. Wo genau waren Sie zum Zeitpunkt der Brandstiftung?«
»Im Keller, zu Befehl.«
»Was haben Sie dort getan?«
»Jeschlafen, Herr Jeheimrat.«
»Im betrunkenen Zustand, wie ich vermute.«
»Nee, nee, jnädiger Herr!«, protestierte das Faktotum. »Da vakenn' Se ma total. Ick trink man nur 'n janz kleenet bisschen.«
Hitzig fand diese Behauptung wenig glaubwürdig. »Wo genau liegt Ihre Kammer?«, wollte er wissen.
»Wat meen' Se mit meene Kammer?«, fragte das Individuum begriffsstutzig.
»Ihr Nachtlager. Wo genau schlafen Sie?«
»Na, uff Stroh. In de Ecke von 'n Weinkeller.«
Hitzig fand, dass dies ein eher unpassender Schlafplatz für einen Menschen dieser Art war.

»Waren Sie die ganze Nacht im Keller?«
»Jewiss, Herr Jeheimrat. Ick jeh da nich mehr weg, sobald et dunkel is. Da verrammel ick de Türe. Da jraut et mir denn zu sehre.«
»Wovor graut es Ihnen?«, fragte Hitzig.
»Vor de Jespenster.«
»Gespenster?«
»Jenau. Da drinne, in det Haus drinne, da spukt et.«
»Inwiefern spukt es in dem Hause?«
Schulte sah ihn verständnislos an. Hitzig half ihm auf die Sprünge.
»Was geht in dem Haus vor? Genauer, bitte.«
»Na, da jibt et Jeister. Jede Menge. Da kloppt et und poltert et. Da stehn ei'm de Haare zu Berje. Det is jrausich, sach ick Ihn'.«
Hitzig schüttelte den Kopf. Zweifellos litt der arme Kerl an alkoholbedingten Wahnvorstellungen. »Ist Ihnen sonst noch etwas aufgefallen?
»Wat soll ma denn uffjefalln sin?«, fragte das Individuum. Selbst auf das eindringlichste Befragen hin konnte der Trunkenbold nichts weiter mitteilen, als dass er, wie üblich, auf seinem Strohlager geschlafen habe – in volltrunkenem Zustand, wie Hitzig in Gedanken hinzufügte – und erst aufgewacht sei, als das Haus schon in hellen Flammen stand. Er habe, so teilte er mit, die »Jespenster«, ja sogar den Teufel persönlich in den Flammen gesehen. Daraufhin habe er entsetzt das Weite gesucht. In geistiger Verwirrung sei er blindlings durch die Straßen gelaufen. Menschen aus Fleisch und Blut habe er nicht wahrgenommen, nur Unmengen von Geistern.
»Die hüppten da in dem Feuer rum, ick schwör' et Ihnen, Herr Jerichtsvollzieher. Die Jeister ham den jnädijen Herrn umjebracht. Det könn' Se ma glooben. Die Jeister war'n det.«
Hitzig beschloss, es für diesen Tag gut sein zu lassen, zumal der Kammergerichtsrat sich den Mann wohl auch noch vornehmen würde. Aus dem verwirrten Trunkenbold war jetzt keine vernünftige Zeugenaussage herauszuholen. Er hielt dessen Behauptung, den Ausbruch des Feuers verschlafen zu haben, für ziemlich glaubhaft. Folglich kam er mit sich überein, den Hausknecht vor-

erst nicht zu den Mordverdächtigen zu zählen, auch weil Fritz Schulte offenbar rührend an dem verstorbenen Intendanten gehangen hatte.

Hoffmann wusste: Er hatte einen Fehler begangen. Er hatte sich überanstrengt. Seine Kräfte waren aufgezehrt. Sein Körper meldete ihm die unverkennbaren Vorzeichen einer Ohnmacht. Zwar hielt er sich aufrecht, indem er seinen gesamten Willen anspannte, zu mehr aber war er nicht imstande. Vor allem fehlte ihm die Geisteskraft. Es war, als habe man ihm das Gehirn aus dem Schädel gekratzt; es war erloschen wie eine Lampe, die ihr Öl verzehrt hatte. Er sah, er hörte, er bewegte sich vorwärts, aber er tat es wie ein Tier. Sein Körper war nichts als eine ablaufende Mechanik, die funktionierte, solange noch ein Rest Spannung in der Feder war. Irgendwann würde sie stehen bleiben; er würde umfallen und steif daliegen wie eine Puppe. Wann und wo das sein würde, konnte er nicht sagen. Er hatte längst schon die Orientierung verloren. Er kannte seine Stadt nicht mehr. War es denn überhaupt seine Stadt? War dies die preußische Residenz? Seit wann herrschte hier ein so bleiches, fahles Sonnenfinsternis-Licht? Er blickte hinauf zum Himmel, und tatsächlich: Eine schwarze Scheibe klebte auf der Sonne, die nur noch als schmaler, goldener Reif zu sehen war. Die Luft war gewittrig-schwül; die Lungen hatten Mühe, sie einzusaugen. Die Menschen hatten sich verändert. Wo waren die Wachhäuschen, die Posten? Hoffmann sah einen seltsamen, verwachsenen Zwerg mit einem bösartigen Gesicht auf der Schwelle eines Hauses sitzen; der Gnom griff in den Sand, der ihm durch die Finger rieselte, und warf ihn Hoffmann vor die Füße. Eine Alte mit einem Korb, aus dem ebenfalls Sand rann wie aus einer zerbrochenen Stundenuhr, kam ihm entgegen und flüsterte: »Im Sand, die Lösung im Sand.« Hoffmann verstand nicht, was sie ihm sagen wollte. Er fürchtete sich vor dem Zwerg, der gemein und bösartig aussah. Ein Bettelweib kam ihm entgegen, mit ausgestreckter Hand, auf der ein kleiner Zinnsoldat stand. »Kauft ihn mir ab, werter Herr, kauft ihn mir ab.« Hoffmann griff in seine Tasche, fand jedoch keine Münze darin. »Gebt mir die Zitrone«, sagte die Bettlerin, ein junges, todbleiches Weib. Tatsächlich fand Hoffmann die beiden Zitronenhälften aus Tümmlers Zimmer in seiner Tasche. Wann hatte er sie eingesteckt? Er konnte sich nicht erinnern. Er gab sie der Bettlerin. Die warf ihm daraufhin die Zinnfigur vor die Füße und verschwand. Hoffmann, der keine Verwendung für Spielzeugsoldaten hatte, wollte weitergehen, aber die winzige Figur begann zu wachsen. Schon stand ein lebensgroßer, lebendiger Soldat vor ihm, den Farben seiner Uniform nach zu urteilen, ein Lützow'scher Jäger. »Was geschieht hier?«, fragte Hoffmann.

»Die Schlacht ist beendet. Wir sind alle gefallen!«, erwiderte der Jäger mit dumpfer Stimme. »Wir warteten, aber sie kamen nicht.«

Nun erkannte Hoffmann, dass der Soldat aus einem leeren Ärmel blutete. Offensichtlich war ihm die Hand abgeschossen worden. Außerdem wies sein Soldatenrock in Höhe des Herzens einen großen, dunklen Fleck auf, der sich langsam ausbreitete.

»Herzblut tropft in den Sand, in den Sand«, sagte der Jäger. Im nächsten Augenblick sah Hoffmann Blutstropfen in den hellen Sand fallen.

»Was hat es nur ständig mit diesem Sand auf sich?«, fragte er sich selbst.

»Wir fielen, wir fielen, in den Sand, in den blutigen Sand«, hauchte der Soldat.

Plötzlich erschien der Zwerg, ergriff den Verwundeten bei der Hand und zog ihn mit sich fort.

»Lass ihn! Er ist ein Dummkopf. Dummkopf!«, rief er mit seiner krächzenden Papageienstimme.

Hoffmann wusste sehr wohl, dass dies alles nur Phantasien waren, Vorspiegelungen. Der Zwerg stammte aus einem Buch mit grotesken Zeichnungen von Callot, er hatte ihn sogleich erkannt. Er befand sich in der Gesellschaft seiner eigenen Wahngespinste. Aber wo war die wirkliche Welt? Wie kam er dorthin zurück? »Durch

den Sand, durch den Sand«, flüsterte eine Stimme. Schon wieder dieser vermaledeite Sand, mit dem sie ihn hier alle sekkierten!
Er sah an sich selbst hinab und erblickte zu seinem Erstaunen den Körper eines Greises, der mit krummen Knien, auf einen Stock gestützt, die Straße entlangschlurfte und bei jedem Schritt Sand aufwirbelte. »Sand! Dieser vermaledeite Sand! Der Teufel hole ihn!«
»Trink dies, mein Freund!« Jemand setzte Hoffmann ein Fläschchen an die Lippen. Er schlug die Augen auf und erkannte den Kriminalrat Hitzig. Aus dem Fläschchen, das dieser in der Hand hielt, stieg Hoffman ein beißendes, scharfes Aroma in die Nase.
»Trink! Es wird dir gut tun.«
Tatsächlich fühlte sich Hoffmann nach einem Schluck von der Essenz sehr viel wohler.
»Was ist das?«
»Im Grunde nichts als Alkohol mit ein paar Kräutern«, verriet Hitzig lachend.
Hoffmann nieste.
»Du hast Fieber«, stellte der Kriminalrat fest. »Du solltest im Bett liegen, anstatt durch die Straßen zu laufen und Selbstgespräche zu führen. Du hattest Glück, dass ich zufällig des Wegs kam. Was regt dich eigentlich an dem hiesigen Sand so auf?«
Hoffmann war nicht sogleich im Bilde. Hitzig erklärte ihm: »Du riefst ständig: ›Sand, Sand, vermaledeiter Sand.‹ Dabei weht doch heute gar kein Wind.«
»Mir war, ich war …«, stammelte Hoffmann, doch Hitzig fuhr mit seiner Schilderung fort: »Ich gebe ja zu, der Berliner Sand kann höchst lästig sein. Man fühlt sich mitunter wie ein Berber. Ein Hamburger fragte mich kürzlich, wie man nur auf die Idee kommen kann, hier, mitten in der Brandenburger Wüste, eine Stadt zu bauen? – Nun, geht es dir ein wenig besser?«
»Schon möglich«, erwiderte Hoffmann matt.
Hitzig bot ihm einen weiteren Schluck aus seinem Fläschchen an, den Hoffmann bereitwillig akzeptierte. Allmählich klärten sich seine Gedanken, wenngleich sein Gedächtnis, wie er feststellen

musste, erhebliche Lücken aufwies. Zum Beispiel wunderte es ihn, dass er nicht auf der Festung oder in einer Gefängniszelle saß. War er denn nicht des Mordes verdächtig?
Mohr hatte ihn hartnäckig der Tat beschuldigt. Hoffmann hatte am Ende Angst gehabt, auf der Stelle verhaftet und, zwischen zwei Gendarmen, auf die Galeere gebracht zu werden. Man hatte von Häftlingen gehört, die monatelang in feuchten Kasematten dahinsiechten und vergebens auf einen Prozess warteten, bei dem sie sich rechtfertigen konnten.
Mohr hatte offensichtlich andere Pläne, oder seine Befugnisse reichten nicht weit genug. Er hatte Hoffmann laufen lassen. Aber die Sache war noch nicht ausgestanden, dessen war sich der Kammergerichtsrat bewusst. Das Damoklesschwert hing noch immer über ihm. Es lag an Mohr und seinen Helfern, es ihm ins Genick sausen zu lassen. Hoffmann war nicht entkommen, sondern nur begnadigt. Mohr konnte es sich jederzeit anders überlegen, seine »Beweise« präsentieren und zuschlagen. Die Vorstellung, einem Feind ausgeliefert zu sein, war entsetzlich. Hoffmann vermochte sich nun vorzustellen, wie es Verbrechern erging, die ein Leben als Flüchtige führten. Es war grauenvoll.
Er hatte sich inzwischen zusammengereimt, wie er in diese Lage gekommen war. Man hatte ihm eine Falle gestellt, kein Zweifel. Am Anfang stand die Begegnung mit Colombina, die nur scheinbar ein Zufall gewesen war. Der Karren mit dem Bamberger Vorhang stellte ein wohl berechnetes Lockmittel dar, um Hoffmann zu veranlassen, mit der schönen jungen Frau in Verbindung zu treten. Ihre Kräuter hatten ihn von seiner Erkältung befreit, ihn aber zugleich willenlos und lenkbar gemacht. Bei dem, was danach geschehen war, traf er auf große Gedächtnislücken. Nur sehr vage erinnerte er sich an die fröhliche Runde der Weintrinker in dem Künstlerlokal. Er musste sich die Neigung eingestehen, in Gesellschaft dem Wein gehörig zuzusprechen. Leichtfertig und vom Rausch beflügelt, hatte er sich dazu verleiten lassen, ein Flugblatt gegen den Intendanten Kühnemann zu formulieren. Hoffmann

war aufgefordert worden, den Schriftführer zu machen. Zum Schluss hatte man ihm die Konzeptblätter förmlich aus den Händen gerissen. Er hatte das Ganze für einen Scherz gehalten. Nun war der Text auf Flugblättern verbreitet worden. Mohr hatte sie ihm präsentiert. Der Geheimpolizist behauptete, er, Hoffmann, sei der Anführer der »schwarzen Jäger«, die Kühnemann ermordet hatten, um das Nationaltheater mit jakobinischem Geist zu erfüllen. Natürlich war das Unsinn, aber Mohr hatte ein geschicktes Mosaik aus Beweismitteln zusammengestellt, das musste Hoffmann zugeben. Es würde ihm schwer fallen, vor Gericht seine Unschuld zu beweisen. Wenn aber die Geheimpolizei über all das informiert war, musste jemand aus der Tischgesellschaft ein Spitzel, ein Verräter sein.

Colombina!

Es gab kaum einen Zweifel, dass sie Hoffmann in die Falle gelockt hatte. Mohr und Colombina steckten unter einer Decke. Aber warum tat sie das? Welche Absicht trieb Doktor Mohr an? Zweifellos verfolgten sie einen Plan. Aber welchen? Und was hatte er, Hoffmann, damit zu tun?

Der Kammergerichtsrat brachte es nicht über sich, all diese Dinge mit seinem Freund zu erörtern. Natürlich schämte er sich insgeheim seines Misstrauens. Aber er fürchtete, der Kriminalrat würde ihm nicht glauben. Das Netz der Verdächtigungen war zu dicht gewebt. Würde Hitzig ihm abnehmen, dass all dies nur Betrügereien und Machenschaften seines Erzwidersachers waren?

Andererseits war Hoffmann durch seine Krankheit stark beeinträchtigt. Konnte es ihm gelingen, sich allein aus den Verstrickungen zu befreien, in die er geraten war?

Die Wut darüber, einem hinterhältigen Feind auf den Leim gegangen zu sein, verlieh ihm Kraft. Er würde es schaffen. Er würde die Mörder finden und die Verschwörer zur Rechenschaft ziehen!

Er ahnte, dass er seine Lage nicht verbesserte, wenn er den Kriminalrat ins Vertrauen zog. Dieser würde darauf bestehen, dass er sich zurückhielt. Einerseits aufgrund seiner Krankheit, andererseits wegen des Grundsatzes, dass ein Verdächtiger nicht in eigener Sache ermitteln soll. Wenn er sich Hilfe holte, wenn er die Intrige an die große Glocke hängte, musste er befürchten, aus dem Verkehr gezogen zu werden. Es blieb ihm nichts anderes übrig, als auf eigene Faust zu handeln. Er musste sich erneut ins Theatermilieu begeben, dort das Vertrauen des fahrenden Volks gewinnen, in seine inneren Kreise eindringen. Dort lag seiner Meinung nach des Rätsels Lösung. Es ging um »Die schwarzen Jäger«, dessen war Hoffmann sich sicher.

Tümmler war schon das zweite Mitglied des Nationaltheaters, das ermordet worden war. Womöglich hatte er für die Geheimpolizei gearbeitet, sich in die »Verschwörergruppe« einschleusen lassen. Tümmler musste einen Fehler gemacht, sich verraten haben. Ob er daraufhin von den »schwarzen Jägern« oder von der Geheimpolizei umgebracht worden war, konnte Hoffmann nicht sagen. Der Mord bewies jedoch erneut, dass es hier nicht um eine kleine Sache ging. Etwas Bedeutsames schien im Gange zu sein. Hoffmann zweifelte nicht daran, dass die beiden Morde im Zusammenhang standen. Hatte der Intendant sterben müssen, weil er der Verschwörung der »schwarzen Jäger« oder sonstigen geheimen Umtrieben, die an seiner Bühne vor sich gingen, auf die Spur gekommen war?

Die Lösung des Ganzen lag im Theater, daran gab es für Hoffmann keinen Zweifel mehr.

Wie sollte er nun vorgehen?

Es war ihm gelungen, Tümmlers Exemplar des »Goldenen Topfs« aus der Wohnung des Toten zu schmuggeln. Zwar hatte Mohrs Mitarbeiter ihn gründlich durchsucht, aber es war ihm wohl nur um Waffen oder handschriftliche Dokumente gegangen. Das Buch hatte ihm der Hüne zurück in die Tasche gestopft, nachdem er einen verächtlichen Blick darauf geworfen hatte. Die Geheimpolizisten kamen nicht auf die Idee, das Buch könne eine geheime Botschaft enthalten. Vermutlich schrieben sie es der Eitelkeit des Dichters zu, dass er sein Werk ständig mit sich herumtrug.

Um herauszufinden, was Tümmler ihm hatte mitteilen wollen, musste Hoffmann die versteckte Nachricht finden, die Geheimschrift lesbar machen.
Er konnte es kaum erwarten, allein zu sein und des Rätsels Lösung näher zu kommen.

14

Auch Hitzig war seinem Freund gegenüber nicht ganz aufrichtig gewesen. Zwar wusste er nichts über dessen Besuch bei von Tümmler und die Folgen, die sich daraus ergeben hatten, doch er war der Spur der Flugblätter inzwischen weiter nachgegangen. Er hatte das Weinlokal aufgesucht, zu dem die »Fährte der Flugblätter« führte. Der Wirt hatte ihm mitgeteilt, Hoffmann (den er kannte) habe sich an jenem Abend mit einer Gruppe junger Leute zusammengetan, die an einem etwas abseits gelegenen Tisch gesessen und sich über den Zustand des Berliner Theaters ereifert hätten. Der Wirt hatte sie nicht weiter beachtet, da derartige Debatten in seinem Lokal üblich waren. Er konnte sich daran erinnern, dass es an dem besagten Tisch hoch hergegangen sei, dass man Spottverse und dergleichen verfasst habe; man hatte sogar nach Feder und Tinte gerufen, um die Erzeugnisse des Übermuts aufzuschreiben. Die Leute hatten fleißig getrunken. Der Wirt erinnerte sich ferner an eine junge Frau, die von Hoffmann »Colombina« genannt worden war. Hitzig wusste, dass dies eine Figur aus der Commedia dell'Arte war, für die sein Freund eine große Vorliebe hegte. Die Runde – der Wirt hielt sie für Studenten oder junge Schauspieler – hatte das Lokal erst nach Mitternacht verlassen; er, der Wirt, hatte sie förmlich »auskehren« müssen. Was Hoffmann anschließend getan hatte, konnte er nicht sagen.
Weiter war der Kriminalrat noch nicht gekommen. Immerhin hatte er jetzt den sicheren Beweis dafür, dass Hoffmann mit den »schwarzen Jägern« – was immer das sein mochte – in Verbindung

stand. Natürlich bewies das noch keinen Mord. Dennoch hielt Hitzig es für ratsam, den Kammergerichtsrat nicht länger an der Untersuchung teilnehmen zu lassen.
So kam es, dass sie beide, Hoffmann wie Hitzig, voreinander ein schlechtes Gewissen hatten, weil jeder von ihnen davor zurückscheute, sich dem anderen anzuvertrauen.

Der Kriminalrat konnte nun davon ausgehen, dass nicht »Die schwarzen Jäger« (was immer sie waren) die berüchtigten Flugblätter gedruckt und verteilt hatten, sondern die geheime Polizei. Diese war also wieder in Tätigkeit, nachdem die Franzosen sie aufgelöst und durch ihr eigenes Spitzelsystem ersetzt hatten.
Hitzig war zu dem Schluss gekommen, dass die Geheimagenten »Die schwarzen Jäger« im Visier hatten, dass es ihre Absicht war, sie staatsfeindlicher Umtriebe zu überführen, dieses ihnen jedoch nicht gelungen war, sodass sie auf den Gedanken verfielen, aus den Entwürfen, die Hoffmann und die Theaterrebellen in dem Weinlokal zu Papier gebracht hatten, ein Flugblatt zu fabrizieren, drucken zu lassen und zu verbreiten, um den vermeintlichen Verschwörern dadurch etwas am Zeug flicken zu können.
Hoffmann war, wie es Hitzig schien, aus reinem Zufall in diese Angelegenheit hineingeraten.
Das Anfertigen falscher Indizien, die man Verdächtigen unterschob, gegen die man ansonsten nichts in der Hand hatte, zählte zu den bekannten Verfahrensweisen der Geheimpolizei. Insofern hatte Hitzig es hier mit einer der üblichen politischen Machenschaften zu tun. Der Staat bemühte sich »Verfassungsfreunde« zu diffamieren.
War dies auch der Grund für die Ermordung Kühnemanns? Hatten auch hier die Agenten ihre Finger im Spiel? War Kühnemanns Tod womöglich Teil einer geheimen Staatsaktion? Wollte man die jungen Rebellen zu Mördern und Terroristen stempeln, um die Öffentlichkeit gegen sie aufzubringen und hartes polizeiliches Vorgehen zu rechtfertigen? Die Künstler und Studenten, die man

nach der Kundgebung vor dem Nationaltheater eingesperrt hatte, genossen die Sympathien der Öffentlichkeit. Wenn man sie nun mit dem Mord an einem beliebten Bühnenkünstler in Verbindung brachte, würden die Bürger sich von ihnen abwenden und die Polizei konnte nach Belieben mit ihnen verfahren.

Natürlich gab es auch Leute, die aus persönlichen Gründen Ursache hatten, sich den Tod des Intendanten zu wünschen, zum Beispiel Donna Wanna oder der Kapellmeister Weber. Denen sah es auf den ersten Blick sicherlich nicht ähnlich, nachts Brandsätze durch Schlafzimmerfenster zu werfen. Aber sie konnten sich dabei ergebener Helfer bedient haben. War es wirklich die Gruppe aus dem Weinlokal gewesen, die hinter dem Haus des Intendanten gelärmt hatte? Oder waren auch hier Geheimagenten am Werk gewesen? Steckten hinter dem Mord an Kühnemann politische Motive?

Hitzig war angesichts der Richtung, die seine Ermittlungen nahmen, recht beklommen zumute. Die Untersuchung geriet in ein Fahrwasser, das für seinen Geschmack bei weitem zu gefahrenreich war.

15

Als Hoffmann es endlich geschafft hatte, die Geheimschrift auf dem Vorsatzblatt des »Goldenen Topfs« lesbar zu machen, war er von dem Ergebnis zunächst enttäuscht. Die Nachricht, die er dort vorfand, lautete: »Maler Sal. Rosenmann: ›Zitronengelb‹.« Er grübelte lange darüber nach, ohne zu einem Ergebnis zu kommen. Ein Salomon Rosenmann war ihm gänzlich unbekannt, und es gab keinerlei Hinweis, wo er ihn finden konnte. Er murmelte die wenigen Worte immer wieder vor sich hin, bis ihm mit einem Mal aufging, dass es statt »Maler Sal.« auch »Malersaal« heißen konnte. Da endlich begriff er, dass er auf diese Weise an einen neuen Informanten verwiesen wurde, ein Individuum, das Rosenmann hieß

und anscheinend als Kulissenmaler im Malersaal des Nationaltheaters tätig war. Das war nun wieder ein wohl berechnetes Kryptogramm des Herrn von Tümmler. Nur jemand, der mit den Einrichtungen des Theaters vertraut war (also einer wie Hoffmann), wusste, dass dort ein Malersaal existierte. Aber was hatte es nun mit dem zweiten Begriff auf sich: Zitronengelb?
Der Lösung ergab sich, bei näherem Nachdenken, aus den Anführungszeichen, in die das Wort gesetzt war; diese kennzeichnen bekanntlich die wörtliche Rede; folglich sollte das Wort »Zitronengelb« ausgesprochen werden. Alles zusammen hieß nun wahrscheinlich nichts anderes, als dass man einen Kulissenmaler namens Rosenmann im Malersaal des Nationaltheaters nach gelber Farbe (oder nach Zitronen) fragen solle.
Hoffmann machte sich sogleich zum Theater auf. Zuvor riss er das Blatt mit der geheimen Nachricht aus dem Buch und verbrannte es.
Als er sein Haus verließ, stellte er fest, dass ein Mann, der versteckt in einem Durchgang gestanden hatte, ihm folgte. Die Geheimpolizei behielt ihn also im Auge, und sie machte nicht einmal ein Hehl daraus. Hoffmann erkannte, dass Herr von Tümmler klug gehandelt hatte, indem er ihn ins Theater schickte. Dort würde ein Verfolger es schwer haben, sich an seine Fersen zu heften. Personen, die nicht zur Bühne gehörten, fielen dort auf und konnten sich zudem in den zahllosen Fluchten, Gängen und Magazinen leicht verirren.
Der Malersaal war groß und weit; einige Kulissen, die an den Wänden lehnten, waren so groß wie Zimmerwände. Die Motive waren nicht zu erkennen, da die Leinwände meist mit der Bildseite an der Wand lehnten. Bald, so hoffte der Kammergerichtsrat, würde man hier auch die Kulissen für seine »Undine« anfertigen. Auf dem Fußboden lagen riesenhafte Leinwände ausgebreitet, auf denen Maler mit bodenlangen Pinseln umhergingen, die sie hin und wieder in Farbeimer tauchten, um hier oder da einen Strich oder Tupfer anzubringen.

Hoffmann fragte nach einem Maler namens Rosenmann, erhielt aber die Auskunft, einen solchen gebe es hier nicht. Das war nun wieder ein Rückschlag, aber er konnte nicht glauben, dass er die Geheimschrift vollkommen missverstanden hatte. Es musste hier einen Rosenmann geben. Und da sah er ihn auch schon! Ein wenig abseits der großen Leinwände erblickte Hoffmann jemanden, der damit beschäftigt war, künstliche Heckenrosen an einer aus Pappe gefertigten Gartenlaube zu befestigen. Zweifellos war dies der »Rosenmann«, nämlich der Spezialist für die Anfertigung von Papierrosen.

»Werter Herr? Mein Name ist Hoffmann«, redete der Kammergerichtsrat ihn an.

»Verehrung«, sagte der Mann kurz angebunden und fuhr fort, seine Rosen anzuheften.

»Verwenden Sie neben Rosenrot auch Zitronengelb?«, fragte Hoffmann.

Der Angesprochene gab nicht zu erkennen, ob die Stichworte etwas bei ihm auslösten. Hoffmann übte sich in Geduld, bis der Rosenverfertiger endlich sagte: »Im Packhof laden sie jetzt wieder Zitronen aus. Sie helfen übrigens bei Erkältung. Sie sollten zu einem guten Lieferanten gehen. Am besten, Sie wenden sich an den Italiener.«

Der Mann trat zurück, um den Effekt seiner Kunstrosen zu begutachten. Er hatte Hoffmann nicht angesehen.

»Ich danke Ihnen für den guten Rat«, sagte Hoffmann und entfernte sich.

»Immer zur vollen Stunde«, erwiderte der Rosenmann. Damit war die Unterhaltung beendet, und Hoffmann zog sich zurück.

Hoffmann beschloss, da er nun einmal hier war, einen Besuch im Büro des Dramaturgen zu machen. Er musste sich dorthin durchfragen. Man wies ihm bereitwillig den Weg. Offenbar wusste man hier noch nicht, dass von Tümmler tot war.

Als Hoffmann endlich vor der Bürotür stand, klopfte er vorsichtshalber an, ehe er eintrat. Womöglich beschäftigte die Dramaturgie ja noch andere Mitarbeiter. Aber das Zimmer war leer. Eine offen stehende Tür führte zu einem Nebenraum, der ebenfalls leer war. Das Wort »leer« vermittelt in diesem Fall einen falschen Eindruck, denn die Räume waren eher überfüllt als kahl. Bücher und Manuskripte stapelten sich in Stellagen, auf dem Arbeitstisch, auf kleinen Nebentischen, auf Stühlen, auf dem Fußboden und in allen Ecken. Es hätte nur noch gefehlt, dass sie von der Decke herabhingen. An sämtlichen freien Stellen an der Wand waren Theaterzettel angeklebt. Zum Teil waren sie bereits vergilbt. Etliche Bühnenbild- und Kostümentwürfe verstärkten das Durcheinander. An einem Garderobenständer hing die Uniform eines »schwarzen Jägers« des Lützow'schen Korps.

Im Nebenzimmer sah es ähnlich aus. Mitten in jenem Raum machte sich ein auffälliger Gegenstand breit: Auf einem niedrigen Tisch stand ein großer, quadratischer Sandkasten, in dem zahlreiche Zinnsoldaten aufgestellt waren.

Die Lösung steckt im Sand ..., fiel Hoffmann ein. Doch er sah nicht, wie ihm ein Kasten voll Zinnsoldaten beim Rätsellösen helfen sollte.

Er nahm auf dem Sessel des Dramaturgen Platz und examinierte dessen Schreibtisch. Stapel von Büchern und Zeitungsblättern, Briefen und Manuskripten machten es hoffnungslos, hier einen Überblick zu gewinnen. Das Chaos gründlich zu inspizieren würde viele Stunden dauern. Hoffmann beschränkte sich darauf, flüchtig nach Hinweisen zu suchen, die seinen Fall angingen.

Womit hatte sich von Tümmler zuletzt beschäftigt? Was hatte er gelesen?

Er sah die Briefe durch, wobei er besonders auf die Absender achtete. Es waren lauter unbekannte Personen, vermutlich Dichter, Verleger, Schauspieler, Bewerber aller Art. Siehe da, auch der Baron de la Motte-Fouqué hatte an seinen Standesgenossen geschrieben. Es ging natürlich um die »Undine«. Im Übrigen handelte es

sich um die üblichen Geschäftsbriefe. Mit Unmut nahm Hoffmann zur Kenntnis, welche Honorare das Nationaltheater für begehrte Mimen und Sängerinnen auswarf, während die Dichter und Komponisten mit Almosen abgespeist wurden.
Plötzlich hielt er unverhofft einen Brief seines Assessors Warnke in Händen. Das Schreiben kündigte dem Dramaturgen den »baldigen Abschluss der Nachforschungen« an, mit denen Herr Kühnemann ihn, Warnke, betraut habe. Warnke schrieb, er habe die Absicht, dem Intendanten zunächst mündlich »Vortrag zu halten«, werde dann aber noch einen schriftlichen Bericht über das, was er herausgefunden habe, einreichen. Zahlreiche Gespräche mit Soldaten und Offizieren hätten ihm die Wahrheit vor Augen geführt. Er habe nun keinen Zweifel mehr, dass der »schreckliche und empörende Verdacht« zutreffe. »Es ergeben sich, wie ich Ihnen vorauseilend mitzuteilen nicht versäume, bedeutsame Folgerungen für unser Stück. Es wird wohl zu großen Teilen, wenn nicht gänzlich umgeschrieben werden müssen.«
Hoffmann wunderte sich sehr über diesen Brief. Ihm war bekannt, dass sein Mitarbeiter ein Theaterenthusiast war. Allerdings wusste er nicht, dass der Assessor in einem so engen Verhältnis zum Nationaltheater stand, dass man ihn mit Nachforschungen beauftragte. Was waren das für Recherchen? Worüber hatte Warnke »mit Soldaten und Offizieren« gesprochen? Welches Stück müsste daraufhin umgeschrieben werden? Es war nicht schwer zu erraten, dass es um »Die Jäger« ging. Dieses Drama stellte ein wirkliches historisches Ereignis dar: den tragischen Untergang des Lützow'schen Korps. Womöglich hatte Warnke bestimmte historische Fakten, die bei diesem Geschehen eine Rolle spielten, verifiziert. Er war einem »schrecklichen und empörenden Verdacht« nachgegangen. Dabei war er auf wichtige Fakten gestoßen, die er dem Intendanten mündlich mitgeteilt hatte, ehe er seinen endgültigen Bericht abfasste.
Es wäre höchst interessant zu wissen, worum es bei diesen Nachforschungen ging. Hatte der Assessor womöglich in ein Wespen-

nest gestoßen? Standen seine Untersuchungen mit dem Mord an dem Intendanten im Zusammenhang?

Leider war der Assessor mittlerweile ebenfalls verschwunden. Warum hatte er ihm, Hoffmann, nichts über den Auftrag mitgeteilt, den er von Kühnemann erhalten hatte? Selbst wenn man zwischen Beruflichem und Privatem trennte, war es doch höchst ungehörig von einem Assessor, gegenüber seinem Dienstherrn (dem Kammergericht) Geheimnisse zu hegen, abgesehen davon, dass eine derartige Heimlichtuerei einem Kollegen wie Hoffmann, der eng mit Warnke zusammenarbeitete, das Recht gab, verstimmt zu sein. Hoffmann beschloss, den Assessor unverzüglich zum Gericht zu zitieren und Aufklärung von ihm zu verlangen.

Er suchte gründlich nach einem Bericht des Assessors, der ihm Aufschluss über die Art der Nebentätigkeit Warnkes hätte geben können, jedoch vergebens. Entweder hatte von Tümmler den Bericht an sich genommen (und er war damit wahrscheinlich in die Hände der Geheimpolizei gefallen), oder Warnke hatte seine Forschungsergebnisse noch nicht niedergeschrieben.

Seufzend stellte Hoffmann fest, dass er hier vor einer völlig neuen Perspektive des Mordfalls stand. Bisher war ihm noch nicht der Gedanke gekommen, dass Kühnemanns Tod etwas mit einem Theaterstück zu tun haben könnte.

In diesem Augenblick wurde die Tür geöffnet und der Kapellmeister Weber trat ein. Er war offensichtlich höchst überrascht, Hoffmann hier zu erblicken. Es entging dem Kammergerichtsrat nicht, dass Weber im ersten Moment den Impuls verspürte zu flüchten, dann aber merkte, dass er sich dadurch verdächtig gemacht hätte und auf herrisches Gehabe umschwenkte.

»Was haben Sie hier zu suchen?«, fuhr er den Kammergerichtsrat an.

»Das wissen Sie doch wohl«, erwiderte Hoffmann. »Ich suche einen Mörder.«

Der Kapellmeister geriet ins Stammeln. Hoffmann verstand lediglich die Worte: »Aber sind Sie denn nicht …«

Trotz seiner fieberbedingten Gehirnträgheit begriff Hoffmann, dass Weber sich um ein Haar verplappert und ein unfreiwilliges Geständnis abgelegt hätte. Offenbar glaubte er, dass Hoffmann sich in Haft befinde, dass die Geheimpolizei ihn aus dem Verkehr gezogen habe. Daraus folgte, dass Weber über Mohrs Machenschaften Bescheid wusste.

»Setzen Sie sich!«, herrschte Hoffmann ihn an.

Weber versuchte, sich aus der Schlinge zu ziehen. »Ich habe keine Zeit. Ich …«

»Setzen Sie sich!«, wiederholte Hoffmann barsch. »Oder ich lasse Sie inhaftieren!«

»Was unterstehen Sie sich?«

»Ich verdächtige Sie des Mordes an Ihrem Vorgesetzten, dem Intendanten Kühnemann.«

»Das ist unerhört! Ich werde mich beschweren!«

Hoffmann winkte ab. So reagierten sie alle. »Nun, so bleiben Sie eben stehen«, sagte er.

»Sie haben kein Recht …«, empörte sich Weber, setzte sich aber endlich doch.

»Als Kammergerichtsrat bin ich befugt, Sie festzunehmen sowie Ihr Haus und Ihr Arbeitszimmer durchsuchen zu lassen.«

Der Kapellmeister erschrak sichtlich. »Ich verwahre mich gegen …«

Hoffmann unterbrach ihn. »Welche Verbindung besteht zwischen Ihnen und Doktor Mohr.«

»Woher wissen Sie …?«, stammelte der Kapellmeister verwirrt.

»Geben Sie zu, dass Sie ihn kennen! Ich werde es ohnehin herausfinden.«

Der Kapellmeister zögerte. Dann sagte er: »Und wenn ich ihn kenne, was soll …?«

»Sie sind ein Spitzel der Geheimpolizei!«, rief Hoffmann und schlug mit der Faust auf den Tisch.

»Ich verwahre mich …«

»Wie steht es mit Donna Wanna? Spioniert sie ebenfalls?«

Der Kapellmeister schwieg. Anscheinend war er darum bemüht, seine Gedanken zu ordnen, die Hoffmann mit seinen Attacken gehörig durcheinander gewirbelt hatte.
»Sie haben versucht, mich aus dem Wege zu schaffen, indem Sie mich bei Mohr denunzierten. Sie wussten, dass Herr von Tümmler sich an mich wenden und in die Machenschaften einweihen wollte, die sich unter dem Dach dieses Hauses abspielen.«
»Das sind reine Erfindungen«, behauptete der Kapellmeister.
»Oh, nein. Ich weiß über alles Bescheid!« Hoffmann wedelte mit dem Brief seines Assessors, in der Hoffnung, Weber möge ihn für ein an ihn gerichtetes Schreiben des Dramaturgen halten. »Herr von Tümmler hat mich über alles aufgeklärt, ehe er ermordet wurde.«
Der Kapellmeister erbleichte.
»Mit dem zweiten Mord haben Sie es übertrieben«, sagte Hoffmann unnachgiebig. Er hoffte, Weber möge nicht bemerken, dass er im Trüben fischte. »Mohr wird seines Postens enthoben werden. Der Staatskanzler ist bereits unterrichtet.«
Der Kapellmeister sah ihn mit schreckgeweiteten Augen an.
»Herr von Tümmler wurde erstochen«, setzte Hoffmann nach. »Aber er hat mir sein Wissen zuvor noch mitgeteilt.« Wieder wedelte er mit einem beliebigen Stapel von Papieren, um den Kapellmeister glauben zu machen, es handle sich um wichtige Beweisstücke.
Der Kapellmeister schlug die Hände vors Gesicht. »Ich wusste, dass wir … Ich wusste es gleich … Aber wie sollte ich denn … Sie haben uns gesagt …«
»Was hat wer Ihnen gesagt?«, fragte Hoffmann ungeachtet dessen, dass er damit seine Unwissenheit preisgab.
»Wir hatten nie die Absicht zu töten!« Weber sah ihn flehentlich an. »Glauben Sie mir, wir wollten bloß …«
»Ihre Haut retten«, ergänzte Hoffmann. Dieses Motiv war nur zu offensichtlich. »Kühnemann wollte Sie entlassen. Sie und Donna Wanna.«

Der Kapellmeister nickte. »Aber wir haben ihn nicht …«
»Das glaube ich Ihnen. Sie sind nichts Manns genug, um ihm direkt entgegenzutreten. Ränke und Schleichwege sind eher Ihr Metier.«
Diese Beleidigung war dazu gedacht, Webers Zorn anzufachen und ihn zum Reden zu bringen. Leider bewirkte Hoffmann damit das Gegenteil. Der Kapellmeister fiel in sich zusammen. Es schien, als drohe er auf der Stelle umzusinken.
»Es ging dabei um das Drama über die Lützow'schen Jäger, nicht wahr?«, bedrängte Hoffmann ihn. »Es werden darin Geheimnisse ans Licht gebracht.«
Weber starrte.
»Musste Kühnemann deswegen sterben?«
Weber war nun gänzlich in Apathie verfallen. Er schmolz auf seinem Stuhl zu einem kläglichen Häuflein.
Hoffmann war sich nicht sicher, wie viel der Kapellmeister wusste. Er vermutete, dass Weber nicht das Haupt der Verschwörung gegen Kühnemann war, sondern nur ein minderes Werkzeug, dessen sich Mächtigere bedienten.
»Wie kamen Sie mit Mohr in Verbindung?«, fragte er, um den Knoten von einem anderen Ende her aufzulösen.
»Er hat mich … Ich habe …«
»Er hatte etwas gegen Sie in der Hand«, vermutete Hoffmann.
Der Musiker nickte. »Ich habe ab und zu den Franzosen …«
»Sie haben spioniert. Berichte geliefert. Die sind der Geheimpolizei in die Hände gefallen, nachdem die Franzosen abzogen«, fiel Hoffmann ihm ins Wort. Er hatte also richtig geraten. Weber war von der Geheimpolizei zu Hilfsdiensten gepresst worden. Nach Art derartiger Institutionen hatte Mohr ihm sein Beweismaterial präsentiert und ihn vor die Wahl gestellt, entweder zu parieren oder ins Gefängnis zu gehen.
Nur, was wollte Mohr von dem Weberschiffchen? Informationen über das Theater? Was war an einer Schauspielbühne so interessant, dass es die Neugier der Staatspolizei erregte? Nach allem,

was Hoffmann bisher in Erfahrung gebracht hatte, konnte es dabei nur um »Die schwarzen Jäger« gehen. Der Kammergerichtsrat beschloss, den Kapellmeister zum Prüfstein seiner Erkenntnisse zu machen.

»Es gibt in diesem Haus einen Geheimbund. ›Die schwarzen Jäger‹.«

An dem Blick, den Weber ihm zuwarf, erkannte er, dass er wieder einmal ins Schwarze getroffen hatte.

»Sie wissen …«

»Ich bin bestens informiert«, behauptete Hoffmann. »Mohr hat Sie beauftragt, die geheime Loge auszuforschen.«

Der Kapellmeister nickte.

»Aber …«, fuhr Hoffmann fort, denn ihm war plötzlich die Erleuchtung gekommen, »es gelang Ihnen nicht, Zugang zu ihren Kreisen zu finden. Man nahm Ihnen den Oppositionellen nicht ab.«

Hoffmann erinnerte sich an den Abend in dem Weinlokal; die jungen Leute, mit denen er getrunken und über »König Egel« gespottet hatte. Sie hatte sich auch über Weber lustig gemacht, den sie für einen der ärgsten Reaktionäre am Nationaltheater hielten.

Erneut bestätigte das Weberschiffchen Hoffmanns Vermutung.

»Das Gleiche gilt für Donna Wanna«, sagte der Kriminalrat. »Sie beide hätten die Verschwörer liebend gern ans Messer geliefert. Aber Sie kamen ihnen nicht auf die Spur. Sie haben versagt.«

Der Kapellmeister starrte vor sich auf den Boden. Dort sah er vermutlich die Scherben seiner Karriere.

»Darum beschlossen Sie, zum letzten Mittel zu greifen und Kühnemann umzubringen!«, fuhr Hoffmann in harschem Ton fort.

»Nein!«, rief Weber verzweifelt. »Damit haben wir nichts zu tun! Das waren …«

»Wer war es?«

»Ich weiß es nicht.«

»Lüge!«, entfuhr es Hoffmann. Doch innerlich musste er zugeben, dass der Kapellmeister durchaus Recht haben konnte. Weber

war nur ein kleines Licht, den man in die Haupt- und Staatsaktionen nicht einweihte.
»Wir haben nichts damit zu tun«, wiederholte Weber, offensichtlich Madame Wanner in den Plural einschließend.
Hoffmann hatte sich schon seit längerem Gedanken darüber gemacht, welche Rolle der ermordete Dramaturg in dem Komplott gespielt hatte. Anscheinend war auch er – vielleicht aus Ehrgeiz – zunächst in den Dienst der Geheimpolizei getreten. Doch dann hatte ihn Reue erfasst, sein Ehrgefühl hatte ihm den Spitzeldienst verekelt, und er hatte sich an Hoffmann gewandt. So konnte es gewesen sein. Doch wer hatte ihn ermordet? Mohr und seine Leute? Oder doch »Die schwarzen Jäger«, über die er womöglich mehr herausgefunden hatte als seine untüchtigen Vorgänger?
»Sie wissen, welches Schicksal Herrn von Tümmler ereilte«, begann der Kammergerichtsrat, der das Thema langsam angehen wollte.
»Ja. Nein. Ich wusste es nicht, bis Sie es mir ... Ist es denn tatsächlich wahr? Er wurde ...«
»Ja. Man hat ihn erstochen.«
Plötzlich ging Hoffmann auf, dass Weber ihn belog. Hatte er sich nicht bei seinem Eintreten höchst überrascht darüber gezeigt, den Kammergerichtsrat hier im Zimmer anzutreffen? So überrascht, dass es dafür nur eine Erklärung gab: Er hatte angenommen, Hoffmann sei bereits wegen Mordes verhaftet worden.
»Sie lügen!«, rief Hoffmann, so laut er konnte. »Sie wussten, dass Tümmler tot war! Der Mord sollte mir in die Schuhe geschoben werden!«
»Ja. Nein. Nicht Tümmler ... Ich wusste nicht ...«
»Sie waren überrascht, mich hier zu finden. Glaubten Sie mich schon auf der Galeere?«
»Ja. Aber ...« Weber begann wieder zu stottern. »Es ging um Kühnemann. Man sagt, Sie hätten ihn ...«
»Wer sagt das?«, fuhr Hoffmann auf. Es schockierte ihn zu erfahren, dass er hier im Haus als Kühnemanns Mörder galt.

»Die Polizei.«
»Mohr?«
»Ja.«
»Mohr ist nicht die Polizei. Er hat Sie belogen. Was hat er Ihnen über mich erzählt?«
»Sie und der Assessor sind Mitglied der ›schwarzen Jäger‹. Sie wollen Ihr Stück auf die Bühne bringen. Der Direktor hat sich geweigert.«
»Was wissen Sie über ›Die schwarzen Jäger‹?«
»Wie Sie schon sagten: Sie sind ein Geheimbund. Eine Loge. Sehr gefährlich. Sie wollen den Dichter rächen. Theodor Körner. Sie planen ein Attentat.«
»Hier im Theater?«
Weber nickte. Hoffmann schwieg für einen Moment. Nun war ihm klar, warum die Geheimpolizei so eifrig hinter den »schwarzen Jägern« her war. Man glaubte, sie bereiteten ein Attentat vor. Doch wem sollte ein solcher Anschlag wohl gelten? Auf welche Art wollte man ihn durchführen? Waren die jungen Schauspieler, die Hoffmann kennen gelernt, mit denen er gezecht und gescherzt hatte, tatsächlich politische Verbrecher? Hatte er sich so in ihnen getäuscht? So, wie er das Weberschiffchen einschätzte, glaubte er nicht, dass dieses ihm seine Fragen beantworten konnte. Der Kapellmeister hatte sein Wissen wahrscheinlich nur aus zweiter Hand; er verbreitete, was die Geheimpolizei ihm zugesteckt hatte.
Hoffmann hatte Ursache anzunehmen, dass sein Assessor wesentlich mehr über die ganze Angelegenheit wusste. Konnte es sein, dass Warnke Mitglied der »schwarzen Jäger«, dass er in die Vorbereitungen für ein Attentat verstrickt war? Hoffmann fand diesen Gedanken zutiefst beunruhigend.
»Gehört der Assessor zu den Verschwörern?«, fragte Hoffmann aufs Geratewohl.
»Das weiß ich nicht«, erwiderte Weber erwartungsgemäß. »Ich kenne ihn nicht. Ich habe gehört, dass er …«

»Reden Sie!«
»Er soll der Loge angehören«, sagte Weber. »Aber ich weiß nicht viel darüber. Die Sache geht das Schauspiel an, nicht die Oper.«
Hoffmann wechselte das Thema. »Warum kamen Sie hier ins Zimmer? Was hatten Sie hier zu suchen?«
»Ich hörte ein Geräusch. Ich dachte …«
»Hier ginge ein Gespenst um«, spottete Hoffmann. »Sie hielten Tümmler für tot, nicht wahr? Und mich als seinen Mörder inhaftiert …«
Weber schüttelte den Kopf. »Das ist nicht wahr, ich …«
Unter gewöhnlichen Umständen hätte der Kammergerichtsrat den Kapellmeister nun festnehmen und in die Hausvogtei einliefern können. Doch er musste sich eingestehen, dass er damit wohl nicht viel erreichen würde. Weber war eine Randfigur. Er hatte für die Geheimpolizei spioniert. Mehr war ihm nicht nachzuweisen. Hoffmann war davon überzeugt, dass Weber – gemeinsam mit Donna Wanna – von Tümmler ans Messer geliefert hatte. Warum wurde von Tümmlers Haus überwacht? Weil jemand ihn denunziert hatte, mit den Verschwörern zusammenzuarbeiten. Das Bindeglied war Warnke, wie Hoffmann annahm. Der Dramaturg und der Assessor hatten sich vermutlich mehrmals getroffen, um über die Recherchen für das Drama »Die Jäger« zu reden. Dabei war der Verdacht aufgekommen, dass Tümmler sich dem Kammergericht anvertraute. Das hatte Mohr bewogen, ihn umzubringen. Natürlich war dies nur eine Hypothese. Es konnte auch sein, dass die geheimnisvollen »schwarzen Jäger« hinter der Tat steckten. Falls Tümmler Mitglied des Geheimbunds war, konnte er von diesem als Verräter betrachtet werden, weil er sich mit einem Assessor des Kammergerichts getroffen hatte, wenngleich die beiden nur über rein theatralische Dinge konferiert hatten, dessen war Hoffmann sich sicher.
»Sie wussten, dass von Tümmler ermordet werden sollte. Er hatte die Seiten gewechselt. Er war ein Verräter!« Hoffmann versuchte noch einmal, auf den Busch zu klopfen.

»Nein!«, schrie der Kapellmeister daraufhin. »Ich wusste es nicht! Ich schwöre es!«

Hoffmann versuchte es kein weiteres Mal. Er würde ohnehin nur verzweifelte Unschuldsbeteuerungen ernten. Er beendete das Verhör und entließ den Kapellmeister.

Inzwischen war er selbst vollkommen erschöpft, saß beinahe ebenso kläglich zusammengesunken auf seinem Stuhl wie zuvor Weber. Wieder einmal hatte er sich zu viel zugemutet. Dabei hatte er noch den langen Weg zum Packhof vor sich! Er fürchtete, dass er sein Ziel nicht erreichen würde, ohne zuvor eine Ruhepause einzulegen. Irgendwo hier im Theater musste er einen Ort finden, wo er sich ungestört eine Weile ausstrecken konnte.

16

Er sah vor sich einen weiten und hohen Saal voller Waffen. Langrohrige Kanonen und stumpfnasige Mörser reihten sich entlang den Wänden, dazu kettenklirrende Lafetten, auf denen Kanonenkugeln zu Pyramiden gehäuft waren, und Pulverfässer. In den Gewehrständern steckten zahllose Flinten, in Reih und Glied wie preußische Kompanien, nebst Bajonetten und eisernen Ladestöcken. Mit alledem hätte man eine Armee ausrüsten können.

»Verfügt denn das Theater über eine Rüstkammer?«, fragte Hoffmann verblüfft.

»Was, Rüstkammer!«, rief Herr von Tümmler lachend. »Dies ist nur ein Theatermagazin. Alle Waffen sind von Pappe.« Damit griff er ein Schwert von der Wand und drehte es in seinen Händen zu einer Spirale. »Sehen Sie wohl?«

Kopfschüttelnd durchquerte Hoffmann den waffenstrotzenden Saal.

»Im nächsten Raum werden wir die Uniformen der Grenadiere und Husaren finden!«, erläuterte der Dramaturg. »Natürlich sind es nur Theaterkostüme.«

»Sie gehören zu den Lützowern?«, fragte ihn Hoffmann.
»Ich bin hier, um für mein Korps um Hilfe zu bitten«, erwiderte Leutnant von Tümmler. »Wir befinden uns in bedrängter Lage. Wir benötigen Entsatz.«
»Wie viele Leute haben Sie?«, erkundigte sich Hoffmann.
»Unser sind etwa vierhundert.«
»Und wo stehen Sie?«
»Jenseits des Flusses. Etwa viertausend feindliche Franzosen rücken gegen uns vor. Wir werden niedergemacht bis auf den letzten Mann, wenn die preußische Armee uns nicht zu Hilfe eilt.«
»Können Sie nicht über den Fluss setzen und sich in Sicherheit bringen?«
»Man hat die Brücken zerstört. Es gibt nur wenige Boote. Mitten auf dem Fluss sind wir hilflos wie Enten, auf die man von beiden Ufern aus Jagd macht.«
In dem Moment ertönte ein Ruf: »Die Franzosen! Die Franzosen greifen an!«
Von Tümmler erbleichte. »Meine Kameraden!«, sagte er erschüttert. »Sie sterben für das Vaterland. Man muss Ihnen ein Denkmal setzen! Sie sind ein Dichter, Hoffmann! Schwören Sie, dass Sie Ihre Feder für einen Heldengesang zur Verfügung stellen!«
»Ich würde es gern tun«, versprach Hoffmann. »Doch es gibt bereits ein Stück zu diesem Thema. Es heißt ›Die Jäger‹.«
Von Tümmler wehrte ab. »Es enthält nicht die Wahrheit«, flüsterte er Hoffmann ins Ohr. »Sie müssen die Wahrheit verkünden! Wir sterben, weil …«
In diesem Moment ertönte ein Schuss, und Tümmler brach tödlich verwundet zu Hoffmanns Füßen zusammen. »Die Wahrheit steckt im Sand«, flüsterte er, ehe er sein Leben aushauchte.

Hoffmann erwachte – oder erwachte er doch nicht? Für das Erwachen sprach, dass er ausgiebig niesen musste. Einmal, zweimal … Dagegen sprach, dass vier höchst seltsame Gestalten um ihn herum standen.

»Zum Dritten, zum Vierten, zum Fünften«, zählte einer der Buntgekleideten. »Bei allen Göttern, der Herr Kammergerichtsrat ist ein tüchtiger Nieser.«

»Staubig hier unten«, stellte ein anderer fest.

Eine Hand legte sich auf Hoffmanns Stirn. »Er hat hohes Fieber«, bemerkte eine besorgte Stimme.

»Nicht doch«, sagte eine junge Frau, als Hoffmann zum sechsten Mal niesen wollte, und hielt ihm die Nase zu. »Es reicht jetzt, mein Lieber.«

Hoffmann kam allmählich zu klarem Bewusstsein. Jetzt erkannte er die jungen Leute, mit denen er in dem Weinlokal pokuliert hatte.

»Ihr seid es!«, seufzte er erleichtert.

Die Angesprochenen stellten sich vor ihm in einer Reihe auf.

»Ich bin Senfsamen«, sagte der Erste.

»Nennt mich Bohnenblüte«, sagte der Zweite.

»Ich benamse mich Motte«, sagte der Dritte.

»Mich heißt man Spinnweb«, sagte, mit einer Verbeugung, der Vierte.

»Wie heißt euer Stück?«, fragte Hoffmann.

»Der ›Sommernachtstraum‹, mit Verlaub.«

Jetzt erinnerte sich Hoffmann, dass Senfsamen, Bohnenblüte, Motte und Spinnweb die Namen der vier Geister waren, die der Elfenkönig ausschickte, um im Zauberwald Verwirrung zu stiften.

»Freut mich. Ich bin der König von Atlantis«, sagte Hoffmann.

»Wir kennen Euer Majestät.«

»Beantwortet mir eine höchst bedeutsame Frage: Wo bin ich?«

»Unter der Bühne. In der Versenkung. Im Orchestergraben. Wie Ihr wollt«, beschieden ihn die Geister. Folglich hatte Hoffmann seinen Schlafplatz in der Unterbühne gewählt! Es war hier, wie Spinnweb richtig bemerkt hatte, tatsächlich höchst staubig.

»Seid ihr böse oder hilfreiche Geister?«, erkundigte sich Hoffmann.

»Das hängt davon ab, wem wir erscheinen«, erwiderte Senfsamen.

Hoffmann sah sich um. Der Raum, in dem er sich befand, war groß und weit. Er war jedoch leer und kahl. Jemand hatte silberne Sterne an die hölzerne Decke gemalt, welche die Trostlosigkeit des Raums jedoch nur noch verstärkten. Hoffmann erinnerte sich, dass er schon einmal hier gewesen war.
»Dies ist der Gerichtssaal, nicht wahr?«, fragte er die vier Geister.
»Wir verstehen nicht«, sagte Senfsamen.
»Wir sind nur einfache Schauspieler«, sagte Spinnweb.
Übrigens war Spinnweb die Hübscheste der vier. Sie hatte kupferrotes Haar und trug ein loses, netzartiges Kleid aus grünen Algen, an das allerlei Muscheln, Flechten und Korallen gesteckt waren.
»Kennt ihr die Hexe Mursa Beguli?«, fragte Hoffmann.
»Oh!«, rief Motte.
»Weh!«, rief Bohnenblüte.
»Man nennt sie auch Donna Wanna, nicht wahr?«
»Sie ist schrecklich«, flüsterte Senfsamen.
»Grausam und gemein«, ergänzte Motte.
»Sie will mich anklagen. Wegen Mordes«, fuhr Hoffmann fort.
Die vier Geister nickten betreten. »Armer Radamanthus«, flüsterte die schöne Spinnweb.
»Ihr sollt vor Gericht gegen mich aussagen«, stellte Hoffmann fest.
»Wir müssen«, sagte Motte.
»Oder sie verzaubert uns.«
»Ich dachte, wir wären Freunde!«, sagte Hoffmann mit vorwurfsvoller Stimme. »Haben wir nicht zusammen Wein getrunken und ein übermütiges Flugblatt verfasst?«
»Ja, das haben wir«, gaben die Luftgeister zu. »Es war lustig mit Euch, aber – was können wir machen? Wir sind in der Gewalt der Zauberin. Sie ist die neue Herrscherin im Zauberwald. Wer ihr widerspricht, den verbannt sie.«
»Unter die Bühne.«
»In die Versenkung.«
»In den Orchestergraben.«

»Wo ist Colombina?«, fragte Hoffmann plötzlich.
»Sie ...«, begann Spinnweb.
»... ist bereits verbannt worden«, fiel Bohnenblüte ein.
»Sie ...«, begann Motte.
»... lebt weit, weit draußen«, ergänzte Senfsamen.
»Wo man die Schiffe entlädt«, setzte Spinnweb hinzu.
»Sie war ein Lockvogel, nicht wahr? Sie hat mich in euren Kreis gelockt.«
Die vier Geister nickten.
»Und was geschah dann?«
»Wir lachten«, sagte Motte.
»Wir tranken.«
»Wir schrieben.«
»Über König Egel.« Spinnweb schüttelte sich. Motte verzog angeekelt das Gesicht.
König Egel. Hoffmann erinnerte sich nun. So hatten sie, beschwingt vom Wein, Kühnemann, den Intendanten, genannt. Hoffmanns Phantasie war dadurch angeregt worden. Er hatte an Ort und Stelle ein Märchen erfunden, in dem vier tapfere Geister auszogen, um den bösen König Egel zu töten und den Zauberwald von seiner Tyrannei zu befreien. Seine Trinkgefährten hatten sich von der Erfindung begeistert gezeigt und vorgeschlagen, ein Manifest zu verfassen. Hoffmann hatte es formuliert.
»Wer hat vorgeschlagen, dass wir uns als ›Die schwarzen Jäger‹ bezeichnen?«, fragte der Kammergerichtsrat.
»Niemand«, antwortete Spinnweb.
»Die schwarzen Jäger sind tot«, sagte Motte traurig.
»Sie fielen tapfer fürs Vaterland.«
»Für die Freiheit.«
»Wir werden ein Stück darüber aufführen!«, verkündete Bohnenblüte stolz.
»Wir alle sind schwarze Jäger!« Senfsamen warf sich in die Brust.
»Ich bin die weinende Braut des Helden«, sagte Spinnweb.
»Aber das Stück wurde verboten«, erwiderte Hoffmann.

»Trotzdem werden wir es spielen!«, rief Bohnenblüte aus.
»Tod den Tyrannen!«
»Sobald Woronzow aus dem Gefängnis befreit ist!«
»Wer ist Woronzow?«, fragte Hoffmann.
»Ein Kollege«, erklärte Spinnweb.
»Ein großartiger Schauspieler«, ergänzte Motte. »Er spielt den Theodor Körner. Die Hauptrolle.«
»Der Name klingt russisch.«
»Er ist Russe. Aber in Polen aufgewachsen. Er spricht deutsch, russisch und polnisch gleich gut.«
»Er ist ein noch besserer Schauspieler als Küh... als König Egel«, flüsterte Spinnweb.
Hoffmann entschloss sich, den vieren ihr Verbrechen auf den Kopf zuzusagen.
»Ihr habt mir ein Zaubermittel in den Wein getan, nicht wahr?«, fragte er.
»Wir bitten um Verzeihung!«, rief Spinnweb und kniete nieder.
»Wir wollen alles gestehen!«, versprach Motte.
»Ihr wolltet mich zu König Egels Haus bringen.«
Die Geister nickten betreten.
»Ihr wolltet König Egels Haus anzünden und mich dort zurücklassen, damit die Häscher glaubten, ich sei der Brandstifter gewesen.«
»Nein!«, rief Spinnweb.
»Das war unser Auftrag«, gestand Motte.
»Aber wir haben es nicht getan«, behauptete Bohnenblüte.
»Wir brachten es nicht über uns«, sagte Spinnweb.
»Wir waren im Laufe des Abends Freunde geworden. Ihr wart auf unserer Seite. Ihr verspracht uns ein neues Stück.«
»Wir haben den Auftrag nicht ausgeführt«, sagte Senfsamen.
»Wir ließen Euch ziehen.«
»Wir haben versagt.«
»Deswegen hasst uns die Hexe.«
»Sie verfolgt uns.«

»Wir müssen uns verstecken.«
»In der Unterbühne.«
»In der Versenkung.«
»Im Orchestergraben.«
»Habt ihr das Haus des Direktors angesteckt?«, fragte Hoffmann.
»Nein!«, riefen die Geister im Chor. »Wir sind unschuldig!«
»Wir sind keine Brandstifter!«
»Wir sind keine Mörder!«
»Wir waren es nicht!«
»Wir schwören.«
Hoffmann sagte sich, dass auf den Schwur von Luftgeistern nicht viel zu geben war. Doch seltsamerweise glaubte er den vier!
»Könnt Ihr uns verzeihen?«, fragte Spinnweb mit kläglicher Stimme.
»Gebt mir Bedenkzeit«, erwiderte Hoffmann. So billigen Kaufs sollte das Quartett nicht davonkommen. Immerhin hatten sie ihn in eine Falle gelockt, auch wenn sie im letzten Moment davor zurückgeschreckt waren, ihn zum Mörder und Brandstifter zu machen. Es steckte wohl doch ein guter Kern in ihnen.
»Wir bereuen!«, jammerte Motte.
»Wir sind bereit, Buße zu tun!«
»Schwört, dass ihr nicht beim Haus des Intendanten wart!«
Alle vier hoben die Schwurfinger.
»Dass die Brandstiftung nicht auf euer Konto geht!«
»Wir schwören.«
»Wer, wenn nicht ihr, hat den Brand gelegt?«
»Das wissen wir nicht.«
»Wir würden es Euch sagen.«
»Warum habt ihr euch für einen so infamen Plan hergegeben?«, wollte Hoffmann wissen.
Die vier Schauspieler erzählten, dass man sie gezwungen habe. Jemand hatte sie bei der Polizei denunziert. Sie hatten an den Unruhen teilgenommen, die wegen der Absetzung des Stücks »Die Jäger« ausgebrochen waren. Die Polizei suchte die Rädelsführer.

Man hatte ihnen angedroht, sie Zeitlebens auf die Festung zu schaffen und in die untersten, feuchten Kasematten einzuschließen, wo sie an der Schwindsucht verenden würden.

»Wir hatten Angst!«, jammerte Spinnweb.

»Schreckliche Angst«, pflichtete Motte ihr bei.

»Ihr werdet diese Aussage dem Kammergericht zu Protokoll geben!«, befahl Hoffmann streng.

Die vier Geister nickten.

Hoffmann beschloss, es vorerst dabei bewenden zu lassen. Die Leute taten ihm trotz des Verrats, den sie an ihm geübt hatten, Leid. Die vier waren offensichtlich nur kleine Lichter an diesem Theater, die sich aus Angst zu ihrer Schandtat hatten bewegen lassen. Die Furcht vor Entlassung, Not und Elend saß jedem kleinen Schauspieler beständig im Nacken. Wenn dann noch die Drohung mit den Kasematten hinzu kam …

»Ihr spielt in dem Stück ›Die Jäger‹ mit?«, fragte Hoffmann.

»Das tun wir« bestätigte Senfsamen.

»Wir sind Lützows wilde, verwegene Jagd.«

»Wir sterben für die Freiheit.«

»Unsere Rollen sind klein, aber heldenhaft«, sagte Senfsamen. »Ich sterbe mit dem Schrei: ›Für ein vereintes Deutschland!‹, auf den Lippen.«

»Wer ist der Autor des Stücks?«, fragte Hoffmann.

»Sein Name ist unbekannt«, antwortete Motte.

»Wir kennen ihn nicht.«

»Verschafft mir ein Rollenbuch«, verlangte Hoffmann. Er wollte das Stück, um das so viel Geheimnis gemacht wurde, dass nicht einmal der Verfasser seinen Namen preisgab, unbedingt lesen. Im Buchhandel war es nicht erhältlich. Es gab nur eine begrenzte Zahl Rollenbücher.

»Zur Stelle!«, sagte Spinnweb diensteifrig. Sie verschwand für einen Moment im Hintergrund des Raums. Kurz darauf hielt Hoffmann ein Manuskript in Händen, das nicht gebunden, sondern nur mit Fäden geheftet war. Es hatte nicht einmal ein Titelblatt.

Gipfel der Geheimhaltung! Hoffmann überflog kurz das Rollenverzeichnis und stutzte, als er dort einen »Marquis de Palma, Italiener in preußischen Diensten, Offizier des Generalstabes«, aufgeführt fand.

»Wer ist dieser Marquis de Palma?«, fragte Hoffmann.

»Ein edler Mann«, sagte Motte.

»Die Jäger schicken ihn zu den Preußen, um Hilfe zu holen«, ergänzte Senfsamen.

»Aber er wird erschossen«, sagte Bohnenblüte traurig.

Hoffmann beschloss, sich unverzüglich zum Packhof zu begeben. Er stand auf und klopfte sich den Staub aus den Kleidern.

»Eine Frage habe ich noch«, sagte er. »Habt ihr das Flugblatt drucken lassen?«

Die Angesprochenen sahen ihn erstaunt an und schüttelten einhellig den Kopf.

»Natürlich nicht!«, rief Spinnweb.

»Wie könnten wir?«, fragte Bohnenblüte.

»Wir haben kein Geld, um einen Drucker zu bezahlen.«

»Wir sind arm«, sagte Spinnweb.

»Wem habt ihr die Notizen gegeben?«, fragte Hoffmann.

»Herrn von Tümmler«, erwiderte Senfsamen.

»Dem Dramaturgen?«

»Ja. Er steht auf unserer Seite.«

»Er gehört zu den ›schwarzen Jägern‹.«

»Er kämpft mit uns für die Freiheit.«

Daran zweifelte Hoffmann nun ganz entschieden. Er glaubte inzwischen, Herr von Tümmler habe sich auf ein gewagtes Spiel eingelassen. Womöglich hatte er es auf den Posten des Intendanten abgesehen, wobei es denkbar erschien, dass der Dramaturg sich die Macht künftig mit der Primadonna hatte teilen wollen. Sie würde die Oper, er das Schauspiel regieren. Da er von Stand und vom Fach war, hatte er gute Aussichten, vom König zu Kühnemanns Nachfolger ernannt zu werden, wenn dieser abtrat. Dabei würde es ihm, Tümmler, durchaus helfen, wenn er eine »Verschwörung«

innerhalb des Theaters aufdeckte, wenn er die »schwarze Hand« dingfest machte, kurz, wenn er sich als königstreu erwies. Hatte er deswegen Verbindung zur Geheimpolizei aufgenommen, oder war diese an ihn herangetreten? Gleichviel. Hoffmann war davon überzeugt, dass der Mord an Kühnemann etwas mit dem Ehrgeiz derjenigen zu tun hatte, die auf seine Nachfolge spekulierten. Oft sind derartige Leute vor der Tat tapferer als hinterher. Als sie begriffen, was sie getan hatten, dass sie nun von der Justiz gejagt wurden, weil es ihnen misslungen war, die Tat als Unfall darzustellen, weil auch ihr zweiter Plan, sie einem Fremden in die Schuhe zu schieben, missglückte, begannen ihnen die Knie zu zittern. Von Tümmler suchte daraufhin den Kontakt zu dem mit der Aufklärung befassten Untersuchungsrichter. Vermutlich wollte er ihm, Hoffmann, den Vorschlag unterbreiten, ein umfassendes Geständnis abzulegen, wenn man ihm garantierte, dass er mit einer milden Strafe davonkäme. Wenn dem so war, dann konnte er nicht der Mörder sein, denn bei einem so schweren Verbrechen war ein Gnadendispens nicht zu erwirken. Er war nicht das Haupt der Verschwörung! Er hatte lediglich von ihr profitieren wollen, war aber von Angst erfasst worden, als die Sache eine ungünstige Entwicklung nahm, und versuchte, seine Haut zu retten. Das hatte ihm einen Dolchstich in den Rücken eingetragen.

Wer die beiden Morde verübt hatte, war, wie Hoffmann sich eingestehen musste, immer noch eine offene Frage.

»Verzeiht Ihr uns?« Spinnwebs Stimme riss ihn aus seinen Gedanken. Wie auf ein Kommando knieten die vier Luftgeister vor ihm nieder.

Hoffmann sah sie an, als stünden sie vor seinem Richterstuhl. »Kennt ihr den Spruch ›manus manum lavat‹?«

Die Geister nickten. »Eine Hand wäscht die andere«, übersetzte Senfsamen.

»So ist es. Ich bin bereit, euch zu verzeihen, jedoch nur unter der Bedingung, dass ihr weder Brandstifter noch Mörder seid. In dem Fall würde die Gerechtigkeit euch ereilen.«

Die jungen Schauspieler beteuerten erneut, dass sie unschuldig seien.
»Gut. So behaltet denn eure Freiheit und erweist euch ihrer für würdig.«
Die Schauspieler wollten sich überschwänglich bedanken, doch Hoffmann winkte ab.
»Jüngst habt ihr mich in die Falle gelockt«, sagte er. »Nun könnt ihr mir aus einer heraushelfen. Ich befinde mich in Bedrängnis. Man beobachtet und bedroht mich. Ich muss dieses Theater verlassen, ohne gesehen oder verfolgt zu werden.«
»Da können wir helfen!«, riefen die Geister. Offensichtlich waren sie froh sowohl über den Freispruch wie über die Möglichkeit, ihrem gnädigen Richter gefällig sein zu dürfen.

Eine halbe Stunde später verließ ein Mann, der aussah wie der Kammergerichtsrat Hoffmann, das Nationaltheater durch den Bühneneingang. Er hatte sich einen Mantel umgehängt und seinen Hut tief ins Gesicht gezogen. Der Mann stieg in eine bereitstehende Kutsche, die sogleich mit hoher Geschwindigkeit davonfuhr. Die Männer, die Mohr ausgeschickt hatte, um Hoffmann auf Schritt und Tritt zu folgen, hatten Mühe, das Fahrzeug nicht aus den Augen zu verlieren.
Ein wenig später wurde eine mächtige, aus Leinwand und Gips hergestellte Statue aus dem Theater getragen. Viele Zuschauer hatten sie zuvor schon auf der Bühne gesehen. Es war das Standbild des Komturs aus der Oper »Don Giovanni«. Dort hatte sie einen gespenstischen und imposanten Eindruck gemacht. Hier, im hellen Licht des Tages, sah man, dass es nur eine hohle Pappfigur war. Die Statue wurde auf einen Karren geladen, vor den ein müder Klepper gespannt war. Das Fuhrwerk zog ohne Eile davon.

Einige Zeit später hielten zwei Agenten der Geheimpolizei die Kutsche an, die anscheinend ziellos durch die Stadt fuhr. Zu ihrem Erstaunen saß in dem Fahrzeug nicht der Kammergerichtsrat,

sondern eine männliche Person, die höchst sonderbar gekleidet war und angab, sie gehöre zum Ensemble des Nationaltheaters und sei auf dem Weg zu einer auswärts gelegenen Probebühne, wo man das Stück »Ein Sommernachtstraum« einstudiere. Er selbst verkörpere die Rolle des Luftgeists »Senfsamen«.
In einem leeren Schuppen stieg währenddessen ein kleiner Mann aus einer riesigen Statue, in deren hohlem Körper er sich ein bequemes Lager bereitet hatte. Er bedankte sich bei dem Fuhrmann, indem er den Hut lüftete. Einen Stockdegen schwingend verließ er die Remise durch eine Seitentür. Kein Geheimagent sah, wie der Kammergerichtsrat Hoffmann um die nächste Ecke bog und verschwand.

Zweiter Akt

1

Hoffmann hatte nur einen flüchtigen Blick in das Rollenbuch geworfen, das die Luftgeister ihm überlassen hatten. Er war nicht in der Stimmung, pathetische Dramen zu lesen. Was er zur Kenntnis genommen hatte, lieferte ihm jedoch keine Erklärung für die Eingriffe der Zensur beziehungsweise das brutale Vorgehen der Geheimpolizei.

Das Stück schilderte in sentimentaler Form den Untergang des legendären Freikorps Lützow. Das Korps war am 17. Juni 1813, kurz vor dem siegreichen Ende des Befreiungskriegs, von einer französischen Übermacht restlos aufgerieben worden. Der Heldentod der vierhundert freiwilligen Jäger wurde seitdem in zahllosen Balladen besungen. Das Stück des jungen Dichters, dessen Name Hoffmann endlich in Erfahrung gebracht hatte – er hieß Klee –, bereicherte die Legende um eine Liebesgeschichte zwischen dem Dichter Theodor Körner und einer Bürgerstochter. Es endete damit, dass viel Volk die Gefallenen zu Grabe trug, Körner von seiner jungen Geliebten beweint wurde und das gesamte Ensemble aus voller Kehle das »Jägerlied« schmetterte. An diesem Schmachtfetzen war beim besten Willen nichts Staatsgefährdendes zu erkennen. Es musste demzufolge – wenn tatsächlich das Stück die Ursache all der Turbulenzen war – um die Änderungen gehen, die an der schwachen Dichtung vorgenommen werden sollten, nachdem Assessor Warnke deren geschichtlichen Hintergrund erforscht hatte. Er schien dabei auf etwas gestoßen zu sein, das dem Stück ein größeres Gewicht verlieh. Offenbar hatte man beabsichtigt, es in einer Weise umzuschreiben, die es zu einem brisanten

zeitgeschichtlichen Drama machte, das einen Skandal auslösen würde. Leider hatten die Beteiligten damit die Geheimpolizei auf den Plan gerufen.
Kühnemann und sein Dramaturg waren tot, Warnke war unerreichbar. Die einzige Person, die Hoffmann Auskunft geben konnte, war demnach der Stückeschreiber selbst. Es fiel Hoffmann nicht schwer, aus Tümmlers Papierbergen die Anschrift des jungen Dichters herauszusuchen.

Die Wohnung des Dramatikers befand sich in einem stark heruntergekommenen Haus. Die Hausmeisterin war eine schlampige Person. Hoffmann fragte sie nach der Wohnung des Poeten Klee.
»Kenn ick nich«, behauptete die Alte.
Hoffmann musste ihrem Gedächtnis mit einem Taler nachhelfen. Es stellte sich heraus, dass Klee im ersten Stock am Ende eines Gangs wohnte.
Der Flur erwies sich als finsterer Tunnel. Das einzige Fenster war so schmutzig, als hätte man es grau gestrichen. Klees Zimmertür war verschlossen. Hoffmann verfluchte die Hexe von einer Hausmeisterin, die ihm nicht gesagt hatte, dass der Dramatiker nicht daheim war. Was nun? Hoffmann beschloss zu warten. Er erwog, sich von dem Hausdrachen einen Stuhl bringen zu lassen (immerhin hatte er einen guten Taler gezahlt!), doch dann sah er, dass schon einer vorhanden war.
Das Möbelstück stand in einer winzigen Kammer, deren Tür angelehnt war. Es handelte sich offenbar um eine Besenkammer, die man mit einer Sitzgelegenheit versehen hatte. Ein Beobachtungsposten, dachte Hoffmann. Seine Vermutung wurde durch zahlreiche Späne bestätigt, die rings um den Stuhl auf dem Boden verstreut lagen. Jemand hatte hier gesessen und den Gang beobachtet. Dabei hatte er sich so sehr gelangweilt, dass er an einem Stock herumgeschnitzt hatte. Wo war der Wachposten geblieben? Hatte man ihn abberufen, oder vertrat er sich nur die Beine? Womöglich war er auf einen Sprung in die nächste Kneipe gegangen …

Hoffmann wagte die Hypothese, dass es die Wohnung des Dichters Klee war, die der nachlässige Wächter hätte beobachten sollen. Doktor Mohr würde ihm den Kopf abreißen, wenn er erfuhr, auf welch schludrige Weise der Mann seinen Dienst versah.
Immerhin konnte der Späher jeden Augenblick zurückkommen. Hoffmann musste rasch handeln. Er suchte die Hausmeisterin und fand sie bei einem Schwätzchen mit einer Nachbarin. Zwischen den beiden Frauen stand eine Flasche Likör.
Hoffmann bot der Dame einen Louisdor, wenn sie ihm die Tür des Dichters Klee öffne. Die Hausmeisterin steckte vier Finger in den Mund und stieß einen gellenden Pfiff aus.
Ein krummes Faktotum erschien. Es kam aus einem Kellerloch.
»Mach dem Herrn die Siebzehn uff!«, befahl die Hexe.
Der Gnom schlurfte Hoffmann voran. Vor Klees Tür zog er einen Schlüsselring aus der Tasche, an dem Dietriche in diversen Größen hingen. Er wählte einen von ihnen aus, steckte ihn ins Schloss und hatte im Nu die Tür geöffnet. Hoffmann befand, dass sich die Mieter in diesem Haus ihres Eigentums wohl nicht sehr sicher sein konnten. Das Faktotum hielt die Hand auf. Hoffmann legte seinen letzten Silbergroschen darauf, und der Alte schlurfte davon, während Hoffmann ins Zimmer des Dichters schlüpfte. Zum Glück war der Wächter noch nicht wieder auf seinem Posten.
Des Dichters Behausung glich in etwa dem Raum, in dem Herr von Tümmler ermordet worden war. Das auffallendste gemeinsame Merkmal war ein mit Schriftstücken übersäter Tisch, um den herum so viele verbrauchte Federn verstreut waren, als hätte man hier eine Gans gerupft. Klee war offensichtlich ein fleißiger Skribent. Die Manuskriptblätter waren dicht beschrieben. Sie alle zu lesen würde Stunden, wenn nicht gar Tage erfordern, denn Klee verfügte offensichtlich über keine sehr kalligraphische Handschrift. Ohne einen im Entziffern geübten Kopisten würde es schwer sein festzustellen, worin die Änderungen an dem Stück »Die Jäger« bestanden. Hoffmann dachte mit Wehmut an seine eigenen poetischen Arbeiten, die derzeit hoffnungslos daniederlagen.

Was sollte er tun? Die Blätter beschlagnahmen? Sie abends in Ruhe zu entziffern versuchen? Etwas anderes als ein Diebstahl blieb ihm wohl nicht übrig. Er begann die Blätter zusammenzusuchen und zu stapeln.

In dem Moment hörte er Geräusche draußen auf dem Gang. Stiefeltritte. Und zugleich den Klang von Metall. Gendarmen!, schoss es Hoffmann durch den Kopf. Die Hexe hatte ihn als Einbrecher denunziert, um womöglich noch eine weitere Belohnung einzusacken!

Nun, er konnte sein Eindringen rechtfertigen. Aber konnte er wirklich sicher sein, dass es Gendarmen waren, die da kamen? Er hatte mit unverhofften Eindringlingen bereits ungute Erfahrungen gemacht. Es schien ratsam, sich zu verstecken.

Hoffmann schlüpfte kurzerhand in den Kleiderschrank, wenngleich er sich dabei ein wenig lächerlich vorkam. Es war Platz genug darin vorhanden. Der Dichter besaß nur wenig Garderobe.

Ein Mann, der eine lederne Reisetasche trug, trat ins Zimmer. Hoffmann konnte ihn durch ein Astloch deutlich erkennen, Er beobachtete, wie der Mann sich suchend im Zimmer umsah. Demnach schien es ein Fremder zu sein, nicht der Dichter selbst, wie Hoffmann zunächst vermutet hatte. Der Blick des Eindringlings fiel auf den Kleiderschrank. Hoffmann erstarrte. Doch der Fremde wandte sich sogleich wieder ab. Statt zum Schrank ging er zu einer Truhe, in der Klee offenbar seine Wäsche aufbewahrte. In der Reisetasche klirrte es leise. Hoffmann sah, wie der unbekannte Eindringling die Truhe öffnete, den Inhalt herauszerrte, die Tasche hineinstellte und sie wieder mit Wäsche zudeckte. Nachdem er sich noch einmal umgesehen hatte, verließ er das Zimmer.

Hoffmann wartete. Als er sicher sein konnte, dass der Mann sich genügend weit entfernt hatte, verließ er sein Versteck. Er hob den Deckel der Truhe an und räumte den Inhalt beiseite. Zum Glück war die Reisetasche nicht verschlossen. Hoffmann öffnete sie. Sie war angefüllt mit Pistolen, Schießpulver und Kugeln.

Jemand wollte dem Dichter ein Waffenlager unterschieben.

Hoffmann zerrte die Ledertasche aus der Truhe. Sie war schwer. Leise öffnete er die Tür und spähte hinaus in den Flur. Es war niemand zu sehen.
So lautlos wie möglich durchquerte Hoffmann mit der Tasche an der Hand den Flur und stieg die Treppen hinauf. Der Gang im zweiten Stock glich dem darunter liegenden; ebenso verhielt es sich in der Mansarde. Hoffmann inspizierte die Besenkammer. Sie war mit allerlei unnützem Zeug angefüllt. Er zerrte ein Fass, dem einige Dauben fehlten, hervor, kippte den Inhalt der Tasche hinein, schob den Behälter zurück in das Gelass und bedeckte ihn, so gut es ging, mit Gerümpel. Dann eilte er zum Fenster am Ende des Gangs, das ebenso schmutzstarrend war wie die unteren, öffnete es und warf die Tasche mit Schwung hinunter in den Hof. Es würde, so hoffte er, nicht lange dauern, bis sie gestohlen wurde; bald würde sie auf einem der Ramschtische des Trödelmarkts zu finden sein.
Hoffmann war nun völlig erschöpft. Er musste sich auf die oberen Stufen setzen. Immerhin befriedigte ihn der Gedanke, dass er einen Dichter-Kollegen vor der Galeere gerettet hatte.

Hoffmann fuhr mit einem Ruck aus dem Schlaf. Zwei Etagen unter sich hörte er Gepolter, Getrampel, durcheinander rufende Stimmen. Die Geräusche waren eindeutig. Das Haus wurde gestürmt. Hoffmann erkannte die Stimme der Hausmeisterin, die kreischte, offenbar unter Protest. Und er erkannte noch eine andere Stimme. Sie gehörte Doktor Mohr.
Hoffmann wusste, dass er sich in einer gefährlichen Lage befand. Es war leichtsinnig gewesen, im Haus zu bleiben und abzuwarten, was geschah. Wenn sie ihn fanden, konnten sie sich leicht ausrechnen, wer ihre Pläne durchkreuzt hatte. Mohr würde sich rächen. Noch immer besaß er die Möglichkeit, ihn, Hoffmann, des Mordes an Tümmler zu bezichtigen und auf die Festung zu schleifen, wo man ihn den unangenehmsten Behandlungen unterziehen konnte, die ein rachsüchtiges Gehirn sich irgend auszudenken vermochte.

Hoffmann begann zu schwitzen. Zwar besaß er einen Stockdegen (aus dem Theaterfundus), doch was konnte er gegen ein halbes Dutzend Männer ausrichten, die vermutlich mit Gewehren und Pistolen bewaffnet waren. Falls er den Degen zog, würden sie ihn erschießen! Mohr würde behaupten, ihn nicht erkannt zu haben. Was hatte denn ein königlich-preußischer Kammergerichtsrat in einem solchen Haus zu suchen?
Von unten kamen Rufe. Dazwischen gellte noch immer das Geschrei der widerspenstigen Hausmeisterin. Es klang, als wäre das Haus von einer Schwadron Soldaten besetzt. Ein Entkommen schien unmöglich.
Doch da hörte er plötzlich ein Geräusch hinter sich. Hoffmann wandte sich um. Vor ihm stand das krumme Faktotum mit einem Kerzenleuchter in der Hand. Es hatte Hoffmann mit einem Zischlaut auf sich aufmerksam gemacht. Jetzt winkte es dem Kammergerichtsrat, ihm zu folgen. Hoffmann zögerte kurz, dann beschloss er, da ihm nichts anderes übrig blieb, sich dem Individuum anzuvertrauen.
Es zeigte sich, dass die Mansarden der gesamten Häuserreihe miteinander verbunden waren. Das Faktotum ging mit dem brennenden Licht voran; Hoffmann folgte. Zwei Häuser weiter standen zwei Männer an einer offenen Dachgaube. Sie waren damit beschäftigt, Möbel, Kisten und Fässer mit Hilfe eines Flaschenzugs abzuseilen. Unten wartete ein Wagen. Offenbar war hier ein Umzug im Gange. Das Faktotum winkte Hoffmann und zeigte auf einen leeren Kartoffelsack, der auf dem Fußboden lag. Hoffmann erschrak. Sollte er tatsächlich in diesen Sack steigen? Wollten sie ihn mit dem Flaschenzug bis hinunter zur Straße abseilen, zwei Stockwerke tief? Hoffmann standen die Haare zu Berge.
»Nu machen Se schon! Keene Bange, et passiert nüscht«, forderte ihn das Faktotum auf. Hoffmann ging durch den Kopf, dass die Fluchthelfer wohl kaum umsonst arbeiten würden. Doch er hatte bereits alle Barschaft, die er mit sich führte, verausgabt. Er kehrte die Rocktaschen um als Beweis, dass er nichts mehr besäße. Der

Alte winkte ab. Offenbar kam es ihm – für diesmal – nicht auf Geld an. Hatte er Hoffmann beobachtet? Hatte er gesehen, was er für den jungen Dichter getan hatte? Vergalt er hier Gleiches mit Gleichem? Wie dem auch sei, Hoffmann durfte nicht länger zögern. Er musste sein Leben einem Strick und der Muskelkraft zweier unbekannter Männer anvertrauen. Er stieg in den Sack, kauerte sich nieder. Der Sack wurde zugebunden.
Zuvor hatte das Faktotum ihm den Stockdegen abgenommen. »Den brauchen Se nich mehr.«
Hoffmann spürte, wie er von zwei kräftigen Männern hochgehievt wurde. Bald hing der Sack am Haken, und schon merkte Hoffmann, wie er in die Luft gehoben wurde und kurz danach abwärts sauste. Sein Magen tat einen Satz. Der Sack pendelte und schwankte, während er nach unten sank. Endlich hatte er den Boden – wohl eher die Ladefläche des Wagens – erreicht. Man wuchtete ihn ohne Rücksicht auf den empfindlichen Inhalt umher und verstaute ihn schließlich zwischen Holzkisten. Kurz darauf vernahm Hoffmann, wie der Fuhrknecht mit der Peitsche knallte und die Pferde antrieb.

In der Nähe des Mühlendamms ließen sie ihn frei. Da stand er nun und starrte in das trübe Wasser. Seine Kleider waren nach den verschiedenen Aufenthalten in der Unterbühne, auf dem Dachboden und in dem Kartoffelsack in einem erbärmlichen Zustand. So konnte er sich nicht in die belebteren Stadtviertel wagen. Auch die Droschkenkutscher hätten ihn wohl abgewiesen.
Was hatte er nun Neues erfahren? Offensichtlich drehte sich tatsächlich alles um das Theaterstück. Hoffmann zweifelte nicht mehr im Geringsten daran, dass die Morde an Kühnemann und an von Tümmler mit den »Jägern« zu tun hatten. Warum sonst hätte die Geheimpolizei versucht, den unbekannten Dichter Klee der bewaffneten Verschwörung zu bezichtigen? Was aber stand so Gefährliches in dem Drama, dass es deswegen bereits zwei Morde gegeben hatte und anscheinend noch weitere geplant waren?

In diesem Moment stellte Hoffmann zu seinem Schrecken fest, dass er das Rollenbuch verloren hatte. Es hatte in seiner Tasche gesteckt, als er in das Zimmer des Dichters eingedrungen war. Wo und wie war es ihm abhanden gekommen? Lag es in dem Kleiderschrank, in dem er sich verborgen hatte? Hatte er es im Hausflur verloren? Hatte man es ihm während seines kurzen Schlafs gestohlen? Er konnte nur hoffen, dass es nicht Mohr in die Hände gefallen war, der die Spur des Manuskripts mühelos bis zu ihm würde zurückverfolgen können. In diesem Fall hätte er den Beweis dafür, dass er das Scheitern seines Plans dem Kammergerichtsrat zu verdanken hatte. Die Rache würde auf dem Fuße folgen! Hoffmann hatte das Gefühl, dass eine Schlinge sich um seinen Hals legte.
Gleichviel, seine Hoffnung, von dem jungen Dichter etwas über die geplante Umarbeitung des Stücks erfahren zu können, hatte sich zerschlagen. Der Autor würde sich hüten, sein Zimmer noch einmal zu betreten. Wenn er klug war, suchte er das Weite und ließ sich in der preußischen Hauptstadt vorerst nicht mehr blicken.
Nun, Hoffmann konnte nicht für alle Zeit hier am Mühlengraben verharren. Er musste etwas tun. Er besann sich darauf, dass er eine Verabredung am Packhof hatte.

Der Weg dorthin war lang und fiel ihm schwer. Mehrere Male musste er sich unterwegs auf die Stufen eines Hauseingangs setzen. Einmal wurde er von einer mitleidigen Seele angesprochen, die ihm auf seine Bitte hin einen Becher Wasser verabreichte. Seltsamerweise verspürte er kaum Hunger, wohl aber eine elende, niederdrückende Mattigkeit. Er fühlte sich wie ein Heimkehrer aus einer verlorenen Schlacht. Wer ihn so mit schwerem Schritt und gekrümmtem Rücken dahinwanken sah, mochte ihn aus der Ferne für einen Betrunkenen halten. Der Kammergerichtsrat konnte von Glück sagen, dass ihm keine Patrouille begegnete.
Endlich, nach einer Reise, die ihn zu einem zweiten Ulysses machte, hatte er die Kupferbrücke erreicht, jenseits derer, auf einer von Havelkanälen umflossenen Insel, der Packhof lag.

Es verkehrten hier zahllose Kähne, Prahme, Leichter und Havelsegler, die mit allen Arten von Waren an den lang gestreckten Kais anlegten. Sie löschten ihre Fracht an schwimmenden, hölzernen Landungsbrücken, die über steile Treppen mit dem höher gelegenen, befestigten Ufer verbunden waren. Überall herrschte Geschrei, Gewimmel und Getriebe, ein für den Laien unübersehbares Durcheinander von Menschen und Fahrzeugen, die sich rund um die allenthalben gestapelten Fässer, Kisten und Ballen bewegten. Hoffmann war noch nie zuvor hier gewesen; er fühlte sich an die Schilderungen der Karawansereien erinnert, die er als Kind seinen Märchenbüchern entnommen hatte, nur, dass es hier nicht orientalisch bunt und fröhlich zuging, sondern havelländisch grau, und dass über allem der Geruch von saurem Schweiß und harter Arbeit hing, abgesehen von den Ausdünstungen des Wassers, das seinen Dienst nicht nur als Wasserstraße, sondern erkennbar auch als Kloake tat.
Hoffmann überquerte die Brücke und machte sich auf die Suche nach einem Zitronenhändler. Er wurde von Lastträgern angerempelt, von Marktweibern beiseite gestoßen. Es gab entlang der Kais Verkaufsbuden für Bier und Pfannkuchen, Läden, Verschläge und Lagerschuppen zuhauf. Wie sollte er hier etwas finden? Wen sollte er fragen? Alles hetzte, hastete, feilschte, verhandelte, zog Karren oder schleppte Ballen auf dem Buckel, zählte Geld oder schrie nach einem verlorenen Begleiter. Zweifellos war dies eine verkleinerte Ausgabe des berühmten »Bauchs von Paris«, Berlins Hallen. Im Übrigen konnte man sich hier leicht verirren. Neben den breiten Gassen, in denen die Wagen sich stauten und die Fuhrknechte einander beschimpften, gab es enge Gassen und schmale Durchgänge, denen ungute Gerüche entströmten. An den großen Lagerhallen klebten wie Parasiten die kleineren Buden und Budiken, die offenen Marktstände, an denen ebenso erbittert gefeilscht wurde wie in den zahllosen Läden und Niederlassungen drinnen. Allmählich erkannte Hoffmann, dass in dem Durcheinander eine Ordnung herrschte, dass die Waren hier nach ihrer Gattung sor-

tiert waren. Textilhändler standen bei Textilhändlern, Kohlenhändler bei Kohlenhändlern, Fischhändler bei Fischhändlern und so weiter. Nun, da er dies einmal erkannt hatte, gelang es Hoffmann allmählich, sich zu orientieren, und er fand schließlich das Quartier der Obst- und Gemüsehändler. Nun galt es nur noch, einen italienische Zitronenhändler zu finden, bei dem er »immer zur vollen Stunde«, wie der Rosenmann gesagt hatte, Verbindung zu demjenigen aufnehmen sollte, dem von Tümmler sein Wissen anvertraut hatte – falls Hoffmann die kryptographische Mitteilung recht verstanden und anschließend die richtigen Pfade eingeschlagen hatte.

Es gab, wie sich bald zeigte, eine nicht geringe Anzahl Zitronenhändler. Im fernen Sizilien oder Granada schien gerade die Erntezeit angebrochen zu sein. Hoffmann hätte zuvor nicht gedacht, dass es überhaupt so viele Zitronen gab. Welcher der vielen Händler aber war nun der richtige? Eines der Firmenschilder trug den Namen »de Palma«. Hoffmann wertete dies als Hinweis. Er beschloss, hier Aufstellung zu nehmen und der Dinge zu harren, die kommen sollten. Er fragte einen beleibten Herrn, der möglicherweise der Kaufmann de Palma war, nach der Uhrzeit – nicht zuletzt auch, um seine Anwesenheit bemerkbar zu machen. Der Kaufmann gab kein Zeichen des Erkennens oder des Einverständnis, unterrichtete den Kammergerichtsrat jedoch anhand einer voluminösen Taschenuhr, dass es bis zur nächsten vollen Stunde noch gute zehn Minuten währen würde. Offenbar machte Hoffmann einen recht kläglichen Eindruck, denn der freundliche Händler bot ihm an, bei ihm ein wenig zu pausieren. Er ließ einen Stuhl und ein Glas erhitzten Zitronensafts herbeischaffen, und so konnte Hoffmann in Muße und Bequemlichkeit des Zeitpunkts harren, da ihm die Glocken des Berliner Doms das Erreichen des nächsten Stundengipfels anzeigten. Er hatte sich schon wieder recht gut erholt, als endlich das majestätische Gedröhn aus der Domkuppel erklang.

Er sah sich um in der Erwartung, schon im Voraus denjenigen zu erkennen, der ihn aus dem Wartestand erlösen sollte, doch er sah niemanden, der Anstalten machte, sich ihm zu nähern oder ihn anzusprechen. Hatte man ihn gefoppt? Oder waren seine Gesprächspartner ungeduldig geworden? Hatte er sie zu lange warten lassen? Es wimmelte um ihn her von Marktfrauen, deren Kopftücher und grobe Gewänder sie alle einander ähnlich machten. Auch von den Knechten und Lastträgern ragte in Hoffmanns Augen keiner aus der einförmigen Masse hervor. Er hatte es bereits aufgegeben, seine Kontaktperson zu treffen, als eine der Marktfrauen eine Rabenfeder aus ihrem Korb fallen ließ.

War dies ein Zufall? Hoffmann konnte es nicht glauben. Er eilte hinzu, hob die Feder auf und folgte der Frau, die mit einem in die Ellenbeuge gehängten Korb einherschritt, als habe sie hier nur für ihren persönlichen Bedarf eingekauft. Wieder fiel eine Rabenfeder zu Boden. Nun bestand für Hoffmann kein Zweifel mehr daran, dass er dieser Spur folgen sollte.

Er hatte bereits einen ansehnlichen Strauß schwarzer Federn gesammelt, als die junge Frau plötzlich in eine enge Gasse einbog. Sie wandte sich kein einziges Mal nach Hoffmann um. Es war ihm unmöglich, ihr Gesicht zu erkennen. Die Frau hatte sich ein großes Kopftuch umgeschlungen, das auch noch ihr Haar und ihren Nacken bedeckte. Das Kleid war einfach wie das eines Dienstmädchens. Die Füße steckten in Holzschuhen. Sie bog in einen weiteren, noch engeren Durchgang ein. Hoffmann folgte ihr.

Kaum war er um die Ecke, da stieß er beinahe mit der Fremden zusammen. Hoffmann wollte sich entschuldigen, doch das Wort blieb ihm im Hals stecken. Das Weib hatte sich umgewandt und ein Messer in die Hand genommen. Sie richtete es auf seine Kehle. Der Korb stand auf dem Boden.

»Hab ich dich endlich!«, zischte sie. »Ich werde dich töten, so, wie du meinen Liebsten getötet hast!«

Im nächsten Moment glaubte Hoffmann, er hätte sich geirrt und wäre von einer Verrückten in einen Hinterhalt gelockt worden. Das Feuer, das in den Augen der jungen Frau loderte, ließ ihn das

Schlimmste befürchten. Doch dann erkannte er sie trotz ihrer Verkleidung.
»Colombina!«, rief er.
»Nichts da Colombina!«, sagte sie. »Mein Name ist Strohkötter, wie Sie wohl wissen. Sie haben meinen Geliebten getötet!«
Hoffmann musste sich schell entscheiden, ob er sie für die Freundin des Intendanten oder die Geliebte des Dramaturgen halten sollte. Da Kühnemann homosexuell war, entschied er sich für den Letzteren.
»Du redest von Herrn von Tümmler?«
»Warum haben Sie ihn umgebracht?«
»Dieser Vorwurf wird dadurch nicht wahrer, dass er wiederholt wird«, erwiderte Hoffmann.
»Versuchen Sie nicht, es zu leugnen. Ich weiß es aus zuverlässiger Quelle.«
»Von Doktor Mohr, wie ich vermute. Den würde ich eher eine trübe Quelle nennen, wenn nicht gar eine vergiftete«, versetzte Hoffmann.
Er sah, wie Colombina wankend wurde. Offenbar fehlte ihr zur Mörderin aus Leidenschaft doch der Elan.
»Warum sollte ich einen Mann, den ich niemals lebendig gesehen habe, wohl töten?«, fragte Hoffmann.
»Weil er Sie ...«
»Erpressen wollte?«, vervollständigte Hoffmann den Satz. »Wegen des Mordes an Kühnemann? Das ist Unsinn. Es gibt zahlreiche Personen, die bezeugen können, dass ich in jener Nacht nicht im oder am Haus des Intendanten war.«
»Man hat mir einen Brief gezeigt ...«
»Den man zuvor gefälscht hat.«
Colombina ließ das Messer sinken. »Ich ahnte es gleich, dass da etwas nicht stimmt«, sagte sie.
»Du hast Herrn von Tümmler geliebt?«, fragte Hoffmann, indem er so viel zartes Mitgefühl wie irgend möglich in seine Stimme legte.

»Das habe ich.«
»Ich spreche dir mein Beileid aus. Er scheint ein vorzüglicher Mensch gewesen zu sein.«
»Das war er. Er hätte das Zeug zum Intendanten gehabt. Er sollte es werden. Sie haben es ihm versprochen. Stattdessen haben sie ihn ...«
Hoffmann war erfreut, seine Vermutung auf diese Art bestätigt zu sehen. »Tümmler sollte Kühnemanns Nachfolger werden?«, fragte er, um sich zu vergewissern.
Die junge Schauspielerin nickte. Zweifellos hätte sie an einem Theater, das ihr Geliebter leitete, Karriere gemacht. Demnach hatte sie ein doppelter Verlust getroffen.
»Wer hat es ihm versprochen?«
»Die Loge«, sagte die junge Frau.
»Die Loge?«
»Es sind Verbrecher! Sie haben uns betrogen!«, entfuhr es der Schauspielerin in einem leidenschaftlichen Ausbruch.
»Was sind das für Leute?«, fragte Hoffmann. »›Die schwarzen Jäger‹?«
Colombina schüttelte den Kopf.
»Wer sonst?«
»Ich weiß es nicht. Sie sprachen nicht mit mir. Nur mit ...«
»Von Tümmler?«
Die Frau nickte. »Es sind hohe Herrschaften«, sagte sie. »Leute von Stand. Mehr hat er mir nicht verraten. Angeblich töten sie jeden, der ...«
Eine Loge ... Hoffmann überschlug in seinen Gedanken, was er über Geheimbünde wusste.
»Handelt es sich um Freimaurer? Rosenkreuzer? Illuminaten?«
Das Mädchen schüttelte den Kopf. Das Messer fiel ihr aus der schlaffen Hand. Hoffmann bückte sich schnell und hob es auf.
»Ich weiß es nicht«, sagte Colombina.
»Gehört Mohr zu ihnen?«
»Er ist ihr Werkzeug, ihr Instrument.«

»Und du warst wiederum sein Werkzeug«, wagte Hoffmann nun, da er bewaffnet war, ihr vorzuhalten.
Zu seiner Überraschung fuhr sie ihm nicht mit den Krallen ins Gesicht. »Ich habe es für ihn getan«, sagte sie stattdessen.
»Für deinen Geliebten?«
»Sie haben versprochen ...«
... ihn zum Theaterdirektor und dich zur gefeierten Bühnenkünstlerin zu machen, ergänzte Hoffmann in Gedanken. Es mussten wahrhaft einflussreiche Leute sein, die derartige Versprechen glaubhaft abgeben konnten. Personen, denen die Geheimpolizei zu Willen war. Die unliebsame Zeugen und Widersacher zu beseitigen vermochten. Die »Loge« war ein höchst gefährlicher Geheimbund, darüber gab es keinen Zweifel. Aber was waren ihre Ziele? Welche Pläne verfolgte sie? Hatte auch dies mit dem Stück »Die Jäger« zu tun?
Es schien Hoffmann allmählich an der Zeit, den Schauplatz zu wechseln. Sie konnten nicht ewig in dieser engen, übel riechenden Gasse stehen bleiben. Er ließ die Federn in den Korb fallen, hob ihn auf und fragte Colombina, wo sie sich ungestört unterhalten könnten.
»Bei meinem Wagen.«
Hoffmann ging voraus und trug den Korb. Die junge Frau folgte ihm.
»Wer hat dich beauftragt, dich hier mit mir zu treffen?«, fragte Hoffmann sie über die Schulter hinweg. Er ahnte die Antwort voraus. Es war von Tümmler, der all die konspirativen Winkelzüge ausgeheckt hatte.
»Er wollte mir offenbar etwas mitteilen«, sagte Hoffmann vorsichtig. »Ich denke, es geht um Änderungen an einem Stück. Es heißt ›Die Jäger‹.«
Die junge Frau antwortete nicht. Hoffmann hörte nichts als das Klappern ihrer Holzpantoffeln. Er seufzte und beschloss zu warten, bis sie einen passenderen Ort für ihr Gespräch erreicht hatten. Im Gehen sann er darüber nach, was es wohl mit der geheimnis-

vollen Loge auf sich habe, doch es standen ihm zu wenig Anhaltspunkte zur Verfügung, um auf eine Lösung zu kommen.
Sie erreichten endlich Colombinas Wagen, der immer noch die von Hoffmann gemalten Vorhänge zur Schau trug. Er stand in einer unbelebten Ecke des Packhofs. Ein paar halb verfallene Buden mit schadhaften Strohdächern waren alles, was es in dieser Gegend gab. Herrenlose Hunde schnüffelten im Abfall.
Als sie die Stufen der Treppe hinaufkletterten, erkannte Hoffmann, dass er ziemlich leichtsinnig handelte, indem er sich an einen solch einsamen Ort locken ließ. Das hier konnte ein Versteck, jedoch ebenso gut ein Hinterhalt sein. Aber er war zu erschöpft, um sich zu vergewissern, ob hier jemand auf der Lauer lag. Zudem fiel ihm kein besserer Treffpunkt für die Unterredung mit Colombina ein.
In dem Wagen roch es noch muffiger als bei seinem ersten Besuch hier. Der betagte Fundus musste ein Paradies für Motten sein.
Als sie sich niederließen, wurde es Hoffmann erneut unbehaglich zumute. Er traute seiner Gastgeberin nicht über den Weg.
»Nun, sprechen wir von der Loge«, sagte er, indem er die Ohren spitzte, um zu hören, ob sich draußen jemand näherte.
»Ich sagte schon, dass ich darüber kaum etwas weiß«, erwiderte die Schauspielerin. »Nur eins ist gewiss, nämlich, dass sie existiert und über große Macht verfügt.«
»Aber was ist ihr Ziel? Hat man dir darüber nichts mitgeteilt?«
»Das alte Preußen wieder herzustellen«, antwortete Colombina achselzuckend. »Politische Dinge interessieren mich nicht.«
»Mit welchen Mitteln versucht sie, ihr Ziel zu erreichen?«
»Alles, was ich über die Loge weiß, habe ich bereits gesagt«, beharrte das Mädchen unwillig.
»Nun, so lass mich die Botschaft hören, die Herr von Tümmler mir durch dich übermitteln will.«
»Es geht um das Theaterstück«, antwortete das Mädchen.
»Du meinst ›Die Jäger‹?«
»Natürlich. Es gibt eine neue Fassung, in der gesagt wird, dass ein sehr berühmter Mann schuld am Untergang des Freikorps ist.«

»Welcher berühmte Mann.«
»Das hat man mir nicht gesagt. Jeder, der das Geheimnis kennt, ist des Todes.«
»Erzähl mir mehr darüber.«
»Mehr weiß ich nicht. Es ist ein Soldatenstück. Ich spiele darin nur eine Kriegsbraut. Deren Rolle bleibt, wie sie war.«
»Wo befindet sich das Manuskript? Das geänderte, nicht das alte.«
»Im Sand.«
»In welchem Sand?«
»Das weiß ich nicht. Er meinte, Sie verstünden schon.«
Hoffmann schwieg und überlegte. Er hatte das Gefühl, im Kreis herumgeführt zu werden.
»Ich soll Ihnen sagen, Sie sollen die Loge aufsuchen.«
»Welche Loge?«
»Das weiß ich nicht.«
Verdammter von Tümmler! Musste er sich immerzu kryptisch ausdrücken?
»Den Teufel! Für eine so kümmerliche Botschaft all die verschlungenen Wege, die Geheimtinten, die Parolen, das Flüstergetue?«
Colombina zuckte die Achseln. »Ludwig hatte Angst um sein Leben!« Sie schlug die Hände vor das Gesicht und begann zu weinen. Hoffmann konnte dem nichts entgegensetzen, so enttäuscht er auch über das magere Ergebnis der ganzen Unternehmung war. Von Tümmler hatte sein Leben gewagt und verloren. Falls er tatsächlich im Besitz von Geheimnissen war, hatte er diese mit ins Grab genommen. Die Hinweise auf die Loge und den Sand waren zu spärlich, als dass Hoffmann sie hätte entschlüsseln können. Während Colombina sich ihrem Schmerz hingab, sann Hoffmann darüber nach, wo er wohl Näheres über diesen Geheimbund erfahren könne. Er dachte an seinen Freund und künstlerischen Mitstreiter Fouqué. Der war, wie Hoffmann wohl wusste, ebenfalls von der Herrlichkeit Altpreußens durchdrungen. Das Königreich vor dem Zusammenbruch, vor dem Jahr 1806, erschien ihm als das einzig richtige und wahre. Hoffmann, der Bürger, hatte mit dieser

verqueren, rückwärts gewandten Adelsromantik nie viel im Sinn gehabt. Er wusste indessen, dass Fouqué einem »Christlichen Tugendbund« angehörte, dem nur adelige, gläubige Christen beitreten durften, »Weibern und Juden« war der Zutritt strengstes verboten. Es gab noch mehr solcher Gruppierungen in Preußen. Dem Geist nach konnte die Loge eine von ihnen sein.

Womöglich hatte von Tümmler sterben müssen, weil er in einen Konflikt zwischen seiner Arbeit und den Zielen der Loge geraten war. Gesetzt, er gehörte der Loge an und war deren Grundsätzen verpflichtet. Die Loge beabsichtigte, ihn zu fördern, ihn gar zum Intendanten zu machen. Nun aber nahm das Nationaltheater ein Stück in den Spielplan auf, dessen Inhalt mit den Idealen der Loge kollidierte. Mehr noch: Nachforschungen, die von Tümmler in Auftrag gab, enthüllten Tatsachen, die eines der hochgestellten Mitglieder der Loge in Bedrängnis brachten. Man forderte von Tümmler auf, das Drama zu unterdrücken. Doch der Dramaturg setzte sein künstlerisches Gewissen höher als seinen Ehrgeiz. Er musste erleben, dass die Geheimbündler nicht davor zurückschreckten, seinen Intendanten zu töten und den Mord einer Gruppe aufsässiger Mitglieder des Theaterensembles in die Schuhe zu schieben. Ihm wurde klar, mit welchen Schurken er es zu tun hatte, und wandte sich von ihnen ab. Er versuchte, den Kammergerichtsrat zu Hilfe zu rufen, wurde jedoch zuvor ebenfalls ermordet.

Er hatte die Loge verraten wollen und war dafür bestraft worden.

Hoffmann sah, dass Colombina ihren Schmerz zunächst überwunden hatte und stellte ihr die nächste Frage, die er auf dem Herzen hatte: »Was weißt du über den Tod des Theaterdirektors?«

Colombina sah ihn erstaunt an. »Wissen Sie das nicht am besten?«, fragte sie.

»Woher sollte ich das wissen?«

»Haben Sie nicht selbst …?«, fragte Colombina ein wenig zögerlich, da dies immerhin eine schwer wiegende Anschuldigung war.

Hoffmann fuhr auf. »Sie beschuldigen mich? Bei allen Teufeln! Wer hat Ihnen das eingeredet?«

Colombina duckte sich, als wolle sie sich vor Schlägen verwahren. Hoffmann sah ein, dass er sich beruhigen musste.
»Ich weiß, dass gewisse Leute versuchen, mich zu verleumden«, sagte er. »Aber ich habe nichts dergleichen getan. Warum sollte ich denn wohl auch den Intendanten umbringen?«
»Weil …« Die junge Frau zögerte.
»Nun?«, spornte Hoffmann sie an.
»Man sagt, Sie sind …«
»Was?«
»Ehrgeizig. Sie wollen Kapellmeister werden.«
»Dafür sollte ich jemanden umbringen?« Hoffmann lachte auf. Das war denn doch zu kurios.
»Haben Sie denn nicht die jungen Leute aufgehetzt? Die Darsteller der Luftgeister?«
»Ich sie? Wohl eher sie mich.«
»Aber …« Sie zögerte erneut.
»Sprich weiter!«
»Sie sind doch ein Jakobiner! Sie haben ein aufrührerisches Flugblatt verfasst.«
»Aber das ist doch! Potz Donnerwetter noch mal!«, entfuhr es Hoffmann. »Du verkehrst ja die Dinge genau ins Gegenteil!«
Colombina schrie auf und wich erschrocken vor ihm zurück. Hoffmann versuchte, seine Fassung zu bewahren.
»Sei ruhig und setz dich«, befahl er dem Mädchen, das sich jedoch noch einen Schritt weiter von ihm zurückzog. Sie starrte mit schreckgeweiteten Auge auf den Dolch, den Hoffmann in der Hand hielt, ohne dass er sich dessen bewusst gewesen wäre oder ihn gar zu benutzen gedachte. Um sie zu beruhigen, legte er die Waffe beiseite.
»Wie kommst du darauf, mich in dieser Weise zu beschuldigen?«, fragte er. Plötzlich erkannte er, dass die Antwort nicht schwer zu erraten war. »Man hat es dir befohlen, nicht wahr?«
Das Mädchen nickte.
»Wer befahl es dir? Doktor Mohr?«

Colombina schien bei der Nennung des Namens zu erschrecken. Hoffmann fragte sich, ob ihre Reaktionen echt waren oder ob sie ihm eine Szene vorspielte. Immerhin war sie eine Schauspielerin und, soweit Hoffmann dies beurteilen konnte, keine schlechte.

»Er bedroht dich?«

Colombina nickte.

»Warum? Was soll geschehen?«

Colombina legte einen Finger an die Lippen. Sie griff zu einem Zettel und kritzelte mit Hilfe eines Bleistifts einige Worte darauf, ehe sie ihn Hoffmann reichte. Der Kammergerichtsrat las: »Man belauscht uns.«

»Wer lauscht? Wo sind die Beobachter?«, fragte Hoffmann.

Colombina bedeutete ihm noch einmal eindringlich zu schweigen. Sie nahm ihm den Zettel aus der Hand und kritzelte erneut etwas darauf.

»Ich soll Sie zur Wut reizen!«, las Hoffmann.

Nun begriff er. Colombina war angewiesen worden, ihn so weit zu provozieren, dass er sie angriff. Auf ihr Geschrei hin würden verborgene »Helfer«, die draußen auf der Lauer lagen, den Wagen stürmen und Hoffmann überwältigen. Man würde behaupten, er habe sich wie ein Rasender gebärdet und Colombina mit Mord gedroht. Hoffmann erkannte, dass er in höchster Gefahr war. Dieses Mal würden sie ihn ermorden und behaupten, sie seien einer bedrängten Frau zu Hilfe gekommen. Aber wer und wo waren die Mörder?

Plötzlich ging Hoffmann ein Licht auf. Die verlassenen Marktbuden!

»Hast du eine Waffe?«, fragte er mit leiser Stimme.

Das Mädchen deutete auf den Dolch, den Hoffmann soeben beiseite gelegt hatte. Hoffmann schüttelte den Kopf. Allein mit einem Dolch konnte er es nicht mit Männern aufnehmen, die wahrscheinlich sehr viel besser ausgerüstet waren als er selbst. Er brauchte eine wirksamere Waffe. Ein Gewehr, eine Pistole.

»Keine Schusswaffe?«

Colombina schüttelte den Kopf. Doch dann fiel ihr offensichtlich etwas ein. Sie kramte in einem Kasten und brachte eine Armbrust zum Vorschein, wie sie vermutlich einmal einem Darsteller des »Wilhelm Tell« als Requisit gedient hatte. Das Mädchen überreichte Hoffmann das Schießgerät sowie einen Köcher mit Bolzen. Hoffmann kannte sich mit Tells Geschütz nur wenig aus. Es schien ihm jedoch, als sei es durchaus einsatzbereit. Die Sehne war straff gespannt. Hoffmann legte einen der Bolzen ein. Zugleich kam ihm das Ganze grotesk vor? Sollte er tatsächlich mit dieser skurrilen Ausrüstung gegen einen mordlustigen Feind kämpfen? Andererseits blieb ihm nichts anderes übrig.
Er drängte sich an Colombina vorbei zum vorderen Teil des Planwagens. Die junge Frau hielt sich hinter ihm. Hoffmann spähte durch den Vorhangspalt nach draußen. Die verrotteten Buden standen etwa fünfzig Schritte entfernt. Niemand zeigte sich.
»Schießen Sie!«, drängte Colombina.
Hoffmann nahm den nächststehenden Marktstand ins Visier und betätigte den Abzug. Der Bolzen flog. Er durchdrang den Lappen, mit dem die Bude verhängt war. Ein Schrei ertönte. Hoffmann hatte getroffen!
Das Mädchen reichte ihm einen weiteren Bolzen. »Schießen Sie! Schießen Sie!«, rief sie mit schriller Stimme.
Hoffmann legte einen weiteren Bolzen ein und schoss, stets in der Deckung der Plane verbleibend, erneut auf das Markthäuschen. Er sah, wie die Tür der Bude aufgerissen wurde und eine Gestalt den Kai entlangflüchtete. Hoffmann konnte es selbst kaum fassen, dass es ihm gelungen war, einen Feind in die Flucht zu schlagen. Aber der war sicherlich nicht der einzige, der dort draußen im Hinterhalt lag.
Und richtig! In dem Moment kam etwas Helles, Feuriges durch die Luft geflogen. Man beschoss sie mit Brandpfeilen. Hoffmann erschrak, als der erste Pfeil das Dach des Planwagens durchdrang und zwischen den mürben Kleidern verschwand. Sogleich begann es brenzlig zu riechen.

»Feuer!«, schrie Colombina. »Löschen Sie!«
Hoffmann sah den zweiten Pfeil herannahen. Auch er traf sein Ziel. Hoffmann wurde klar, dass Colombina und er sich in einer ausweglosen Lage befanden. Sie standen vor der Wahl, entweder im Innern des Wagens zu verbrennen oder auf der Flucht in das Schussfeld der verborgenen Schützen zu laufen. Er legte einen neuen Bolzen ein. Immerhin war es ihm bereits gelungen, einen der Heckenschützen zu vertreiben. Womöglich vergönnte ihm das Schicksal einen weiteren Glückstreffer.
Er drückte ab. Als Antwort kam ein dritter Brandpfeil durch die Luft geflogen. Schon war der Wagen von Rauch erfüllt. Flammen züngelten an den Säumen der Kleider entlang.
Als er sich kurz umwandte, sah Hoffmann, wie Colombina an einem Eisenring zerrte. »Helfen Sie mir!«, rief sie. Hoffmann begriff, dass sie versuchte, eine in den Wagenboden eingelassene Klappe zu öffnen. Er ließ die Armbrust fallen und machte sich daran, der jungen Frau beim Öffnen der Falltür zu helfen. Endlich tat sich ein rechteckiges Loch im Wagenboden auf, durch das ein Mensch ohne Schwierigkeiten hinausschlüpfen konnte. Aber was dann?
Es blieb Hoffmann keine Zeit, einen Fluchtplan zu entwickeln. Schon hatten die Flammen sich im Wageninneren verbreitet. Beißender Rauch drang in ihre Lungen. Hitze entwickelte sich. Bald würden die Kleider in hellen Flammen stehen.
Hoffmann half Colombina, sich durch die Falltür im Wagenboden hinabzulassen. Als sie sicher unten angekommen war, folgte er ihr nach.
Nun hockten sie unter dem Karren, wo sie ein wenig Deckung fanden, das half jedoch nicht allzu viel und auch nicht sehr lange. Zum Glück begann Rauch den Wagen einzuhüllen, das verbarg sie eine Weile. Doch bald würde das ganze hölzerne Gefährt lichterloh brennen und über ihnen zusammenbrechen.
Plötzlich hörte Hoffmann Gewehrschüsse. Die Feinde hatten ihre Brandpfeile mit Musketen vertauscht. Tatsächlich schlug in diesem Moment eine Kugel gegen die Radnabe. Der Kammergerichtsrat er-

kannte nun, wie dürftig die Deckung war, die ihnen das Fahrgestell des Wagens bot. Zudem wurde es langsam unerträglich heiß. Durch die Falltür schlug die Hitze wie durch eine geöffnete Ofenklappe. Dann kam Hoffmann eine Idee. Konnte man den Wagen nicht davonrollen? Natürlich konnte man das. Aber wohin? Die Uferkante war nur wenige Schritte entfernt. Ins Wasser! Das war es! Hoffmann beschloss, es zu versuchen! Er kroch an Colombina vorbei zum vorderen Teil des Wagens – wenngleich das Mädchen ihn anflehte, sie nicht allein zu lassen. Die Feinde schossen unermüdlich. Vermutlich rechneten sie damit, dass das Feuer ihnen Hoffmann und Colombina früher oder später vor die Gewehrläufe treiben würde.

Hoffmann teilte Colombina, die sich an seine Rockschöße klammerte, kurz mit, was er beabsichtigte: »Ich will uns zum Wasser ziehen!« Er riss sich von der Verängstigten los, kroch unter der vorderen Achse hindurch. Jetzt kam der entscheidende Moment! Wenn die Schützen sich rings um den Wagen verteilt hatten, ihn von allen Seiten unter Beschuss nahmen, dann war es sehr gefährlich, ja tödlich, darunter hervorzukriechen, dann waren sie rettungslos verloren, dem Feuer (gleich welcher Art) preisgegeben. Der Rauch wurde unterdessen dichter und wirkte wie schützender Nebel, wenngleich er das Atmen zur Qual machte.

Hoffmann griff zu der Kurbel, die seitlich am Kutschbock befestigt war, und begann die Bremsen zu lösen. Das Eisen war heiß geworden, man konnte es gerade noch mit bloßen Händen berühren. Hoffmann drehte sie; er sah, wie sich die Bremsklötze bewegten. Nun konnte er den Wagen ins Rollen bringen. »Kommen Sie, helfen Sie mir!«, rief er Colombina zu. Sie kroch unter dem Wagen hervor, und gemeinsam stemmten sie sich gegen die Räder. Zum Glück war der Kai gepflastert und ein wenig abschüssig. Auf sandigem Boden hätten zwei schwache Personen das schwere Gefährt nicht bewegen können. Auch bei einer größeren Entfernung wäre der Plan vermutlich zum Scheitern verurteilt gewesen. Doch so kam der Wagen endlich ins Rollen. Hoffmann verausgabte sich bis zum Letzten, um die Räder in Schwung zu bringen. Er wagte nicht, daran zu denken, was ein kaltes Bad für ihn, den Fieberkranken, bedeutete! Endlich hatte der Wagen so viel Bewegungsenergie aufgenommen, dass man hoffen konnte, er werde über die Uferkante kippen und ins Wasser stürzen. Im letzten Moment, bevor dies geschah, rief Hoffmann Colombina zu, sie solle loslaufen, so schnell sie könne, und ins Wasser springen. Das war ein gefährlicher Moment, denn für eine Sekunde boten sie den Schützen ein sichtbares Ziel. Schnelle Bewegung war daher alles! Hoffmann verfolgte, wie Colombina vor ihm mit sich blähenden Röcken auf die Wasserfläche zuflog und einen Augenblick später versank. Er selbst zog die Beine an und hüpfte wie ein Frosch in die widerwärtige Brühe. Schüsse peitschten, aber sie waren unverletzt geblieben. Hoffmann ekelte sich vor dem fauligen Nass, in dem sie umhertrieben. Aber er hatte kaum die Augen wieder geöffnet, als er sah, wie der Wagen, die Deichseln wie Ruderstangen ausgestreckt, mit den vorderen Rädern über die Kante rollte, hoch wie ein brennendes Haus über ihnen stand, sich dann langsam nach vorn neigte, kurz aufsetzte, umkippte und schließlich noch immer lichterloh brennend unter gewaltigem Zischen und Höllengebrodel ins Wasser stürzte, Hoffmann und Colombina unter einer hohen Welle begrub, zugleich durch das Untertauchen das Feuer löschte. Mächtige Schwaden heißen Dampfs stiegen auf, als der Wagen wieder zum Vorschein kam. Es stank fürchterlich. Hoffmann und Colombina klammerten sich fest, wo sie Halt fanden. Noch immer brodelte es rings um sie her wie in einem gärenden Topf. Aber nun hatten sie Deckung. Wenngleich es in dem Wasser kalt und ungemütlich war, konnten sie es zur Not aushalten, bis endlich Hilfe kam.

Zwei Männer erschienen an der Uferkante. Sie trugen Gewehre. Hoffmann zog den Kopf ein und hieß Colombina, das Gleiche zu tun. Schüsse peitschten, trafen jedoch nur auf Holz oder ins Wasser, ohne Schaden anzurichten. Leider musste Hoffmann beim Untertauchen eine weitere Portion der ekligen Brühe schlucken.

Dann hörte man lautes Rufen, »Heda!«-Geschrei. Das Handelsvolk war endlich aufmerksam geworden und rannte herbei. Die Schützen machten, dass sie davonkamen. Auch vom Wasser her näherten sich Retter. Binnen kurzem wurden Hoffmann und Colombina von kräftigen Händen in einen Kahn gezogen und zu einem der schwimmenden Landungsstege gefahren, wo man ihnen half, das Ufer zu erklimmen. Sie waren gerettet.

2

Eine Woche lang schwebte Hoffmann zwischen Leben und Tod. Auf dem Höhepunkt der Krise sah er, wie Herr von Tümmler und der Intendant Kühnemann an sein Bett traten und ihn mit freundlichem Lächeln aufforderten, ihnen zu folgen. Sie wiesen auf einen schmalen, verschlungenen Pfad, der sich über eine weite Ebene hinwegschlängelte und in einen Streifen Abendrot mündete. Der Himmel war finster und die Erde schwarz, es glühte durch Erdspalten wie von einem unterirdischen Feuer. Hoffmann sah ein Gebüsch voller Spinnen und Motten mit Menschenköpfen. Er erkannte Assessor Warnke, der mit Ketten an Händen und Füßen durch eine unendliche Wüste aus Kohlenstaub stolperte und immerfort klagte: »Ich bin ein Mörder! Ich habe getötet! Ich büße dafür in Ewigkeit!« Schreckensbilder wie diese zogen ihm in einer endlosen, düsteren Prozession durchs Hirn, und immer wieder erblickte er Flammenwände, in denen menschliche Schemen verzweifelt ihre Hände rangen und ihre Arme zum Himmel aufwarfen. Eine dieser Verdammten war Colombina.
Er nahm nicht wahr wie Mischa, sein Freund Hitzig und etliche Ärzte sich um sein Leben bemühten. Erst später erfuhr er, dass man ihn schon fast aufgegeben hatte, als die Krisis endlich überwunden war, das Fieber sank und der Patient in die Phase der Genesung eintrat.
Zwei Wochen lang war er, nachdem das Fieber endlich gesunken

war, bettlägerig. Er schlief in dieser Zeit nahezu zwanzig Stunden am Tag. Am Anfang saß Mischa ständig an seinem Bett, aber schließlich forderten die endlosen Nacht- und Tagwachen auch von ihr den Tribut. So fand sich Hoffmann nun des öfteren allein im Zimmer, was indessen, da er sich zusehends erholte, kein Risiko mehr darstellte.
Eines Tages, als er im Bett vor sich hin träumte, öffnete sich die Tür, und ein Mann trat ein, den Hoffmann auf den ersten Blick nicht erkannte. Er hielt ihn für einen Arzt. Doch es war Herr von Tümmler.
»Sie hier?«, fragte Hoffmann verblüfft. »Sind Sie denn nicht …?«
Von Tümmler lächelte und nickte. »Ich bin. Und ich bin nicht. Nehmen Sie mich als Beweis dafür, dass Hamlets Frage falsch gestellt ist. Es gibt noch ein Drittes zwischen Sein und Nichtsein.«
Ein gebildetes Gespenst, dachte Hoffmann. Aber schließlich war von Tümmler Dramaturg gewesen.
»Ich freue mich über Ihren Besuch«, sagte er. »Man bekommt nicht oft Gäste aus jenen Regionen.«
»Da irren Sie«, widersprach Tümmler. »Wir kommen oft. Aber Sie sehen uns nicht.«
»Mir scheint«, sagte Hoffmann, indem er sich auf die kritische Phase seiner Krankheit besann, »dass ich in letzter Zeit ein paar Mal in Ihrer Welt zu Gast war.«
Von Tümmler nickte. »Wir betrachteten Sie schon fast als einen der unseren.«
»Wenn ich ehrlich sein soll«, gab Hoffmann zu, »wirkte das viele Feuer ein wenig abschreckend.«
»Es sieht schlimmer aus, als es ist«, erwiderte von Tümmler. »Feuer schadet uns nicht, da wir unstofflich sind.«
»Wer hat Sie getötet?«, entfuhr es Hoffmann.
»Ahnen Sie das nicht?«
»Ich ahne, aber ich möchte wissen.«
»Raten Sie!«, forderte von Tümmler ihn auf. »Wir dort drüben lieben Ratespiele. Die Ewigkeit kann mitunter recht langweilig sein.«

»Doktor Mohr«, riet Hoffmann.
Der Geist schüttelte den Kopf. »Daneben«, sagte er.
»Die Loge«, probierte es Hoffmann.
Der Geist schüttelte den Kopf. »Erneut daneben. Dritter und letzter Versuch.«
Hoffmann zögerte. Dann sagte er: »›Die schwarzen Jäger‹.«
»Treffer!«, verkündete der Geist.
»Aha!«, rief Hoffmann erleichtert. »Aber – wer sind die schwarzen Jäger?«
»Das fragen Sie?«, erwiderte der Geist. »Öffnen Sie Ihre Augen!« Er deutete auf Hoffmanns Hände, die matt auf der Bettdecke lagen. Im selben Moment begannen sie sich dunkel zu färben, als würden sie mit schwarzer Tinte begossen. »Ein Zeichen Gottes! Das sind Mörderhände!«, rief der Geist und lachte schauerlich. Hoffmann stieß einen Schrei aus. Entsetzt starrte er auf seine verkrümmten, verkohlten Finger, die ihn an Kühnemanns Leiche auf den Anatomietisch erinnerten.

»Schon wieder ein Alptraum. Sicher schon der tausendste.« Es war Warnkes Stimme, die da sprach. Hoffmann schlug die Augen auf. Warnkes Gesicht war über ihn gebeugt. Schalk blitzte aus den Augen des jungen Mannes. »Ist Ihnen nach einem Fischgericht zumute?«, fragte er. »Sie riefen fortwährend nach einem Tümmler.«
»Ich hatte hochgeistigen Besuch«, erwiderte Hoffmann.
»Ich sehe, Sie sind im Begriff, Ihren Humor zurückzugewinnen«, versetzte der Assessor.
»Wie lange war ich außer Gefecht?«
»Wohl gut drei Wochen«, sagte Warnke. »Sie haben viel versäumt. Inzwischen steht die Welt dort draußen auf dem Kopf.«
»Inwiefern?«
»Napoleon ist in Belgien einmarschiert. Die Armeen werden gegen ihn mobil gemacht. Die Welt hallt wider von Krieg und Kriegsgeschrei. Das Armageddon steht bevor.«
»Gibt es nichts Wichtigeres?«

»Nun, doch. Ich bin im Begriff, die Ehe zu schließen.«
»Mit wem?«
»Mit einem Fräulein Velin.«
»Ist sie reich?«, fragte Hoffmann.
»Unermesslich. An Schönheit und Anmut«, versicherte der Assessor.
»Dann gratuliere ich. Ist sie der Grund, warum Sie sich aus der Welt zurückzogen?«
»Nicht ganz. Ich hatte mich von einem Verdacht rein zu waschen.«
»Welchem Verdacht?«
»Kühnemanns Mörder zu sein.«
Nur sein geschwächter Zustand hinderte Hoffmann daran, senkrecht aus dem Bett aufzufahren.
»Sie? Wer hat Sie dessen verdächtigt?«
»Ich mich selbst.«
»Wie das?«, fragte Hoffmann. Er hatte plötzlich das Gefühl, wieder einmal unvermerkt in die Traumwelt hinübergeglitten zu sein. »Erlauben Sie mir, Ihnen in die Wange zu kneifen?«, fragte er.
»Seien Sie so frei.«
Hoffmann bediente sich. Warnke war tatsächlich kein Geist.
»Alles Fleisch, Blut und Bartstoppeln«, sagte der Assessor.
»Ich kann kaum glauben, was ich hier höre«, sagte Hoffmann kopfschüttelnd. »Sie selbst bezichtigen sich des Mordes?«
»Bezichtigten. Wählen Sie bitte die Vergangenheitsform.«
»Wie ging das zu?«
Warnke erzählte. Er sei, so berichtete er, in jener nun schon länger zurückliegenden Nacht, da der Intendant zu Tode kam, in dessen Hause gewesen – aus Gründen, über die er demnächst Rechenschaft ablegen werde. Er habe den Theaterdirektor noch vor Mitternacht verlassen, sei aber noch nicht in der Stimmung gewesen, sich ins Bett zu legen. Demzufolge habe er beschlossen, ein bekanntes Weinlokal aufzusuchen, an dessen Stammtisch er, wäre er ein wenig schneller gewesen, wohl noch den Herrn Kammerge-

richtsrat selbst in fröhlicher Runde angetroffen hätte. Stattdessen sei er der Gruppe, die sich gerade um den Gerichtsrat vermindert hatte, unterwegs in die Arme gelaufen. Da er die Burschen, wenngleich nur flüchtig, gekannt habe, fragte er sie nach dem Woher und Wohin und erhielt die Auskunft, man sei unterwegs zum Haus des »Königs Egel«, um ihm eine Katzenmusik darzubringen. Zunächst habe er übrigens »König Ekel« verstanden. Als er endlich herausgebracht hatte, um was es ging, habe er sich der Gesellschaft angeschlossen. Er sei somit just zu dem Ort zurückgekehrt, den er soeben verlassen hatte.

Hoffmann unterbrach ihn und fragte, ob er selbst tatsächlich nicht mehr dabei gewesen sei.

Warnke bestätigte dies und fuhr fort: »Einer der jungen Leute, er nannte sich Motte, hatte eine frische, bereits entkorkte Flasche Wein zur Hand, und so zogen wir, immer wieder pausierend und einen Schluck nehmend, unserem Ziel zu, wobei wir zwar nicht in unserem Willen, wohl aber physisch zusehends wankend wurden.«

»Weiter!«, drängte Hoffmann den allzu blumigen Erzähler.

»Ich bemühte mich, die jungen Heißsporne von ihrer Absicht abzubringen. Leider vergebens. Allerdings dachte ich mir: Was kann bei einem kakophonischen Ständchen zu später Stunde schon Schlimmeres herauskommen als eine Hetzjagd mit dem Nachtwächter und, im äußersten Falle, ein paar Tage Karzer?«

»Fahren Sie fort, um Gottes willen.«

»Wir kamen ans Ziel.«

Hoffmann seufzte. »Nun, aber warum bezichtigen – bezichtigten Sie sich des Mordes?«

»Hören Sie nur, und bewahren Sie die Geduld. Das Fenster des Intendanten stand offen. Dazu muss ich bemerken, dass der Herr Intendant mich in seinem Schlafzimmer empfangen hatte. Er war unpässlich und sprach mit seltsam heiserer Stimme. Gleichviel. Ungeachtet unserer Erkältungen rauchten wir ziemlich stark. Wenn man so will, trage ich also die Verantwortung dafür, dass der Hausknecht nach meinem Fortgang das Fenster öffnen musste.

Nun, meine Gefährten und ich nahmen also unter dem dunklen Fenster Aufstellung und machten uns bereit, zu kreischen, zu pfeifen und zu tirilieren. In dem Moment gedachte Kamerad Motte, sich mit einem letzten Schluck aus der Flasche Mut anzutrinken, musste jedoch feststellen, dass sich kein Tropfen mehr darin befand. Aus Enttäuschung warf er die Flasche im hohen Bogen – ins Schlafzimmer des Intendanten.«

Hoffmann richtete sich ächzend im Bett auf. Der Assessor setzte erneut eine Kunstpause. Hoffmann flehte ihn an fortzufahren: »Weiter! Um Himmels willen! Weiter!«

»Daraufhin explodierte das Zimmer. So schien es zumindest.«

»Was soll das heißen?«

»Es ging«, führte der junge Mann aus, »alles so schnell und kam so unverhofft, dass ich zunächst glaubte, zwischen dem Flaschenwurf und der darauf erfolgenden Detonation bestünde ein direkter Zusammenhang.«

»Was aber nicht der Fall war? Wie kann eine leere Weinflasche eine Detonation auslösen?«

»Eben das wurde mir klar, als ich länger über meine Selbstbezichtigung nachdachte. Man hörte übrigens kein Klirren, sodass man annehmen muss, das Wurfgeschoss ist auf dem Bett gelandet.«

Hoffmann fiel die Anatomiestunde des Doktor Ros ein, der ihm und Hitzig an der verbrannten Leiche die Stelle gezeigt hatte, wo ein Schlag den Intendanten getroffen haben musste.

»Die Flasche traf den Intendanten«, sagte er.

»Möglich«, erwiderte Warnke.

»Erzählen Sie weiter.«

»Wir rannten alle davon. Das Ganze geschah innerhalb von Augenblicken.«

»Wann erfolgte die Explosion? Sofort nach dem Flaschenwurf?«

»Ich weiß es nicht genau«, gestand Warnke. »Ich war zu erschrocken, um nicht zu sagen verstört, als es plötzlich krachte, um Einzelheiten wahrzunehmen. Natürlich dachte ich, meine Freunde hätten einen Brandsatz in das Zimmer geworfen.«

»Das ist ja auch nicht ausgeschlossen«, stellte Hoffmann fest.
»Doch. Es war die besagte Weinflasche. Ich sah deutlich, wie Motte sie an den Mund setzte, fluchte und sie im nächsten Moment durch das Fenster warf. Eine leere Weinflasche, kein Zweifel.«
»Trotzdem erfolgte die Explosion?«
Warnke breitete die Arme aus. »Ein physikalisches Wunder«, sagte er.
Hoffmann war elektrisiert. Da war ein Augenzeuge, der gesehen hatte, wie der Brand in Kühnemanns Schlafzimmer ausgebrochen war! Im Grunde hätte er Warnke tadeln müssen, weil dieser ihm vorenthalten hatte, dass er nicht nur zum Zweck einer Unterredung im Haus des Intendanten gewesen war, sondern später noch einmal dorthin zurückkehrte.
»Warum haben Sie das verschwiegen?«, fragte er.
»Aus Furcht. Aus Schuldgefühl«, erwiderte Warnke zerknirscht.
»Berichten Sie mir alles ganz genau! Jeden einzelnen Punkt!«
Warnke zuckte die Achseln. »Da gibt es nichts weiter zu berichten.«
»Alarmierten Sie wenigstens die Brandwache?«
»Da war ein Nachtwächter, der ... Ich selbst half beim Löschen. Ich stellte mich in die Eimerkette. In jener Nacht hat sich mein Husten stark verschlimmert.«
»Kehren wir zum Ausbruch des Brandes zurück«, sagte Hoffmann. »Es muss einen zureichenden Grund dafür geben, dass das Zimmer explodiert ist. Da eine leere Weinflasche keine Explosion bewirken kann, muss es etwas anderes gewesen sein.«
»Darüber grüble ich schon seit Wochen«, bekannte Warnke. »Ohne konkretes Ergebnis.«
Wie erzeugt man eine Explosion?
»Durch Pulver, Lunte und Feuer«, zählte Warnke wie ein gelernter Artillerist auf.
»Erinnern Sie sich«, fragte Hoffmann, »ob in dem Raum eine Kerze angezündet wurde, nachdem Sie die Flasche hineinwarfen?«
»Ich warf sie nicht persönlich«, verteidigte sich Warnke. »Nein,

daran erinnere ich mich nicht. Die Explosion erfolgte urplötzlich.«

»War der Flaschenwurf vielleicht ein Signal?«

»Wie meinen Sie das?«

»Womöglich gab der Werfer jemandem, der drinnen war, das Zeichen, die Lunte anzuzünden.«

Warnke überlegte. »Es kam mir nicht so vor, aber ...«

»Ursprünglich sollten die Leute, mit denen Sie herumzogen, mir eine Falle stellen«, klärte Hoffmann den Assessor auf. »Man wollte mich bewusstlos am Tatort zurücklassen, damit alle Welt mich für den Attentäter hielt. Das misslang, weil mir zu unwohl war, um zum Haus des Intendanten mitzugehen. Womöglich hat man beschlossen, Sie an meine Stelle zu setzen.«

Warnke schüttelte den Kopf. »Ich war von allen der Nüchternste«, widersprach er Hoffmanns These. »Um mich zurückzulassen, hätte man mich niederschlagen müssen.«

Der Kammergerichtsrat beschloss, diesen Punkt vorerst fallen zu lassen.

»Jemand muss im Haus gewesen sein und die Detonation ausgelöst haben. Diese Person war sicherlich nicht im selben Zimmer, da sie sonst verletzt worden wäre. Sie wird eine Lunte gelegt haben.«

Warnke erwiderte, dass er eher eine Kerze als Ursache der Detonation ansehe, einfach darum, weil keine andere Person im Haus war, als er den Intendanten verließ. »Der war bereits ziemlich erschöpft von dem Bericht, den ich ihm gegeben habe. Er hätte nach Mitternacht sicherlich niemanden mehr empfangen.«

»Folglich muss die Person Zugang zu dem Haus gehabt oder bereits dort gewesen sein und gewartet haben, bis Sie gingen.«

Warnke bestätigte, dass auch er keine andere Möglichkeit sehe.

»Jemand hat Pulver verstreut, nachdem Sie fort waren«, stellte Hoffmann fest. »Als Sie und Ihre Freude zurückkehrten, zündete er die Lunte. Warum? Weil er befürchtete, Ihre Katzenmusik würde den Intendanten aufwecken; er würde Licht machen und dann das Pulver und die Zündschnur bemerken können. Dieses Risiko wollte der Mörder nicht eingehen, folglich zündete er ...« Er hielt inne, denn in ihm stieg eine Erinnerung auf, die zu seiner Theorie im Widerspruch stand. Hatte Doktor Ros nicht gesagt, der Intendant habe kein Kohlengas in seinem Blut und in seiner Lunge gehabt, sei also schon tot gewesen, als das Feuer ausbrach?

»Verdammt!«

Warnke überhörte den Fluch.

»Ich muss mich korrigieren«, sagte Hoffmann. »Der forensische Chirurg sagt, Kühnemann sei wahrscheinlich erwürgt worden. Das Feuer habe nur dazu gedient, den Mord zu verschleiern und als Unfall zu tarnen.«

»Das höre ich zum ersten Mal«, gestand Warnke. »Das wirft ein völlig neues Licht auf das Geschehen.«

»Nicht unbedingt«, stellte Hoffmann fest. »In welchem Zustand befand sich Kühnemann, als Sie ihn verließen.«

»Er war über das, worüber wir sprachen, recht aufgebracht. Andererseits hatte er stark getrunken und fühlte sich nicht wohl. Möglich, dass er sich noch einen Schlaftrunk genehmigt oder gar ein Pulver genommen hat.«

»Er bekam einen Schlag gegen den Schädel, wurde womöglich sogar erwürgt. Die wichtigste Frage lautet demnach: Wer war im Haus?«

»Das Faktotum, soviel ich weiß.«

»Fritz. Den möchte ich nach dem, was ich von und über ihn erfahren habe, auschließen«, sagte Hoffmann. »Sonst niemand?«

»Mir ist niemand begegnet. Allerdings stand das Fenster offen. Jemand konnte von draußen hineinklettern.«

»Das ist richtig. Die Frage, wer Zugang zum Haus hatte, ist also zu beantworten: beinahe jedermann.«

Warnke nickte. »Ich bin zu dem gleichen Schluss gekommen«, sagte er. »Das offene Fenster macht es uns sehr schwer, den Kreis der möglichen Täter einzugrenzen.«

»So ist es. Jemand – eine unbekannte Person – stieg in das Haus ein, nachdem Sie es verlassen hatten. Nehmen wir das als Hypothese. Aber warum ließ er sich so viel Zeit? Wie lange dauerte es, bis Sie zurückkamen?«

»Etwa zwei Stunden.«

»Das stimmt. Der Brand soll gegen zwei Uhr ausgebrochen sein. Also ist der Täter entweder erst kurz vor zwei in das Haus eingedrungen, oder er wartete, bis Sie und Ihre Freunde kamen.«

»Warum sollte er auf uns warten?«, fragte Warnke ungläubig.

»Vergessen Sie nicht: Er wollte die Tat einem anderen unterschieben, nämlich mir und den ›schwarzen Jägern‹. Er wartete also, bis die Leute, die er beschuldigen wollte, herannahten. Das erklärt, warum er den Intendanten erwürgen musste. Viele Leute nehmen es selbst im Schlaf war, wenn Fremde sich ihnen nähern, zumal der Mörder in dem Schlafzimmer geschäftig war. Er musste das Pulver verstreuen, die Zündschnur legen. Folglich schlug er den Intendanten sicherheitshalber bewusstlos. Da dies nicht ausreichte, erwürgte er ihn. Er konnte dann in Ruhe auf das Auftauchen der ›schwarzen Jäger‹ warten.«

»Warum wollte man Sie des Mordes an Kühnemann bezichtigen?« fragte Warnke verblüfft.

»Nicht mich allein. Auch die rebellischen Schauspieler. Wir alle sollten angeblich einem Verschwörerkreis namens ›Die schwarzen Jäger‹ angehören, der in Wirklichkeit nie existierte.«

»Die schwarzen Jäger ...«, warf Warnke ein. »Das sind die Lützow'schen. Ihre Farben sind Schwarz, Rot, Gold.«

»Ich bin zu dem Schluss gekommen, dass die beiden Morde etwas mit dem Stück zu tun haben, über das Sie heimliche Nachforschungen anstellten!«

»Ich dachte, sie wären für das Kammergericht nicht von Interesse«, verteidigte sich Warnke. »Darum habe ich Ihnen nichts davon gesagt.«

»Worum ging es bei diesen Nachforschungen?«

»Es gab verschiedene Anzeichen, dass der Untergang des Freikorps in dem Stück nicht richtig dargestellt wurde.«

»Inwiefern?«
Warnke wand sich ein wenig. »Es scheint, als ob die Lützower nicht ganz so tapfer waren, wie es ihnen die Legende nachsagt.«
»Berichten Sie!«
»Es heißt, sie hätten sich an der Weißen Elster, einem Nebenfluss der Elbe, den übermächtigen Franzosen zum Kampf gestellt. In Wahrheit haben sie wohl versucht, über den Fluss zu setzen.«
»Und warum taten sie es nicht?«
»Es gab nur eine einzige Brücke. Die war verbarrikadiert. Man weigerte sich offenbar, die Barrikade beiseite zu räumen und sie durchzulassen.«
»Das heißt, man gab sie preis?«
»So scheint es. In dem Fall verschöbe sich der Angelpunkt des Dramas. Man müsste es umschreiben.«
»Verstehe. Aus dem heldenhaften Untergang würde eine vereitelte Flucht.«
»Das würde die heroische Legende des Freikorps zweifellos ankratzen.«
»Leider habe ich das Stück nicht gelesen«, bekannte Hoffmann. »Erklären Sie mir, warum die Zensur es verbieten will.«
Warnke zuckte die Achseln. »Es passt wohl nicht in die Zeit, republikanische Freikorps zu Helden zu erheben. Die Linientruppen nehmen den Sieg in der Völkerschlacht für sich in Anspruch.«
»Wohl zu Recht«, warf Hoffmann ein.
»Das Volk hat sich jedoch Theodor Körner und Lützows verwegene Jäger zu Helden erwählt«, fuhr Warnke fort. »Das passt wohl verschiedenen Herrschaften nicht. Zudem sieht man nicht gern die Farben Schwarz, Rot, Gold auf der Bühne.«
Hoffmann schwieg eine Weile und dachte nach. »Das leuchtet mir ein, scheint mir allerdings nicht ausreichend als Motiv für zwei Morde.«
»Vielleicht täuschen Sie sich hinsichtlich des Motivs«, gab Warnke zu bedenken.
Hoffmann entschloss sich, das Thema vorerst fallen zu lassen.

»Hat man von außen Einblick in das Zimmer des Intendanten.«
»Nein, den hatte man nicht. Das Fenster lag etwa sieben Fuß über dem Erdboden.«
Hoffmann lehnte sich in seinen Kissen zurück und schloss die Augen.
»Wir sollten vielleicht ein anderes Mal ...«, schlug Warnke rücksichtsvoll vor.
Trotz seiner Erschöpfung winkte Hoffmann ab. »Wir werden den Fall vermutlich nicht aufklären können«, sagte er.
»Ich will Ihnen nicht widersprechen«, sagte Warnke. »Entscheidend für mich ist, dass meine Freunde und ich unschuldig sind und uns keine Gewissensqualen mehr bereiten müssen. Die Explosion ist nicht von unserer unschuldigen Flasche bewirkt worden.«
»Es war vermutlich die Geheimpolizei«, sagte Hoffmann.
Warnke zog es vor, dazu keinen Kommentar abzugeben.
»Das heißt, wir werden überall auf Mauern stoßen«, fuhr Hoffmann fort. »Doktor Mohr wird die Untersuchung behindern, wo er nur kann.«
»Es ist nicht unsere Sache, den Mord aufzuklären«, wandte der Assessor ein.
»Ich wüsste nur gern, aus welchem Grund er begangen wurde«, erwiderte Hoffmann. »Das Ganze ist mir ein Rätsel.« Er seufzte. »Können Sie mir ein Exemplar des Stücks ›Die Jäger‹ verschaffen?«
Warnke erklärte sich dazu bereit, warnte den Kammergerichtsrat jedoch davor, dass es kein gutes Stück sei. Zu viel Pathos, das, wie man ja jetzt wisse, auf fragwürdiger Grundlage beruhe.
Hoffmann stellte unterdessen fest, dass ihn das Gespräch sehr stark ermattet hatte und er nur noch schwer einen klaren Gedanken fassen konnte. Er beendete den Gedankenaustausch mit dem Assessor, bat diesen jedoch, sich zur Verfügung zu halten. Warnke versprach, während er sich erhob, am nächsten Tag wieder zu kommen. Kaum hatte er die Tür hinter sich geschlossen, fiel Hoffmann in den Schlaf der Erschöpfung.

3

Hoffmanns erholsamer Schlaf dauerte sechs Stunden, und beim Erwachen fühlte sich der Kammergerichtsrat endlich wieder genügend bei Kräften, um das Bett zu verlassen und sich um seine brachliegenden Geschäfte zu kümmern.

Inzwischen war der neunzigste Tag des kontinentalen Zwischenspiels Napoleon Bonapartes erreicht. Eine Entscheidungsschlacht wurde erwartet. In den europäischen Hauptstädten herrschte gespannte Nervosität. Immer noch galt der Franzose als militärisches Genie, und es schien nicht sicher, ob Eisenfresser wie der Feldmarschall Blücher oder der fischblütige Wellington ihm gewachsen wären.

An dem Tag, als Hoffmann sich zum ersten Mal wieder ankleidete, stattete Hitzig ihm einen Besuch ab. Natürlich drehte sich das Gespräch der beiden Freunde um den Fall Kühnemann. Hitzig teilte mit, die Männer, die auf Hoffmann und Colombina geschossen hatten, seien spurlos verschwunden. Es bestehe wenig Hoffnung, sie zu ergreifen. Man habe Fräulein Strohkötter (so nannte er Colombina) eindringlich verhört, habe jedoch nichts aus ihr herausbekommen. Sie blieb dabei, dass es sich ihrer Meinung nach um einen Raubüberfall handle. Kürzlich sei sie ohne Hitzigs Wissen aus dem Gefängnis entlassen worden. Seitdem habe man sie nicht mehr gesehen.

Hoffmann sprach die Vermutung aus, man habe ihr entweder Geld gegeben und sie ins Ausland geschickt oder ihre Leiche in einem der brandenburgischen Seen versenkt.

Übrigens waren auch Motte, Spinnweb, Senfsamen und Bohnenblüte verschwunden. Das Nationaltheater war durch königliche Verfügung geschlossen worden.

Tatsache war: Seit Kriegszustand herrschte, interessierte sich niemand mehr so recht für den Tod des Theaterintendanten, dessen Überreste in einem prachtvollen Grab beigesetzt worden waren, über das ein steinerner Engel einen bronzenen Lorbeerkranz hielt.

Tümmlers Tod war von der Öffentlichkeit kaum beachtet worden; in keiner Zeitung hatte etwas darüber gestanden. Der Familie gegenüber wurde der Mord als die Tat eines Einbrechers dargestellt. So stand es laut Hitzig auch in den Akten der Polizei. Hoffmann atmete auf. Offenbar sollte er nicht mehr des Mordes bezichtigt werden. Die Geheimpolizei ließ anscheinend von ihm ab. Der Grund war offensichtlich. Mohrs Auftraggeber hatten ihr Ziel erreicht – was immer es war. Nun wollten sie wieder Ruhe einkehren lassen.

Das ausgebrannte Haus des Intendanten war dem Erdboden gleichgemacht worden.

Es hieß, ein Graf Brühl solle Kühnemanns Nachfolger werden. Der König hatte zurzeit jedoch andere Sorgen, als Prinzipale zu ernennen. Wenn das Schicksal gegen ihn entschied, würde er seinen Thron womöglich ein zweites Mal nach Memel verlegen müssen.

Mohr hatte es nach Königsberg verschlagen, wo er unbekannten Verrichtungen nachging.

Der Dichter Klee hatte die Feder mit dem Degen vertauscht; als Leutnant der Pioniere schlug er jetzt Brücken und Holzwege durch belgische Sümpfe. Das Zimmer war aufgegeben.

Kurzum, alle Spuren des Falls verloren sich im Nichts.

Auch Warnke war wortbrüchig; er hatte sich nach seinem letzten Besuch nicht wieder blicken lassen. Wie Hoffmann erfuhr, hatte sich der Assessor nach Hirschberg in Schlesien begeben, um dort seine Flitterwochen zu verbringen. Man raunte sich zu, dass er, der mit einem weißen Band um den Hut ausgezogen war, womöglich mit einem schwarzen zurückkehren würde, denn die junge Ehefrau war schwindsüchtig.

Hoffmann wäre durchaus geneigt gewesen, die Untersuchung fortzusetzen. Er wurde jedoch von seinen Vorgesetzten angewiesen, sich um die inhaftierten Staatsfeinde zu kümmern. Er konnte dem nicht widersprechen, zumal die Aufklärung von Morden nicht zu den Obliegenheiten des Kammergerichts gehörte.

Ironischerweise brachte ihn die neue Aufgabe jedoch unverhofft wieder zu dem Fall zurück, denn die besagten Staatsfeinde waren just jene Künstler und Studenten, die einst vor dem Nationaltheater für die Aufführung des Stücks »Die Jäger« demonstriert hatten und dabei als Aufrührer sistiert worden waren. Nun sollte das Kammergericht, das für die Ahndung von politischen Straftaten zuständig war, sie anhand eines Gesetzes, das inzwischen erlassen worden war, wegen verbotener Zusammenrottung verurteilen.

Hoffmann mochte diese Aufgabe nicht sehr. Es widerstrebte ihm, jungen Menschen, die lediglich ihre Meinung zum Ausdruck gebracht hatten, die Zukunft zu verderben. Er war allerdings nicht der einzige Richter, der mit dieser Angelegenheit zu tun hatte. Seine Kollegen, die aus ihren Refugien zurückgekehrt waren, zeigten sich als beflissene Diener des Staats: Es hagelte hohe Festungsstrafen für mehr oder weniger harmlose Delikte. Dabei kam häufig der Mord an dem Intendanten zur Sprache, der angeblich von den »schwarzen Jägern« verübt worden war. Die Verurteilten wurden bezichtigt, mit dieser Gruppe in Verbindung zu stehen oder zumindest die gleichen Ziele zu verfolgen, somit indirekt des Mordes schuldig zu sein. Das war an den Haaren herbeigezogen und ganz offensichtlich auf dem Mist der Geheimpolizei gewachsen. Zum Glück wusste keiner der strengen Richter, dass ihr Kollege Hoffmann der Mitverfasser des berüchtigten Flugblatts war, das den Angeklagten als wichtigstes Beweisstück vorgehalten wurde. Kein Richter scherte sich daran, dass die Delinquenten bereits im Gefängnis gesessen hatten, als das Flugblatt gedruckt und verteilt wurde; es freute sie vielmehr, dass sie mit diesem Pamphlet den Beweis für eine staatsfeindliche Verschwörung in der Hand hielt. »Die schwarzen Jäger« wurden allmählich zu einer gefährlichen, bewaffneten Gruppe erklärt.

Hoffmann ließ sich mit den Gefangenen, die ihm zugeteilt worden waren, etwas mehr Zeit als seine Kollegen. Er führte in jedem einzelnen Fall eine gründliche Untersuchung durch und kam in den meisten Fällen zu der Ansicht, dass den Beschuldigten lediglich die »Zusammenrottung« nachgewiesen werden konnte, die Verurteilung mithin nach einem Gesetz erfolgen sollte, das erst nach der Tat erlassen worden war. Er fertigte daraufhin ein Gutachten über die Genehmigung einer Gesetzesanwendung »ex post« an, in dem er die Ansicht vertrat, diese sei nach dem geltenden Recht unzulässig. Er sandte die Expertise an seinen Vorgesetzten, Baron von Trützschler, der für gemächliches Arbeiten bekannt war, sodass er für seine Delinquenten fürs Erste eine Gnadenfrist herausgeschunden hatte.

Die Lebensumstände der Studenten und jungen Künstler, die Hoffmann in den ersten Wochen seiner Rückkehr ins Kammergericht verhörte, waren einander so ähnlich, dass es ausgereicht hätte, nur die jeweiligen Namen in immer den gleichen biografischen Abriss einzusetzen. Sie alle waren kurz vor oder kurz nach 1790 geboren, stammten aus dem städtischen (jüdischen) Bürgertum, waren ohne Adel und hatten in ihrer Jugend den Rousseau gelesen sowie sich für die französische (englische; amerikanische) Revolution begeistert. Als Jünglinge hatten sie erlebt, wie das alte Preußen Friedrichs des Großen zusammenbrach, wie greise Generale und Kommandanten ihre Festungen und Armeekorps kampflos den Franzosen übergaben, wie der König nach Memel floh, wie die westlichen Landesteile an das Königreich Westfalen und die östlichen zum größten Teil an ein neu errichtetes Großherzogtum Polen fielen. Sie hatten die Niederlage und die Besetzung ihres Vaterlands teils als Schmach empfunden und sich dem Freiheitskampf angeschlossen. Allerdings hatten sie gehofft, Altpreußen in ein neuzeitliches, freiheitliches Staatswesen verwandeln zu können, in dem alle Menschen annähernd die gleichen Rechte hatten, der König unabhängige Minister ernannte und ein Parlament an der Gesetzgebung mitwirkte. Nachdem die Franzosen vertrieben waren, sahen sie sich getäuscht.

König und Adel machten sich daran, den alten Junkerstaat wiederherzustellen. Die fortschrittlich gesinnten Bürger und Studenten hörten jedoch nicht auf, jenes andere, freie Preußen zu fordern, für

das sie ihren Blutzoll entrichtet hatten. Sie beriefen sich dabei auf Königin Luise, die angeblich die Reformen unterstützt hatte.
Natürlich leisteten diejenige, deren Rechte geschmälert werden sollten, erbitterten Widerstand. Angeführt von reaktionären Junkern und Offizieren, kämpften sie für den alten Ständestaat. Sie vereinigte sich in »Logen«, die großen Einfluss auf den ängstlichen, willensschwachen König ausübten, dem sie einredeten, die »Demagogen« rüsteten sich für die bewaffnete Revolution.
Da die angeblichen Verbrechen der »Volksverhetzer« niemals bewiesen worden waren, gab es für den Kammergerichtsrat Hoffmann keinen Grund, willkürlich verhaftete junge Menschen deswegen anzuklagen.
Er hatte unterdessen das Stück über das »Freikorps Lützow«, gelesen und sich über den Hintergrund des Dramas informiert. Immerhin standen die jungen Künstler und Studenten, mit denen er es zu tun hatte, vor allem deswegen unter Anklage, weil sie sich lautstark für die Aufführung dieses Dramas ausgesprochen hatten. Der Held der Tragödie, der heißblütige Dichter Theodor Körner, war zum Idol der Enttäuschten geworden. Das Stück setzte ihm ein heroisches Denkmal. Wie Hoffmann nun feststellen konnte, ging es in der Hauptsache um die Entscheidung, ob sich das Korps über die Elbe zurückziehen oder sich der zehnfachen Übermacht der anrückenden Franzosen stellen und damit den Heldentod wählen sollten. Die Freiwilligen wählten das Letztere, weil ein blutrünstiger französischer General mit der Brandschatzung eines Dorfs drohte, wo die Jäger ihre Garnison errichtet hatten, und das schutzlos war, wenn sie abrückten. In diese Handlung war obendrein noch eine Liebesgeschichte zwischen Körner und einer Bürgerstochter hineingewoben. Das Stück entsprach durchaus nicht dem Ruf des Genialen, das es inzwischen erworben hatte; es verdiente nach Hoffmanns Meinung in keiner Weise, Schillers »Räubern« an die Seite gestellt zu werden. Es war jedoch ein geschickt gearbeitetes Zeitstück, das zweifellos volle Häuser bringen und erheblich zur Idolatrie Theodor Körners beitragen würde.

Keiner der Studenten, die Hoffmann verhörte, hatte den Freikorps Lützow angehört. Sie alle bekamen jedoch leuchtende Augen, wenn die Rede auf den heldenhaften Untergang der Freiwilligen kam – die ausdrücklich für ein neues, freiheitliches Preußen gestorben waren.
Hoffmann wurde nun klar, was zu dem Zensurverbot geführt hatte: Man konnte sich ausmalen, was die Erinnerung an die heroischen Stunden des Freiheitskriegs bei einem aufnahmefähigen Theaterpublikum bewirken würde – das Stück würde den Zorn über die Nichterfüllung der königlichen Versprechen schüren. Die Forderung nach der vom König in seiner Not zugesagten Verfassung würde erneut erhoben werden.
Den König an seine abgegebenen Versprechen zu erinnern stellte jedoch keine staatsfeindliche Handlung, geschweige denn einen revolutionären Akt dar. Hoffmann vermochte nicht zu erkennen, was an der »Zusammenrottung« sträflich gewesen sein sollte. Im Gegensatz zu seinen Kollegen empfahl Hoffmann dem Kammergerichtspräsidenten die Freilassung der Inhaftierten und den Verzicht auf weitere Strafverfolgung, da ein Rechtsverstoß nur »ex post« vorliege. Mehr konnte er nicht tun, da er noch nicht den Vorsitz einer eigenen Kammer innehatte und nur als Beisitzer des Barons von Trützschler fungierte.

Dritter Akt

I

Im Laufe der zahlreichen Vernehmungen erzählte einer der Inhaftierten, ein Tänzer namens Woronzow, dem Kammergerichtsrat, eine Geheimloge habe im Jahr 1810 ein Attentat auf die Königin Luise geplant beziehungsweise vorbereitet, um die Reformer ihres Idols und ihrer wichtigsten Fürsprecherin zu berauben. Die Verschwörer gehörten angeblich dem Armeekorps des Generals von Zastrow an. Zastrow war mittlerweile Berliner Garnisonskommandant, einer der mächtigsten Männer im Staat. Hoffmann kannte ihn recht gut: Er war vor vielen Jahren, als junger Regierungsrat, von dem General ins hinterste Polen, nach Plozk, strafversetzt worden, weil er, Hoffmann, selbst gezeichnete Karikaturen in Umlauf gebracht hatte.

Hoffmann wusste nicht recht, was er von Woronzows Mitteilung halten sollte. Er nahm sie im Protokoll auf, strich den Passus jedoch aus der endgültigen Fassung, die er den Gerichtsschreibern zum Kopieren gab. Es schien ihm nicht ratsam, Gerüchte in Umlauf zu setzen. Zudem zweifelte er an der Darstellung des Tänzers, der ihm als geschwätziger, anbiedernder Mensch erschienen war. Übrigens war Königin Luise vor einigen Jahren an einer Krankheit gestorben. Soweit Hoffmann wusste, hatte nie ein Attentat auf sie stattgefunden. Das Ganze war offensichtlicher Unsinn.

Wenige Tage, nachdem er sein Gutachten abgefasst und mitsamt den überarbeiteten Verhörprotokollen in der Gerichtskanzlei abgeliefert hatte, wurde aus einer fahrenden Kutsche heraus auf ihn geschossen.

Die Kugel war entweder schlecht gezielt oder sollte nur einen

Warnschuss darstellen. Sie schlug gegen einen eisernen Zaun, prallte ab und traf Hoffmanns ans Schienbein, das zum Glück von einem Lederstiefel geschützt wurde, sodass der Getroffene mit einer schmerzhaften Prellung davonkam.

»Du hast den Schützen nicht erkennen können?«, fragte Kriminalrat Hitzig.

»Ich sah nicht einmal einen Schatten. Ich hörte einen Knall, dann fühlte ich den Schmerz. Da war die Kutsche bereits an mir vorbeigefahren.«

»Bist du sicher, dass der Schütze in der Kutsche saß?«

»Er muss darin gesessen haben, denn sonst hätte mich die Kutsche in dem Moment, da der Schuss abgegeben wurde, vor der Kugel beschützt.«

»Bist du sicher, dass der Schuss dir galt?«

»Es war niemand sonst in der Nähe.«

»Hast du jemanden im Verdacht?«

»Wäre Doktor Mohr nicht in Königsberg …«

»Er verfügt über Helfershelfer hier in der Stadt. Aber welchen Grund sollte er haben, auf dich zu schießen?«

»Habgier oder Eifersucht sind es sicherlich nicht«, sagte Hoffmann sarkastisch.

»Du bist mit der Untersuchung des Aufruhrs auf dem Gendarmenmarkt befasst …«

»Es handelte sich nicht um einen Aufruhr. Das stelle ich in meinem Gutachten ausdrücklich fest.«

»Mit wem hast du über dieses Gutachten gesprochen?«

»Mit niemandem. Es liegt noch in der Gerichtskanzlei und wird dort ins Reine geschrieben.«

»Hast du deinen Vorgesetzten vorab über die Tendenz des Gutachtens unterrichtet?«

»Von Trützschler befindet sich außerhalb der Stadt. Ich bekomme nur schriftliche Order von ihm. Glaubst du, er ist mit meiner Arbeit so unzufrieden, dass er mich zu exekutieren gedenkt?«

»Mir ist nicht nach Scherzen zumute«, tadelte Hitzig seinen Freund.
»Scherzen ist besser als Schmerzen«, behauptete Hoffmann, dessen Wade ein Bluterguss, so groß wie sein Handteller, zierte.
»Hast du Drohbriefe oder sonstige Warnungen bekommen?«
Hoffmann verneinte dies.
»Dann wollte man dich wohl tatsächlich töten«, stellte Hitzig kaltblütig fest. »Wen könntest du verärgert haben?«
Hoffmann antwortete dem Kriminalrat, dass er dies nicht sagen könne. In Wirklichkeit hatte er (neben Doktor Mohr) den Kapellmeister Weber im Verdacht, einen Pistolenschützen engagiert zu haben. Seit ihrem Gespräch im Büro des Dramaturgen wusste das Weberschiffchen, dass Hoffmann genügend gegen ihn in der Hand hatte, um seine Karriere zu zerstören. Möglicherweise war er stärker, als es den Anschein hatte, in den Mord an dem Intendanten verstrickt. Sein Protektor Mohr war nach Königsberg beordert worden. Ohne ihn musste der Kapellmeister befürchten, dass Hoffmann den Arm der Justiz gegen ihn in Bewegung setzte – zumal er wusste, wie gern Hoffmann selbst den Platz des Kapellmeisters besetzt hätte. All dies reichte aus, um einen Mordplan zu schmieden, wenngleich der Kammergerichtsrat in den letzten Wochen, in denen er krank lag beziehungsweise mit Verhören beschäftigt war, nichts gegen ihn unternommen, ja sich überhaupt nicht mit dem Fall Kühnemann beschäftigt hatte.
Er glaubte im Übrigen, dass der Kriminalrat Recht hatte. Der Schuss war keine bloße Warnung gewesen, sondern stellte einen wirklichen Mordanschlag dar. Er würde von nun an ständig auf der Hut sein müssen, wenn er die Untersuchung des Mordfalls Kühnemann wieder aufnahm.

Tags darauf – Hoffmann war trotz schmerzender Wade in die Lindenstraße zum Kammergericht gehinkt – wurde ihm die Reinschrift des Gutachtens auf den Tisch gelegt. Zum Vergleich der Korrektheit waren die Entwürfe beigefügt. Hoffmann las die

Reinschrift durch, fand nichts daran zu tadeln, unterzeichnete sie und übergab sie dem Boten, der das Gutachten, mit dem er, Hoffmann, die Freilassung der inhaftierten Künstler und Studenten zu bewirken hoffte, dem Gerichtspräsidenten zustellen sollte. Was die Protokolle der Verhöre betraf, so verzichtete er darauf, sie dem Gutachten beizufügen. Er hatte vorgesehen, sie für den Fall, dass Herr von Trütschler sie für ein abschließendes Urteil heranziehen wollte, dem Archiv zu übergeben. Da sie in der Kanzlei durcheinander geraten waren, machte Hoffmann sich daran, die Blätter zu ordnen. Dabei stellte er fest, dass eines von ihnen fehlte.
Es handelte sich um die Aussage des Tänzers Woronzow. Just jene Seite, die Woronzows Bemerkungen über den geplanten Mordanschlag auf die Königin enthielt, war herausgenommen worden. Hoffmann konnte nicht glauben, dass es sich um eine Unachtsamkeit oder einen Zufall handelte. Jemand hatte das betreffende Blatt gestohlen! Es lag nahe zu vermuten, dass es sich um einen der Schreiber handelte. Doch warum hatte dieser das Blatt an sich genommen? Wem hatte er es übergeben?
Hoffmann begann den Schuss, der auf ihn abgefeuert worden war, in einem anderen Licht zu sehen.

Er bestellte den Kanzlisten, der die Reinschrift des Gutachtens angefertigt hatte, zu sich und fragte ihn nach dem fehlenden Blatt. Der Mann behauptete mit Festigkeit, er habe sämtliche Seiten, die er erhalten habe, zurückgegeben. Ob Hoffmann ihm nun glaubte oder nicht, er konnte ihm die Unterschlagung nicht nachweisen.
Er fragte, ob man in der Kanzlei über den Inhalt des Gutachtens gesprochen habe. Der Schreiber gestand ein, dass man sich über die Milde des Kammergerichtsrats gegenüber den Aufrührern gewundert, ja sogar empört habe. Nach Ansicht der Bürokraten war Strenge gegenüber derartigem Gesindel angebracht.
Ob er, der Schreiber, allein die Blätter in der Hand gehabt oder ob auch andere sie zu Gesicht bekommen hätten, wollte Hoffmann wissen.

Der Schreiber behauptete, er habe die Blätter nicht weitergegeben – was offensichtlich der Wahrheit widersprach. Mangels Beweises konnte Hoffmann dem Lügner jedoch keinen Tadel wegen Verletzung des Amtsgeheimnisses erteilen. Es war ein offenes Geheimnis, dass die Kanzlei eine Klatsch- und Tratschbude war. Es hatte vor Hoffmanns Zeit schon einmal eine Untersuchung im Kammergericht gegeben, weil vertrauliche Informationen aus den Gerichtsakten den Zeitungen zugespielt worden waren. Man hatte die Schreiber verdächtigt, sich von den Journalisten bestechen zu lassen. Hoffmann war sich ziemlich sicher, dass einer der Kanzlisten das verschwundene Blatt einem Zeitungsredakteur verkauft hatte, allein, es fehlte der Beweis, und er musste den Verdächtigen ziehen lassen.

Am Mittag suchte er die Lesestube der »Vossischen Zeitung« auf und blätterte die Gazetten durch. Es fand sich keine Meldung über einen verjährten Attentatsplan. Hoffmann hatte damit auch nicht gerechnet. Kein Redakteur würde es wagen, derartige Gerüchte in die Welt zu setzen. Aber der ungetreue Gerichtschreiber hatte einen Abnehmer für das Blatt gefunden, sonst hätte er es wieder in die Akte zurückgelegt.

Würde ein Journalist für eine Information zahlen, die er nicht verwenden konnte?

Die Frage ließ sich mit Ja beantworten, für den Fall, dass der Zeitungsschreiber die Neuigkeit nicht an die Öffentlichkeit bringen, sondern unter der Hand an eine interessierte Person weitergeben wollte.

Wen aber konnte ein solcher Auszug aus einem Verhörprotokoll interessieren? Jemanden, der zu den Verschwörern gehörte! Das bedeutete, dass an der Sache etwas dran war.

Wahrscheinlich gab es Personen, die befürchteten, dass der Richter dieser Anschuldigung nachgehen würde. Um das zu verhindern, scheuten sie nicht vor einem Mord zurück. Hoffmann hatte es offensichtlich mit der Loge – oder was von ihr übrig geblieben war – zu tun.

Ohne noch einmal zum Kammergericht zurückzukehren, begab sich Hoffmann schnurstracks in die Hausvogtei, wo die angeblichen Aufrührer – unter ihnen der Tänzer Woronzow – einsaßen. Wenn Hoffmanns Vermutungen stimmten, schwebte der Gefangene in höchster Gefahr. Offenbar hatte ihn sein Schicksal nur deswegen noch nicht ereilt, weil die Verschwörer – vermutlich allesamt Offiziere – derzeit im Felde waren, wo die große Schlacht gegen Napoleon bevorstand. Auch General Zastrow hatte mit seinem Armeekorps die Stadt verlassen. Offensichtlich hatte die Loge derzeit nur wenige Kräfte zur Verfügung. Diese reichten anscheinend aus, um einen Heckenschützen gegen einen Kammergerichtsrat zu mobilisieren, nicht jedoch, um eines Gefangenen habhaft zu werden, der hinter den Mauern der Hausvogtei saß.

Hoffmann hielt es nun doch für möglich, dass der Schuss, der auf ihn abgefeuert worden war, lediglich einen Warnschuss darstellte und man auf schriftliche oder mündliche Drohungen deswegen verzichtet hatte, weil man annahm, er vermöge selbst herauszufinden, worum es bei diesen Anschlag ging.

Es fragte sich indessen, warum die Loge – oder ein voreiliges Mitglied derselben – überhaupt so viel Aufhebens um eine unbeweisbare, abenteuerlich anmutende Anschuldigung machte. Wäre es nicht klüger gewesen, es auf sich beruhen zu lassen? Schließlich hatte auch Hoffmann sie nicht ernst genommen und sogar aus dem Protokoll gestrichen. Das bewies, dass er ihm keine Bedeutung beimaß. Und nun bezeugten die Dunkelmänner selbst durch ihr unüberlegtes Handeln, dass an der Sache womöglich doch etwas Wahres war. Es schien, als sei die Intelligenz der »Logenbrüder« nicht allzu hoch einzuschätzen. Hätten sie nicht so übereilt reagiert, hätte Hoffmann nicht einmal Anlass gehabt zu vermuten, dass die Loge überhaupt noch existierte.

Hoffmann hatte den Tänzer Woronzow bisher nur in einem kargen Verhörzimmer kennen gelernt. Nun, da er ihn in seiner eigenen Zelle besuchte, fand er zu seiner Überraschung einen gänzlich

veränderten Menschen vor. Beim ersten Mal hatte er einen nervösen, fahrigen und übermäßig geschwätzigen Mann vor sich gehabt. Jetzt traf er eine zurückhaltende, höfliche Persönlichkeit an. Er fragte sich, bei welcher Gelegenheit Woronzow eine Maske trug beziehungsweise getragen hatte. Womöglich war das Temperament des Tänzers aber auch von der Tagesstimmung abhängig.
Die Zelle, in der er wohnte, war nicht nur hell und reinlich, sondern geradezu schmuck, in Sonderheit frisch tapeziert, mit einem neuen Anstrich der Tür und des Fensterrahmens sowie einer erst vor kurzem geweißten Decke. Wie der Tänzer nun in seinem »Zimmer« umherging, um ihn mit gezuckertem Tee zu bewirten, stellte Hoffmann fest, dass Woronzow hinkte. Das Gebrechen war nur leicht; Woronzow verstand es zu kaschieren, doch für einen Tänzer musste es ein unüberwindliches Hemmnis darstellen.
»Üben Sie den Beruf des Tänzers noch immer aus?«, fragte der Kammergerichtsrat.
»O nein«, gab Woronzow Auskunft. »Schon seit langem nicht mehr. Ich habe mich vor etwa sechs Jahren bei einem Sprung verletzt. Mein Fuß erlitt einen komplizierten Bruch, der Knochen wuchs nicht richtig zusammen. Mit dem Tanzen ist es seitdem vorbei. Zum Glück ließ man mich am Theater in meinem zweiten Beruf arbeiten. Ich bin Tapezierer.«
Hoffmann dankte für den Tee, der ihm gereicht wurde. Er trank ihn fast ohne Zucker, während der Gefangene den seinigen übertrieben stark süßte.
»Tänzer und Tapezierer«, sagte Hoffmann ein wenig verwundert. »Das ist eine seltsame Kombination. Wie ist es dazu gekommen? Haben Sie zuerst das Handwerk und dann die Kunst erlernt?«
»Es war umgekehrt«, antwortete der Tänzer. »Mein Gebrechen machte mich für den einen Beruf unfähig, seitdem ernähre ich mich von dem anderen.«
»Haben Sie diese Zelle eigenhändig renoviert?«, fragte Hoffmann, indem er seinen Blick anerkennend schweifen ließ.
»Es wurde mir gestattet. Ich hoffe, ich darf mein Handwerk

noch häufiger ausüben. Das Leben als Gefangener ist recht langweilig.«
»Sie sind gebürtiger Russe?«, fragte Hoffmann, der das Fehlen eines Akzents bei Woronzow bemerkt hatte.
»Ich stamme aus Werchowensk. Das liegt südlich von Sankt Petersburg. Mein Vater war Leibeigener. Ich selbst – nun ja, meinen Status könnte man als ungeklärt bezeichnen.«
»Ungeklärt?«
»Ich wurde von Seiner Majestät, dem Zaren, der Königin Luise zum Geschenk gemacht«, antwortete der Tänzer.
Hoffmann sah ihn verwundert an. »Zum Geschenk gemacht? Wie ein …?« Er unterbrach sich.
»Sie wollten sagen: wie ein Hund«, ergänzte Woronzow lächelnd. »Genau so war es. Und ich hatte noch Glück. Andere Leibeigene werden verspielt. In einer Nacht wechseln oft ganze Dörfer den Besitzer. Und ich war«, er sagte es mit einem gewissen Stolz, »immerhin ein *königliches* Geschenk.«
»Aber das ist doch die schiere Sklaverei!«, entfuhr es Hoffmann der Eitelkeit des Tapezierers zum Trotz.
Woronzow begann zu erzählen: »Wir waren vier. Vier Buben. (Er sagte tatsächlich ›Buben‹!) Drei, die tanzten, einer, der sang. Ich zählte zu den Tänzern. Wir alle waren zwischen zehn und zwölf Jahre alt. Ich hatte seit meinem sechsten Lebensjahr Tanzunterricht bekommen. Mein Gutsherr engagierte eigens einen Tanzlehrer für mich. Sie hielten mich für begabt. Ich machte die Aufnahmeprüfung für die Petersburger Ballettschule und bestand sie. Schon ein halbes Jahr später sah mich der Zar, als ich in einem Weihnachtsmärchen mein erstes Solo tanzte. Ich gefiel Seiner Majestät, und er beschloss, mich Ihrer Königlichen Hoheit, der Königin von Preußen, zu schenken. Das war im Jahr achtzehnhundertsieben.«
»Ein ungewöhnliches Leben«, stellte Hoffmann fest.
»Wir hatten russische Lieder und russische Tänze gelernt, die wir Ihrer Königlichen Hoheit vorführten. Sie liebte uns sehr und ließ

uns oft in ihren Gemächern auftreten. Vermutlich erinnerten wir sie an den geliebten Zaren.«

Hoffmann war die Vorliebe der Königin Luise für den russischen Herrscher wohl bekannt. Man vermutete, dass im Jahre 1806, als sie einander an der Weichsel begegneten, eine Liebe auf den ersten Blick zwischen ihnen entflammt war und dass seitdem eine andauernde, sehr enge Bindung zwischen ihnen bestand, die der König nicht sah oder nicht sehen wollte. Die häufigen Reisen der Königin nach St. Petersburg belasteten den schmalen Etat des Memeler Hofs so sehr, dass der Finanzminister, Freiherr vom Stein, sich weigerte, die Kosten zu übernehmen; daraufhin setzte die Königin seine Entlassung durch.

»Sie nahm uns schließlich mit nach Berlin«, fuhr Woronzow fort. »So kamen wir ans Nationaltheater. Leider hatte man hier keine rechte Verwendung für uns. Das Ballett ist in Preußen nicht so beliebt wie in meiner Heimat. Man beschloss, uns einen praktischen Beruf lernen zu lassen, damit wir dem Theater nicht auf der Tasche lagen, und uns später dann als Handwerker einzustellen. Ich wurde Tapezierer, mein Freund Nikolai wurde Schlosser, Arkadij wurde Tischler und Fritz, unser Sänger, kam zu einem Fuhrmann. Ihm ging es am schlechtesten von uns allen.«

»Fritz ist ein deutscher Name«, warf Hoffmann ein.

»Sein Vater war Deutscher. Ein Schullehrer. Auch ein Leibeigener, natürlich. Wir alle waren im Prinzip immer noch leibeigen. Da der Zar uns verschenkt hatte, gehörten wir der Königin Luise. Leider hat sie in ihrem Testament nicht über uns verfügt. Offiziell wurden wir nicht freigelassen. Praktisch aber leben wir wie freie Städter. Das meinte ich, als ich meinen Status als ungeklärt bezeichnete.«

»Sie reden wie ein gebildeter Mensch«, stellte Hoffmann fest, der die Sprache des jungen Mannes mitunter allzu gewählt fand.

»Ich bin Autodidakt«, gab Woronzow zu. »Ich hätte gern mehr gelernt. Da dies natürlich nicht möglich war, lese ich viel.«

»Sie und Ihre Freunde – arbeiten Sie allesamt am Nationaltheater?«

Woronzow schüttelte den Kopf. »Leider nicht. Nur zwei von uns sind noch als Bühnenhandwerker beschäftigt. Ich und Nikolai. Arkadij hatte vor ein paar Jahren einen schweren Unfall. Seitdem stellen wir kein Quartett mehr dar. Fritz wurde von Herrn Kühnemann persönlich ins Haus genommen.«

Der Hausdiener! Hoffmann ging plötzlich ein Licht auf. »Das Faktotum?«, fragte er den Tänzer.

Der bestätigte, dass der vom Alkohol geistig verwirrte Mann, der in Kühnemanns Keller auf einem Strohsack schlief, tatsächlich der Junge mit der engelhaften Stimme gewesen war, der die preußische Königin in ihren letzten Lebensjahren zu Tränen rührte und ihr Herz mit wehmütiger Sehnsucht erfüllte.

»Sie kennen ihn?«, erkundigte sich Woronzow interessiert.

»Ich habe ihn wegen des Mordfalls verhört«, bestätigte Hoffmann. »Ich hätte ihn nicht für einen Russen gehalten.«

»Er hat die Sprache der hiesigen Bevölkerung angenommen. Wenn es sein muss, flucht er wie ein waschechter Berliner Fuhrknecht. Wie geht es ihm?«, fragte der Tänzer mit, wie es Hoffmann schien, aufrichtiger Besorgnis.

Der Kammergerichtsrat sah keinen Grund zu verhehlen, dass Fritz auf ihn den Eindruck eines heruntergekommenen Trunksüchtigen gemacht habe.

Der Tänzer nickte bedächtig. »Er hat die Entwurzelung nicht verkraftet«, sagte er. »Er war der Jüngste von uns. Er glaubte, das königliche Wohlwollen gelte ihm persönlich. Als er seinen Irrtum erkennen musste, als man ihn zu einem groben Lehrmeister steckte, brach er innerlich zusammen. Den Rest bewirkte die Prügel. Fritz erscheint den meisten Menschen wie ein Strolch, aber er ist in Wahrheit ein Heiliger.«

»Ein Heiliger?« Hoffmann war denn doch ein wenig verblüfft über diese Charakterisierung des Faktotums.

»Er ist ein Staretz. Er sieht Geister. Er gehörte in ein Kloster. Dort würden ihm die Menschen in Scharen zulaufen.«

»Was ist ein Staretz?«, erkundigte sich Hoffmann.

»Ein heiliger Mann, der kein studierter Theologe ist. Er steht in einer direkten Verbindung zu Gott.«
»Fritz erzählte Kriminalrat Hitzig und auch mir, dass es in Kühnemanns Haus spuke.«
»Wie ich bereits sagte«, fuhr Woronzow fort. »Er sieht Geister. Aber er fürchtet sich vor ihnen. Darum trinkt er so viel. Ich habe mich um ihn gekümmert, solange ich frei war. Ich mache mir große Sorgen um ihn. Könnten Sie sich nicht seiner annehmen?«
»Was sollte ich für ihn tun?«, fragte Hoffmann, dem der Gedanke, dass ein betrunkener Geisterseher sich an ihn hängen könnte, nicht eben angenehm war.
»Teilen Sie ihm mit, dass ich an ihn denke, dass ich bei ihm bin und wir uns bald wieder sehen werden.«
»Was das Letztere betrifft: Ich habe ein günstiges Gutachten über die hier wegen Aufruhrs Inhaftierten geschrieben. Wenn man meinen Vorschlägen stattgibt, könnten Sie Ihren Freund tatsächlich bald wieder sehen.«
Woronzows Augen leuchteten bei dieser günstigen Prognose kurz auf, doch verfinsterte sich sein Blick sogleich wieder, denn er wusste sehr wohl, wie stark er hier drinnen von königlicher Willkür abhängig war.
»Ich möchte zurück nach Russland«, erklärte der Tänzer. »Ich würde Fritz mitnehmen. Ich bin ein guter Tapezierer. Sehen Sie nur diese Zelle! Ich könnte uns wohl beide ernähren. Ich würde versuchen, einen Abt zu finden, der Fritz in sein Kloster aufnimmt. Als Staretz würde er zu sich selbst finden.«
»Was ich dazu beitragen kann, will ich tun«, versprach Hoffmann. »Allerdings gibt es in Ihren Einlassungen noch einen Punkt, über den ich mit Ihnen sprechen möchte. Sie können sich denken, was ich meine.«
»Ich fürchte, nein.« Woronzow sah ihn mit freundlicher Neugier an, besann sich aber offensichtlich tatsächlich nicht auf das, was er über ein geplantes Attentat auf die Königin Luise erzählt hatte.
»Sie sprachen von einem Attentat«, erinnerte ihn Hoffmann.

»Tat ich das?«, fragte Woronzow in offenkundiger Verlegenheit. »Das war unüberlegt von mir.«
»Wieso? Entspricht es nicht den Tatsachen?«
»Oh, doch!«, behauptete der einstige Tänzer. »Aber es war nicht klug von mir, darüber zu reden.«
»Sie haben es nun einmal getan«, stellte Hoffmann fest. »Ich wüsste gern, woher Sie darüber Bescheid wissen.«
Woronzow lächelte und sagte: »Die Loge hat es mir erzählt.«
»Die Loge? Sie sind mit der Loge vertraut?«, fragte Hoffmann überrascht.
»Wohl besser als sonst irgendwer«, erwiderte Woronzow selbstgefällig.
»Wie kann das sein?«, fragte Hoffmann.
Der Tänzer merkte, dass er hier einen bedeutenden Trumpf in der Hand hatte. »Sie möchten, dass ich Ihnen das Geheimnis der Loge mitteile?«, fragte er.
»Auf der Stelle!«, rief Hoffmann, mit dem die Erregung ein wenig durchging.
Woronzow lächelte. »Gut«, sagte er. »Sie sollen eingeweiht werden. Unter einer Bedingung.«
Hoffmann verzichtete auf den fälligen Hinweis, dass ein Gefangener keine Bedingungen zu stellen habe. Es wäre ihm unehrenhaft vorgekommen, einen Wehrlosen unter Druck zu setzen, indem man ihm drohte, ihn in eine feuchte und finstere Zelle zu verlegen. Dennoch konnte er seinen Ärger nicht verhehlen, als er sagte: »Nun, wie lauten Ihre Bedingungen?«
»Die erste ist, dass Sie sich um Fritz kümmern.«
»Gut. Weiter!«
»Sie fahren mit mir gemeinsam zum Nationaltheater. Allein. Nur Sie und ich.«
»Wozu? Was soll das?«
»Dort werde ich Sie in das Geheimnis der Loge einweihen«, versprach Woronzow.

Zu Hoffmanns Ehre sei gesagt, dass er, noch ehe sie gemeinsam das Theater betraten, begriffen hatte, dass Woronzow keinen Geheimbund meinte, wenn er von einer *Loge* sprach, sondern von einer veritablen Theaterloge. Wenn er jedoch glaubte, von Woronzow überlistet worden zu sein und sich auf eine Zeitverschwendung eingelassen zu haben, sollte er sich abermals getäuscht sehen.

Die Loge, die der ehemalige Tänzer ihm zeigte, war außerordentlich. Es handelte sich, genau genommen, um eine kleine Suite. Neben dem offenen, der Bühne zugewendeten Balkon dicht über dem Proszenium gab es einen Empfangsraum mit einer Tür zum Gang, in dem wohl ein gutes Dutzend Personen Platz fand. Die Loge war kostbar ausgestattet. Die Decke stellte einen im Augen täuschenden Stil gemalten offenen Himmel dar. Der vordere, einsehbare Teil war mit rotem Samt ausgeschlagen, mit dem die goldenen Leisten und Rahmen wohl berechnet harmonierten. In den halbrunden Nischen in den Seitenwänden waren Statuetten aufgestellt.

»Dies ist«, erläuterte der Tänzer, »die Loge Seiner Hoheit, des Prinzen Louis Ferdinand.«

Hoffmann nahm es mit einem Kopfnicken zur Kenntnis. Er fand dies alles auf den ersten Blick nicht weiter bemerkenswert und einer Königlichen Hoheit durchaus angemessen. Doch nun zeigte Woronzow dem Kammergerichtsrat, was es mit dieser Loge auf sich hatte. Eine der Statuen ließ sich bewegen und gab so die Verriegelung einer schmalen Tür frei, die in einen geheimen Nebenraum führte. Woronzow ging voraus und zündete die Lichter in der kleinen Kammer an. Es stellte sich heraus, dass es sich hier um ein veritables Chambre séparée mit der kompletten, für ein Schäferstündchen notwendigen Ausstattung handelte. Sogar ein Champagnerkelch war vorhanden.

Nun, dies stellte zwar eine Überraschung, aber doch eher eine amüsante Entdeckung dar, die sich zu dem allgemeinen Ruf fügte, der dem Prinzen, der dies hatte bauen lassen, zu seinen Lebzeiten angehaftet hatte. Er galt als ein Heros in Menschengestalt, ein in die preußische Uniform geschlüpfter Halbgott, hochverehrt und angebetet von Jung und Alt, Männlein wie Weiblein, ein Freund der Musen und der Damen, der den menschlichen Durchschnitt so weit überragte, als sei der Geist des alten Fritz in eine Statue des Apoll geschlüpft. Was immer daran war, er galt als das unumstrittene Idol seiner Zeit. Leider endete die Sonnenbahn seines Lebens allzu früh: Er fiel in einer der ersten Schlachten des Befreiungskriegs. Was seine amourösen Abenteuer betraf, so konnte er einem Don Giovanni Paroli bieten und dessen Register womöglich sogar überbieten, wäre er jemals so indiskret gewesen, auf öffentlichem Platz zu singen: »A Berlino mille tre!« Nun, diese Loge war also einer der Orte, wo der Prinz seine Verehrerinnen empfangen hatte. Insofern mochte sie einen bedeutenden Teil der Chronique scandaleuse dieser eher langweiligen Residenz darstellen, aber ansonsten war Hoffmann ein wenig enttäuscht.

Doch Woronzow hatte noch mehr zu bieten. Er führte den Kammergerichtsrat auf den verschlungenen Wegen, für die dieses Theater bekannt war, in den hinteren Bühnenbereich. Hier musste eine steile, eiserne Treppe erstiegen werden. Die Kletterei führte hoch hinauf, bis auf den obersten Steg im Schnürboden, die so genannte Brücke. An armdicken Seilen hingen hier die Haltestangen für die Kulissen. Tief unten lag die leere Bühne, der Souffleurkasten erschien wie eine an den Strand gespülte Riesenmuschel. Am Ende der Brücke gab es eine Tür, die in eine enge Kammer führte. Hier verlief der Schacht für die Seilzüge, mit denen Vorhänge und Kulissenteile bewegt wurden. Man ging um die Seile herum, die dick wie Schiffstaue waren, und gelangte zu einer weiteren Tür, vielmehr: einer Klappe, die sich mittels eines Vierkantschlüssels, der in einer Werkzeugkiste verwahrt wurde, öffnen ließ. Dahinter lag, wie Hoffmann erkennen konnte, ein enges, dunkles Verlies mit einer niedrigen Decke, in dem selbst ein so zierlicher Mensch wie er sich nur auf allen Vieren bewegen konnte. Nur, welchen Sinn sollte es haben, dort hineinzukriechen? Hoffmann stellte seinem Führer diese Frage.

Dies, so erklärte der ehemalige Tänzer Woronzow mit Stolz, sei das Geheimnis der Loge.

Es zeigte sich, dass sich über der Loge des Prinzen Louis Ferdinand ein niedriger, kaum zwei Ellen hoher Raum befand, dunkel und fensterlos, wie er in Bürgerwohnungen als Hängeboden diente. Er war so lang und so breit wie die Loge darunter. Der Zweck des Raums war nicht erkennbar.
Hoffmann kroch, Woronzow folgend, hinein. Drinnen war es finster. Nur durch die offene Klappe fiel Licht. Hoffmann verdross es, hier umherkrabbeln zu sollen, und er beschwerte sich bei dem Tänzer, der ihn jedoch beschied, er möge Geduld haben. Endlich entzündete er eine Kerze. Das aufflammende Licht brachte Hoffmann jedoch nur die Erkenntnis, dass der Raum völlig leer war.
Woronzow bedeutete ihm, näher zu kommen. Er schob, nachdem Hoffmann der Aufforderung gefolgt war, eine kleine, in den Boden eingelassene Klappe beiseite. Es entstand ein Loch im Boden, durch das Hoffmann direkt in die darunterliegende Loge blicken konnte. Nun begriff Hoffmann, was es mit dieser Einrichtung auf sich hatte. Die Kammer diente offensichtlich der Spionage.
»Hier gibt es überall Gucklöcher«, sagte Woronzow. »Sie können sowohl schauen als auch lauschen. Die Löcher sind von unten nicht zu erkennen. Sie wurden geschickt in die Deckengemälde eingefügt.«
Woronzow zeigte Hoffmann auch eine Lauschvorrichtung, die aus einer Art Höhrrohr bestand. Jemand, der sich hier aufhielt, konnte mühelos alles Tun und Treiben, alle Gespräche in der Loge einschließlich des Chambre séparée verfolgen.
»Haben Sie diese Einrichtungen geschaffen?«, fragte Hoffmann.
»Ich und meine Freunde. Wir waren Kühnemanns Spione. Viele Jahre lang. Nun wissen Sie, woher ich meine Kenntnisse von Verschwörungen und Geheimbünden beziehe.«
»Herr Kühnemann hat die Installationen veranlasst?«
»Wer sonst? Derzeit kennen sie nur drei Personen. Ich, Sie und

mein Freund Nikolai, der Tischler, Ihnen bekannt unter dem Namen Motte. Seine Exzellenz, der Herr Intendant, lässt – ließ ihn gelegentlich noch kleine Rollen spielen.«
Hoffmann erinnerte sich sehr wohl an Motte, einen der vier Geister aus dem »Sommernachtstraum«.
»Sie wollen sagen, Sie haben hier oben regelmäßig Posten bezogen und gelauscht?«, fragte er.
»Immer, wenn bedeutende Persönlichkeiten in der Loge saßen.«
»Und so hörten Sie von der Verschwörung gegen die Königin Luise?«
»Nicht so direkt«, gab der Tänzer zu. »Die Loge wurde häufig von General von Zastrow benutzt – auch das Séparée, versteht sich. Oft kamen Offiziere zu Besuch. Man tuschelte, man beriet sich, schmiedete Pläne. Allmählich fand ich heraus, dass einige der Offiziere einem Geheimbund angehörten, der ›Logenbund‹ genannt wurde. Übrigens stammt der Name von dieser Loge hier. Sie ahnten nicht, dass sie bei all ihren Gesprächen ständige Zuhörer hatten.«
»Teilten Sie alles, was Sie erfuhren, Herrn Kühnemann mit?«
»Selbstverständlich.«
Demnach wusste der Intendant von den Geheimnissen der »Logenbrüder«! Konnte es sein, dass er unvorsichtig darüber geredet hatte? Hoffmann fragte Woronzow.
»Ich bin sicher, dass er gelegentlich darüber redete«, erwiderte der. »Er war von Natur schwatzhaft, liebte den Klatsch.«
Das ergab nun einen völlig neuen Aspekt für die Untersuchung des Mordfalls.
»Nun kennen Sie das Geheimnis der Loge«, sagte Worozow. »Nutzen Sie es! Sobald der Krieg beendet ist, wird der Theaterbetrieb wieder beginnen. Dann können Sie sich der Instrumente bedienen, die ich Ihnen gezeigt habe.«
Hoffmann gestand sich ein, dass der Gedanke, an der Wand (beziehungsweise der Decke) der Prinzenloge zu lauschen, nicht ohne Reiz war.
»Ich muss Sie nun verlassen«, sagte Woronzow plötzlich.

»Hören Sie ...!«, rief Hoffmann erschrocken. Doch schon wurde die Kerze ausgeblasen. Und während Hoffmann sich noch verwirrt umblickte, bewegte sich Woronzow schnell wie eine Schlange zu der Klappe, glitt geschmeidig hindurch und verschloss und verriegelte den einzigen Zugang zur Kammer.
Hoffmann war gefangen. Nachdem er den ersten Schreck überwunden hatte, kroch er zu der eisernen Tür und hämmerte mit den Fäusten dagegen; doch es war vergebens, wie er schnell einsah. Er hätte sich die Hände blutig schlagen können, ohne dass ihn jemand gehört hätte.
Er musste sich eingestehen, dass er überlistet worden war. Woronzow hatte den Theaterbesuch zum Zweck der Flucht ausgeheckt. Hoffmann hatte nicht nur einen Gefangenen entkommen lassen, er drohte obendrein, hier zu verschmachten.
Das Ganze war ein vorbedachtes Spiel, dessen war Hoffmann sich sicher. Woronzow hatte von vornherein geplant, ihn in dieser Kammer einzuschließen.
Plötzlich hörte er, wie sein Name gerufen wurde. Der Tänzer stand unten in der Loge! Hoffmann beugte sich über eins der Gucklöcher und rief: »Hören Sie, Woronzow, lassen Sie mich auf der Stelle frei!«
»Sie brauchen nicht zu schreien. Ich höre Sie recht gut«, sagte der Tänzer in normaler Lautstärke.
»Warum tun Sie das?«, fragte Hoffmann. »Es wird Ihre Strafe verschärfen.«
»Ich bedaure, Ihnen Ungelegenheiten zu machen«, erwiderte Woronzow. »Aber Sie hätten mir sicherlich nicht gestattet, mich um meinen Freund Fritz zu kümmern. Ich muss jedoch nach ihm sehen. Ohne Beistand ist er hilflos. Später, wenn ich für ihn gesorgt habe, werde ich zurückkehren und Sie befreien. So lange müssen Sie sich leider gedulden.«
»Ich glaube Ihnen nicht. Sie wollen entfliehen. Sie haben dies alles sorgfältig vorbereitet.«
Woronzows Stimmung schlug ins Bittere, Selbstmitleidige um.

»Wohin könnte ich denn wohl entfliehen? Nach Russland, zurück in die Leibeigenschaft? Ich habe ja nicht einmal einen eigenen Namen. Woronzow ist der Name meines früheren Gutsherrn; ich habe ihn mir willkürlich angeeignet, um wenigstens einen Vaternamen zu haben, auch wenn es ein Sklavenname ist. Ich habe keine Hoffnungen in der Welt, solange es nicht Freiheit gibt.«

»Haben Sie nicht eine Heimat hier in Berlin, am Theater?«, fragte Hoffmann.

Er sah durch das Okular, wie Woronzow auf dem Diwan Platz nahm, der wohl schon so manchem Schäferstündchen gedient hatte.

»Das hat man mir weggenommen«, klagte Woronzow. »Indem man mich festnahm und einsperrte, hat man mich zu einem Gesetzlosen gemacht. Ich habe nichts mehr zu verlieren.«

»Sie sollten in mir keinen Feind sehen«, sagte Hoffmann.

»Verzeihen Sie«, erwiderte Woronzow. »Ich hatte nicht die Absicht, mich zu beklagen. Ich bin nicht wichtig. Ich stehe im Dienst eines Höheren, der tausendmal wertvoller ist als ich.«

»Ich werde hier oben verdursten!«, rief Hoffmann. »Dafür wird man Sie köpfen.«

Der Tänzer blickte bedauernd zu ihm empor. »Ich kann Sie leider nicht freilassen«, sagte er. »Übrigens nützt es nichts, Lärm zu schlagen. Solange der Spielbetrieb ruht, sieht hier nur ein alter Bühnenmeister nach dem Rechten, und der ist stocktaub.«

Mit diesen Worten verließ der Tänzer die Loge, mochte Hoffmann ihm auch noch so eindringlich hinterherrufen. Nach einer Weile gab es der Kammergerichtsrat auf. Er sah ein, dass er selbst einen Weg finden musste, hier herauszukommen. Mit Gewalt war jedoch nichts auszurichten. Da es ihm an Werkzeug fehlte, würde er seine Kräfte vergeuden, wenn er versuchte, durch die Wände oder die Decke zu brechen. Er war dazu verdammt, auf Hilfe zu hoffen. Aber auf wen? Und wie lange? Wann würden wieder Schauspieler die Bühne betreten, die er durch Geschrei auf sich aufmerksam machen konnte? Woronzow hatte den Zeitpunkt für seinen Ausbruch gut gewählt, das musste Hoffmann zugeben. Wenn kein Wunder geschah, würde er mitten in einem leeren Theater in einer geheimen Kammer, von der niemand mehr etwas wusste, verdursten. In hundert Jahren würde man ihn als vertrocknete Mumie hier oben finden …

Um Kräfte zu sparen, legte er sich auf den Rücken. Er hoffte, dass ihm ein Einfall kommen würde, wenn er sich zur Ruhe zwang. Im Stillen verfluchte er seine Gutgläubigkeit.

2

»Herr Kammergerichtsrat!« Jemand flüsterte. Hoffmann öffnete die Augen. Vor ihm stand Herr von Tümmler. Offenbar war die Geisterstunde gekommen.

»Ich wünschte, ich besäße Ihre Fähigkeiten«, seufzte Hoffmann. »Anscheinend können Sie durch Wände gehen.«

»Wände sind illusionär«, erwiderte der Geist.

»Was führt Sie zu mir?«, erkundigte sich Hoffmann. »Hat man Sie dazu verurteilt, an Ihrer alten Wirkungsstätte zu spuken?«

»Ich würde es nicht gerade spuken nennen«, erwiderte von Tümmler leicht pikiert. »Ich klirre nicht mit Ketten. Ich führe ernsthafte Gespräche.«

»Sie sind mir willkommen«, versicherte Hoffmann.

»Ich wundere mich über Sie«, versetzte der Geist. »Ich hätte Sie nicht für so leichtgläubig gehalten.«

»Es ist mir außerordentlich peinlich.«

»Nun, immerhin hatte der Tänzer einige Wochen Zeit, seinen Plan auszuhecken.«

»Wussten Sie von der Spionageeinrichtung über der Prinzenloge?«

»Ehrlich gesagt, nein. Ich glaube, niemand im Haus wusste davon, nicht einmal die ältesten Bühnenmeister.«

»Können Sie mich befreien?«

»Bedaure.«

»Nun, immerhin sorgen Sie für ein wenig Kurzweil«, seufzte Hoffmann.
»Ich kannte Woronzows Geschichte«, erklärte der Geist ungefragt. »Ich wusste, dass er ein Geschenk des Zaren war. Leider nahm man ihn nicht ins Ballettkorps auf. Man machte ihn zu einem Bühnenhandwerker. Dann fiel er von der Leiter, und mit dem letzten bisschen Tanz war es dann auch vorbei …«
»Er schien mir sehr verbittert zu sein.«
Von Tümmler schüttelte den Kopf. »Glauben Sie ihm kein Wort!«
»Sie meinen, er hat mich angelogen?«
»Nach Strich und Faden«, behauptete der Geist.
»Woher wissen Sie das? Verzeihung, ich vergaß, dass Sie über telepathische Fähigkeiten verfügen.«
»In diesem Fall reicht ein wenig Nachdenken.«
»Sie bringen mich in Verlegenheit.«
Der Geist lächelte. »Glauben Sie wirklich, dass eine so alte Geschichte einen Mord rechtfertigt?«, half ihm der Geist auf die Sprünge.
Herr von Tümmler meinte ohne Zweifel das Attentat auf die Königin. Hoffmann nahm die Fährte auf. Plötzlich fiel es ihm wie Schuppen von den Augen.
»Zum Glück ist es hier dunkel. Darum sehen Sie nicht, wie ich erröte«, sagte er. »Ich habe mich tatsächlich gehörig an der Nase herumführen lassen.«
»Inwiefern?«, examinierte ihn der Geist.
»Die angeblichen Verschwörer, die ›Logenbrüder‹, sind derzeit alle auf dem Kriegszug gegen Napoleon! Wie können sie da einen Mord an dem Theaterdirektor verübt haben?«
»Ich sehe, in Ihrem Verstand lichtet es sich«, versetzte von Tümmler spöttisch.
»Aber Zastrow hat einen verlängerten Arm. Mohr und seine Geheimpolizei!«, entfuhr es Hoffmann.
»Da haben Sie wohl Recht«, bekannte der Geist seufzend. »Hätte ich mich nur nie mit diesen Schurken eingelassen!«

»Hat Mohr Sie ermordet?«, fragte Hoffmann unvermittelt.
»Das weiß ich nicht. Aber ich denke, nein«, erwiderte der Geist. »Ich hatte alle Vorsichtsmaßnahmen getroffen, als ich mich mit Ihnen in Verbindung setzte.«
»Sie waren Agent der Geheimpolizei?«, fragte Hoffmann, um sich letzte Klarheit zu verschaffen.
»Inoffizieller Mitarbeiter.«
»Sie wollten die Seiten wechseln. Warum?«
»Weil ich sah, in welche Schurkereien ich verwickelt werden sollte. Ein Unschuldiger, ein Mann, dessen Werke ich nebenbei sehr schätzte, sollte fälschlich des Mordes bezichtigt werden.«
»Ich.«
»Das ging mir zu weit. Ich wollte Sie warnen.«
»Warum wählte man mich aus?«
Der Geist zuckte die Achseln. »Alte Rechnungen, wie ich vermute. Behinderung der Justiz. Sie gelten als schlauer Fuchs.«
Hoffmann überging das Kompliment. »Nehmen wir einmal an, dass Mohr den Intendanten umbrachte oder umbringen ließ. Er hatte einen Grund. Kühnemann kannte das Geheimnis der Loge und hatte von den Attentatsplänen gegen die Königin gehört. Das war gefährlich für General Zastrow. Er beauftragte Mohr, den lästigen Mitwisser zu beseitigen.«
»Glauben Sie wirklich, es geht um diese alte Geschichte?«, fragte der Geist skeptisch.
»Ich beginne daran zu zweifeln«, gab Hoffmann zu. »Hätte Kühnemann dem General denn wirklich schaden können? Hätte er es überhaupt gewagt, mit einer solchen Geschichte an die Öffentlichkeit zu treten?«
»Fahren Sie fort. Sie sind auf der richtigen Spur«, spornte von Tümmler den Kammergerichtsrat an.
»General Zastrow ist ein sehr mächtiger Mann. Er braucht keine Meuchelmörder, um sich seiner Feinde zu entledigen.«
»Weiter, nur weiter! Sie kommen der Wahrheit näher!«
»Kurzum, ich glaube nicht, dass es um die alte Geschichte ging«,

sagte Hoffmann entschieden. »Falls Woronzow sie sich nicht überhaupt nur ausgedacht hat!«
»Bravo!«, rief der Geist.
»Dafür spricht einiges«, spann Hoffmann den Faden fort. »Er musste erreichen, dass ich mich für ihn interessierte. Dafür musste er einen fetten Köder auslegen.«
»Den Mord an der Königin. Die Verschwörung der ›Logenbrüder‹«, bestätigte das Gespenst.
»Ein Hirngespinst! Eine Phantasie! Um mich auf den Leim zu locken!« Hoffmann wäre aufgesprungen, hätte er sich nicht im letzten Moment daran erinnert, wie niedrig die Zimmerdecke war. »Dieser vermaledeite Woronzow!«
»Man soll auch die Fähigkeiten seiner Gegner anerkennen«, wandte von Tümmler ein.
»Aber – einen Moment – man hat auf mich geschossen!«, rief Hoffmann plötzlich. »Die ›Logenbrüder‹ haben reagiert! Also kann es kein Hirngespinst sein!«
Das Gespenst schnalzte mit der Zunge. »Wer, glauben Sie, hat auf Sie geschossen?«, fragte es milde.
»Angehörige der Loge! Der Geheim…« Hoffmann unterbrach sich jäh. Ihm war aufgegangen, was für ein ausgekochter Schurke Woronzow war. Kein anderer als er selbst, der Gefangene der Hausvogtei, hatte einen Helfer veranlasst, den Schuss auf Hoffmann abzugeben. Derselbe Helfer – womöglich der Tischler Nikolai – hatte dem Schreiber das Blatt aus dem Verhörprotokoll abgekauft! Das Geschehene diente dazu, ihn, Hoffmann, davon zu überzeugen, die Loge existiere tatsächlich, sie nähme die Sache ernst und ergreife Maßnahmen und er sei also auf einer bedeutsamen Spur! Um Woronzows Erzählungen glaubwürdig zu machen. Das alles war Teil eines höchst raffinierten Fluchtplans. Und er, Hoffmann, war darauf hereingefallen. Er hatte sich auf schmähliche Weise übertölpeln lassen.
»Es gibt gar keine Loge«, resümierte er mit unterdrücktem Zorn. »Dieser Schurke hat mich auf den Leim geführt.«

»Sie lernen schnell«, stellte der Geist fest.
»Aber was, zum Teufel, hat das mit dem Mord an Kühnemann zu tun? Helfen Sie mir auf die Sprünge!«, bat ihn Hoffmann.
»Vergessen Sie nicht: Die Lösung steckt im Sand«, sagte der Geist.
»Sie sprechen von den Zinnsoldaten in Ihrem Zimmer!«, dämmerte es dem Kammergerichtsrat.
»Die Sache ist sehr einfach«, behauptete der Geist. »Drei Armeen, ein Fluss, eine Brücke. Sehen Sie es sich nur ganz genau an!«
»Wie soll ich das?«, fragte Hoffmann, auf seine missliche Lage anspielend. »Ich stehe wieder am Anfang. Und zugleich womöglich vor dem Ende. Eine paradoxe Situation.«
»Nehmen Sie sich ein Beispiel an mir«, sagte der Geist und verschwand als schmales Rauchwölkchen durch eine der Öffnungen im Fußboden. Hoffmann legte sein Auge an das Guckloch und sah, wie der Rauchfaden durch die Loge, über deren Brüstung hinweg, durch den Zuschauerraum bis hinauf auf die Bühne schwebte, wo es entschwand.

Hoffmann hatte eine gute Stunde lang über alle möglichen Wege nachgedacht, seine Freiheit zurückzuerlangen, und er war auf einen Einfall gekommen – zu dessen Ausführung allerdings Geduld erforderlich war. Er musste warten, bis der taube Bühnenmeister Wirginski auftauchte, um den Zuschauerraum und die Bühne zu inspizieren. Hoffmann wusste nicht, wann der alte Mann seinen täglichen Rundgang unternahm, ob er es nur einmal oder mehrmals tat, und er saß während der Wartezeit wie auf Kohlen. Immer wieder presste er sein Ohr an ein Fußbodenloch, damit ihm dort draußen nur nichts entginge. Übrigens hatte er das Gefühl, dass ihm eine Ratte (oder wenigstens eine Maus) in seinem Bunker Gesellschaft leistete.
Während er die Minuten zählte, quälte ihn eine große Sorge: Falls Wirginski Raucher war, bestand die Gefahr, dass sein Plan scheiterte! Allerdings war im Theater das Rauchen verboten …
Endlich erschien der alte Mann. Man hörte seine festen Sohlen

über den Bühnenboden poltern sowie ein gewaltiges Räuspern, mit dem er sich die Kehle reinigte. Nun war keine Zeit mehr zu verlieren. Zum Glück hatte der Kammergerichtsrat alles Notwendige vorbereitet und alle seine Hilfsmittel zur Hand. Hoffmann zündete mittels des Feuerzeugs die Kerze an und setzte mit ihr ein Blatt aus seinem Notizbuch in Brand, das er zu einem Fidibus gedreht hatte. Das Papier schob er durch das Loch in der Logendecke, ließ es eine Weile brennen und warf es dann hinab. Sogleich zündete er ein zweites, ein drittes, ein viertes Blatt an und so weiter. Natürlich hatte er dabei nicht die Absicht, die Loge in Brand zu setzen (was ihm oben in der Mansarde wohl nicht gut bekommen wäre); vielmehr war er darauf aus, dass die brennenden Zettel genügend Rauch und Brandgeruch erzeugten, um den Alten aufmerksam zu machen. Er konnte nur hoffen, dass wenn schon nicht die Ohren, so doch Augen und Nase des Mannes funktionierten. Er hatte fünfundzwanzig »Brennstäbchen« vorbereitet, gut die Hälfte seines Notizbuchs würde so in Flammen aufgehen. Tatsächlich begann, wie er durch das Okular sehen konnte, bald Rauch über die Logenbrüstung zu steigen, und zumindest nach hier oben stieg der unverkennbare Geruch von Kohlengas.

Und schon rannte auch Wirginski unter lautem Rufen: »Feuer! Feuer!«, mit dem Löscheimer herbei. Hoffmann sah, wie er Sand auf das kleine, aber stark rauchende Papierfeuer kippte.

Nun kam der schwierige Teil der Operation, denn Hoffmann musste dem Mann seine Position bekannt geben, wobei dessen Taubheit ein ziemliches Problem darstellte.

Er steckte einen angezündeten Fidibus durch das Loch. Er fiel vor dem erstaunten Bühnenmeister zu Boden und verbrannte auf dem Löschsand, ohne Schaden anzurichten. Hoffmann ließ einen weiteren Fidibus folgen. Endlich richtete der alte Mann seinen Blick nach oben. Der Kammergerichtsrat schob ein Brennstäbchen durch das Loch und wedelte mit ihm hin und her. Nun erkannte der Bühnenmeister, wo der Brandstifter steckte. »Heda! Was tun Sie da oben?«, rief er. Jetzt war es für Hoffmann an der Zeit, eine

Botschaft nach unten zu senden. Er hatte sie zuvor bei Kerzenschein mit Hilfe seines Bleistifts auf ein leeres Blatt geschrieben, das er nun, ohne es anzuzünden, hinunterwarf. Der »Luftbrief« erklärte seine Lage in kurzen Worten und bat um sofortige Abhilfe. Mit Erleichterung verfolgte Hoffmann, wie der alte Hausmeister den Zettel im Fluge auffing …

Zehn Minuten später wurde die Klappe geöffnet, und Hoffmann blickte in das Gesicht eines fassungslosen und verwirrten Bühnenmeisters.

3

Die Wochen in Kerkerhaft hatten das Befinden des Hausknechts nicht verbessert, auch wenn man ihm dort den Alkohol versagte. Er zeigte das wirre, verwilderte Aussehen vieler Häftlinge. Seine Haare waren ungekämmt und schmutzig, seine Fingernägel wie Krallen, die Kleidung hatte das Aussehen von Lumpen angenommen, Gesicht und Hände waren mit Schmutz bedeckt, da die Zellen niemals gereinigt wurden. Der Gestank des mit Exkrementen überfüllten Kübels verschlug Hoffmann beinahe den Atem.

Er befahl, dem Gefangenen saubere Kleidung zu bringen und ihm Gelegenheit zu geben, sich zu reinigen. Er musste eine halbe Stunde warten, bis er schließlich einen gebrochenen und sehr entmutigten Hausknecht in eine Kutsche steigen und zum Kammergericht bringen lassen konnte. Ketten für den Gefangenen oder die Begleitung von Gendarmen lehnte er ab.

Noch in der rollenden Kutsche versuchte der Kammergerichtsrat, ein Gespräch mit dem Faktotum zu beginnen.

»Du heißt Fritz?«

Erst, als Hoffmann die Frage wiederholte, ließ sich der einfältige Kerl aus seiner Stumpfheit reißen. Er nickte.

»Du heißt also Fritz?«

»Grenadier Haas, zu Befehl!«, antwortete der Hausknecht.

»Grenadier? Haas?« Hoffmann sah ihn verwundert an. Tatsächlich wollte es der Zufall, dass die Gendarmen den Gefangenen mit alten, abgelegten Uniformteilen ausstaffiert hatten, sodass der Kammergerichtsrat zunächst glaubte, das Faktotum bezöge sich in ironischer Form auf sein neues Erscheinungsbild.
»Zu Befehl!«, sagte das Faktotum jedoch ernsthaft. »Soll ich seiner Exzellenz die Stiefel putzen?«
»Das scheint mir nicht nötig«, lehnte Hoffmann ab. »Aber nun einmal ernsthaft. Du kennst einen Tapezierer – meinetwegen auch Tänzer – namens Woronzow?«
Der Hausknecht glotzte ihn an.
»Woronzow!«, wiederholte Hoffmann mit überdeutlicher Betonung.
»Grenadier Haas, zu Befehl!«
Hoffmann schüttelte den Kopf. »Was soll das mit dem Grenadier?«
»Wenn Seine Exzellenz so gut sein wollen, sich die Stiefel ausziehen zu lassen.«
Hoffmann starrte den Knecht erschrocken an. War es möglich, dass er in der Haft den Verstand verloren hatte?

In seinem Amtszimmer angekommen, wies Hoffmann dem Mann, der für ihn noch immer Fritz, das Faktotum war, einen der Stühle zu. Er selbst ging zu einem Schrank, in dem er, noch aus den Zeiten der Erkältung, eine Flasche Arrak aufbewahrte. Als er sich umwandte, sah er, dass Fritz den Sitzplatz offensichtlich verschmähte. Er stand in strammer Haltung neben dem angebotenen Stuhl.
»Warum setzen Sie sich nicht?«
»Es ziemt sich nicht für einen Burschen, in Gegenwart eines Offiziers zu sitzen, zu Befehl.«
Hoffmann versuchte, der Miene des Mannes zu entnehmen, ob der ihn wohl zum Besten hielte. Fritz blickte stur geradeaus. Übrigens stellte der Kammergerichtsrat mit Verwunderung fest, dass der Knecht seinen starken Berliner Dialekt offensichtlich abgelegt

hatte. Tatsächlich war sich Hoffmann für einen Moment nicht sicher, ob er denselben Mann vor sich hatte wie bei der ersten, kurzen Begegnung. Hatte man ihn womöglich zu einer falschen Zelle geführt? Hatte er statt des Hausknechts Fritz einen inhaftierten Grenadier namens Haas mitgenommen?
»Sie sind also der Grenadier Haas?«
Der Angesprochene schlug die Hacken zusammen. »Zu Befehl!«
»Waren Sie vielleicht früher einmal der Hausknecht Fritz?«
»Nach dem Krieg wurde ich Hausdiener. Nicht Knecht. Zu Befehl.«
»Nach welchem Krieg?«
»Wir kämpften gegen die Franzosen. Zu Befehl.«
»Lassen Sie das ›Zu Befehl‹ künftig beiseite«, bat Hoffmann. »Wissen Sie, wo Sie hier sind?«
»In einer Offiziersstube. Zu ...« Der Mann unterbrach sich. Offenbar verstand er klare Befehle und wusste sie zu befolgen.
»Wo waren Sie Hausdiener?«, fragte Hoffmann.
»Bei seiner Exzellenz Kühnemann.«
»Dem Theaterdirektor?«
»Zu Befehl.«
»Und als Hausdiener nannte man Sie Fritz?«
»Nicht Fritz. Haas«, berichtigte das Faktotum.
»Hören Sie, Grenadier Haas. Der Spaß ist vorbei. Ich möchte Sie wieder zum Hausknecht Fritz machen.«
Der Grenadier starrte ihn entsetzt an. »Nein, bitte nicht«, flehte er. »Lieber die Peitsche, Exzellenz. Lieber die Ruten!« Es fehlte nicht viel, und er wäre niedergekniet.
»Bleiben Sie ruhig!« Hoffmann wartete, bis sich das heftige Zittern des Mannes gelegt hatte. Dann füllte er ein Glas mit Arrak und reichte es seinem Gast. »Hier, trinken Sie!«
Fritz zögerte. »Trinken im Dienst ist verboten.«
»Ach, was«, sagte Hoffmann in einem nachgeahmten Offizierston. »Dienst für heute vorbei. Gehen zum gemütlichen Teil über. Vorwärts, runter damit!«

Fritz nahm das Glas und trank es in einem Zug leer. Es schien keine merkliche Wirkung auf ihn zu haben. Andererseits war der Mann jetzt ruhiger.

»Und nun nehmen Sie mal Platz! Seien Sie nicht so ungemütlich«, schnarrte Hoffmann. Er setzte sich.

»Die Stiefel, Herr Hauptmann.«

Hoffmann sah, dass seine Stiefel tatsächlich reinigungsbedürftig waren. Für einen Moment erwog er, sie dem Faktotum zum Putzen zu überlassen.

»Wo ist das Putzzeug, Exzellenz?«, fragte Fritz.

»Lassen Sie mal! Können wir später machen.«

Das Faktotum nickte. Offenbar unterdrückte er nur mühsam ein: Zu Befehl.

»Wissen Sie, wo wir hier sind?«, fragte Hoffmann. »Ich meine den Ort, die Stadt?«

»Er nennt sich Zitzschen, zu Befehl. An der weißen Elster.«

»Weiße Elster?«

»Ein Fluß, Euer Gnaden. Drüben stehen die Lützow'schen.«

»Die Lützow'schen?«

»Die Jäger, Herr Hauptmann.«

»Und wir sind jenseits des Flusses?«

Fritz wies zaghaft auf Hoffmanns Stiefel. »Wollen Herr Hauptmann nicht doch, dass ich …«

»Nun lassen Sie mal die Stiefel, Mann! Schließlich sind wir im Felde! Da macht man sich schon mal die Schuhe dreckig.«

»Aber wir haben doch Waffenstillstand!«, widersprach der Bursche.

»So, so.«

»Die Stiefel, wenn Herr Hauptmann gestatten …«

Hoffmann begann sich über die Hartnäckigkeit des Burschen zu ärgern. »Weißt du, warum du in der Zelle gesessen hast?«, fragte er.

Wieder begann der Blick des Burschen zu flackern. »Das … das war …«, stotterte er.

»Du meinst, das war Fritz, der Hausknecht. Nicht du?«

»Ja, ja!«, rief der Bursche erfreut, weil Hoffmann endlich verstanden hatte.
»Erzähl mir etwas über Fritz«, forderte Hoffmann ihn auf.
»Er ist ein schlechter Mensch. Ein Mörder. Sie werden ihn aufhängen«, erwiderte das Faktotum zu Hoffmanns Überraschung.
»Ein Mörder? Wen hat er ermordet?«
»Seine Exzellenz«, sagte der Hausknecht leise, in einem fast verschwörerischen Tonfall. Es schien, als graue ihm vor der Tat, die Fritz begangen hatte.
»Du meinst Kühnemann, den Theaterdirektor?«
Das Faktotum nickte nur.
»Wie hat er die Tat begangen? Hat er ihn erstochen, erschossen?«
»Nein, nein, nein!«, rief der Bursche.
»Erzähl es mir!«, forderte Hoffmann ihn auf. Der Mann zögerte.
»Nur zu. Du brauchst keine Angst zu haben. Du bist doch nicht Fritz. Du redest von einem anderen.«
Der Bursche sah den Kammergerichtsrat dankbar an.
»Also!«
»Es waren die Geister.«
»Welche Geister?« Hoffmann sah mit unsäglicher Verblüffung, wie sich dem Burschen tatsächlich die Haare sträubten!
»Man darf die Namen nicht nennen«, flüsterte er.
»Aber man darf doch sagen, wie sie aussahen.«
»Es waren viele, viele … Aber einer …« Der Bursche hatte die Auge aufgerissen, als sehe er in diesem Moment den Höllenfürsten persönlich vor sich.
»Er war groß, fett. Ganz schwarz behaart. Die Augen! Die Augen!« Das Faktotum kreischte auf und hielt den linken Arm schützend vor sein Gesicht, als wolle man ihn schlagen.
Hoffmann wartete eine Weile, ehe er fortfuhr: »Also, einer war sehr groß. Größer als die anderen.«
»Der Fürst!«, erwiderte Fritz mit bebender Stimme.
»Wie nannte er sich? Hatte er einen Namen?«
»König Egel«, wisperte der Bursche kaum hörbar.

»Vor dem hast du – hat Fritz sich gefürchtet?«
Der Bursche schüttelte sich. »Ja. Er sah aus wie ... wie ... eine Raupe. Eine riesige, behaarte Raupe. Ekelhaft. Scheußlich.«
Erneut wunderte sich Hoffmann über das gänzliche Verschwinden des Berliner Dialekts. Auch schien ihm dieser Mann, der sich für den Grenadier Haas hielt, des Wortes mächtiger als das Faktotum, das einen nahezu schwachsinnigen Eindruck gemacht hatte. Dieser hier schien tatsächlich eine andere Persönlichkeit zu sein. Konnte ein solcher Wandel allein durch das Irresein bewirkt werden?
»War König Egel ein Sukkubus?«, fragte Hoffmann.
Der Bursche schaute ihn verständnislos an.
»Kroch er dir auf die Brust?«, veränderte Hoffmann die Frage.
Fritz alias Grenadier Haas riss voll Entsetzen die Augen auf. Mit seinem flackernden Blick und den gesträubten Haaren sah er tatsächlich aus wie die leibhaftige Verkörperung der Gespensterfurcht.
»Nein«, der Bursche schüttelte den Kopf. »Ich wäre gestorben, wenn er ...«
»Was tat er?«
»Er lag im Bett.«
»Im Bett? In wessen Bett?«
»Seiner Exzellenz«, flüsterte Fritz. »Ich dachte, er hätte ihn ...«
»Gefressen?«, entfuhr es Hoffmann.
Das Grauen verschlug dem Burschen die Sprache. Er nickte nur.
»Und? Was geschah? Hatte das Untier deinen Brotherrn – ich meine den des Faktotums Fritz – gefressen?«
»Nein.«
»Lass hören, Haas! Nimm dir noch ein Glas! Das löst die Zunge!« Hoffmann probierte es wieder mit dem Offizierston.
»Am nächsten Tag ...«, Haas musste sich räuspern, um seine Stimme zu befreien, »...war er wieder da.«
»Wer? König Egel?«
»Seine Exzellenz.«

»Also nicht gefressen!«, stellte Hoffmann fest. Er schenkte dem Burschen nach. Der rührte das Glas nicht an.
»Aber in der Nacht …«
»Was geschah da? Nun mal hoppla!«
»Da verwandelte er sich wieder …«
Hoffmann begann zu verstehen. Offensichtlich war das Faktotum schon zu der Zeit, als es noch im Haus des Intendanten gedient hatte, dem Wahnsinn verfallen. Es glaubte, sein Herr verwandle sich bei Nacht in ein ekelhaftes Monstrum, das sich »König Egel« nannte.
»Und was tat er?«
»Ließ mich exerzieren«, flüsterte Fritz.
»In seinem Schlafzimmer?«
Der Bursche schüttelte den Kopf. »Im Keller.«
»Wie kamt ihr in den Keller?«
Der Bursche schlug die Hände vors Gesicht. Er murmelte etwas, das Hoffmann nicht verstand.
»Reiß dich zusammen, Grenadier!«, schnarrte er. »Bist doch kein Weib. Vorwärts! Trink!«
Fritz griff mit zitternden Fingern zum Glas und stieß es um.
»Kerl!«, schrie Hoffmann. »Achtung! Stillgestanden!«
Fritz fiel augenblicklich in seine Grenadiersrolle zurück. Er sprang auf, legte die Hände an die Hosennaht und richtete den Blick geradeaus.
»Schon besser«, sagte Hoffmann. »Und nun erzähl weiter. Du tust ja gerade so, als wäre das Ganze dir passiert anstatt Fritz, dem Hausknecht.«
»Zu Befehl!«
»Also, was tat König Egel?«
»Er kroch vor dem armen Fritz her, hinunter in den Keller. Dort musste Fritz exerzieren.«
»Was exerzieren? Links um, rechts um und so weiter? Mach es mir vor!«
»Ich kann nicht, Herr Hauptmann!«

»Kerl! Willst du den Stock?« Hoffmann hieb mit der Hand auf den Tisch.
Plötzlich sank der Bursche auf die Knie. Es schien, als nähme er etwas vom Boden auf. »Herr!«, sagte er mit eindringlicher Stimme. »Herr! So sprecht doch! Was ist mit Euch? So antwortet doch!« Er hielt inne. Offensichtlich wartete er auf ein Stichwort.
Hoffmann, der wohl bemerkt hatte, dass Fritz ihm eine Theaterszene vorspielte, die er anscheinend vielmals geprobt hatte, zögerte kurz, dann riskierte er es: »Fritz, mein Fritz! Bist du es?«, sagte er mit der Stimme eines Sterbenden (denn ein solcher war es wohl, den dieser in den Armen zu halten meinte).
»Ja, ich bin's, Herr Leutnant. Was ist mit Euch geschehen?«
»Ich sterbe, Haas!«, erwiderte Hoffmann auf gut Glück mit gebrochener Stimme.
»Aber wieso denn, Herr Leutnant?«, rief der Bursche verzweifelt. »Wieso könnt Ihr denn sterben? Wir haben doch Waffenstillstand!«
In Hoffmann arbeitete es rasend schnell. Er versuchte, während er zuhörte, herauszufinden, wie die Szene wohl weitergehen möge. Vorderhand fiel ihm nichts Besseres ein, als zu stöhnen: »Gib mir Wasser, Haas!«
Sein Partner schien für einen Moment irritiert. Offensichtlich war diese Variante bisher in der Szene nicht vorgekommen. Er blieb jedoch in der Rolle. Er griff nach dem Glas, das Hoffmann ihm reichte, und hielt es einem imaginären Schwerverwundeten an die Lippen.
»Danke, Haas«, sagte Hoffmann an dessen statt.
Der Bursche sprach nicht weiter. Offensichtlich vermisste er sein Stichwort. »Der Waffenstillstand …«, probierte es Hoffmann.
»Die gemeinen Franzosen! Sie haben Euch überfallen!« Anscheinend hatte Hoffmann das richtige Stichwort getroffen. »Wir hörten den Kanonendonner. Wir dachten … Wir dachten …« Offenbar hatte Fritz eine Textschwierigkeit. Leider fehlte der Souffleur.
»Warum kamt ihr uns nicht zu Hilfe?«, versuchte Hoffmann es aufs Geratewohl.

»Wir ... wir ...« Der Grenadier geriet aus dem Takt. Ersichtlich war er nicht an Improvisieren gewöhnt. Offenbar hatte er die Szene im immer gleichen Wortlaut gespielt. Er schien sie regelrecht geprobt zu haben, und zwar unter der Anleitung eines guten Regisseurs, denn der Bursche spielte eindringlich und durchaus glaubwürdig. Der Regisseur, dessen war Hoffmann sich sicher, konnte niemand anderes als Kühnemann gewesen sein. Was der Bursche »exerzieren« nannte, war nichts anderes als das Probieren einer Theaterszene, welches mit dem Eindrillen von Schritten auf dem Kasernenhof immerhin so viel gemein hatte, als es auch auf der Probebühne nicht selten um das ständige Wiederholen ein und derselben Szene ging, so lange, bis sie »saß«.
»Wir ... wir ... Man hat es uns nicht erlaubt. Wir wollten es ja! Wir hatten schon die Barrikade beiseite geräumt. Aber der General ...« Wieder stockte er. Offensichtlich suchte er sich die Textbrocken zusammen, wie sie ihm gerade einfielen.
»Welcher General?«, fragte Hoffmann (der dummerweise in die Rolle des Kammergerichtsrats zurückfiel). »General von Zastrow?«, fragte er, einer Eingebung folgend. (Im Übrigen war es der einzige Generalsname, der ihm gerade einfiel.)
Plötzlich merkte Fritz, dass die Szene (das »Exerzieren«) ins Stocken geraten war. Er gab sich selbst die Schuld. »Gnade! Gnade!«, rief er, verzweifelt auf Knien rutschend und die Hände ringend. »Ich bin schuld! Ich hab's vergessen! Ich hab's vergessen!«
Offenbar hielt er Hoffmann nun für den »König Egel«, das Ungeheuer, das ihn »exerzieren« ließ!
»Steh auf!«, sagte Hoffmann. Er brachte es nicht über sich, den armen Kerl weiter zu quälen. Der Bursche zögerte. Er blickte verwirrt um sich. Anscheinend gerieten ihm seine verschiedenen Personifizierungen durcheinander.
»Auf!«, kommandierte Hoffmann. »Stillgestanden!«
»Jawohl! Zu Befehl!«, sagte der Bursche, indem er aufsprang und strammstand.
»Rühren!«, befahl Hoffmann. Der Bursche entspannte sich.

»Erzähl mir mehr über das Exerzieren«, fuhr Hoffmann fort. »Nicht vormachen. Erzählen. Wer lag dort im Sterben?«
»Der Neffe«, sagte das Faktotum.
»Wessen Neffe?«
»Seiner Exzellenz.«
»Sie meinen, der Neffe des Herrn Theaterdirektors?«, fragte Hoffmann. Er war plötzlich äußerst gespannt. Hier, so schien es, erfuhr er etwas sehr Wichtiges.
Das Faktotum nickte.
»Er ging zur Armee?«, fragte Hoffmann.
»Zu den Jägern.«
»Den Lützow'schen Jägern?«
»Er sah sehr stattlich aus«, erinnerte sich das Faktotum. »Schwarz, mit goldenen Schnüren, roten Schulterstücken. War sehr stolz, der junge Herr.«
»Hieß er auch Kühnemann?«
Das Faktotum nickte. »Wolfgang Kühnemann. Der Schwestersohn«, erwiderte er. Es schien, als könne man sich mit einem Mal durchaus vernünftig mit ihm unterhalten.
»Kühnemanns Neffe ging also zu den Lützow'schen Jägern? Er zog als Freiwilliger ins Feld«, stellte Hoffmann, um die Tatsachen zu ordnen, fest. »Und der andere? Der ihn in den Armen hielt? Wer war das?«
»Der Diener«, antwortete Fritz bereitwillig.
Hoffmann überlegte. Offenbar hatte die Szene auf dem Schlachtfeld gespielt, nach einer Schlacht. Der Diener hatte in einem der Gefallenen den Neffen seines Herrn erkannt. Eine ergreifende Szene. Offensichtlich ging es hier um den Untergang des Lützow'schen Jägerkorps. »Wie hieß der Ort?«, fragte Hoffmann.
»Zitzschen, zu Befehl. An der Weißen Elster.«
Plötzlich erinnerte sich Hoffmann an ein Wort aus der Spielszene, das ihm merkwürdig vorgekommen war.
»Was war mit der Barrikade?«, fragte er.
»Die Grenadiere wollten sie beiseite räumen, zu Befehl.«

»Diese Barrikade versperrte die Brücke?«
»Jawohl. Die Brücke.«
»Und die Grenadiere ...« Hoffmann schloss die Augen und strengte seine gesamte Vorstellungskraft an. »Sie wollten räumen. Aber sie durften nicht. Der General verbot es.« Er achtete nicht auf das wiederholte »Jawohl!« des Grenadiers. – »Warum? Hm, zum Donnerwetter ... Moment! Drüben, auf dem anderen Ufer, war Schlachtenlärm zu hören, sagtest du das nicht?«
»Jawohl, Herr Hauptmann. Bei Kitzen war's.«
»Wer focht bei Kitzen?«, fragte Hoffmann und kam, noch ehe der Bursche ihm Auskunft gab, selbst auf die Antwort. Bei Kitzen, so hatte es in allen Zeitungen gestanden, waren die Lützow'schen Jäger von den Franzosen – trotz des Waffenstillstands – angegriffen und bis auf den letzten Mann niedergemetzelt worden. Dieses Blutbad hatte sehr dazu beigetragen, den Hass auf die Franzosen anzustacheln. – Aber wie war das mit der Brücke?
»Ihr – die Grenadiere – wolltet eingreifen, den Jägern zu Hilfe kommen?«, fragte der Kammergerichtsrat.
»Jawohl, zu Befehl.«
Hoffmann, in dem der Bühnenfachmann erwachte, begann eine Vorstellung von der Szene zu entwickeln, die Kühnemann da geprobt hatte, wobei er sein Faktotum die Rolle eines Grenadiers spielen ließ, der einst Diener im Haus des Gefallenen gewesen war. Und nun begriff er den tragischen Gehalt der Szene: Der Diener fand seinen Herrn auf dem verlassenen Schlachtfeld, schwer verwundet und im Sterben liegend. Er selbst gehörte zu denen, die den unterlegenen Jägern hatten zu Hilfe kommen wollen. Doch der General hatte es verboten. Die Franzosen hatten den Waffenstillstand gebrochen, indem sie das kleine, kaum vierhundert Mann starke Korps der Lützow'schen Jäger angriffen und aufrieben. Der General hätte den Freiwilligen helfen können. Aber er hatte nichts getan. Vor den Augen der Truppen wurden die Freiwilligen hingemetzelt.
Kein Zweifel, diese Szene gehörte zu denjenigen, die dem Drama

»Die Jäger« nachträglich hinzugefügt werden sollten. Sie zeigte das schurkische, unehrenhafte Verhalten des Generals Zastrow.

»Hieß der General von Zastrow?«

»Jawohl, Euer Exzellenz!«

Da haben wir den Grund für das Eingreifen der Geheimpolizei, dachte Hoffmann. Von Zastrows Schandtat wurde in der Neufassung des Stücks angeprangert. Angesichts der erregten Stimmung in der Stadt Berlin hätte dies weit mehr als einen Bühnenskandal, es hätte einen regelrechten Volksaufstand bewirken können. Für Zastrow wäre es ohne Zweifel das Ende seiner Karriere gewesen. Er musste um jeden Preis verhindern, dass das Stück auf die Bühne, ja dass auch nur der Text in Umlauf kam. Er konnte nicht offen gegen den Intendanten vorgehen. Also griff er zu verdeckten, heimtückischen Mitteln. Er hatte Doktor Mohr zu Hilfe geholt.

Die Sache schien nun vollkommen klar zu sein. Es war keine Frage mehr, warum Kühnemann sterben und alle seine Manuskripte verbrennen mussten.

Der Bursche hatte derweil starr und steif auf seinem Stuhl gesessen. Hoffmann redete ihn an. »Heda, Fritz!« Der Hausknecht in der zusammengestückelten Uniform reagierte nicht. »Grenadier Haas!«, versuchte es Hoffmann mit dessen Alter Ego. Doch der Bursche verblieb in seiner reglosen Haltung.

Plötzlich rannen ihm Tränen über das Gesicht.

»Was ist? Warum weinst du?«, fragte Hoffmann betroffen.

»Er ist tot«, wimmerte der Bemitleidenswerte. »Ich bin schuld. Ich habe ihn getötet.«

»Wen hast du getötet?«, fragte Hoffmann leise. »Sag mir, wen du getötet hast.«

Aber der Angesprochene wiederholte nur immer wieder seine Selbstanklage: »Ich habe ihn getötet! Ich bin schuld!«, ging es ohne Unterlass, wie eine endlose Litanei.

Hoffmann konnte sich plötzlich vorstellen, dass Fritz, das Faktotum, auf diese Art in seiner Zelle gesessen hatte, allein, von entsetzlichen Schuldgefühlen geplagt, bis sich ein Teil seiner gequälten Seele in die Rolle des Grenadiers Haas geflüchtet hatte, die Kühnemann ihn hatte spielen lassen.

»Warum hast du es getan?«, flüsterte Hoffmann eindringlich. Ebenso wie das Faktotum seine Selbstanklagen wiederholte er diese Frage so oft, bis sie schließlich zu dem Hausknecht durchdrang. Endlich verstummte Fritz und blickte Hoffmann an; es war jedoch zweifelhaft, ob er den Kammergerichtsrat erkannte.

»König Egel …«, stammelte Fritz.

»Was?«, flüsterte Hoffmann. »Was geschah? Sag es mir.«

»Ist verbrannt«, sagte der Bursche. »König Egel ist verbrannt.«

»Und dein Herr, der Intendant?«, fragte Hoffmann.

Die Augen des Faktotums begannen zu leuchten. »Seine Exzellenz lebt!«, rief er, indem er aufsprang. »Er lebt! Er lebt! Ich habe Zauberpulver verstreut und ihn befreit. Von dem Dämon! Befreit! König Egel ist tot!«

Die Trübsal des armen Kerls war plötzlich in exaltierte Fröhlichkeit umgeschlagen. Es hätte nicht viel gefehlt, und er hätte einen Freudentanz aufgeführt.

Hoffmann bemühte sich noch einen halben Tag lang um den armen Kerl. Am Ende blieb nichts anderes übrig, als den Kranken, dessen Geist sich offenbar vollends verwirrt hatte, ins Narrenhaus einweisen zu lassen.

In den folgenden Tagen entwarf Hoffmann einen Bericht über den Fall, doch mehr, um für sich selbst Klarheit zu gewinnen, als um die Untersuchung offiziell abzuschließen und ein Ergebnis vorzulegen. Zwar glaubte er, den Mord im Großen und Ganzen aufgeklärt zu haben, doch da blieb noch etwas, eine dunkle Randzone oder, um ein anderes Bild zu gebrauchen: Es lag so etwas wie dünner Nebel über der ganzen Angelegenheit; sobald man einen Punkt näher ins Auge fasste, begann er zu sich zu verhüllen und unbestimmbar zu werden.

Wessen durfte Hoffmann sich sicher sein? Die vier russischen Kinder, die einst vom Zaren nach Deutschland geschickt worden waren, um die Königin zu amüsieren, hatten hier das Schicksal abgelegter Spielzeuge erlitten: Zunächst nur missachtet und beiseite gelegt, wurden sie schließlich irgendwo verkramt und vergessen, um zuletzt als Plunder und Gerümpel auf dem Dachboden zu landen. Einer der vier, Arkadij, starb durch einen Unfall. Und während Motte und Woronzow, die beiden Tänzer, sich irgendwie einrichteten und zurechtfanden, kam Fritz, der Sängerknabe, immer weiter herunter. Er war wohl das zarteste Gemüt von allen; und als schließlich sein Brotherr ihn zum Hausknecht degradierte, trieb ihn die Einsamkeit in die Trunksucht und die Trunksucht in den Wahnsinn.

Kühnemann wurde für ihn zum »König Egel«. Zugleich hing er als treuer Diener an seinem Herrn. Der Wahnsinnige trennte die »bösen Anteile« von dem Mann, den er andererseits zum Idol erhob, und versuchte, diese von der verehrungswürdigen Gestalt zu eliminieren. So war er davon überzeugt, lediglich »König Egel« getötet, seinen Herrn aber von einem bösem Dämon befreit zu haben. Der Mörder erzählte, dass er in Kühnemanns Schlafzimmer »Zauberpulver« verstreut habe. Er weigerte sich jedoch anzugeben, wer ihm das Pulver verschafft hatte. Dies war nun einer der Bereiche, wo man den sicheren Grund verließ. Hatte womöglich jemand den Irrsinn des armen Fritz ausgenutzt, ihm Schießpulver als Zaubermittel unterschoben? Wer wollte überhaupt sagen, ob das alles nicht nur Hirngespinste eines Wahnsinnigen waren?

Nein, es war für Hoffmann ganz und gar keine zufrieden stellende Lösung des Falls, den geistesgestörten Hausknecht zum Mörder zu deklarieren. Es war mehr als nur ein Instinkt, der den Kammergerichtsrat misstrauisch machte. Kühnemann war vermutlich erwürgt worden! Fritz hingegen war voller Panik, wenn er an das Ungeheuer, an »König Egel«, dachte, in den sich sein Hausherr angeblich nachts verwandelte. War es vorstellbar, dass Fritz dieses Monstrum mit bloßen Händen angriff und es tötete, abgesehen davon, dass Kühnemann ihn durch Schreie und Gegenwehr wohl zur Vernunft gebracht haben würde?

Nein, die Lösung, den Mord dem Faktotum zuzuschieben, das sich aus einem unergründlichen Schuldgefühl heraus selbst bezichtigte, konnte Hoffmann nicht befriedigen.
Womöglich hatte Fritz das Schwarzpulver tatsächlich im Schlafzimmer des Intendanten verstreut. Aber den eigentlichen Mord hatte ein anderer begangen. Derjenige, der Kühnemann erwürgt hatte.
Nun war es allerdings möglich, dass Fritz in jener Nacht nicht allein im Haus gewesen war. Der wahre Mörder konnte sich des Hausknechts als Helfer bedient haben. Er tötete den Intendanten, ließ Fritz anschließend sein »Zauberpulver« verteilen und anzünden …
Hier kamen nun wieder Mohr und seine Geheimpolizisten ins Spiel.
Doch Mohr hatte, soweit Hoffmann wusste, eine andere Strategie verfolgt: Er wollte dem Kammergerichtsrat und den Theaterrebellen den Mord in die Schuhe schieben. Anscheinend stellte der arme Fritz keine Figur in Mohrs bösem Spiel dar, sonst hätte er den Hausknecht – nachdem sein Plan, Hoffmann zu bezichtigen, gescheitert war – längst der Tat beschuldigt, allein schon, um als der bessere Untersuchungsrichter dazustehen. Ehrgeiz war schon immer eine Triebfeder dieses Schurken gewesen. Den Ruhm, Kühnemanns Mörder gefasst zu haben, würde er sich nicht entgehen lassen. Nein, Mohr wusste nichts von Fritz und dessen Furcht vor »König Egel«.
Der Fall war vertrackt. Hoffmann verirrte sich darin wie in einem Labyrinth.
Übrigens saßen die Studenten trotz Hoffmanns Gutachten immer noch in Haft. Woronzows Flucht hatte Aufsehen erregt, man nahm ihn jedoch auf die leichte Schulter, da der Russe weder Akademiker noch Künstler, sondern nur ein Bühnenhandwerker war, den es, wie es schien, bloß aus reiner Neugier zu der »Zusammenrottung« vor dem Nationaltheater verschlagen hatte und der nach dem Motto »mitgegangen, mitgefangen« im Gefängnis saß. Hoff-

mann überlegte, ob er das »Geheimnis der Loge« in das Untersuchungsprotokoll aufnehmen sollte. Er verzichtete letztendlich darauf, um seinen Bericht nicht noch mit einer weiteren verzwickten Geschichte zu belasten. Die Loge hatte offensichtlich nichts mit dem Mord an Kühnemann zu tun. Er überließ es dem Bühnenmeister, der ihn aus der Kammer befreit hatte, Kühnemanns Nachfolger von der Spionageeinrichtung in Kenntnis zu setzen. Gut möglich, dass der neue Intendant die Möglichkeiten, die sich ihm hier boten, am Ende selbst ausnutzen würde.

Mitunter fragte sich Hoffmann, ob er nicht einer Täuschung erlegen war, ob ihn sein Bedürfnis, zu einem klaren, einheitlichen Bild des Tatgeschehens zu kommen, nicht dazu verleitete, Zusammenhänge zu sehen, wo keine waren. Vielleicht hatte Mohr nichts weiter im Sinn gehabt, als »Demagogen« und »Revolutionäre« aufzuspüren, ja solche sogar zu produzieren, wo sie nicht wirklich existierten, indem er falsche Flugblätter verbreitete. Was konnte ihn an Kühnemann, den Theaterkönig, interessieren? Das Stück »Die Jäger«, kein Zweifel. Zastrows Ehre war in Gefahr.

Aber das Stück war längst von der Zensur verboten worden! Es bestand keinerlei Aussicht, eine neue, noch weiter verschärfte Version auf die Bühne zu bringen. Das entsprach auch nicht Kühnemanns berechnendem, vorsichtigem Charakter. Würde es für einen Mann wie Zastrow nicht ausreichen, dem Theaterdirektor einen Leutnant und zehn Mann ins Haus zu schicken, um diesen so sehr einzuschüchtern, dass er das Stück in die tiefsten Tiefen des Archivs verbannte?

Andererseits hatte der Theaterdirektor eine neu geschriebene Szene des Stücks in seinem Weinkeller einstudiert und seinem Faktotum dabei eine Rolle eingedrillt, die am Ende den Geist des armen Kerls okkupiert und verwirrt hatte. Je länger Hoffmann darüber nachdachte, desto seltsamer kam ihm diese Geschichte vor. Warum stieg ein Mann, der ein halbes Dutzend Probebühnen zur Verfügung hatte, mit einem halb verrückten Menschen hinunter in den Keller, um ihn Theater spielen zu lassen? Hatte der Intendant

einen geheimen Sinn für das Sinistre, Makabre? War er ein Sadist? Hatte er Freude daran, einen wehrlosen Schwachkopf so lange zu quälen, bis dieser nicht mehr wusste, wer er wirklich war?
Oder hatte Fritz ihn, den Kammergerichtsrat, belogen? War »Grenadier Haas« ebenso wie »König Egel« nur eine Erfindung, um Hoffmann in die Irre zu führen? Rechnete das Faktotum damit, als »Geisteskranker« unbehelligt zu bleiben, wenngleich er sich des Mordes bezichtigte? Das bedeutete: Er wollte jemanden decken. Wen? Woronzow? Die beiden früheren »Zarengeschenke« waren offenbar eng befreundet. Woronzow hielt Fritz gar für einen von Gott Begnadeten. Hoffmann war überzeugt, dass der Tänzer mehr über den Mordfall wusste, als er eingestanden hatte.
Woronzow konnte Fritz als Mordwerkzeug missbraucht haben. Allerdings saß er im Gefängnis, als die Tat begangen wurde. Es gab allerdings noch einen Dritten im Bunde – Nikolai, den Tischler und kleinen Schauspieler. Er konnte als Bindeglied zwischen Fritz und Woronzow gedient haben. Der Tänzer heckte den Plan aus und erteilte die Instruktionen, Fritz und Nikolai (alias Motte) führten sie aus …
Aber was war das Motiv? Woronzow war dem Theaterdirektor wohl nur wenige Male über den Weg gelaufen? Warum sollte er den Mann, der ihm Arbeit gab, ermorden? Um Fritz, den »Staretz«, aus seinen Händen zu befreien? War Kühnemann beraubt worden? Soweit Hoffmann wusste, war nicht festzustellen gewesen, ob in dem abgebrannten Haus Geld und Wertgegenständen fehlten.
Aber warum hatten Fritz und Motte (denn nur sie kamen in Frage) die Tat dann begangen, während Woronzow noch im Gefängnis saß? Wollten sie zu zweit fliehen und den Tänzer zurücklassen? In dem Fall wäre Motte der Haupttäter …
Doch Motte war in jener Nacht nicht im Haus des Intendanten gewesen, sondern in der Weinstube. Assessor Warnke bezeugte, dass Motte nicht im Schlafzimmer gewesen war, als die Detonation stattfand. Er warf von draußen eine Weinflasche durch das Fens-

ter. Natürlich konnte dies ein Signal für den »Sprengmeister« drinnen im Schlafzimmer gewesen sein.
Der Mann, der dort im Dunkeln lauerte, war der Mörder!
War es Fritz? Hatte Motte den Intendanten schon erwürgt, ehe er sich in die Weinstube aufmachte? Gab der Flaschenwurf Fritz das Zeichen, die Lunte anzuzünden? Aber Fritz war kein kaltblütiger Mörder und Brandstifter. Er war ein armer, von Schreckensvisionen geplagter Kerl, den man für einen ausgeklügelten Plan nicht gebrauchen konnte.
War der Täter demnach ein Geheimpolizist, einer von Mohrs Leuten? Wartete Mohr selbst im Hintergrund, um die Aktion zu überwachen?
Aber wenn in Kühnemanns Haus Geheimagenten am Werk gewesen waren, warum hatte Fritz ihm, Hoffmann, nichts davon erzählt? Warum hatte er die Tat auf sich genommen? Hoffmann kam ein abenteuerlicher Gedanke: Steckte Fritz mit der Geheimpolizei unter einer Decke? Hatte man ihm versprochen, er werde davonkommen, wenn er ein falsches Geständnis ablegte? Hoffmann konnte einen ungewissen Verdacht gegen den Hausknecht nicht loswerden. Die Erzählung des Faktotums enthielt zu viele Ungereimtheiten, um ganz und gar glaubhaft zu sein. Zum Beispiel wusste Fritz ganz offensichtlich nicht, dass sein Herr erwürgt worden war.
Irgendetwas stimmte da nicht. Die Tatsachen passten nicht zusammen. Immer wieder geriet Hoffmann mit seinen Überlegungen in eine Sackgasse, und allmählich kam er sich vor wie jemand, der mit bloßen Händen einen Aal zu fangen versucht.
Er musste sich widerstrebend eingestehen, dass es ihm wohl nicht vergönnt war, alle Widersprüche, die dieser Fall ihm bot, in Einklang zu bringen. Die Polizei würde den Bericht über sein Gespräch mit dem Faktotum dankbar entgegennehmen und den Fall damit abschließen. Die Tat konnte damit dem geistig verwirrten Hausknecht zur Last gelegt und dieser zur Strafe hinter die Mauern eines elenden Hospizes verbannt werden. Auch die Bevölke-

rung würde sich mit der schaurigen Geschichte vom »König Egel« zufrieden geben, zumal sich das Ganze in einem Haus abgespielt hatte, das für Spukerscheinungen berüchtigt war.
Diejenigen, denen eine solche Lösung des Falls den meisten Nutzen brachte, waren Mohr und der General Zastrow. Sie hatten ihr Ziel erreicht. Niemals würde ein Wort über Zastrows Verrat an den Lützow'schen Jägern an die Öffentlichkeit dringen.
Im Übrigen fragte sich Hoffmann, was den General dazu veranlasst haben mochte, dem Freikorps den rettenden Übertritt über die Weiße Elster zu verweigern? Vermutlich war es der Hass des reaktionären Eisenfressers auf die freiheitsdurstigen Bürger, die sich nicht nur deswegen zu den Fahnen gemeldet hatten, um Napoleon zu vertreiben, sondern um das Land darüber hinaus von den Männern vom Schlag eines von Zastrow, von der Last des Junkertums zu befreien. Männer wie Theodor Körner durften nicht als Helden und Befreier aus dem Krieg zurückkehren. Der Sieg musste den regulären Truppen an die Fahnen geheftet werden, wenn sie nicht ihre Macht über das Land und das Volk verlieren wollten. Es gab in den Augen der Junkeroffiziere nichts Gefährlicheres als Waffen in den Händen der Bürger. Darum führten sie einen Krieg nach zwei Seiten: gegen Napoleon und gegen die Freiheitskämpfer im eigenen Volk.
Ja, sie hatten ihr Ziel erreicht.

4

Hoffmann war ins Theater gegangen. Seinen Bericht hatte er vorerst nur ins Unreine geschrieben. Er konnte sich nicht entschließen, ihn an die Polizei weiterzugeben und den Fall dadurch zu einem Abschluss zu bringen, solange er selbst noch Zweifel hegte. Ihm ging der Hinweis des ermordeten Herrn von Tümmler, die Lösung stecke im Sand, nicht aus dem Kopf.
Als er das Dramaturgiebüro betrat, saß Herr von Tümmler mit

übereinander geschlagenen Beinen in einem Sessel auf der Besucherseite des Schreibtischs.
»Sie können Ihr Büro noch nicht missen, wie mir scheint«, sagte Hoffmann zur Begrüßung.
»Haben Sie Fortschritte gemacht?«, erkundigte sich der Geist.
»Kommen Sie, um mir zu raten oder um zu spionieren?«, hielt Hoffmann dagegen.
»Für wen sollte ich wohl spionieren?«
»Wer weiß, ob ich der Einzige bin, dem Sie erscheinen.«
»Wer weiß, ob ich nicht nur ein Produkt Ihrer Einbildung bin.«
»In dem Fall könnten Sie mir wohl kaum helfen«, erwiderte Hoffmann. »Denn dann wüssten Sie nicht mehr als ich.«
»Vielleicht gibt es mehrere Ebenen des Wissens«, entgegnete der Geist. »Wenn Sie auf dem einen Weg nicht weiterkommen, wählen Sie den anderen.«
»Es ist seltsam«, sinnierte Hoffmann. »Mir scheint, als läge mir etwas direkt vor Augen. Aber ich kann es nicht greifen. Es entzieht sich mir.«
»Vielleicht ist Ihr Problem ein sprachliches«, sagte der Geist.
»Inwiefern?«
»Sie stecken, wie mir scheint, in einer Metaphernfalle.«
»Der Begriff ist mir nicht geläufig.«
»Sie sagen, etwas läge Ihnen *vor Augen*. Vielleicht ist es aber gar nichts Sichtbares. Wenn Sie also die metaphorischen Augen einmal außer Acht ließen …«
»Und stattdessen …?«
»Vielleicht hat das, was Ihnen entgeht, ja etwas mit dem Gehör zu tun …«
»Mit dem Gehör …?« Hoffmann dachte nach. »Ich wüsste nicht, in welcher Form die Musik …«
Der Geist schüttelte den Kopf. »Sie zielen zu weit«, sagte er. »Denken Sie an das Nächstliegende. Was tun wir hier gerade?«
»Wir führen ein Gespräch. Wir reden. Vielleicht rede ich ja auch nur mit mir selbst und denke mir dazu einen Partner.«

In dem Moment begriff Hoffmann, was von Tümmler (oder seine andere Hirnhälfte) ihm sagen wollte. Es war, als löse sich ein Stein und eine Lawine käme ins Rollen.
»Es ist der Dialekt!«, sagte er.
Von Tümmler war jedoch verschwunden. Hoffmann sprang auf und begann erregt im Zimmer umherzugehen und vor sich hin zu sprechen: »Der Dialekt! Bei unserer ersten Begegnung berlinerte Fritz wie ein Fuhrknecht. Als ich ihn aus dem Gefängnis holte, hatte er das Berlinern – vergessen. Ja, vergessen! Das ist es. Es ist wie bei einer Rolle, die man längere Zeit nicht gespielt hat. Gewisse Einzelheiten entfallen dem Gedächtnis. Fritz, der Gefängnis-Fritz, kam mir vor wie ein Schauspieler, der einen Moment zerstreut war und das Berlinern vergaß, das zu seiner Rolle gehörte, und der nun nicht plötzlich wieder damit anfangen kann, ohne das Augenmerk umso mehr auf seinen Fehler zu lenken. Er kann nur darauf hoffen, dass auch sein Zuhörer vergesslich ist und darum die sprachliche Metamorphose nicht bemerkt.«
Er schlug sich mit der Faust der einen in die Handfläche der anderen Hand, so sicher war er, auf dem richtigen Weg zu sein.
»Und wenn es nun nicht nur eine sprachliche Metamorphose ist, sondern eine der ganzen Person? Heißt es nicht: ›Die Sprache ist der Mensch‹? Insofern war der erste Fritz, der mir begegnet ist, tatsächlich ein anderer als Grenadier Haas. Und dann die Szene, die er mir in meinem Arbeitszimmer vorspielte! Vermag das ein Hausknecht? Nein, so versteht es nur ein Schauspieler. Ein vorzüglicher Schauspieler! Das Ganze – der Wahnsinn, die Furcht vor ›König Egel‹ – war gespielt! Eine einstudierte Szene. Wahrscheinlich hat er sie in der Zelle probiert. Er hat mich an der Nase herumgeführt! Warum? Das ist offensichtlich. Er wollte aus der Zelle heraus. Das heruntergekommene Faktotum würde man dort ewig schmoren lassen, das ahnte er. Also musste er eine andere Persönlichkeit annehmen, eine, die man nicht zurück ins Gefängnis schicken würde, sondern – ins Narrenhaus, was vergleichsweise die Freiheit darstellt. Er gab den Wahnsinnigen, um nicht

wieder in die Zelle gesperrt zu werden. Das heißt: Er hat etwas vor.«

Plötzlich hielt er inne, schüttelte kurz den Kopf und verfolgte dann seinen logischen Faden weiter: »Das Problem bei dieser Theorie ist«, sprach er im Umhergehen vor sich hin, »dass ein Mann wie das Faktotum Fritz weder in der Lage wäre, einen solchen Plan auszuhecken noch ihn auszuführen. Fritz war ein gebrochener Mensch, vom Alkohol zugrunde gerichtet. Wie kann ein solcher Mann plötzlich über ein so exzellentes schauspielerisches Talent verfügen? Er könnte auf jeder Bühne die besten Rollen spielen. Wie reimt sich das zusammen? Wie kann der arme Junge aus Russland, das Zarengeschenk, das zum Faktotum herunterkam, wie kann er sich plötzlich als darstellerisches Genie entpuppen? Da stimmt etwas nicht. Da stimmt, da stimmt etwas nicht …«

Er war ins Stammeln gekommen, weil seine Gedanken die glatte, schnurgerade Bahn verließen, auf der sie sich bis dahin bewegt hatten. Wieder geriet er ins Weglose, in den Treibsand, wieder verspürte er die Blockade in seinem Hirn, die unüberwindliche Mauer, die ihn vom Erkennen der Wahrheit trennte und gegen die er immer wieder verzweifelt anrannte, um sich doch nur den Kopf wund zu stoßen. Er ahnte, dass er nur einen Fingerbreit von der Wahrheit entfernt war, aber diesen allerletzten, kleinen Schritt zur entscheidenden Schlussfolgerung brachte er nicht zuwege, da versagte sich ihm die Intuition. War womöglich die Wahrheit zu ungeheuerlich, zu unglaublich, um in seinen Schädel zu passen?

Was war denn die ungeheuerlichste aller Annahmen? Das Irrsinnigste, Groteskeste? Das, bei dem alle den Kopf schütteln würden, wenn er damit ankäme? Das er selbst als den verrücktesten aller nur möglichen Einfälle bezeichnen würde?

Und plötzlich gelang ihm, geistig gesehen, der Sprung! Sein Verstand setzte über die unübersteigbar scheinende logische Hürde hinweg. Wie ein Blitz kam ihm der Gedanke: »Wenn Kühnemann gar nicht tot wäre! Wenn Fritz nicht Fritz wäre, sondern – Kühnemann!«

Hoffmann musste über sich selbst lachen, so irrwitzig kam ihm dieser Gedanke vor. Aber einmal gedacht, steckte er in seinem Schädel und fing an, Keime, Blätter und Blüten zu treiben.
Hatte Kühnemann nicht jahrelang mit sehr großem Erfolg die Rolle des »Hausknechts Fritz« auf der Bühne gespielt? Zweifellos hatte er die äußeren Merkmale dieser Figur von seinem eigenen Diener übernommen und ihm nur den urberliner Dialekt hinzugefügt, den der echte Fritz sicherlich nicht gesprochen hatte, da er kein gebürtiger Berliner war. Kühnemann hatte also nicht bei seiner zweiten Vernehmung durch Hoffmanns den entscheidenden Fehler gemacht, sondern bei der ersten, kurz nachdem man ihn aufgegriffen hatte. Er war, seiner alten Gewohnheit folgend, in das Berlinische verfallen, das zu den Eigenschaften der Bühnenfigur gehörte, die er so oft gespielt hatte. Es muss ihm als ein Wunder erschienen sein, dass der Kriminalrat wie der Kammergerichtsrat in ihm nicht sofort den Schauspieler Kühnemann in der Rolle des »Hausknechts Fritz« erkannt hatten! Aber er, Hoffmann, und Hitzig waren durch den schauderhaften Anblick der Brandleiche beeinträchtigt gewesen und keiner von ihnen war auf die Idee gekommen, der Verbrannte könnte nicht der Theaterdirektor sein.

Wenn Kühnemann die Identität seines Hausknechts angenommen hatte – das Motiv einmal beiseite gelassen – ergab alles plötzlich einen Sinn. Der Verbrannte war zweifellos der echte Hausknecht Fritz. Kühnemann (oder ein Helfer) hatte ihn niedergeschlagen und erwürgt, um ihn an seiner Stelle ins Bett legen zu können. Das erklärte, was der Forensiker an der Leiche entdeckt hatte. Kühnemann blieb gar nichts übrig, als die Leiche anschließend anzuzünden, um sie unkenntlich zu machen. Dass er dabei sein Haus mit niederbrannte, musste er in Kauf nehmen? Hatte er womöglich eigens zu diesem Zweck den Wohnsitz gewechselt? Vermutlich hatte er das »Spukhaus« günstig erworben. Es kam ihm auch zupass, dass sein Personal sich weigerte, mit ihm die Wohnung zu wechseln. Für das, was er beabsichtigte, brauchte er ein leeres Haus …

Plötzlich fügten sich die Teile des Mosaiks wie von selbst zusammen!
Was fehlte, war das Motiv.
Was veranlasste einen gefeierten Bühnenkönig wie Kühnemann dazu, seinen Hausknecht, einen armen, heruntergekommenen Kerl, zu ermorden? Letztlich konnte Hoffmann sich das nicht so recht vorstellen, es sei denn, der Intendant wäre plötzlich dem Wahnsinn verfallen. Aber hätte seine Umgebung, die vielen Menschen, mit denen er tagtäglich zusammenkam, nicht etwas davon bemerken müssen? Oder war er ein so guter Schauspieler, dass er auch eine grundlegende psychische Verwandlung kaschieren, im wahrsten Sinn: überspielen konnte?
Warum wollte Kühnemann als tot gelten? Es war unmöglich, dass er jemals wieder auferstand und sich als Mörder seines Hausknechts zu erkennen gab, das musste er wissen. Warum brach er also mit Vorbedacht alle Brücken hinter sich ab?
Hatte es mit dem Stück »Die Jäger« zu tun? War die Szene, die »Fritz« ihm, Hoffmann, in dessen Büro vorgespielt hatte, womöglich mehr als eine Theaterphantasie? War jener Sterbende, den »Grenadier Haas« auf dem Schlachtfeld fand, eine Figur mit einem lebenden Vorbild? War es ein Verwandter, ein geliebter Freund Kühnemanns, der dem Verrat des Generals Zastrow zum Opfer gefallen war? Stellte somit Rache das Motiv des Intendanten dar?
Man musste schleunigst herausfinden, ob eine Person, die Kühnemann nahe stand, sich zu den Lützow'schen Jägern gemeldet hatte und an der Weißen Elster gefallen war. Wenn dies zutraf, stellte auch das Motiv nicht länger ein Rätsel dar. Das Mosaik war vollständig.
Nur eines störte Hoffmann an seiner Theorie: dass Kühnemann einen Unschuldigen ermordet haben sollte. Warum musste er, um seine Rache zu vollziehen, in die Rolle des Hausknechts schlüpfen? Hoffmann spürte, wie einzelne Steine wieder aus dem Mosaik herausfielen …
Nun, vielleicht war der arme Kerl ja eines natürlichen Todes ge-

storben, und sein Herr hatte ihm eine unorthodoxe Feuerbestattung zuteil werden lassen ... Nein, da waren die Spuren der Gewalttat am Schädel des Toten.

Hoffmann merkte mit Verdruss, dass der Karren, den er soeben erst ein Stück weit geschoben hatte, schon wieder festsaß!

Aber »Fritz« war Kühnemann, dessen war er sich nun gewiss. Es fehlte ihm nur die Antwort auf die Frage: Warum? Wieso das Ganze? Dieser Punkt blieb rätselhaft. Selbst, wenn er, Hoffmann, annahm, dass der Theaterdirektor wahnsinnig geworden war, so hatte der Irrsinn, wie im »Hamlet« zu Recht festgestellt wurde, doch Methode; also war man wieder am Anfang angelangt: Auch ein Wahnsinniger braucht einen Grund, um einen anderen Menschen zu töten und in dessen Rolle zu schlüpfen.

Hoffmann tigerte in dem Zimmer auf und ab, den Blick zu Boden gerichtet, die Stirn gekraust, die Brauen zusammengezogen. Es machte ihn rasend, nicht weiterzukommen. Er litt die Qualen des Tantalus. Mitunter schüttelt er den Kopf über sich selbst und sagte sich, dass sein Gedanke vielleicht doch zu aberwitzig wäre. Aber tief innerlich wusste er, dass er auf dem richtigen Weg war, dass es nur noch eine einzige, letzte Tür aufzustoßen galt ...

Was bezweckte der Intendant mit seiner absurden Camouflage?

Ein wesentlicher Faktor, den er einbeziehen musste, war die Zeit. Kühnemann hatte als »Häftling Fritz« wochenlang in einer grässlichen Zelle zugebracht. Hatte er dies einkalkuliert? Hatte er Monate seines Lebens quasi verschenkt?

Es sah fast so aus, wenn Hoffmann sich die Umstände vor Augen führte, unter denen »Fritz« eingesteckt worden war. Kühnemann war als Vagabund umhergeirrt, anstatt sich zu verbergen. Irgendwann musste er zwangsläufig den Gendarmen in die Arme laufen. Dies hatte er anscheinend beabsichtigt. Er wollte als Hausknecht Fritz festgesetzt – und nach Ablauf einer gewissen Zeit als Grenadier Haas wieder entlassen werden. Dafür gab es nur eine vernünftige Erklärung: Es ging ihm darum, auszuharren, bis ein bestimmtes Ereignis eingetroffen war. Oder – plötzlich dämmerte Hoffmann ein weiterer ungeheuerlicher Gedanke – es ging um eine Person, die zurzeit abwesend war, deren Rückkehr Kühnemann abwarten musste, ehe er seine Absicht verwirklichen konnte.

Wieder überstürzten sich Hoffmanns Gedanken. Napoleon. Der Feldzug. Die Völkerschlacht. Zastrows Verrat … Alles fügte sich plötzlich, wie in einer chemischen Reaktion, zu einem Bild zusammen und ergab einen Sinn!

Hoffmann setzte sich an seinen Schreibtisch, ergriff eine Feder und ein Blatt Papier und schrieb: »Werter, vergeistigter Herr von Tümmler, bitte beantworten Sie mir wahrheitsgemäß eine einzige Frage. Ist Ihnen im Jenseits Herr Kühnemann begegnet, in welcher Form auch immer? Trifft meine Vermutung zu, dass er sich dort nicht aufhält, sondern an seiner statt ein armer Hausknecht? Bitte antworten Sie mit ›ja‹ oder ›nein‹. Empfangen Sie meinen aufrichtigen Dank. Ihr sehr verbundener Kammergerichtsrat Hoffmann.«

Er ließ den Brief auf dem Schreibtisch liegen und begab sich ins Theaterarchiv, um dort nach Zeichnungen oder Gemälden zu suchen, die den Intendanten in der Rolle des Hausknechts Fritz zeigten. Es fanden sich, wie erwartet, Zeichnungen und Kupferstiche zuhauf, viele von ihnen waren in Zeitungen und Taschenbücher abgebildet worden. Hoffmann erkannte sofort die verblüffende Ähnlichkeit zwischen der Bühnenfigur »Fritz« und der Person, die ihm den Wahnsinnsanfall vorgespielt hatte. Rein optisch konnte seine Theorie somit als bewiesen gelten. Er hielt sich absichtlich länger im Archiv auf, als notwendig gewesen wäre. Natürlich verfolgte er damit eine bestimmte Absicht. Er ahnte, dass man ihn hier im Hause nicht unbeobachtet lassen würde und dass man sich für jedes Wort interessierte, das er zu Papier brachte. Nur deswegen hatte er den seltsamen Brief geschrieben …

Als Hoffmann in die Dramaturgie zurückkehrte sah er, dass er richtig kalkuliert hatte. Jemand hatte in seiner Abwesenheit den Brief gelesen und sich nicht enthalten können, dem Schreiber die

erbetene Antwort zu erteilen. Sie bestand nur aus einem knappen Federstrich unter dem Wort »nein.«
Nun also wussten die anderen, dass er ihr Spiel durchschaut und »Fritz« hinter die Maske geblickt hatte, um dort das Antlitz des Intendanten Kühnemann zu entdecken. Hoffmann hatte den ersten Zug getan, der Gegner hatte geantwortet. Entgegen allen Spielregeln beschloss Hoffmann, von der Eröffnung unmittelbar zum Endspiel überzugehen.

Als Hoffmann auf den Gendarmenmarkt hinaustrat, hörte er, wie Ausrufer die Nachricht verkündeten, Kaiser Napoleon habe soeben bei Belle Alliance eine vernichtende Niederlage erlitten.

5

»Guten Tag, Herr Kühnemann«, begrüßte Hoffmann den Patienten, der im Aufenthaltsraum des Narrenspitals an einem Tisch saß und mit einem anderen Patienten Schach spielte. Hoffmann sah darin keinen Zufall, sondern verstand es als einen diskreten Hinweis darauf, dass sein Gegner die Partie anzunehmen gedachte.
Der Angesprochene verfügte über eine vorzügliche Selbstbeherrschung. Nur ein sehr scharfer Beobachter merkte ihm die Überraschung ob dieser unverhofften Anrede an. Äußerlich gab »Fritz« nicht zu erkennen, dass er sich gemeint fühlte. Er vollführte in scheinbarer Ruhe einen Zug auf dem Schachbrett.
Hoffmann legte ein Blatt auf den Tisch, auf dem er versucht hatte, zeichnerisch darzustellen, wie sich der Intendant Kühnemann durch geschickte Maskenbildnerei in den Hausknecht Fritz verwandelte. Der Mann, dessen Metamorphose hier skizziert war, sah die Bilder an, ohne etwas dazu zu bemerken.
»Erkennen Sie sich wieder?«, fragte Hoffmann.
»Det da bin icke«, erwiderte Fritz und deutete mit dem Finger auf das letzte Bild in der Reihe.

»Und dies sind Sie ebenfalls«, behauptete Hoffmann, indem er auf das Bild deutete, das den unverkleideten Kühnemann zeigte.
Fritz blickte ihn von unten herauf an und sagte: »Entweder Sie sind verrückt, oder Sie woll'n ma veräppeln.«
Hoffmann betrachtete den Scheitel des unten ihm Sitzenden. Aus dieser Perspektive hatte er, der Kurzgewachsene, den wesentlich größeren Mann noch nie zuvor gesehen. Hoffmanns Gesicht verzog sich zu einem Grinsen. »Hatte Ihr Hausknecht schon graue Haare?«, fragte er.
»Nee, der hat schwarze«, erwiderte »Fritz«. Hoffmanns Grinsen wurde noch breiter. Der andere bemerkte es und korrigierte sich: »Ick meene, ick hab schwarze.«
»Nein. Sie haben graue, aber Sie pflegen sie zu färben. Das ist für einen Schauspieler nicht ungewöhnlich. Ich werde Sie Ihrem Maskenbildner vorführen, der Ihre natürliche Haarfarbe zweifellos bezeichnen kann. Außerdem wird er bestätigen, dass Sie Herr Kühnemann sind, da er mit Ihrem Gesicht vertraut ist wie sonst niemand.«
»Jetze gloob ick, det Sie hier der Verrückte sind«, versuchte es der Entlarvte ein letztes Mal.
Hoffmann hätte beinahe laut herausgelacht. »Nun berlinern Sie also wieder«, sagte er. »Der echte Fritz ist aber ein Russe. Sie verwechseln ihn mit Ihrer Bühnenfigur.«
Der falsche Hausknecht ließ ein unanständiges Wort fallen.
»Sie bringen Ihre verschiedenen Personifizierungen durcheinander«, fuhr Hoffmann fort. »Dadurch bin ich Ihnen auf die Spur gekommen. Nebenbei habe ich das Geheimnis der Loge entdeckt.«
Der vermeintliche Hausknecht zuckte auf diese Bemerkung hin merklich zusammen, fing sich jedoch wieder. »Watten for'n Jeheimnis?«
Hoffmann verzog anerkennend das Gesicht. Kühnemann war ihm nicht in die Falle gegangen.
Der zweite Mann am Spieltisch starrte die ganze Zeit über mit ge-

senktem Kopf unverwandt auf das Schachbrett, als nähme er weder von Hoffmann noch von dem Gespräch Kenntnis. Er trug eine Kappe mit einem Schirm, der seine Stirn beschattete. Hoffmann sah, dass der Mann, der die schwarzen Steine führte, kurz vor einer Niederlage stand.

»Sie spielen vorzüglich Schach«, sagte Hoffmann zu Kühnemann. »Haben Sie das in Russland gelernt?«

»Jawoll, det hab ick«, sagte der Hausknecht.

»Benennen Sie mir doch bitte die Figuren auf Russisch«, verlangte Hoffmann. Der Mann, der das Schachspielen als Kind in Russland gelernt haben wollte, schwieg. Offensichtlich kannte er die russischen Namen der Spielfiguren nicht.

»Sie sind dazu offenbar nicht in der Lage«, stellte Hoffmann fest.

»Ick hab meen Russisch verjessen. Is ja man lange her, det ick in Russland war.«

Hoffmanns ergriff den Arm des Intendanten. »Nun kommen Sie schon, Herr Kühnemann«, sagte er. »Wir haben über Verschiedenes zu reden.«

Doch nun, da Hoffmann ihn schon fest in der Hand zu haben glaubte, gab Kühnemann einen Beweis seiner monumentalen Schauspielkunst. Von einem Moment zum anderen verfiel er in Tobsucht und rasenden Irrsinn, schrie und kreischte, schüttelte die Glieder, rollte die Augen und fletschte die Zähne. Bald trat ihm Schaum vor den Mund und von seinen Lippen flogen die Flocken. »Ja!«, schrie er. »Ja! Ich bin Kühnemann! Ich bin Kühnemann! Auf die Knie! Auf die Knie!«, schrie er Hoffmann an. »Siehst du nicht, wer ich bin? Siehst du es nicht? Ich bin König Egel! Knie nieder vor mir, Schurke! Meinen Degen! Ich will ihn dir durch die Kehle stoßen! Anmaßender! Nennst dich Radamanthus, bist aber nur ein lächerlicher kleiner Dichterling, ein schlechter Komponist, ein gescheiterter Kapellmeister! Nennst dich Rat. Ha! Weißt nicht einmal für dich selber Rat! Meinen Degen! Den Degen her! Ich will ihn niederstechen! Ich brate sein Herz am Spieß! König Egel regiert! Habt ihr's verstanden?«

Er hatte sich zuletzt an die im Saal versammelten Kranken wie an ein Publikum gewandt. Schon begannen einige der Insasse des Hospizes voller Furcht in das Geschrei einzustimmen. Sogleich eilten die Pfleger herbei. »Auf die Knie, ihr alle! Pack, elendes!« Kühnemann riss sein Hemd auf. »Da! Seht ihr es? Meine Haut! Die Haut eines Wurms! Ich bin König Egel, der Blutsauger, und ich werde euch die Saugnäpfe ansetzen.«
Heulend und zähnefletschend wand sich Kühnemann alias Fritz in den Armen der Pfleger, die ihn aus dem Saal schleiften, während er immer noch heulte und spuckte und knurrte, sodass selbst einem Hoffmann, der dies doch alles für eine wohlberechnete Komödie hielt, die Haare zu Berge standen. Kurz bevor sich die Tür hinter dem Rasenden schloss, meinte der Kammergerichtsrat für einen Moment ein ironisches Lächeln über das Gesicht des Schauspielers huschen zu sehen.
Inzwischen war der Saal in heller Aufregung. Die Pfleger hatten alle Hände voll zu tun, die verängstigten Kranken zu beruhigen, die Zitternden und Wimmernden fortzuführen, denen, die ebenfalls zu toben begannen, Zwangsjacken anzulegen und denjenigen, die schreiend davonliefen, nachzusetzen. Einzig der Schachspieler hatte sich während des gesamten Ereignisses nicht gerührt, sondern ruhig dagesessen und stumm seine Figuren bewegt.
»Dummkopf«, hörte Hoffmann ihn plötzlich sagen. »So erreichen Sie gar nichts.«
Der Kammergerichtsrat nahm den Mann, den er bisher kaum beachtet hatte, daraufhin etwas näher in Augenschein, und nun erkannte er, wen er vor sich hatte. Es war Woronzow, der Tänzer und Tapezierer.
»Sie hier?«, fragte Hoffmann verblüfft.
»Wussten Sie nicht«, erwiderte der Tänzer spöttisch, »dass hier auch zahlende Gäste aufgenommen werden?«
»Sie scheinen das Vertrauen des Herrn Intendanten zu genießen«, stellte Hoffmann fest.
»Sie reden von Fritz, dem Hausknecht. Er ist, wie Sie wissen, ein

Freund aus Kindertagen. Wie ich Ihnen schon sagte, liegt es mir am Herzen, mich um ihn zu kümmern. Wie Sie sehen, hat er Betreuung nötig.«

»Was ist aus dem wirklichen Fritz geworden?«, fragte Hoffmann, ohne auf die offensichtliche Lüge einzugehen.

»Der wirkliche Fritz? Wer soll das sein? Vielleicht Friedrich der Große?«

Hoffmann war nahe daran, dem frechen Kerl eine Ohrfeige zu versetzen. Er hatte es satt, an der Nase herumgeführt zu werden.

»Ich werde Sie in Ketten legen lassen!«, drohte er.

»Und was hätten Sie davon?«

Die Dreistigkeit dieser Antwort verblüffte den Kammergerichtsrat. »Sie scheinen sich sehr sicher zu fühlen«, sagte er.

»Ich habe nichts getan. Sie selbst haben das festgestellt. Möchten Sie nicht eine Partie mit mir spielen?«

»Sie haben mich eingesperrt. Ihretwegen hätte ich in der Spionagekammer verschmachten können. Ich habe das nicht vergessen! Ich verlange, dass Sie mir einige Fragen beantworten. Oder ich befördere Sie zurück in die Kasematten.«

»Warum drohen Sie mir? Habe ich Ihnen nicht bereitwillig geholfen, Licht in das Dunkel zu bringen? Hätten Sie ohne mich jemals von der Loge erfahren?«

Hoffmann beschloss, es vorerst auf gütliche Weise zu versuchen.

»Die Loge interessiert mich nicht«, sagte er, indem er sich an den Tisch setzte. »Ich will wissen, warum Kühnemann sich als Fritz ausgibt. Ich bin sicher, Sie wissen darüber Bescheid. Erzählen Sie. Alles. Und nichts als die Wahrheit! Sonst helfe Ihnen Gott!«

»Wie haben Sie es herausgefunden?«, fragte Woronzow, nachdem er mit einem Seufzer seine Nachgiebigkeit signalisiert hatte.

»Durch Geduld. Ich habe die Mosaiksteinchen so lange hin und her bewegt, bis sie plötzlich ein sinnvolles Bild ergaben.«

»Ich gratuliere Ihnen zu Ihrem Scharfsinn.«

»Wer weiß außer Ihnen und Kühnemann selbst davon?«, fragte Hoffmann. »Ich nehme an, Nikolai, der Tischler, zuweilen auch

›Motte‹ genannt. Er ist es, der mir im Theater nachspioniert, nicht wahr?«
Woronzow nickte nur.
»Wer sollte es auch sonst sein«, sagte Hoffmann. »Er ist der Letzte aus dem Quartett der Zarengeschenke, der noch lebt und in Freiheit ist. Wo wohnt er? Wo versteckt er sich?«
»In der Wohnung des Theaterdichters Klee«, antwortete der Tapezierer.
»Was hat Mohr mit all diesen Machenschaften zu tun?«
Der Tänzer zuckte die Achseln. »Mohr? Ich kenne keinen Mohr.«
»Was hat Kühnemann vor?«, stellte Hoffmann nun die wichtigste Frage.
»Ich weiß es nicht«, behauptete Woronzow. »Wir sind nur Diener. Er weiht uns nicht in seine Pläne ein. Fragen Sie ihn selbst.«
»Das werde ich«, erwiderte Hoffmann, »sobald er wieder zur Vernunft gekommen ist. Bis dahin halte ich mich an Sie. Ich verstehe eines nicht: Kühnemann hat Ihren Freund Fritz ermordet, den Sie für ein höheres Wesen halten. Warum stehen Sie trotzdem auf so gutem Fuß mit seinem Mörder? Oder sind Sie etwa hier, um Kühnemann umzubringen?« Dieser letztere Gedanke war Hoffmann plötzlich durch den Kopf geschossen.
Woronzow schüttelte den Kopf. »Da irren Sie sich«, sagte er.
Hoffmann forderte ihn auf, sein Wissen preiszugeben, und der Tänzer begann zu erzählen, wobei er mit langsamen Bewegungen die Schachfiguren zurück auf ihre Anfangspositionen stellte: »Vor etwa drei Monaten begann der Geist meines Freundes Fritz sich zu verwirren. Er fing an, seine Exzellenz Kühnemann, in dessen Haus er lebte, für einen Blutegel zu halten. Er riss daraufhin immer wieder aus, versteckte sich im Theater, wo er sich gut auskannte, da er – wie alle ›Zarengeschenke‹ – lange Zeit dort gearbeitet hatte. Manchmal fanden wir ihn irgendwo versteckt, manchmal blieb er auch für längere Zeit verschwunden. Fritz liebte Musik über alles. Und so hörte er eines Tages, als er in der Unterbühne hockte, bei einer Probe eine wunderschöne Stimme, weich, warm,

mütterlich. Er näherte sich der Sängerin, die er für eine Märchenkönigin hielt – sie war ja auch so kostümiert. Es war natürlich Donna Wanna. Fritz gestand ihr seine Ängste. Sie hörte ihn an – sie kannte ihn ja als Hausdiener des Intendanten – und entwickelte einen Plan. Sie wusste, dass Herr Kühemann sie zu entlassen beabsichtigte ebenso wie ihren Lakaien, das Weberschiffchen. Nun wollte sie sich den Wahnsinn seines Faktotums zunutze machen. Sie behauptete, sie könne helfen, König Egel zu überwinden. Sie besäße ein Zaubermittel.«

»Das Schießpulver«, warf Hoffmann ein.

Woronzow nickte. »Sie vermischte es mit Ich-weiß-nicht-was, sodass es nach Kräutern roch und ein kranker Mensch wie Fritz sich täuschen ließ. Unter allerlei Beschwörungen und Hokuspokus hieß sie ihn, das Zaubermittel im Schlafzimmer Seiner Exzellenz zu verstreuen. Dann werde König Egel verschwinden. Doch haben Wahnsinnige mitunter ein feines Gespür für menschliche Gefühle. Wie Tiere erkennen sie, ob jemand es gut meint oder nicht. Fritz erkannte instinktiv, dass Donna Wanna Übles im Schilde führte, und er vertraute sich mir an. Ich durchschaute sogleich, dass hier ein teuflischer Plan verfolgt wurde. Herr Kühnemann sollte mit Hilfe eines Wahnsinnigen, der einen Exorzismus zu vollziehen glaubte, ums Leben gebracht werden.«

»Warum stellten Sie die Primadonna nicht zur Rede?«

Woronzow sah Hoffmann verblüfft an. »Ich? Ein kleiner Tapezierer? Vergessen Sie nicht: Donna Wanna war – und ist – noch immer die Königin des Musiktheaters. Sie würde mich zerdrücken wie eine Fliege an der Wand. Und wen hätte ich als Zeugen aufbieten können? Einen armen Verrückten! Nein, da war nichts zu machen.«

»Weiter!«

»Wir vertrauten uns dem Herrn Direktor an. Der reagierte sehr erzürnt auf unsere Mitteilung.«

»Stellte er Donna Wanna zur Rede?«

»Sie hören mir nicht gut zu«, tadelte Woronzow den Kammergerichtsrat. »Was hätte er ihr vorwerfen können? Er hatte nur das Zeugnis eines Irrsinnigen. Madame Wanner hätte sofort mit einer Gegenklage geantwortet, sich als eine zu Unrecht Beschuldigte dargestellt, zumal Fritz sie immer nur als ›die Königin‹ bezeichnete und sie nie beim Namen nannte. Nein, der Herr Intendant machte den Fehler vieler großer Herren: Da er des großen Feindes nicht habhaft werden konnte, hielt er sich an die kleinen. Er warf Fritz aus dem Haus.«

»Waren Sie zu der Zeit nicht schon im Gefängnis?«

Der Tänzer war einen Moment lang verunsichert. »Nikolai durfte mich dort besuchen«, sagte er dann. »Er hielt den Verkehr zwischen uns aufrecht.«

Hoffmann nickte, scheinbar zufrieden gestellt. Woronzow fuhr fort. »Leider nahm Fritz sich den Fußtritt sehr zu Herzen. Bedenken Sie, er verlor nun auch das letzte Eckchen, das er als sein Zuhause betrachten konnte, eine Schütte Stroh in einem feuchten Keller. Der Arme besorgte sich einen Strick, schlich zurück ins Haus des Intendanten und hängte sich im Weinkeller auf. Nun bereute der Herr Intendant, was er getan hatte.«

Woronzow legte eine Pause ein, die, wie Hoffmann wohl bemerkte, dazu dienen sollte, sich der Wirkung seiner Worte zu vergewissern. Der Kammergerichtsrat tat, als hinge er an den Lippen des Tänzers wie ein Kind an denen einer Märchenerzählerin. Woronzow nahm es zur Kenntnis und fuhr fort:

»Er gab Donna Wanna die Schuld und beschloss, sie nun endgültig zu vernichten. Leider hatte die Diva zurzeit wieder Oberwasser, da Napoleon aus seinem Exil zurückkehrte und sie stets ein Franzosenliebling gewesen war. Weil es als möglich erschien, dass Preußen das gleiche Schicksal erlitt wie achtzehnhundertsechs, wagte man nicht, sie zu entlassen, da dies womöglich als franzosenfeindlicher Akt angesehen werden könnte. Die Primadonna war früher die Geliebte des Gouverneurs gewesen, wie uns die Loge verraten hat. Also musste der Intendant seine Feindin dazu bringen, sich selbst zu verraten.«

»Wie stellte er das an?«
»Sie wissen es doch bereits«, erwiderte Woronzow.
»Er verbrannte Fritzens Leiche in seinem Bett und schlüpfte in dessen Rolle«, nahm Hoffmann das Wort.
Der Tänzer nickte. »So ist es. Leider ließ sich die Leichenverbrennung nicht umgehen. Möge der Himmel ihm verzeihen!« Woronzow blickte nach Art mittelmäßiger Schauspieler bei diesen frommen Worten zum Plafond hinauf. Hoffmann hätte ihm diese Geste als Regisseur streng verboten.
»Warum ließ sich der Intendant auf so eine Posse ein?«, fragte er, statt Kritik an den Schauspielkünsten seines Gegenübers zu äußern.
»Er beabsichtigte, Madame Wanner als Geist zu erscheinen.«
»Als Geist?« Hoffmann hatte Mühe, nicht vor Lachen herauszuplatzen.
»Die Idee stammt aus dem ›Hamlet‹«, sagte Woronzow.
»So, so, der ›Hamlet‹.«
»Wir hofften«, bestätigte der Tänzer, »dass Madame Wanner sich vor zahlreichen Zeugen verraten und ihre Schandtat offenbaren würde, wenn Kühnemann plötzlich vor ihr erschiene. Es sollte bei einer Vorstellung geschehen. Herr Kühnemann wollte plötzlich auftreten, wenn die Primadonna allein auf der Bühne stand.«
»Wäre sie dann nicht in Ohnmacht gefallen?«, fragte Hoffmann amüsiert.
»Er hätte ihr sicherlich mehrfach erscheinen müssen. Der Geist sollte sie regelrecht verfolgen, immer wieder an unvermuteter Stelle auftauchen und sie so allmählich in den Wahnsinn treiben. Einem vorzüglichen Darsteller wie Herrn Kühnemann wäre das zweifellos gelungen.«
»Ein genialer Plan«, anerkannte Hoffmann mit unbewegter Miene. »Warum haben Sie ihn nicht ausgeführt?«
Woronzow zog ein verdrießliches Gesicht. »Ich fürchte, Seine Exzellenz hat den Mut verloren.«
»Wovor fürchtet er sich?«

»Vor dem Skandal, der entstünde, wenn er plötzlich von den Toten aufersteht. Zunächst war er noch davon überzeugt, man würde ihn dafür als Helden feiern, doch nun ...«
»Kommt der Katzenjammer vor dem Rausch«, ergänzte Hoffmann.
Woronzow zuckte resignierend die Schultern.
»Und was gedenken Sie nun zu tun?«
»Vorerst wünscht Herr Kühnemann in der Rolle des Hausknechts zu verbleiben«, erwiderte der Tänzer. »Dann wird er womöglich ins Ausland gehen.«
»Dann wollen Sie Donna Wanna also den Triumph überlassen«, stellte Hoffmann fest.
»Die Niederlage bereitet ihr früher oder später das Publikum«, erwiderte Woronzow. »Es sei denn, der Justiz beliebt es, sich einzuschalten.«
»Was hätten wir ihr vorzuwerfen?« Hoffmann zuckte die Achseln. »Sie ist ja keine Mörderin. Und was die Planung betrifft, da verhält es sich so, wie Sie sagten: Es gibt weder Zeugen noch Beweise. Herr Kühnemann hat sich hingegen der Leichenschändung schuldig gemacht, zudem des groben Unfugs und der Irreführung.«
»Ihn dessen zu überführen dürfte schwer sein«, versetzte Woronzow mit einem überlegenen Lächeln. »Bedenken Sie, wo Sie dieses Geständnis gehört haben. Im Irrenhaus.«
»Hm«, sagte Hoffmann, indem er vorgab, vorerst zu keiner endgültigen Bewertung des Falls imstande zu sein. »Ich werde über all das nachdenken. Einstweilen sind Sie hier gut aufgehoben. Ich werde Sie unter spezieller Bewachung stellen lassen. Sie beide, wohlgemerkt.«
Woronzow verneigte sich. »Geruht die Justiz, die Mordanklage fallen zu lassen?«
Hoffmann antwortete nicht darauf. Stattdessen sagte er: »Verfügen Sie hier über Papier und Tinte? Sonst werde ich Ihnen Schreibwerkzeug bringen lassen. Ich möchte, dass Sie Ihre Geschichte aufschreiben.«

»Für die Akten?«, fragte Woronzow.
Hoffmann schüttelte den Kopf. »Nein. Ich möchte sie nach Göttingen schicken. Dort sammeln, wie man hört, zwei Professoren deutsche Kinder- und Hausmärchen. Sie werden über Ihren Beitrag entzückt sein.«
Damit erhob er sich und ging davon, ohne sich noch einmal nach dem Tänzer umzusehen.

Schluss

I

Hoffmann wusste, dass nun die Figuren für das Endspiel aufgestellt waren. Er hatte den entscheidenden Spielzug getan, der die Stellung des Gegners bedrohte. Woronzow war jetzt im Bilde, dass der Kammergerichtsrat ihm seine Geschichte nicht abnahm. Daraufhin musste er zwangsläufig die letzte Figur einsetzen, die ihm noch übrig war. Er selbst und Kühnemann alias Fritz waren im Hospiz festgesetzt. Ihm blieb nur noch Nikolai, die Motte, der Weinflaschenwerfer.

Hoffmann war sich darüber im Klaren, dass Woronzow, den er für den Fädenzieher bei der ganzen Angelegenheit hielt, ihn würde töten wollen, da er wissen musste, dass einzig Hoffmann ihm gefährlich werden konnte, denn nur der besaß genügend Phantasie, um die Wahrheit, die so unglaubhaft und ungeheuerlich war, anzunehmen. Er konnte seines Lebens nie mehr sicher sein, ehe er den Fall nicht zu Ende gebracht hatte. Nikolai würde als sein Mörder kommen. Der Kammergerichtsrat hatte jedoch keine Lust zu sterben, und er bereitete sich vor. Vor allem wählte er den Ort, wo das Zusammentreffen stattfinden sollte und den er entsprechend präparieren konnte. Er hatte sich für das Theater entschieden.

Nachdem er das Zimmer des Dramaturgen noch einmal gründlich inspiziert hatte, sah er sich in den verschiedenen Abteilungen des Hauses um, in denen trotz des ruhenden Spielbetriebs eifrig gearbeitet wurde, denn die Handwerker nutzen die spielfreie Zeit für Reparaturen und Wartungsarbeiten. Hoffmann suchte eine spezielle Requisitenkammer, zu der nur besonders autorisierte Personen Zutritt hatten. Es handelte sich um das Waffenmagazin. Hier im »Zeughaus« des Nationaltheaters fanden sich neben zahllosen Blechschwertern und Theaterdolchen auch speziellere Waffen, wie sie dank der grenzenlosen Phantasie der moderneren Stückeschreiber in etlichen Dramen Verwendung fanden. Sie wurden mittels eines speziell präparierten Schießpulvers abgefeuert. Hoffmann suchte sich dort aus, was er benötigte.

Anschließend begab er sich in das Dramaturgenbüro. Er untersuchte noch einmal möglichst lautlos das Zimmer und stellte dabei mit einem zufriedenen Nicken fest, dass eine seiner Vorkehrungen bereits funktioniert hatte. Sein Feind war anwesend. Hoffmann schloss die Tür, legte die Waffen, die er sich (mitsamt Pulver) von dem Waffenmeister hatte aushändigen lassen, an die dafür vorgesehenen Plätze, wozu er eine Weile in beiden Räumen herumkramen musste. Er gab sich keine Mühe, seine Anwesenheit zu verbergen. Endlich setzte er sich an den Tisch, bedachte sich kurz und rief alsdann: »Geist, erscheine!«

Nichts rührte sich.

»Geist, erscheine!«, wiederholte Hoffmann ein wenig lauter. »Oder muss ich mit Pistolen auf Motten schießen?«

Er feuerte die Pistole ab. Der Schuss krachte, richtete jedoch, da keine Kugel im Lauf war, weiter keinen Schaden an.

»Fehlgeschossen!«, rief Hoffmann. »Aber das nächste Mal werde ich die Motte treffen, so viel ist gewiss!«

Im nächsten Moment öffnete sich eine Tapetentür und Nikolai, der Darsteller der »Motte« aus dem »Sommernachtstraum«, betrat den Raum. Hoffmann richtete die Pistole auf ihn.

»Schließen Sie die Tür und lehnen Sie sich dagegen. Mit dem Rücken zu mir«, befahl er.

Nikolai gehorchte. Hoffmann erhob sich. »Bedenken Sie, dass die Pistole scharf geladen ist und ständig auf Sie gerichtet bleibt«, warnte er, indem er sich dem Mann näherte und ihn sorgfältig abtastete. Er fand einen Dolch unter Nikolais Weste, jedoch keine Schusswaffe. Es wunderte ihn, dass Motte so leicht bewaffnet zu ihm gekommen war. Offenbar erachtete er den Kammergerichtsrat als harmlos und glaubte vermutlich, ohne Schwierigkeiten mit ihm fertig werden zu können, notfalls sogar mit der bloßen Hand. Hoffmann wunderte sich weniger über Nikolai, den er für keinen klugen Kopf hielt, als über Woronzow, der hätte einkalkulieren müssen, dass er sich auf den Besuch seines Abgesandten entsprechend vorbereiten würde. Hoffmann nahm Motte den Dolch ab. »Siehe da, der Dolch im Gewande«, zitierte er dabei, um seine Nervosität zu übertönen. »Nun, setzen wir uns.«

Ohne ein Wort ging Motte zu dem Sessel, der für Besucher vorgesehen war, und ließ sich dort nieder, als sei er ein geladener Gast.

»Nun?«, fragte Hoffmann.

»Was, nun?«

Hoffmann winkte ab. »Die Frage muss lauten: Woher wussten Sie, dass ich mich in dem Wandschrank befand? Daraufhin zeige ich Ihnen einen Bindfaden, den ich in Höhe der Fußleisten angeklebt hatte und den Sie abrissen, als Sie in das Versteck schlüpften. Ein simpler Trick, aber immer wieder wirksam.«

Nikolai sagte nichts.

»Ich danke Ihnen dafür, dass Sie meine Frage, ob Kühnemanns Geist im Jenseits weile, mit einem klaren Nein beantworte haben«, fuhr Hoffmann fort. Seine Worte entlockten Motte ein kleines Lächeln. »Allerdings hat mir Ihre Antwort vor allem eines verraten, nämlich dass ich mich geirrt hatte. Ich gebe zu, ich war sehr enttäuscht. Ich war stolz auf die kühne, phantasiereiche Gedankenkonstruktion, die ich errichtet hatte und die nun mit einem Wort – mit einem Strich, besser gesagt – zusammenbrach. Denn wäre Kühnemann wirklich am Leben gewesen, hätten Sie dies niemals zugegeben. Oder irre ich mich? Sie erkannte jedoch, in welche Richtung sich meine Gedanken bewegten, und Sie erblickten darin eine Chance, mich in die Irre zu führen, indem Sie meinen Irrtum ausdrücklich bestätigten. Nun, was halten Sie davon?«

Der Angeredete schwieg.

Hoffmann zuckte die Achseln und fuhr fort wie zuvor. »Letztere Sicherheit gewann ich, als Woronzow mir diese seltsame Geschich-

te auftischte, die er aus dem ersten Auftritt des ›Hamlet‹ gestohlen hat. Da hat er sich einmal überschätzt. Er ist mir auf meinem eigenen Felde, dem der phantastischen Erzählungen, gegenübergetreten, und da bin ich ihm denn doch überlegen.«
Nikolai lauschte dem Kammergerichtsrat mit unbewegtem Gesicht.
»Nun haben Sie beschlossen, mich zu ermorden, nicht wahr?«
Der Beschuldigte regte sich nicht.
»Ein schöner Dolch«, sagte Hoffmann, indem er die Waffe betrachtete. »Steckte so einer nicht auch im Rücken des Herrn von Tümmler?«
Diesmal regte sich der ungeladene Besucher, schwieg aber nach wie vor.
»Ich beschuldige Sie der zweifachen Beihilfe zum Mord«, fuhr Hoffmann fort. »Denn Sie waren zwar mit im Komplott, aber Sie wurden bisher noch nicht aktiv. Sie waren immer nur der Bote, der Handlanger. Der Mord an mir soll Ihr erster sein.«
Endlich brach Nikolai sein Schweigen. »Ich bin kein Mörder«, sagte er.
»Wir werden sehen«, erwiderte der Kammergerichtsrat. »Unterhalten wir uns zunächst einmal über den Mordfall Kühnemann. Ich habe bereits einiges darüber herausgefunden, aber ich bin noch nicht zur letzten, entscheidenden Klärung gelangt. Wessen Geist waltet hinter dem, was hier vor sich geht?«
»Ich verstehe nicht.«
»Hinter allem steckt ein Plan, den ein kluger, ein sehr kluger Kopf ausgeheckt hat. Ein Stratege, der wie ein guter Schachspieler stets mehrere Züge vorausdenkt und zugleich auf das reagiert, was der Gegner unternimmt. Zuletzt dachte ich, es wäre Herr Kühnemann. Aber nun weiß ich es besser.«
Nikolai grinste. »Vielleicht bin ich es ja«, sagte er provozierend.
Hoffmann schüttelte den Kopf. »Nein. Sie sind ein Werkzeug. Ich denke, es ist Ihr Freund, der Tänzer Woronzow.«
»So, glauben Sie?« In Nikolais Miene blitzte für einen Moment

höhnische Überlegenheit auf. Hoffmann hatte diese Reaktion erwartet, und sagte daraufhin. »Nein, ich glaube es doch nicht. Woronzow ist klug, aber er ist kein Genie. Ich glaube, es ist – Fritz.«
»Fritz ist tot«, sagte Nikolai.
»Oh, nein«, widersprach Hoffmann. »Kühnemann ist tot. Sie haben ihn ermordet. Sie, die ›Zarengeschenke‹, wie ich Sie einmal nennen möchte.«
»Sie reden albernes Zeug«, erwiderte Nikolai, war jedoch sichtlich betroffen. »Fritz ist tot. Kühnemann lebt. Sie haben ihn doch eben gesehen, oder etwa nicht?«
»Ich sah einen sehr guten, einen vorzüglichen Schauspieler. Ein Genie. Aber es war nicht Kühnemann. Es war Fritz.«
Nikolai ließ ein Gelächter vernehmen, das zu künstlich klang, um überzeugen zu können. »Fritz ist doch nur ein … ein …«
»Ein Schwachkopf? Ein Säufer? Ein Wahnsinniger? All das ist er. Sofern es ihm beliebt, diese Rollen zu spielen.«
»Aber warum sollte er denn wohl …?«
»Sie haben einen Plan«, antwortete Hoffmann. »Sie wollen sich an allen, die Sie erniedrigt haben, rächen. An Kühnemann, weil er Sie gehindert hat, Ihre Talente zu entfalten. Was Fritz betrifft, wahrhaft außerordentliche Talente. Er hätte auf der Bühne Unglaubliches leisten können. Aber Kühnemann ließ ihn nicht dorthin. Er ließ ihn das Trottoir fegen und die Öfen heizen. Mehr noch: Er probierte mit ihm Szenen, in denen er nie auftreten durfte. War es nicht so, dass nicht Kühnemann, sondern Fritz die Figur des komischen, berlinernden Hausknechts erfand, dass der Intendant sie ihm stahl? Fritz muss einen unbändigen Hass auf seinen Herrn gehegt haben, der ihm das Blut aus den Adern sog.«
Nikolai schüttelte nur den Kopf. Aber Hoffmann ließ sich nicht beirren.
»Irgendwann war das Fass übergelaufen, das Maß des Leidens voll. Sie beschlossen, Rache zu nehmen, gründliche Rache. Jeder, der ihnen etwas angetan hatte, sollte sterben. Sie planten lange und mit großer Sorgfalt, nicht wahr?«

Erneut schüttelte Nikolai den Kopf.
»Königin Luise stand als Erste auf Ihrer Liste. Aber sie starb eines natürlichen Todes, ehe Sie Ihrer habhaft werden konnten. Bleibt nur noch einer. Der Urheber des Ganzen. Ihn zu töten ist zweifellos der Gipfel Ihrer Rachepläne. Aber wie wollen Sie es anstellen? Darüber zerbreche ich mir den Kopf.«
»Von wem sprechen Sie?«
»Vom Zaren Alexander. Demjenigen, der Sie und Ihre Freunde wie Spielzeuge verschickte, um seiner königlichen Dirne einen Spaß zu bereiten. Seitdem wurden Sie herumgestoßen, sanken immer tiefer, wie Wasser von Klippe zu Klippe geworfen. Einer Ihrer Freunde starb, ein anderer wurde zum Krüppel. Aber der Tod des Zaren würde alles wettmachen. Es ist jedoch nicht so einfach, einen Tyrannen zu töten. Also wählten Sie zunächst einmal den Haus- und Bühnentyrannen Kühnemann.«
»Sie haben viel Phantasie«, entgegnete Nikolai scheinbar amüsiert. »Wie sollten wir wohl den Zaren töten können?«
»Das habe ich mich lange gefragt«, antwortete Hoffmann. »Und mir ist eine Lösung eingefallen. Es gibt nämlich einen Ort, und nur diesen allein, an dem Leute wie Sie einem Zaren in die Nähe kommen können. Ahnen Sie, worauf ich hinaus will?«
»Welcher Ort sollte das wohl sein?«
»Das Theater. Hier im Theater soll es geschehen, nicht wahr?«
»Da Sie so klug sind, wissen Sie wohl auch schon, auf welche Weise es geschehen soll«, höhnte der Tischler.
»Es war nicht leicht, das herauszufinden«, fuhr Hoffmann fort. »Ich musste mir vor Augen führen, welche Art von Menschen Sie sind, welche Möglichkeiten Ihnen zur Verfügung stehen. Dabei fiel mir eines auf: Sie sind allesamt Handwerker. Bühnenhandwerker. Das brachte mich auf die Lösung. Es erklärte mir auch, warum Sie so lange warten mussten. Immerhin volle fünf Jahre.«
»Ich verstehe nicht, was Sie meinen«, behauptete Nikolai leicht verunsichert, da er miterleben musste, wie der Kammergerichtsrat ihm Stück für Stück ihre geheimsten Pläne darlegte.

»Ich wusste, es würde im Theater geschehen«, spann Hoffmann den Faden weiter. »Nur hier können Sie zuschlagen. Wo nehmen die hohen Herrschaften Platz, wenn sie ins Theater gehen? In einer Loge. Vorzugsweise in einer Proszeniumsloge. Eine solche gibt es natürlich auch hier. Mit ihr hat es eine besondere Bewandtnis. Ich habe es mir angesehen.«

»Sie meinen die Loge des Prinzen Louis Ferdinand?«

»Ebendiese. Sie ist, wie wir wissen, für diskrete Schäferstündchen eingerichtet. Luise und Alexander waren, wie allgemein behauptet wurde, ein Liebespaar. Könnte sie da nicht einmal ein Gelüst erfassen, sich mit ihrem Zaren in das Chambre séparée zurückzuziehen, das jener Loge ihren besonderen Reiz verleiht? War dies die Gelegenheit, auf die Sie gewartet haben? Das Schicksal wollte es jedoch, dass die Beute Ihnen entging. Königin Luise starb an einer gewöhnlichen Krankheit.«

»Sie glauben, wir hätten das Liebesnest präpariert?«

»Vermutlich mit Sprengstoff«, erwiderte Hoffmann. »Sie sind allesamt geschickte Handwerker. Sie konnten allenthalben – hinter der Tapete, in den Holzpaneelen, unter dem Parkett, sogar in den Statuen – geheime Sprengladungen anbringen. Das Dumme ist nur, dass Sie sehr lange warten mussten. Zar Alexander wollte und wollte nicht nach Berlin kommen. Ganze fünf Jahre mussten Sie tatenlos verstreichen lassen. Aber jetzt endlich wird Ihre Stunde kommen!«

»Tatsächlich? Wer sagt, dass der Zar uns besuchen wird?«

»Die Zeitläufte«, antwortete Hoffmann. »Der Sieg über Napoleon. Die gekrönten Häupter versammeln sich in Wien. Es steht durchaus zu vermuten, dass der Zar seinen Rückweg über Berlin, die Residenz seines engsten Verbündeten, nehmen wird, wenn der Kongress zu Ende ist. Wahrscheinlich wird er sogar ins Theater gehen. Es musste nur etwas Reizvolles auf dem Programm stehen – oder im Séparée auf ihn warten.«

»Fahren Sie nur ruhig fort«, versetzte Nikolai spöttisch. »Als Poesie ist das sehr beachtlich.«

»Nun, warum musste Kühnemann sterben?«, fragte Hoffmann in rhetorischer Manier. »Er kam Ihnen auf die Schliche. Er kannte das Geheimnis der Loge, und irgendwann roch er den Braten.«
»Kühnemann lebt«, widersprach Nikolai bestimmt.
Hoffmann schüttelte den Kopf. »Von Tümmler war ebenfalls nicht dumm«, fuhr er unbeirrt fort. »Er bemerkte Ihre Installationen. Auch er musste sterben.«
Nikolai schnaubte verächtlich. »Den haben ›Die schwarzen Jäger‹ umgebracht«, sagte er. »Oder die Geheimpolizei.«
»Darauf kommen wir gleich«, erwiderte Hoffmann. »Die Geheimpolizei wurde Ihnen mit Ihrer Schnüffelei lästig, das stimmt. Und dann betrat auch noch der Kammergerichtsrat Hoffmann die Szene, um ebenfalls zu schnüffeln. Ein bisschen viel amtlicher Neugier für ein Haus, das ein so brisantes Geheimnis barg. Sie mussten die Schnüffler loswerden, und Sie hatten auch eine grandiose Idee, wie, nämlich den einen dem anderen in den Rachen zu werfen und damit beide zugleich aus dem Weg zu schaffen. Sie erfanden eine Gruppe namens ›Die schwarzen Jäger‹. Dabei kam Ihnen das verbotene Theaterstück zupass. Indem Sie mich zu deren Oberhaupt machten, mich an einem Flugblatt mitarbeiten ließen, hofften Sie, Doktor Mohr von Ihrer Spur abzulenken.«
Hoffmann bemerkte, dass Nikolai angelegentlich den auf dem Schreibtisch liegenden Dolch anstarrte.
»Doch dabei misslang Ihnen einiges«, fuhr der Kammergerichtsrat fort. »Woronzow wurde bei einem Auflauf vor dem Theater, den er lediglich beobachten wollte, verhaftet. Ich hingegen wurde, entgegen Ihren Erwartungen, nicht festgenommen. Doktor Mohr kannte mich zu gut; er wusste, dass ich mich nicht zum Oberhaupt einer Rebellenbande machen lassen würde, da mich Politik nicht interessiert. Er ahnte, dass hier etwas im Gange war. Als Geheimpolizist witterte er überall Verschwörungen und Attentate; er ahnte jedoch nicht, wie nahe er der Wahrheit war. Aber er rückte Ihnen dichter auf den Pelz, als Ihnen lieb sein konnte. Er ging sehr geschickt vor, das muss ich zugeben. Er setzte zwei Spitzel auf Sie

an, von denen er wusste, dass Sie sie sofort erkennen würden, weil sie zu dieser Aufgabe nicht taugen, nämlich Kapellmeister Weber und Madame Wanner. In Wirklichkeit war aber Herr von Tümmler der eigentliche Spion. Als Sie das bemerkten, erschraken Sie zutiefst. Sie wussten nicht, wie viel von Ihren Plänen er bereits herausgebracht hatte. Sie beschlossen, auf Nummer Sicher zu gehen und ihn zu töten. Wieder versuchten Sie, mich in die Sache hineinzuziehen, indem Sie mich mit einem seltsamen Brief in Tümmlers Wohnung lockten.«

»Grimms Märchen«, versetzte Nikolai, ohne zu bemerken, dass er damit Hoffmann zitierte und diesem einen Beweis dafür lieferte, dass er und Woronzow sich verständigt hatten.

»Sie gaben in dem Brief einige sinnlose, aber geheimnisvoll klingende Hinweise, die mich neugierig machen mussten«, führte Hoffmann weiterhin aus. »Sie präparierten das Zimmer, in dem Sie Tümmler ermordeten, mit Geheimschriften und Zitronenschalen. Sie lockten mich in den Packhof, wo Sie mich erschießen wollten, nachdem Ihnen der Versuch, mich als Mörder ins Gefängnis zu bringen, ein zweites Mal misslungen war. Ich habe Sie übrigens erkannt. Sie waren es, den ich mit meiner Armbrust traf, nicht wahr?«

»Ich weiß nichts von einer Armbrust«, behauptete Motte.

»Colombina wäre natürlich mit dem Leben davongekommen«, sprach Hoffmann weiter. »Ich allein sollte das Opfer sein. Ich wurde für Sie zu einer Gefahr, nachdem ich herausfand, dass Sie versucht hatten, mir den Mord an Kühnemann in die Schuhe zu schieben – ein weiterer gescheiterter Plan. Vor Doktor Mohr fürchteten Sie sich nicht mehr, nachdem Sie seinen gefährlichsten Spitzel beiseite geräumt hatten.«

»Wie sollten wir ihn denn wohl ermordet haben – in einem streng bewachten Haus?«, wandte Nikolai ein.

»Richtig. Sie mussten in ein gut bewachtes Haus eindringen und nach der Tat unbehelligt wieder hinauskommen. Ich habe lange darüber nachgedacht, wie Sie das wohl bewerkstelligt haben, bis mir endlich ein Licht aufging?«

»Und?«
»Wer kann in einem Gebäude aus und ein gehen, ohne dass es jemand beachtet?« Hoffmann gab gleich selbst die Antwort: »Ein Hausknecht. Damit ist auch die Frage nach dem Mörder beantwortet. Es war Fritz.«
»Unsinn!«, rief Nikolai triumphierend. »Fritz saß im Gefängnis!«
Hoffmann schüttelte den Kopf. »Das sollten wir glauben. Es war das Alibi, das Fritz sich zurechtgelegt hatte. Inzwischen wissen wir, dass er in dem Gefängnis kommen und gehen konnte, wie er wollte. Er hat die Gendarmen bestochen – mit Kühnemanns Geld. Als Hausknecht war ihm bekannt, wo der Intendant seine Schätze aufbewahrte. Warum wohl ist der Weinkeller so stark gesichert?«
Nikolai sah aus, als bereite er sich darauf vor, sich auf den Dolch zu stürzen, der noch immer auf dem Schreibtisch lag, und ihn Hoffmann ins Herz zu stoßen.
»Ich sage Ihnen erneut, dass Sie fabulieren«, versetzte Nikolai mit geringschätzigem Ton. »Nun, ich denke, wir sollten die Märchenstunde beenden.«
»Sie meinen, wir sollten zur Tat schreiten«, sagte Hoffmann, der sich innerlich auf einen Angriff vorbereitete.
»Ich denke, das sollten wir!« Nikolai erhob sich.
»Bleiben Sie sitzen!« Hoffmann nahm eine der Pistolen auf und richtete sie auf den Tischler. Der grinste höhnisch. »Ich weiß, dass Ihre Pistolen nicht geladen sind«, sagte er.
»Sie irren sich«, erwiderte Hoffmann und behielt seinen Widersacher weiterhin im Visier.
Nikolai grinste immer noch. »Ich kenne die Theaterpistolen. Ich weiß, dass ihr Lauf verschlossen wird, um Unfälle zu verhüten. Nur der Rauch kann entweichen, nicht aber eine Kugel.«
»Und wenn dies nun keine Theaterpistole ist?«, fragte der Kammergerichtsrat mit wenig Hoffnung, seinen Gegner zu überzeugen.
»Wie ich schon sagte, ich erkenne die Theaterpistolen«, versicherte Nikolai unbeirrt.

»Nun schön, so können Sie mich wohl überwältigen und töten«, sagte Hoffmann resignierend, indem er die Pistolen beiseite legte. »Aber es wird Ihnen nichts nützen.«
»Warum nicht? Ihr Tod bewahrt mich und meine Freunde vor dem Galgen.«
Hoffmann schüttelte den Kopf. »Ihre Freunde sind im sicheren Gewahrsam.«
Nikolai lachte. »Unsinn. Fritz ist ein armer Wahnsinniger, der niemandem etwas getan hat. Man wird ihn nach einer Weile entlassen. Woronzow ist freiwillig in dem Hospiz. Er kann jederzeit gehen. Wachen dorthin zu beordern hatten Sie noch keine Gelegenheit, davon habe ich mich überzeugt. «
»Sie wollen Ihren Plan, den Zaren zu ermorden, nach wie vor ausführen?«, fragte der Kammergerichtsrat.
»Auf jeden Fall«, bestätigte Nikolai.
»Also trifft zu, was ich vermutet habe«, sagte Hoffmann. »Fritz hat zuerst Kühnemann, dann den Dramaturgen ermordet. Dafür spricht, dass der Intendant erwürgt wurde, eine Vorgehensweise, die meist auf unbändigen Hass hindeutet. Der Mörder will seinem Opfer ins Auge sehen, will die Angst darin erkennen.«
»So ist es«, sagte Nikolai.
»Und welche Todesart haben Sie für mich vorgesehen?«, fragte Hoffmann so gelassen wie möglich.
»Sie können wählen«, sagte Nikolai. »Den Dolch oder die Schlinge.«
»Ich denke, wir halten uns an das Bewährte«, sagte Hoffmann. Mit diesen Worten nahm er eine Armbrust, die er unter dem Schreibtisch verborgen gehalten hatte, zur Hand und richtete sie auf Nikolai. Die Sehne war gespannt, der Bolzen eingelegt. Der Bösewicht wollte sich auf ihn stürzen. Hoffmann schoss. Der Pfeil zerschmetterte Nikolais rechte Schulter. Er schrie laut auf und sank mit verzerrtem Gesicht zurück in seinen Sessel.
»Leider reichen meine Pläne nur bis zu diesem Punkt«, gestand Hoffmann. »Ich müsste Sie jetzt ins Gefängnis bringen, aber ich

kann Sie wohl schlecht mit der Armbrust vor mir her durch die ganze Stadt treiben. Also müsste ich Sie einsperren. Aber Sie sind verwundet. Sie bluten.«

»Ich brauche einen Arzt«, stöhnte Nikolai.

Hoffmann hatte unterdessen einen zweiten Bolzen eingelegt und die Sehne erneut gespannt.

»Da ist guter Rat teuer«, sagte er. »Ich weiß nicht, was ich mit Ihnen machen soll.« Er stand von seinem Platz auf. »Am besten, ich rufe einen der Handwerker zu Hilfe«, beschloss er. »Deshalb muss ich Sie für eine Weile einsperren.«

Nikolai presste die Zähne zusammen.

»Es tut mir in gewisser Weise Leid um Sie«, bekannte Hoffmann, indem er um den Schreibtisch herum zur Tür ging, wobei er um den Verletzten einen großen Bogen machte und die Armbrust weiterhin auf ihn gerichtet hielt. »Aber Sie haben nicht das Recht, Blut zu vergießen!«

»Wie viel Blut klebt wohl an den Händen des Zaren?«, fragte Nikolai mit gepresster Stimme. »Mögen die verhassten Despoten immerdar vor den verborgenen Attentätern zittern. Mögen sie sich fürchten, wann immer sie ein Theater, einen Ballsaal betreten. Es gibt viele wie uns. Überall kann man einen Sprengsatz anbringen.« Die letzten Worte hatte der Tischler herausgeschrieen.

Hoffmann schüttelte den Kopf. »Sie werden keinen Erfolg haben.«

»Warten Sie's ab. Es werden noch viele Tyrannen ihren Tod in der Loge finden.«

»Nun, genug«, brach Hoffmann das Gespräch ab. »Ich werde mich nach Hilfe umsehen. Fassen Sie sich in Geduld.«

Der Bösewicht verzog verächtlich das Gesicht.

Hoffmann verließ das Zimmer und verschloss die Tür hinter sich. Als er nach einigen Minuten mit dem Bühnenmeister und zwei Arbeitern zurückkehrte, war das Büro leer. Nur ein Blutfleck an der Sessellehne war von Nikolai zurückgeblieben. Hoffmann und seine Helfer sahen sich in den beiden Räumen um, fanden aber weder eine Spur des Übeltäters noch eine weitere Geheimtür. Da die

Fenster vergittert waren, kamen auch sie als Fluchtweg nicht in Frage. Es war Hoffmann und den Theaterleuten zunächst ein Rätsel, wie Nikolai hatte entkommen können, doch dann fiel dem Kammergerichtsrat nach gründlichem Überlegen die Lösung ein: Vermutlich gab es irgendwo im Raum einen zweiten Schlüssel, den er übersehen hatte. Nikolai hatte den Raum wohl auf dem allergewöhnlichsten Weg verlassen, nämlich durch die Tür.

2

Die Schlacht hatte begonnen. Von Süden rückte die gewaltige Armee der Feuerameisen vor. »Ruft die Salamander zu Hilfe!«, befahl Hoffmann. Aber die hatten Mühe, den Wespen, Bremsen und Hornissen der Hexe Mursa Beguli standzuhalten. Die Artillerie bekämpfte die Insekten mit Schüssen aus Blütenstaubkanonen. »Schickt die Schmetterlingsgeschwader los!«, rief Hoffmann, der das Prunkgewand des Königs Radamanthus trug, denn für diesen Tag war seine Krönung vorgesehen. Zum Glück gelang es den königlichen Honigbienen einstweilen, den Wespen das Eindringen in den Thronsaal zu verwehren. Doch insgesamt war die Lage alles andere als günstig.

»Majestät! Majestät!« Der Marquis de Palma kam hereingestürzt, blutüberströmt, einen Arm in der Schlinge.

»Was ist?«, fragte König Radamanthus.

»Wir sind verloren. Man hat uns mit Theaterschwertern und Theaterpistolen ausgerüstet!«, rief der Marquis verzweifelt.

Hoffmann saß auf einem hohen Lehnstuhl. Vor ihm lagen auf einem Tisch Karten ausgebreitet. Die oberste war ein plastisches Luftbild der Insel Atlantis. Die Stadtmauern waren im Hochrelief dargestellt, ebenso die einzelnen Häuser, die Tore, Gräben und Brücken. Durch die Straßen liefen winzige Menschen. Eine Armee näherte sich der Stadt. Kanonenschüsse wurden abgefeuert; man sah den Rauch von den Rohren aufsteigen. Dann stürmten

die stecknadelgroßen Soldaten die Stadt. Die lebende Karte war höchst wunderlich anzusehen.
»Ihr müsst fliehen, Majestät! Eure Armee ist geschlagen. Der Feind rückt in die Stadt ein. Seht nur!« Der Sprecher wies auf die Karte. Dort sah man eine bunt uniformierte Masse über eine Brücke strömen. Kavallerie sprengte heran. »Man hat eine Belohnung auf Euren Kopf ausgesetzt. Man will Euch hängen.«
»Hängen? Mich? Einen König?« Hoffmann blickte den Marchese de Palma ungläubig an.
Der Adjutant hielt ihm eine seltsame Uniform hin. »Ihr müsst Euch retten! Hier, zieht das an, Majestät!«
»Was ist das?«
Aber schon erkannte Hoffmann es selbst. Es handelte sich um das Kostüm eines Harlekins, des Arlecchino der Commedia dell'Arte. Er, König Radamanthus, sollte in ein Narrenkleid schlüpfen!
»Seid Ihr von Sinnen, Adjutant?«
»Es wird Euch retten. In diesem Kostüm könnt Ihr durch die feindlichen Linien schlüpfen.«
»Kommt nicht in Frage!«, rief Radamanthus in Rage. »Ein König stirbt eher auf dem Schlachtfeld, als dass er sich zum Harlekin macht!«
»Dann ist Atlantis verloren!«, sagte der Marchese niedergeschlagen.
Draußen hörte man Geschützdonner, Lärm, Gepolter. »Der Feind steht schon vor unseren Toren«, sagte der Marchese traurig.
Da hob Radamanthus sein Szepter, schwang es durch die Luft und rief: »Geister, erscheint!«
Und plötzlich erschienen der Kapellmeister Kreisler, der Hund Berganza, Ritter Gluck, der Mönch Medardus, der Archivar Lindhorst, Anselmus und Serpentina. Ferner der Nussknacker und der Mäusekönig mit seinen gewaltigen Truppen, der Rat Krespel, ja sogar die Serapionsbrüder. Sie alle wurden jedoch überragt von dem Wassergeist Kühleborn, an dessen Seite Undine und der Ritter Huldbrand standen. »Fürchtet Euch nicht«, rie-

fen sie. »Wir sind Eure getreue Garde! Wir werden Euch beschützen!«
Doch da ertönte ein grässliches Gelächter. In der Tür stand die Hexe Mursa Beguli neben dem Zauberer Protoporax, die bereits in das Schloss eingedrungen waren. »Ha!«, rief die Hexe. »Ihr wollt den König beschützen? Ihr? Ihr seid doch nur aus Papier! Aus Papier!«
Der Zauberer setzte ein Dutzend Kerzen in Brand und ließ sie auf die Garde zumarschieren. Schon fingen der Ritter und der Nussknacker Feuer.
»Die Hexe hat Recht«, sagte Hoffmann erbleichend. »Sie sind ja alle nur aus Papier.«
Und er sah hilflos zu, wie zunächst seine Truppen, dann nach und nach die Häuser von Atlantis und das Schloss abbrannten. Auch sie waren nur aus Papier, ja, die gesamte Insel war, wie sich nun herausstellte, aus Papiermaché gemacht.
Hoffmann liefen die Tränen über das Gesicht, als er sah, wie sein Reich zu schwarzen Ascheflocken verbrannte.

»Er träumt schon wieder.«
»Offensichtlich ein Alptraum.«
»Es war wohl doch alles ein wenig zu viel für ihn.«
Hoffmann schlug die Augen auf. »Die Schlacht ...«, murmelte er. »Ist sie wirklich verloren?«
»Im Gegenteil. Sie ist gewonnen«, antwortete Kriminalrat Hitzig.
»Gewonnen?«
»Gewonnen. Der Mörder hat sich selbst gerichtet. Aber er hat ein Geständnis hinterlassen.«
»Ein Geständnis.«
»Du scheinst noch nicht ganz wieder bei Sinnen zu sein«, sagte Hitzig besorgt. »Während du dich im Theater herumtriebst, habe ich den Mordfall Kühnemann gelöst.«
Hoffmann fuhr auf. »Man muss sofort Fritz und Woronzow festnehmen. Und Nikolai nicht zu vergessen.«

»Wovon redest du? Wer ist das?«, fragte Hitzig verwundert.
»Woronzow, Fritz und Nikolai sind Kühnemanns Mörder! Die ›Zarengeschenke‹.«
Hitzig sah seinen Freund an, als rede dieser plötzlich in Zungen. Dabei machte er: »Ts, ts, ts.«
Hoffmann sank zurück in den Sessel, in dem er seinen Mittagsschlaf abgehalten hatte. Er winkte ab. Natürlich wusste er, dass die »Zarengeschenke« längst über alle Berge waren. Er hatte es nur durch die Nachwirkungen des Alptraums vergessen. »Tut mir Leid«, entschuldigte er sich. »Ich bin noch etwas verwirrt. Atlantis ist abgebrannt.«
»Mein Beileid.«
Eine Stunde später hatte Hoffmann von seinem Freund erfahren, was geschehen war. Der Mordfall war nach Meinung des Kriminalrats aufgeklärt. Der Mörder Kapellmeister Weber. Er hatte ein schriftliches Geständnis verfasst und sich anschließend im Schnürboden des Nationaltheaters erhängt.
Hoffmann konnte es kaum fassen. Ihm stand der Mund offen, während er dem Kriminalrat zuhörte. Mitunter stammelte er: »Wie? Was?« Hitzig ließ sich jedoch nicht beirren. »Das Geständnis stammt eindeutig von seiner Hand«, versicherte er. »Er bezichtigt sich selbst der Tat und gibt als Begründung an, dass Herr Kühnemann ihn um seine Stellungen habe bringen wollen.«
»Ein furchtbarer Irrtum!«, rief Hoffmann aus. »Der Mörder ist Fritz, das Faktotum.«
Hitzig schüttelte höchst verwundert über Hoffmanns abwegige Behauptung den Kopf. »Fritz? Wie kommst du darauf? Der arme Kerl hat mit dem Ganzen nichts zu tun.«
»Es war Rache! Es war ...« Hoffmann unterbrach sich mitten im Satz. »Es ist alles sehr kompliziert.«
»Im Gegenteil. Es ist alles ganz einfach. Weber erklärt sich für allein schuldig.«
Hoffmann war verwirrt und entgeistert. Hatte er nicht in einer langen, scharfsinnigen Deduktion das Trio der »Zarengeschenke«

der Tat überführt und deren komplizierte Hintergründe offen gelegt? Hatte Nikolai daraufhin nicht versucht, ihn umzubringen? Und nun sollte plötzlich der unscheinbare Herr Weber die Tat begangen haben?

»Ich möchte den Brief sehen!«, verlangte Hoffmann.

Der Kriminalrat händigte dem Kammergerichtsrat eine Kopie des Schreibens aus. Es war mehrere Seiten lang und schilderte den angeblichen Tatablauf in allen Einzelheiten.

Der Kapellmeister hatte, las Hoffmann, schon seit geraumer Zeit mit dem Gedanken an die Ermordung seines Prinzipals gespielt, dazu jedoch lange nicht den Mut gefunden. An dem besagten Abend nun sei er in ein Weinlokal eingekehrt, wo er allein in einer Nische gesessen habe, während sich in seiner Nähe eine fröhliche Runde aus Theaterleuten gebildet habe, die ihm nur entfernt bekannt gewesen seien, da sie dem Schauspielsektor des Nationaltheaters angehörten. Er habe jedoch mitbekommen, dass diese Leute Schmähreden gegen den Intendanten Kühnemann geführt hätten, dass sie ihn als Blutegel bezeichneten und ihre Absicht bekundeten, ihm noch in dieser Nacht »gehörig auf die Bude zu rücken«. Inmitten dieser Gesellschaft habe sich der Kammergerichtsrat Hoffmann befunden, den er kannte und hasste, weil dieser in einem Artikel in übler Weise über ihn hergezogen sei und er, Weber, habe nun endlich den Entschluss gefasst, zur Tat zu schreiten, denn ihm sei plötzlich der Einfall gekommen, wie er anderen die Schuld an dem Mord zuschieben konnte.

Er sei früher als die feuchtfröhliche Gesellschaft aufgebrochen und zum Haus des Intendanten gegangen. Da ein Fenster im Erdgeschoss offen stand und eine Leiter zur Hand war, habe er ohne Schwierigkeiten in die Villa einsteigen können. Der Intendant habe sehr fest geschlafen und von dem Einbrecher nichts bemerkt. Er, Weber, sei nun daran gegangen, das Zimmer für den Brandanschlag zu präparieren. Das Schießpulver habe er Kühnemanns eigenem Waffenschrank entnommen, von dem er von früheren Besuchen her wusste. Aus Furcht, den Hausherrn mit seinen Tätigkeiten aufzuwecken, habe er ihm einen Schlag mit dem Pistolenknauf versetzt. Dann habe er das Schwarzpulver auf dem Nachttisch, dem Fußboden und dem Bett verstreut und gewartet. Als die »Protestanten« sich unter dem Fenster einfanden, habe er die Zündschnur in Brand gesetzt.

»Du siehst, alles höchst einfach«, schloss Kriminalrat Hitzig. »Wo verbleiben da noch Zweifel?«

»Habt ihr überprüft, ob Weber wirklich in dem Lokal war?«

»Das haben wir. Er war dort.«

Hoffmann stand auf und ging in der Stube hin und her.

»Existiert dieser Waffenschrank wirklich?«, fragte er.

Hitzig erinnerte ihn daran, dass das Haus ausgebrannt und die Ruine inzwischen abgeräumt worden war. »Zweifelst du etwa an meiner kriminalistischen Kompetenz?«, fragte er ein wenig pikiert.

Hoffmann musste sich wohl oder übel damit abfinden, dass der Fall vom polizeilichen Standpunkt aus als erledigt betrachtet wurde. Dennoch konnte er nicht glauben, dass all die verzwickten Schlussfolgerungen und Überlegungen, die er selbst angestellt hatte, nichts als Hirngespinste gewesen sein sollten.

Es bedurfte in der Folgezeit keiner großen Anstrengungen, um herauszufinden, dass Fritz, Nikolai und Woronzow spurlos verschwunden waren. Zeit für gründliche Nachforschungen wurde Hoffmann allerdings nicht gelassen, da seine Vorgesetzten ihn energisch zur Verhängung scharfer Urteile gegen die inhaftierten Studenten drängten. Sein Rechtsgutachten war verworfen worden, und so konnte der Kammergerichtsrat zugunsten der »Aufrührer« nicht mehr tun, als die Urteile möglichst milde zu halten. Die meisten Angeklagten kamen bei ihm mit Geldstrafen davon; einmal wagte er sogar einen Freispruch.

Übrigens war Doktor Mohr inzwischen nach Berlin zurückgekehrt und wohnte einigen Gerichtsverhandlungen gegen die »Demagogen« bei.

Hoffmann erhielt von seinem Bamberger Verleger zweihundert

Taler für den »Goldenen Topf«, dessen Verkauf sich erfreulich gut anließ.
Endlich überredete Mischa ihn, der Stadt Berlin für eine Weile den Rücken zu kehren und sich auf eine Badereise zu begeben.

Ein letztes Mal nahm Hoffmann hinter dem Schreibtisch des Dramaturgen Platz und rief seine Zauberformel: »Geist, erscheine!«
»Ich fühle mich von der Polizei vernachlässig«, beklagte sich von Tümmler. »Mein Tod scheint dort niemanden zu interessieren.«
»Kein Wunder«, erwiderte Hoffmann. »Ihre Leiche wurde niemals gefunden. Zweifellos wird Ihr Name bald auf der Liste der Gefallenen von Belle Alliance – oder meinetwegen Waterloo – stehen. Herr von Zastrow wird Ihren Angehörigen sein Beileid aussprechen; man wird Ihren Eltern Ihren Degen schicken. Womöglich verleiht man Ihnen posthum den roten Adlerorden.«
Der Geist seufzte. »Das kommt davon, wenn man für die Geheimpolizei arbeitet. Man lebt als Schatten und geht als Schatten.«
»Da haben Sie wohl Recht«, sagte Hoffmann mitfühlend.
»Die Wahrheit wird niemals ans Licht kommen. Es sei denn, Sie schreiben über das Ganze einen Roman.«
»Ich werde mich hüten. Soll ich mir die Zensur auf den Hals hetzen.«
»Politisch Lied, garstig Lied«, gab von Tümmler zu. »Wie hat man den Kapellmeister dazu gebracht, ein Geständnis zu verfassen?«
Hoffmann zuckte die Achseln. »Er wäre nicht der Erste, dessen Handschrift gefälscht wurde. Es gibt große Künstler auf diesem Gebiet. Übrigens sprach ich mit dem Bühnenmeister des Nationaltheaters, der den Erhängten im Schnürboden fand.«
»Haben Sie etwas Bedeutsames erfahren?«
»Weber hinterließ tatsächlich einen Abschiedsbrief. In dem stand, er wähle den Freitod aus Angst vor einer ungewissen Zukunft. Er hatte hohe Schulden, sein Gehalt wurde unregelmäßig gezahlt. Ich kann durchaus nachempfinden, wie man sich in einer derartigen Lage fühlt.«

»Dieser Abschiedsbrief verschwand spurlos, wie ich annehme.«
Hoffmann nickte. »Er wurde durch einen anderen, passenden ersetzt.«
»Warum wollte man den Fall auf diese Art zum Abschluss bringen?«
»Um langwierige Untersuchungen zu vermeiden«, sagte Hoffmann. »Sie waren gewissen Leuten unangenehm. Sie sorgten für eine schnelle, saubere Lösung.«
Der Geist nickte. »Dabei hatten Sie die Wahrheit bereits in Händen!«.
»Übrigens bekam ich Post von meinen Verwandten in Königsberg«, sagte Hoffmann. »Dort geht demnächst ein Schiff nach Sankt Petersburg ab.«
»Oha. Ein spezielles?«
»Wie man's nimmt. Wenn Sie an Bord gingen, würden Sie dort alte Bekannte treffen.«
»Das Trio Fritz, Woronzow und Nikolai, wie ich vermute.«
Hoffmann nickte. »Vielleicht nennen sie sich ja jetzt wieder Motte, Bohnenblüte, Senfsamen und Spinnweb.«
»Siehe da. Colombina ist ebenfalls dabei?«, fragte von Tümmler.
»Ihr Mörder kommt ungestraft davon«, sagte Hoffmann. »Wurmt Sie das nicht?«
»Wen kümmert's«, sagte der Geist mit einer Stimme, als schwebe er schon halbwegs wieder in anderen Sphären. »Übrigens sollte man zu einem Toten nicht von Würmern sprechen.«
»Ich werde Sie vermissen«, verabschiedete sich Hoffmann. »Trotz allem.«
»Übrigens hatten wir kürzlich einen Neuzugang«, sagte der Geist entschwebend. »Eine hübsche junge Dame namens Velin. Sie sagte, sie sei mit Ihrem Assessor vermählt gewesen. Kennen Sie sie zufällig?«
»Ich habe nicht das Vergnügen.«
»Ich werde trotzdem Grüße von Ihnen ausrichten.« Das waren die letzten Worte des Geistes, ehe er endgültig entschwand.

Nachspiel

Das Nationaltheater war hell erleuchtet. Draußen fuhren Kutschen und Equipagen vor. Herren in prachtvollen Uniformen stiegen aus, auf der Brust das Firmament ihrer Ordenssterne; die Seidenkleider der Damen rauschten wie ein Herbstwald, und ihre Brillanten funkelten wie Raureif im Mondlicht. Es summte und vibrierte allenthalben. Das Nervenfieber der Premiere hatte das Haus bis in die hintersten Winkel erfasst. Es war die wichtigste Aufführung seit langem. Hoffmanns »Undine« sollte gegeben werden. Auf offener Bühne sollte ein Duell stattfinden: Madame Wanner sang die Hexe Bertalda, während ihre Rivalin, Johanna Jaenicke, die Partie der Nixe sang. Die Claques waren bestellt, um zu zischen beziehungsweise herauszurufen. Die Musiker saßen mit verschwitzten Händen an ihren Pulten; der neue Kapellmeister ging in seiner Garderobe ein letztes Mal die Partitur durch und fand sie voller Schwachstellen; die Vorhangzieher standen an ihren Plätzen; die Sängerinnen waren der Ohnmacht beziehungsweise dem Tode nahe und bekamen von ihren Garderobieren Luft zugefächelt.

Äußerlich gefasst, aber innerlich zitternd wie ein Soldat vor der Schlacht saß Hoffmann, der Komponist, im Zimmer des Korrepetitors, in das er sich geflüchtet hatte, als ein Saaldiener eintrat. Es hatte bereits zum ersten Mal geklingelt.

»Exzellenz werden gebeten, sich in Ihre Loge zu begeben«, sagte der Saaldiener mit einem Bückling.

Mit Schrecken stellte Hoffmann fest, dass es sich um Nikolai alias Motte handelte.

»Wohin bringen Sie mich?«, fragte Hoffmann.

»In die Loge des Prinzen Franz Ferdinand«, lautete die Antwort.

Und plötzlich durchfuhr Hoffmann ein eisiger Schreck. Zwar hatte er die heimlich eingebauten Sprengladungen schon vor geraumer Zeit aus der Loge entfernen lassen, doch wenn Motte zurückgekehrt war, hatte er sie zweifellos wieder eingebaut! Vermutlich sollten sie an diesem Abend gezündet und die Loge mitsamt ihren Insassen in die Luft gesprengt werden! Ausgerechnet während der Uraufführung der »Undine«! Ein Jammer und eine Katastrophe! Das Theater musste geräumt, die Premiere abgesagt werden. Hoffmann wollte Alarm geben.
Plötzlich traten zwei weitere Saaldiener an seine Seite und drückten ihm je eine Pistole in die Rippen. »Still!«, sagten sie, als sie Hoffmann zur Loge begleiteten. Der Komponist hatte sogleich erkannt, dass es sich um Fritz und Woronzow handelte.
In der Loge knickste eine Kellnerin vor ihm und reichte ihm ein Glas Champagner. Es war Colombina. Nun konnte es keinen Zweifel mehr geben: Die vier waren hier, um ihre Attentatspläne zu verwirklichen. Es war sicherlich kein Zufall, dass sie zu diesem Zweck ausgerechnet Hoffmanns Oper auserwählt hatten.
Wie groß war dessen Erstaunen, als er gewahr wurde, dass niemand in der Loge Platz nahm außer ihm selbst!
Spinnweg beugte sich zu ihm herab und brachte ihre Lippen nahe an sein Ohr. »Sie haben doch wohl die gewünschten Änderungen an Ihrem Werk vorgenommen?«, flüsterte sie. »Sie wissen doch, Ihre Majestät wünschen bei jeder Bühnenaufführung den Geliebten der Undine am Ende lebendig an ihrer Seite thronen zu sehen!«
»Nein!«, erwiderte Hoffmann beunruhigt. »Ich habe die Änderung selbstverständlich verweigert. Das ist mein Recht als Künstler.«
»Dann sind Sie verloren«, sagte Colombina. »Kennen Sie denn nicht das Geheimnis der Loge? Es sind immer die Autoren und Komponisten neuer Stücke, die darin Platz nehmen müssen. Sollte dem König die Darbietung missfallen, erteilt er den Befehl, die Loge zu sprengen.«
Hoffmann erbleichte.

DIETER HIRSCHBERG

Geboren 1949 in Hagen (Westfalen). Studium der Germanistik, Theaterwissenschaft und Philosophie. Theaterarbeit in Dortmund, Heidelberg und Bochum; Hörspieldramaturg beim SWF Baden-Baden; TV-Produzent, Dramaturg und Autor in Hamburg; lebt als Drehbuchautor in Weimar. Verfasser u. a. von Theaterstücken und Hörspielkrimis.
Im berlin.krimi.verlag erschien von ihm »Die schwarze Muse. Ein Fall für E. T. A. Hoffmann« und »Tagebuch des Teufels. E. T. A. Hoffmann ermittelt weiter«.